本书获珠海社科优秀成果专项资助出版

珠江新语

第三只眼睛看珠海

朱 燕/著

社会科学文献出版社
SOCIAL SCIENCES ACADEMIC PRESS (CHINA)

目　录

序　因为对这片土地爱得深沉 ………………………………………… 1

第一辑　赤子之心篇

航展虐我千百遍　我待航展如初恋 …………………………………… 3
在珠海，我可否优雅地老去 …………………………………………… 4
在爱与痛的边缘
　　——说说珠海人的窗口情结 ……………………………………… 6
除了欢笑，什么也别留下！ …………………………………………… 7
关于校服那些事儿 ……………………………………………………… 9
那些年我们一起种过的树 …………………………………………… 11
爱是恒久的忍耐 ……………………………………………………… 12
老建筑不仅述说历史 ………………………………………………… 13
海滨泳场，叫我怎么爱？ …………………………………………… 14
因为我们都深爱着珠海 ……………………………………………… 16
从"物本"到"人本"转变 …………………………………………… 17
珠海游个泳咋就那么难？ …………………………………………… 18
你让了，你真美！ …………………………………………………… 19
中华白海豚还能逃到哪儿去！ ……………………………………… 21
传统书店"变脸"是大势所趋 ……………………………………… 22
爱心车不能被亵渎 …………………………………………………… 23
文明的养成更重要 …………………………………………………… 24
被"遗弃"的精神病人拷问社会良心和制度 ……………………… 25
用爱与亲情挡住骗子 ………………………………………………… 27
两袖清风　一颗爱心 ………………………………………………… 28
为青春插上梦想的翅膀 ……………………………………………… 29
停？还是不停？这是个问题！ ……………………………………… 30
小手拉大手　文明路上走 …………………………………………… 31

目　录 / 1

珠海，我不想你浅薄！	32
珠海真的到了炙手可热的时候吗？	34
历史在这里对接	35
感动？那就动起来！	36
揪着的心能否放下了？	37
化作绿荫遮后人	38
愿助残在每个细节、每一天	39
玩火烧伤不能怪孩子！	40
"空中花园"的喜与忧	42
质本洁来还洁去	42
有一种力量叫坚守	43
业主群构建新型邻里关系	44
文明驾车，我们的道路会畅很多	46
为母亲 为幸福 为未来	47
自己洗 乐无穷	48
愿好人接力传遍	49
文明地养狗才美好	50
当今女性更应获得关爱	51
"人肉"也可是正能量	52
人人喊打是必须的！	53
身边好人是寂静芬芳的花儿	54
沙田民歌这一文化奇葩亟须保护	55
最美那一抹天蓝	56
公交司机要文明	58
帮他们做梦圆梦	59
珠海正能量 网上放光芒	61
张扬青春 个性创新	62
从"美德少年"说道德	63
让阳光照耀心灵	64
让每一天都低碳	65
用高雅文化安放心灵	66
愿每个小小梦想都能慢慢实现 ——展望2013年	67

第二辑　进谏纳言篇

请让我找到回家的路 …………………………………………… 73
我有一个梦想，希望有一天拱北口岸不用再整治! ………… 74
珠海堵车到底因为啥? ………………………………………… 75
电影之城不是梦 ………………………………………………… 76
好房子更应分好管好 …………………………………………… 78
从海天公园规划说开去 ………………………………………… 79
珠海停车难　难在管理不善 …………………………………… 80
必须智慧地啃掉拱北改造这硬骨头 …………………………… 82
珠海暴雨拷问政府职责 ………………………………………… 83
珠海禁烟缘何"起一大早赶一晚集"? ………………………… 84
又到一年买"票"时…… ………………………………………… 85
不要再弄"半拉子"工程! ……………………………………… 87
暑假儿童事故频发呼唤社区"养小" …………………………… 88
必须让珠海的农贸市场姓"公" ………………………………… 89
自治，仍需上下求索! …………………………………………… 90
什么样的农贸市场才叫好? …………………………………… 92
谁来整合一下珠海人的卡 ……………………………………… 93
抢高级技工说明了什么? ……………………………………… 94
咪表停车服务还可以前进许多步 ……………………………… 95
旧村改造，请留住乡愁 ………………………………………… 97
谁动了公共资源? ……………………………………………… 98
公办幼儿园：想说爱你不容易 ………………………………… 100
靠涨价解决不了停车难 ………………………………………… 101
留点念想好吗? ………………………………………………… 103
对"不打包"行为立法不靠谱 …………………………………… 104
灯笼沙迅速衰落　是政府管得太多 …………………………… 105
堵了的出口打开了之后 ………………………………………… 107
但愿所有人都死得起! ………………………………………… 108
吉莲早市宜"疏"不宜"堵" ……………………………………… 109
管好小区还真不能只靠钱! …………………………………… 110

目　录 / 3

橘生淮北则为枳，有关单位你"造"吗？	112
天桥建否？民生话事！	113
高品质公园还可以更开放	114
像保护环境一样保护语言	116
重关民生　不能儿戏	118
医改：重在提高基层医院水平	119
灰霾让我们不能自喜于"拔将军"	121
如何斩断恶性循环链条	122
不同的语言同声歌唱	123
必须把安全固化在制度上，融化在血液里	124
希望珠海率先实现幼儿免费教育！	125
因为乱，所以难！	127
抛物恶习难改　惩治必须用法	128
治理欠薪是一个系统工程	130
监管岂能总是"马后炮"？	131
如何让珠海"走鬼"不再"不轨"？	132
旧衣旧书献爱心应该形成制度	133
为民办事半点儿也不能敷衍	134
汇集美食不是汇集垃圾	135
群众的眼睛是雪亮的	137
要以更大的力度扶持学前教育	138
珠海出租车，到底怎么弄？	139
请认清修学旅游的真面目	141
"烂尾路"拷问政府部门的城市管理能力	142
营养师进驻员工食堂值得推广	143
灾难教育应制度化	144
你的价值决定别人对你的取舍	145
保护前山河是全体珠海人的大事	147
别让美丽九洲岛成为闹心的岛	148
不能只让马儿跑不给马吃草	149
这，或许是个办法	150
不应让有偿停车演变为浪费资源	152
快递实名制真的可行吗？	153

"非遗"保护刻不容缓 ·················· 154
不要让脏乱差死灰复燃 ················ 155
垃圾分类：不是我不想做！ ·············· 156
粽子本高洁，"瘦身"是本真 ············· 157
溺亡的"野孩子"逼我们正视代耕农问题 ······· 158
高端会所是权力的寻租地 ··············· 159
不能对复读生一句"清退"了之 ············ 161
可持续的扶贫才能走得更远 ·············· 162
述责述德述廉大会应不仅止于"问" ········· 163
成绩不小问题不少 ··················· 164
医改工作还必须配套而行 ··············· 166
用创新的年味儿留住人 ················ 167
收了钱就等于管理了？ ················ 168
物业维修金究竟该怎么收？ ·············· 169
对欠薪者必须严惩！ ················· 171
美好环境　且行且珍惜 ················ 172
为规避政策离婚无耻？无奈！ ············ 173

第三辑　施政析辨篇

珠澳合作开启新篇章 ················· 177
为了那美丽的珠海蓝 ················· 178
创文，我们一起走过的日子 ·············· 179
不让英雄流血又流泪 ················· 181
落地了！生根了！开花了！结果了！ ········· 182
珠海与中大，携手创未来 ··············· 183
高校改革创新是珠海改革创新的催化剂 ······· 184
旧小区改造应从群众生活细节做起 ·········· 185
让文明之软件也升级 ················· 186
民生不应有小事 ··················· 188
迎接文艺的春天，珠海准备好了吗？ ········· 189
直到长成参天大树 ··················· 190
咬定环保不放松 ··················· 192

我家小盆景，全城大花园	193
新政策为人才遮风挡雨	194
小区强制建养老设施：叫好，更要叫"座"！	195
职业教育的机遇来了	197
幸福村居：大家好才是真的好！	198
文字有规范，文化才有传承	199
要像狮山街道办那样解民忧	201
依法治市的一大步	202
医保改革中利民的破冰之举	203
严罚可以出文明	204
航展该是厚积薄发的时候了！	205
扶持＋监管＝民营医院的腿	207
好服务必须用好"钢"	208
真正把转作风提效能落在实处	209
民意＋科学＝我的城市我做主	211
举原创，推传承，培育珠海文艺沃土	212
今秋，开始收获	214
为群众办事仅有热情是不够的！	214
"小票可查肉类来源"应推而广之	216
建设便民的智慧城市	217
创立样板，破解难题	218
为绿色销毁叫好！	219
为科学，为民生	220
为妇女自强自立撑腰	222
创意园区的创意在哪里？	223
为新一代青工创造新的服务	225
让传统成为时尚	226
彻底破除以药养医，将医改进行到底	227
宜居不仅要优美的环境，也要抗灾的筋骨	228
做出地道的乡村特色	230
承古拓新，彰显珠海精神	231
消费维权，工夫更应在"3·15"外	232
代表委员应为生民立命	233

改革就是为了群众更方便	235
土地卫片奖,是全体珠海人的奖	236
细胞美才能肌体美	237
让每个村居成为幸福的桃花源	239
将禁毒进行到底	241
民主化、科学化的必由之路	242
再接再厉打造美丽中国样板	243

第四辑　隔山喊牛篇

文人的样子	247
水质监测岂能"主要靠鱼"?	248
是公仆?还是流氓主子?	249
驱逐"鞋垫奶奶"赶走了人文精神	250
就按照日历休假不行吗?	251
"羞辱式付薪"羞了谁?	252
为子读书造假被抓谁之过!	253
诬告"雷锋"可追责填补法律空白	255
高院的"六一"礼物还不够,教育部门应立即补缺	256
公交"哺乳间"是文明的一大步	257
让儿童文学也为我们缺失的性教育补课	258
异地高考:变相的"华人与狗不准入内"	259
道歉女生赢得高考场外一分	260
"女神"城管转换城市管观念	261
照妖镜和大射灯照射出了什么?	262
光棍节血拼:停一停,想一想	263
鱼防水?防死的是自己!	265
瓜田李下,就是不能提鞋整衣	266
开宝马下乡教书:富人和乡村的相互救赎	267
公安局长的脑袋怎么了?	268
好不容易打开的厕所门怎么又关上了?	269
公民的 DNA 神圣不可侵犯!	270
一个学生能做到的,监管部门做不到?	271

要抓住"阴阳成绩单"狐狸尾巴穷追猛打	272
"学生集体被灼伤"疾呼关注暑期补习安全	273
"最爱看电影的国资委"有问题吗?	275
中华民族到了该禁烟厂的时候!	276
请环保局局长游泳远远不够	277
每年20万孩子到美国留学 中国教育该汗颜	278
取消高中文理分科有利于人才培养	279
以房养老 看上去很美	281
从巨婴到大黄鸭到山寨鸭:愿中国制造走出模仿走向创新	282
叫停"婴儿岛"是开历史倒车	284
这样的警察带来春风	285
无底线招商伤天害理	286
最难就业年难在没有"好"爸爸?	287
"男买卫生巾女擦鞋":侮辱式教育该下课!	288
"为高考吃避孕药"疾呼改变一考定终身制度	290
"餐馆饮品不如马桶水"谁之过?	291
"癞蛤蟆"难倒七成人,敲响汉字书写警钟	292
每个公务人员都应该成为"张主任"	293
"图报复停信号灯"露出的积极信号	294
"乌龙限行"呼唤预警系统联动机制	296
一家人大街上被雨淹死猛打市政的脸	297
医院"雅座"为医患矛盾雪上加霜	298
局长坐"蒸笼车",百姓不应有"幸"	299
"尿歪罚款"是哗众取宠	300
"9万买编制划得来"是对编制制度的控诉	301
立法能挽救丢掉了的书吗?	302
"以噪制噪"凸显政府缺位	303
取消剧本审查后应走向分级制	305
千人试吃转基因大米不能释疑	306
"亲妈诈死"式教育是畸形教育	307
儿童的隐私也要保护	308
儿童如厕不是小事	310
富豪和处女高调叫卖是社会的堕落	311

给无病孩子服"病毒灵"绝非偶然！ ……………………………… 312
"江豚不好吃干吗要保护"嘲笑了谁？ …………………………… 313
教育缺课导致无法承受生命之重 …………………………………… 314
看"太空授课"，老师们该反省啦！ ………………………………… 315
有美的妈妈才会有美的孩子 ………………………………………… 316
救救打工妹未婚妈妈群！ …………………………………………… 317
官员迷信暴露人才上升通道的扭曲 ………………………………… 319
"骂干部讲堂"？少作秀多务实吧！ ………………………………… 320
6幼女被猥亵拷问教师制度 ………………………………………… 321
毕业戒指：仪式的力量 ……………………………………………… 322
别让法律绑你回家看爸妈 …………………………………………… 323
炒作状元的利益链条 ………………………………………………… 325
当心郭美美的丑恶成为活教材 ……………………………………… 326
"恶心打扫"倒逼酒店操作标准出台 ………………………………… 327

跋　超越寻常的美女情怀
　　——为《珠江新语》而跋 ……………………………………… 329

序
因为对这片土地爱得深沉

房 祁

前几天接到报社老同事朱燕女士的电话,得知她的评论集要出版了,她请我为这本集子写个序。说实话,我已多年不写这类文字,且不擅评论别人的作品,恐有负期望,当时没有答应。但她恳请我看看书稿再做决定,于是我用几天时间断断续续看完了收到集子里的时事评论作品。

看完朱燕的作品,那字里行间中透出的思考以及一篇篇文章里沉淀的特区发展的记忆,使我觉得还是应该写几句话,作为我们那批特区建设记录者的共同纪念。

20世纪八九十年代,全国无数的大学毕业生怀揣理想和热情,投身到珠海特区的建设洪流中,我和朱燕也跻身其中。那时候,特区正年轻,我们也年轻。大家都以如火的激情,挥洒青春和汗水,为特区建设添砖加瓦,也为自己的人生积蓄力量,实践梦想。

记得当年我们那批不知辛苦的"小记"们曾顶风踏浪地奔波在各个海岛,曾栉风沐雨地穿梭在蔗林稻田,曾冒着台风和酷暑深入建筑工地,也曾乘风破浪探访海防军营……全国第一个农民度假村——白藤湖建设工地上有我们的身影,三灶连岛大堤合龙的刹那有我们披星戴月的脸庞。我们记录了全国首开科技重奖的历史,也分享了首届中国国际航展开幕的喜悦。

那时候总觉得有富裕的时间容我们尽情去编织人生的梦想,但在镜头与文字的忙碌中,弹指一挥间我们已步入中年。

这些年,我调了几个部门,也一度放下了笔墨,但朱燕一直在报社当记者,仍然笔耕不辍。

朱燕毕业于名牌大学经济学专业,却以新闻行业开始了她的职业生涯。做记者,她擅长写通讯,当年珠海特区报记者获省新闻通讯奖的第一人就是她。她的人物通讯写得很细腻传神,报社曾给她开过人物专访专栏,广受读者欢迎。

朱燕是个游走在字里行间的多面手。她写诗，丰盛而有蕴，出版成集；她写散文，浓情雅意，也已结集出版；她写舞台剧，有创意，有想法，耐人寻味。

她写的时事评论，融合了她记者的博闻多见和洞察力，也夹杂着她女性的细腻和多情，更有她精彩的文笔和个性特征在里面。她的评论文章，既有独立的思想、独到的见解、独特的视角，也不忸怩作态、为赋新词强说愁。她的评论文字更不像一些"愤青"和某些大V们那样粗言愤语。她文笔犀利而不尖刻，文风清雅却有丈夫气。

现在，朱燕的时事评论文章又准备结集出版了，这书就是一本热爱珠海的感性和理性交融的文字精华荟萃，方方面面，情真意切。

她爱珠海，虽然她和大多数珠海人一样是外来移民，但都以一颗赤子之心把珠海当成自己的家园热爱着。

她爱珠海的人，就像她评论几个珠海本地网络大V那样："他们并不是英雄，但是他们的行动，必将在珠海人民参政议政的历史上写下浓墨重彩的一笔，更成为珠海网络问政的先驱——没有之一。他们的出现，也表明珠海有关部门和领导有着海纳百川的态度以及发现问题、解决问题、实事求是的精神。正是有关部门愿意听到真正的民意，大V们才能把草根的心声表达出来、传递出去；也正是因为有关部门同样希望珠海更好，大V们的呼喊才被更多人听到、看到，从而有更多的人来监督执行、付诸实施。"

她也和她在文中赞赏的人一样："他们都是市民中的一员，没人给他们任何'补助'，他们都还要操心另一份养家糊口的本职工作。但他们为市民生活中的各种问题上下求索，奋笔疾书，奔走呼吁，这一切是为了什么？网友'ZH爱如空气'的话道出了他们的心声：因为我们是珠海人，因为我们爱珠海！"

我们都深爱着珠海这片热土，故关注着这片热土上发生的任何事情。

"这些年，珠海人和航展一起走过了无数艰辛的日子。这些日子已经熬成了流金岁月，岁月之河中流淌着青春、欢笑、热血和梦想，更伴随着沮丧、教训、经验和失落……今天，航展终于走上了高精尖的专业化道路，跻身于世界知名航展之列。这条路，珠海人走得好艰难。一届又一届，一年又一年，珠海老百姓也曾抱怨过劳民伤财，也曾埋怨过食如鸡肋，但是每当我们邀请亲朋好友来珠海玩的时候，谁不把看航展挂在嘴边呢？谁不是如数家珍般地使劲帮航展打广告呢？谁又不是很自豪、很得意地说：'咱珠海的航展，那可是世界级的呢！'

她爱珠海的文化和历史，为保护文物大声呼吁："有关部门应该立即行动起来，尽早拨开历史的尘埃，让它露出优雅的美姿。但是保护中一定要修旧如旧，并尽最大可能保持原有的建筑风格，使用原有的建筑材料，否则，保护就是破坏，跟拆了重建没什么两样的保护还不如不保护。不'保护'的废墟，也能留下往日的诸多信号，有许多历史和研究价值，而毁灭了原样的保护，再也找不到消失了的材料、建筑手法、文化符号及生活习性了。"

"其实，这些建筑，它们不仅仅是地标，它们还凝聚了太多珠海人的记忆和情感，当年珠海闯特区的那代人建设了它们，现在的珠海年轻人和它们一同诞生一同成长。那些老地方有老一辈的心血和汗水，有新一代的童年和乡恋。政府在大兴建设项目的时候能考虑留下一点吗？"

她有时也很着急，"为什么老要改名字呢？地名是一种文化，更是一种历史，留下它，就留下了传承，留下了血脉，留下了历史。咱中国不还有'大丈夫坐不更名，行不改姓'的传统嘛，人名都不能随便改，何况地名！让我们祖祖辈辈都找得到回家的路，好吗？"

她对政府部门的工作大胆进言："一项政策的制定，关系百姓生活大事，如果细则和配套政策都不清楚，盲目推出是不行的，造成混乱不说，无法执行也说不定。请有关部门三思。""珠海交通整治，这是一块硬骨头，如何啃下来，不仅要拼体力，更要拼智力、拼科学的方法、拼对人民和对珠海城市的爱！"

她盼望着这座城市美好的未来："就是这样一个美丽的珠海，承载着珠海人的许多梦想，其中也包括在此安度晚年的梦想。希望有一天，珠海的各项社会事业发展指标都和她的环境质量一样达到优质。那时候，在这依山傍海的城市里，我们才可以真正悠闲地吹着海风，悠然地看着情侣路上的夕阳，安然地度过美好的时光。"

……

读罢朱燕的时事评论作品，能深深地感受到她浓郁的人文情怀和对珠海的挚爱。书中每篇文章针对一件时事新闻展开，有想法、有个性、有亮点。她的评论文字时而疾呼呐喊，时而苦口婆心，时而文采飞扬，时而辛辣幽默……通过朱燕的时评集，我们看到了珠海经济特区走过的坚定足迹，感受到近年来经济和社会方方面面的发展和变化：举世瞩目的成就令我们自豪，改革探索中出现的问题引我们思考……其实，我们都只有一个心愿，那就是让珠海真正成为幸福宜居、独具魅力的美丽家园。

是为序。

（作者系珠海市委宣传部常务副部长）

第一辑 赤子之心篇

航展虐我千百遍　我待航展如初恋

珠海人是敢于做梦的。20世纪90年代,敢想敢干的珠海人在一无所有的条件下,凭着一股子无知者无畏的精神,就这么筚路蓝缕地把在世界范围内最高大上的会展项目——航空航天展览会搞起来了,而且一搞就是国际级的。

记得第一届航展时珠海那真是万人空巷啊,男女老幼、拖家带口,都跑到距离市区六十多公里的郊外展馆去看飞机。那时市区到展馆的路还没有修好,公共汽车要辗转,小汽车大塞车,塞得市区到展馆如一条钢铁长龙,蔚为壮观。记得有个即将开始飞行表演的老外飞行员,车子硬是开不进去,他只好跑步二十多公里到了展馆,他一路跑着,一路成了风景……

那时珠海人抱在怀里长途跋涉到展馆去看飞机的孩子们,如今已经长成了翩翩少年,珠海航展也走过了20年。

这些年,珠海人和航展一起走过了无数艰辛的日子。这些日子已经熬成了流金岁月,岁月之河中流淌着青春、欢笑、热血和梦想,更伴随着沮丧、教训、经验和失落。从最初的"举全市之财、兴全民之力"到接二连三的赔本赚吆喝,再到"办之无力、弃之可惜"……今天,航展终于走上了"高精尖"的专业化道路,跻身于世界著名航展之列。这条路,珠海人走得辛苦,等得艰难。

一届又一届,一年又一年,珠海老百姓也曾抱怨过劳民伤财,也曾埋怨过食如鸡肋,但是每当我们邀请亲朋好友来珠海玩的时候,谁不把看航展挂在嘴边呢?谁不是如数家珍般地使劲帮航展打广告呢?谁又不是很自豪、很得意地说:咱珠海的航展,那可是世界级的呢?是的,航展虐我千百遍,我待航展如初恋——对于每一个珠海人来说,航展就像一块心头肉,自己可以说它的不足,但是别人要说它,谁说跟谁急!

"天空之城"唱道:谁在遥远的夜空/等飞过的流星/谁走入了谁梦中/用灿烂的笑容/画天边的彩虹/谁的歌谁轻唱/谁在听/温柔的心在跳动/彩虹之上的幻城/像爱情的憧憬……

珠海人爱航展,珠海人爱飞行的梦。

好在,珠海没有白等。在抛了无数的或精雕细琢或稍显粗糙的砖之后,在被世界航空巨头们"抛弃"了多次之后,珠海人终于守得云开雾散,引来了"世界航空大腕入驻"这块美玉。无数的板砖和望穿秋水的等待总算没有落空。但是，珠海离"航空之城"的梦想仍有距离，仅仅建一个航空工业园是远远不够的。航空城，不仅仅是飞行的梦想，还是一座具有鲜明产业特征的新城的崛起、城市的核心的改变，以及形成一个新的、综合型的城市形态。航空城需要的不仅仅是交通网络的便捷，更多的是经济的崛起，是会展、物流等多个行业的发展，更是居住条件的升级，以及各种产业和环境的配套发展。

我们要建航空之城，到底该走什么模式？是航空主业型、物流型、交通枢纽型、商务贸易型和居住型等各种专业型的航空城，还是汇集了以上几种甚至全部的、功能多元化、产业集群化和空间城市化的综合型？还有，人才资源、就业人口、物流、会展、居住……所有的条件跟上了吗？

多年等待后，终于有人领着你飞了，珠海人，你准备好了吗？

在珠海，我可否优雅地老去

今年，《财富》（中文版）第四次在读者中开展了"中国最适宜退休城市调研"。根据最终的调查结果：杭州市、青岛市、成都市、珠海市和厦门市成为中国最新的"五大适宜退休城市"。珠海已连续两年上榜，排名较去年上升一位，也是珠三角地区唯一上榜的城市。【2014年8月27日《财富》（中文版）】

作为一个正在工作中充当"脊梁"的珠海中青年，笔者看了这个消息实在是百感交集，满心的欢喜夹杂着满怀的忧虑，苦苦甜甜的思绪中飘出了一大堆问题，所有问题在空气中游荡了一会儿找不到答案，只好千言万语化作一句：珠海啊，你能否让我在你的怀抱里优雅地老去？

据主办方称，珠海荣登《财富》这个榜的理由主要有：环境、交通、文化、养老政策的优势。可是仅这几个方面，珠海人就有许多话不得不说。

要说环境，那确实是没得说！一年235天是一级空气质量，青山碧海，绿树红花，随时可见蓝蓝的天上白云飘，据说空气灌装可以出口。可是，有一个必须说的庸俗的问题：这个美好的空气能吃吗？

珠海的物价水平基本与广州相同，但人均收入却只有广州的一半。虽然收入与毗邻的中山差不多，可是房价却比中山高出一半。而珠海房价这几年也比工资升得快得多，房价与收入之比为 13.03，大大超出房价收入比的合理区间（合理的房价收入比的取值范围为 4~6）。一家三口买一套 90 平方米的房子需要 13.03 年。

笔者也特别想提早退休，可以在美丽的山水间跳跳舞，打打拳。可是对于收入水平居珠海中等的笔者，每月的工资除掉各种还贷和必须缴纳的费用之后，已经所剩无几。退了休房贷怎么还？孩子的教育费哪里来？为了能攒几个钱养老，真恨不得违心地晚几年退休。

再说交通，近几年，珠海的交通架构的确起了翻天覆地的变化，形成了铁路、城轨、水路、陆路、航空并行的立体交通网。可是珠海城区的交通拥塞状况却越来越严重，新增车辆在以每天 100 多辆的速度增加，堵车已经成了家常便饭。

珠海的文化的确是海纳百川，因为 70% 的人口皆非本地人，珠海从建市伊始就是一个移民城市，哪里的人都能在这里找到同乡，什么口味的饭菜都有，什么地方的文化都受欢迎，就连来中国闲逛的外国人，都愿意在珠海待着。可是说实话，珠海的文化活动是很少的，大片在院线排期很短，各种戏剧很少光顾，音乐会、球赛、各类演出等更是不常见。在珠海生活，有时候寂寞难耐。

再说养老政策。珠海的养老院无论从数量、规模还是服务水平来看，目前都不能满足人民生活的需求。而社区养老模式虽然有了政策，但还在探索中，还很不成熟，大多数社区也并没有实施这一新政。更让人担忧的是医疗水平，珠海市的医疗水平整体不高，市民的习惯是做手术都要跑到广州的大医院去做。

还有一点最令人困惑的是，对于中青年来说，在珠海干事业、谋发展的机会实在不多，因此许多在珠海出生的年轻人长大了都离开了这里，而且每年珠海本地的近两万多大学毕业生中，80% 都到外地去就业了。

就是这样一个美丽的珠海，承载着珠海人的许多梦想，其中也包括在此安度晚年的梦想。作为可能要在珠海退休的笔者，真希望有一天，珠海的各项社会事业发展指标都和她的环境质量一样达到优质。那时候，在这依山傍海的城市里，我们才可以真正悠闲地吹着海风，悠然地看着情侣路上的夕阳，安然地度过美好的退休时光。

在爱与痛的边缘

——说说珠海人的窗口情结

王菲这样唱道：情像雨点似断难断/愈是去想更是凌乱/我有我的尊严/无奈我心要辨难辨/该怎么决定挑选/永远在爱与痛的边缘……

这歌简直就是给珠海人定做的，不信你随便问一个在珠海住了5年以上的人对珠海的感觉，"在爱与痛的边缘徘徊"几乎成了大家不约而同的心境。

珠海人对珠海就像对自己的孩子，每个珠海人说起珠海都一把鼻涕一把泪，想痛说一段"革命家史"，每个人骂起珠海也都会毫不客气，但如果外人要骂珠海，珠海人不答应，不仅不答应，还会跟别人争得脸红耳赤脖子粗，然后如数家珍地显摆珠海的"宝"，说得最多的，除了碧海蓝天绿树红花外，大概就是"改革开放的窗口"了。

微观上讲，这窗口指的是拱北和情侣路。珠海人能骄傲的东西不太多，拱北和情侣路的确是珠海的门面和客厅，是这个城市现代化、国际化、花园化的重点地区。老话说底气不足的人特别爱面子，不愿意让别人看到自己捉襟见肘，内衣破了没关系，脸蛋的妆是要画的；后院破烂也忍着，门庭是要阔气的。这种心态往积极了说是勒紧裤腰带干革命，往消极了说是就是虚荣心。

但珠海人其实是大气的，不小肚鸡肠的，他们更愿意在宏观领域给自己一点心理安慰。我们常把珠海叫"窗口"，实际指的是"南风窗"。粤人开阜早，尚海外之风，中国改革开放的风就是从这里吹起的。当年特区试验田就是打开窗户吹进南风的那个"窗"。邓小平画的那个圈包含了4个"窗"，但这4个特区中，厦门和汕头有点远，珠海也不想比，老大铁定了是深圳，什么鳌头都让它占了，珠海总想比肩一下：你靠香港，有罗湖，那我靠澳门，有拱北，你是示范，我凭什么不是！做老二的心态总是不尴不尬，因为有老大在那儿比着，永远得拿老大的标准要求自己，即使能力有限，但术业的确有专攻。

珠海当年为了摆脱老二的尴尬，干过一些"天下先"的事儿，如赛车、电影节、航展、重奖科技人员等，可至今除了唯一一项"航展"步履艰辛地存活了下来，其他的都夭折了。珠海人对此是很不甘心的，但不甘也无奈。因为在珠海，你总有一种铆足了劲儿挥起拳头，却一拳砸在棉花里的感觉——因为机会少，因为经济总量小……

珠海人大都是外来移民，可以说，来珠海的人都是因为爱，留下来没走的人却各有各的心酸。谁不是因为想在这里闯出一片新天地来呢？但是值得思考的是，在珠海待久了，似乎就不再有干劲了，慢慢大家就变成同一种人——珠海人——慵懒，不再有激情和梦想，牢骚满腹，却又不思改变和创新……

但我们其实还是有不甘心的火苗的，否则为什么老把"窗口"挂在嘴边？为什么又找到了一个可以自我安慰、支撑自尊、却不被周边以为然的"珠西核心"说呢？

珠海30多岁了，而立已过，在爱与痛的边缘，应该清醒地选择一条适合自己的路了——这才叫成熟和理智。

除了欢笑，什么也别留下！

2014年9月《珠海特区报》报道，从22日晚至23日晚，斗门尖峰山迎来三万多名蜂拥而至的登山者，重阳节后，斗门林业部门预计要处理超过30吨的垃圾。一些登山的市民发现，尖峰山登山道沿线垃圾遍地，前一日来登山的市民留下了大量塑料袋、水瓶和吃剩食品等垃圾在山上。第二日天一亮，尖峰山管理处及区林业部门就开始全力清理这些垃圾，但由于数量众多，短时间内无法清理干净。

美好的重阳，人们登高望远，感受大自然之秋华、亲人相爱之雨露……可是，那么美好的事情，为什么留下一个如此糟糕的尾巴？30吨垃圾，漫山遍野，这一点也不美好！

说我们的市民是垃圾虫似乎有点过分，但两个晚上的散步就制造出30吨垃圾的人如果不用这个词来形容又该用什么词呢？有垃圾乱丢者狡辩说山上垃圾桶太少，丢垃圾是迫不得已。这个理由真是荒唐，随手带个垃圾袋装垃圾就那么难？即使沿途每一步都摆一个垃圾桶，那些一点公德意识都没有、喜欢随手丢垃圾的人估计还是会把垃圾丢在地上。至于有人恬不知耻地说如果不扔垃圾环卫工人就失业了的人，实在应该掌嘴！该说什么好呢？乱丢垃圾的行为在道德法庭上被批判也不是一次两次了，可就是改不了，每次节假日过后，公共场所都是一片狼藉。狼藉中，常发现有志愿者在帮助环卫工人清理垃圾，他们也是国人，他们能做到去捡，别的国人为什么不能做到别丢？

与垃圾虫们类似的是：在国际机场，我们的同胞在大喊大叫，人们都以为他们在吵架，实际上，他们在聊天；在港澳，买东西不排队、过马路乱闯红灯的也都是我们内地同胞；就是在国内的旅游点，笔者的外国朋友曾跟在我们的同胞后面捡他们随手丢的垃圾，实在令人汗颜。笔者曾去采访一个企业家，他亲自开着宝马来接笔者，途中他打了个喷嚏，然后毫不犹豫地将擦完的纸巾随手丢到车窗外。那一刻笔者决定，放弃这次赞扬他的采访，这样没有社会公德的企业家，他发展得越好越糟。

我们本是礼仪之邦，文明古国的君子之道、礼仪之风传承千年。2001年，我们又有了《公民道德建设实施纲要》，而且我们的学校一直都有德育课。可是似乎从幼儿园开始，家长和老师就把对孩子的一切教育都是为了考试，德育课，也是为了考试答出一堆题目而上的，至于它的标准答案在生活中执行与否，没人在乎。至于一些有违公德的生活习惯，许多人对它不屑一顾，更没人教给孩子们应该怎样做。当有人做出有违公德的行为时，也没有人批评制止。或许立法、执法者都"宽容"地认为：扔一张纸、吐一口痰就抓起来，太小题大做了吧。

可同是华人的新加坡，就是靠法制、执行力和优良的教育，建造了一个文明的国家，培养了一帮文明的人。新加坡前总统薛尔斯曾指出：卓越的经济成就并不是美好生活的唯一条件，我们强化社会道德结构，才能明智地处理我们的物质。

的确，新加坡的教育一向都很严格，道德教育的目标是培养好公民，这些不仅仅体现在学生身上，也体现在每个公民身上。新加坡的法律也很严格，用法律手段解决问题，在一定程度上规范了公民的道德行为。在新加坡的大街上可以看到，明明周围没有人，有人打喷嚏后也下意识地说声对不起；闯红灯的大叔被送进了警察局，在那里，违法者不仅被处以巨额罚款，还有可能遭到体罚，吃皮肉之苦。在新加坡，不文明的生活习惯更会给自己带来麻烦：比如家中滋生蚊子，一旦罪名成立，主人要坐牢3个月至6个月；如果把物品扔下楼，就犯了"鲁莽行事罪"；为了对付有人在电梯中小便，电梯内装有尿液侦察器，一旦有人小便，电梯会自动停止，困住肇事者；乱扔垃圾的人，要穿上印有"劳改"字样的黄背心，政府不仅判其打扫卫生，还要通知新闻媒体拍照登报。

在新加坡的公共场所，到处都有罚款提示："去上班还是去坐牢"。T恤衫上印"新加坡是个 fine 之地"——"fine"在英语中是个双关语，既有"美好"之意，也有"罚款"的意思，正是这两层含义的对立统一，建设了一个人人讲公德的新加坡。

也许，我们今天的珠海真的无法做到把每一个乱丢垃圾的人绳之以法，但是，我们希望珠海人能提高自我道德修养，能不把"珠海是我家"当句空话。我们虽然大多是移民、外来人口，但我们现在正在这里生活，而且绝大多数人将继续生活下去直到耄耋。那么就像爱你的家一样爱珠海，像不在家里乱丢垃圾一样不在公共场所乱丢垃圾吧。敢为天下先的珠海人，能不能为国人树起一个榜样：因为你是珠海人，你不会在公共场所大喊大叫；因为你是珠海人，你不会垃圾乱抛；因为你是珠海人，你不会插队、闯红灯、随地吐痰……

珠海正在创建全国文明城市，这不仅是政府的事情，而且是我们每一个珠海人的事情。很希望，下一个节日来临的时候，我们的山林、海边、公园，都是干干净净、漂漂亮亮的。珠海人在游玩之后，除了欢笑，什么也别留下！

关于校服那些事儿

珠海现在满大街孩子穿的校服款式是从 2003 年开始的。十多年过去了，关于校服的诟病一直没有停止过，有关部门也听取了一些意见，小打小闹地修正过，但总体变化不大，一些根本问题没有解决。

首先说到底要不要有校服。有家长建议取消，笔者认为不妥。穿校服固然存在某些人从中谋利的可能，但不能因噎废食。加强管理，阳光化管理就可以了。

校服的存在不仅使学校整齐划一，便于管理，最好的是打消了孩子们的攀比之心。孩子们处于世界观未成熟阶段，他们喜欢在与同伴的比较中来确认自我，比父母、比食物、比玩具、比书包……这每天穿在身上的衣服可是一个大"比头"，消灭这些"比头"对孩子成长有益。因此，校服制度还是不要取消的好。其实，校服还会给孩子们带来归属感。我们家小朋友出国演出，街上有人看到了他穿珠海校服T恤，立刻问他："你是珠海的吧？我也是啊!"他乡偶遇,是因为校服的魅力。尽管这服装不太好看,可是它还是承载了衣服以外的许多东西,诸如情感、文化和乡愁……

其次,什么样的校服才叫好呢?孩子们关心的是好看,家长们关心的是安全舒适。

说实话,珠海小学生那套天蓝色的校服还是不错的,而那套黄色带红条的就很"low"……最难看的是中学生的运动款校服,灰色的带点蓝,但整体偏灰。中学的孩子身体发育不成比例,穿上那校服,真不好看。后来,这个颜色改了,蓝色多了点,灰色少了点。但处于新旧款交替阶段的孩子们还是"喜欢"穿旧款的灰色。看来孩子们想的还真跟大人们不一样。

作为家长,我最关心的是孩子校服的舒适与安全。

说实话,珠海校服的礼服款从款式到面料都是不错的,可惜孩子们很少穿,因为穿上不好活动。孩子们平时穿得最多的是运动款。作为运动装,许多人认为含棉越多越好,其实不是!含棉多的透气好,但汗湿后不易干,在以潮热天气为主的珠海,这不适合。其实现代运动装好的面料是:虽然含化纤成分不少,但是仍然透气、吸汗,而且面料薄,弹性好,不过敏。这种精加工的化纤面料,为什么不用呢?还有,运动款的短袖T恤和外套用一样的面料不合适,T恤要薄,外套要厚。

还有安全问题。2008年检出珠海校服50%不合格,pH值超标,估计有孩子校服过敏不是化纤问题,而是质量问题吧。那时家长们嚷嚷了一阵就不了了之了,现在这么多年过去了,校服还合格吗?有人定期检测吗?

此外,校服是孩子们一生最美好时光的见证和纪念。在这美好的童年和青春期里,他们不仅要美丽,还要个性。我给孩子买校服时,他要买的比他实际号码大了4个码,我开始还以为是孩子懂事,本着节约的原则。可是后来发现我完全误会了,孩子们是故意把那难看却不得不穿的校服弄成了"嘻哈风"——要的就是那个"垮"劲——这是他们的个性和时尚。

所以说,校服为什么就不能考虑个性和时尚呢?做成时装的款式有何不可!为什么总要那么老土,让孩子们自己要不把裙子弄得短过了头,要不把上衣弄得像袍子!设计者主动加上时尚元素不好吗?让穿校服的孩子们成为美丽珠海流动的风景不好吗?

那些年我们一起种过的树

作为珠海新移民,笔者已经在这座城市生活20年了。在这20年里,笔者几乎年年都参加各种各样的植树节活动。就算笔者一次只种一棵树,也种了20棵了。有一天孩子问我,他小时候我带他去种的树还在不在,于是我们专门去找了一下,哪还有半点树影?这些年我们种的树全都不知道哪儿去了!

每逢植树节看到各种各样的植树节活动报道,热闹非凡,似乎大家每年都为植树节花了不少金钱、人力和物力。可是种的时候大张旗鼓、拍照留念,种完了大家就一哄而散都不管了。有谁回头去看过我们种过的树吗?有人知道那些花了大把银子买来、花了大把力气种下的树苗都到哪儿去了吗?

那些年,我们作为普通群众参与种下的树是乱种一气。但这也不能全怪热情种树的市民。我们很希望能够和孩子一起在家附近种下一棵树,全家人一起来照料它,让这棵树和孩子一同成长。但是现在在城市里想自己种一棵树是很难的,土地的产权不属于自己,小区也不准乱挖,你花了大把钱买来树苗种下,你一转身人家就可能把你种的树苗给拔了。

那么去参加单位的植树活动吧,但是单位种的树也好不到哪儿去,有的单位植树只栽不养,使植树流于形式。那些植树节当天被一窝蜂种下,之后却因无人照管而成片枯萎的树苗自生自灭,成活率没人保证。所以说,义务植树推行了几十年,种树的成绩斐然,卖树苗的赚得盆满钵满,可仍有地方是年年植树不见绿。

珠海绿化造林工作在全国是走在前列的,但去年(2013年)珠海造林进度缓慢,也面临着造林绿化进展不平衡、技术指导和质量监督不到位、绿化工程建设资金到位率不高等诸多问题。作为专业植树人员,他们的所作所为可圈可点。前些年,拱北那些数十年的老榕树被拔了,种上了好看但不遮阴而且自然生理循环掉下的树叶会伤人伤车的大王椰;还有那些耗资数百万种的街道景观树罗汉松,实在是劳民伤财。可以说,这些植树之殇是政府有关部门不作为、乱作为的结果。

当前,珠海正抓紧进行国际宜居生态城市建设,海绵城市是我们的目标之一。为此,我们力求到2020年,全市森林覆盖率达到36%,城市建成区绿地率达到50%，人均公园绿地面积18平方米，全市将构建自然与城市相融的生态区布局，形成"两心、两带、三网、四群、多点"的绿地系统结构。城市融入自然森林覆盖率将达36%。在这样的大背景下，我们的植树造林工作应该有新的思路、新的做法，进行深入改革。

首先，政府有关部门要率先对植树活动实施因地制宜、科学规划、公开透明、种管结合的措施。其次，政府有关部门对群众性植树活动也要引导和加强管理。有关部门应建立规章制度，鼓励和提倡市民认建、认养公共绿地，也可以保护名木古树等多种形式来让公民履行植树义务，提高义务植树尽责率。最后，政府还可以建设义务植树基地，让市民购买树苗在指定位置栽植，市民可以在自己栽的树上挂牌，比如写上植树人的名字或者特定纪念日，然后再由有关部门或企业进行后期照料；还可以在保证基本农田不动的前提下，使绿化向农村扩展。当然，转变旧观念，在自家的阳台上养一棵盆栽也未尝不可。让我们切身实地为身边增绿，这才是最实际的行动。

爱是恒久的忍耐

2014年9月12日《珠海特区报》报道，白石社区13对红宝石婚、金婚、钻石婚的老人庆祝他们相濡以沫、携手走过的数十年流金岁月和今天幸福和谐的晚年生活。85岁的李选声和86岁的黄桂花是一对结婚64周年的钻石婚老人，幸福的他们说的话让人回味良久——他们1949年结婚，64年来没有吵过架、红过脸，"头20年两地分居，没法吵架，妻子一人在家拉扯大5个孩子，任劳任怨；工作调动后生活在一起了，我感谢妻子的辛劳付出，什么都让着她，也没法吵架；后来年纪大了，越来越没有脾气了，更没有什么好吵的了"。

金婚本就令人羡慕，许多现代人结婚晚加上离婚率高，金婚的可能已经微乎其微。李选声和黄桂花64年的婚姻，多么漫长的路，美好，却不简单。两个原本毫不相干的人一起相扶相携走过，靠的就是谦让和忍耐。20年来妻子一人带大5个孩子，这需要多大的容忍和耐力？妻子任劳，丈夫任怨，因为知道妻子的苦，所以丈夫凡事忍让，这才是真爱的境界。

之前和朋友讨论过为何初见时那般的美好会演变为恶语相向、拂袖而走，他认为是有距离的时候保持着礼貌、修养和谦卑，没有距离以后，也就没有了这些温情脉脉的东西，必然变得面目狰狞了。而我觉得，是因为初相见时，吸引我们喜欢的东西太强烈，以至于忽略了我们所讨厌的东西，当喜欢的变成了习以为常、理所应当、熟视无睹的时候，讨厌的东西就放大了数倍而令我们愤怒……面对着85岁的李选声和86岁的黄桂花，我发现我们都错了，他们64年的美满婚姻告诉我们，有爱，会忍，才是婚姻的真谛。

我们因为爱走到一起，这是美好的。可是这美好不可能没有杂质，当生活变得平淡，当杂质浮现，我们需要的，不是指责、埋怨，更不是哭喊叫冤，而是要学会理解，懂得体谅和忍耐。要受得对方的好，忍得对方的糟。相处没有秘诀，只有忍让。若你忍无可忍，那么重新再忍！

如果你不愿忍，那你就没有好婚姻，这已经是无数成功的前辈证明了的真理，也是无数失败的前辈总结出的教训。

老建筑不仅述说历史……

《珠海特区报》2013年12月12日报道，在三灶镇有一幢建于民国时期的豪宅，其建设之精美程度为西区所罕见。记者从附近村民处了解到，该房屋曾被日军占领使用。对此，金湾区文体旅游局表示，近期将前往现场查看，以确定该房屋是否属于文物，以及是否具有保护价值。

珠海是一座新兴的城市，建城的历史也就是30多年，但是这片土地上早在四五千年以前就有原始先民在开发、繁衍、生息。春秋战国时期，这里属百越之地，汉初属南越国，西汉属南海郡番禺县，晋至陈朝隶属宝安县，唐代隶属东莞县，宋朝以后设置香山镇，1152年设置香山县，隶属广州府，沿至元、明、清三代。古老的地方留下了许多古老的建筑，现今仍保护完好的明清建筑群落会同村，有着美丽的栖霞仙馆；斗门镇的古街见证着曾经的繁荣；梅溪牌坊的屹立，昭示着文化的渊源；南门村的菉猗堂，讲述着南宋王朝唯一王榭后裔的传说……

建筑是凝固了的文化，是屹立的书本，它承载了许许多多的东西。一幢精美的建筑伫立在那里，可以向子孙后代讲述许多知识和故事，并进行着审美和历史教育。感谢那些我们尽力保存和保护下来的老建筑，它向我们讲述珠海的历史，让我们的城市变得厚重而不轻浮——有历史的城市才是不可小觑的！

一幢古建筑，它记载历史，是文明的物证，也见证着人类的创造和发展，更巩固我们的文化根基。一幢老房子，它是我们文化精神的载体，也是我们寻本归宗的记忆，更是抵御外来文化的侵袭、见证我们自己的文化发展的瑰宝。

新发现的这座小楼，有美丽的、不会再有的老花砖，有昔日艳影依旧的画栋雕栏……在老物件越来越少的今天，它的发现让人兴奋，它还保存完好，更令人唏嘘。但是可以看见，它已经到了岌岌乎殆哉的境地，我们再不加以保护的话，恐怕真就没了。一旦毁灭了，这就是不可逆的，就是再建一个一模一样的，它也是仿古，是赝品，不可能再有时间的积淀，不可能再存在当年的人文、社会、文化符号了。

所以，有关部门应该立即行动起来，尽早保护它，拨开历史的尘埃，让它露出优雅的美姿。但是保护中一定要修旧如旧，并尽最大可能保持原有的建筑风格，使用原有的或类似的建筑材料，否则保护就是破坏。跟拆了重建没什么两样的保护还不如不保护，不"保护"的废墟，也能留下往日的诸多痕迹，有许多历史和研究价值，而毁灭了原样的保护，再也找不到消失了的材料和建筑手法、文化符号及生活习性了，文化的灵魂也消失了。

让我们寻找老物件，保护老物件，为了我们的文化，也为了我们的精神家园，更为了我们的子孙后代……

海滨泳场，叫我怎么爱？

珠海人哪个不知道海滨泳场呢？珠海长大的孩子哪个没去那儿玩过沙、戏过水？恋人们谁没去那里踏过浪花，赏过月光？

海滨泳场，这个珠海的老牌经典景点，这个珠海人的"心水"乐园、游客们的挚爱，在敞开怀抱迎接过无数来宾之后，脏了，破了，乱了，残了……改造，拯救，翻新，装修是应该的，这里是珠海的面子也是珠海的里子，必须舒服，必须美丽！

可仿佛是美人多难，好事多磨，据说重新装修的前戏，权属纠纷、拆迁麻烦、补偿之争，就将有关部门折腾得够呛。好在正式动工后，经过一年零八个月的两期改造，海滨泳场改造工程终于于近日完成了，大美人终于揭开面纱见人了。

与改造后海滨泳场的初相见，珠海人是带着多么期待而喜悦的心情啊，可是大家被吓了一跳。笔者在此真心地、弱弱地说一句：大门口那一排不知是什么的褐色庞然大铁皮桶真丑！据说那是一排巨型金属花瓶造型。两层楼高、几个人抱也抱不过来的花瓶？上面还有无数的洞，乍一看还以为是从废品收购站弄来的生锈的铁皮烟囱。

据说那些洞是用来点灯的，为此我刻意晚上去看了。晚上点上灯，黑夜掩去了巨大的褐色铁皮，灯火点点，宛如星光，也还是好看！可是白天怎么办？有关部门说在花瓶顶上种上花以后就好看了。可是想想，那么高的花瓶，得种多么高大的花草才能合比例呢？如果只是寻常的花草，远远看去，就像秃顶上残留的几根毛发。

泳场内的那些怪异、动感、色彩艳丽的"高迪"石凳是新装修后的亮点。这些石凳的设计借鉴了西班牙伟大的建筑师高迪的风格，期望给游客和市民带来西班牙巴塞罗那风情。说实话，艺术是不分国界的，文化也没有优劣之分，美好的东西人类完全可以共享。但是珠海人的脑瓜都被弄混乱了，一条情侣路，一个海滨泳场，一会儿里维埃拉风格，一会儿巴塞罗那风情，一会儿美国的渔人码头，一会儿新加坡，一会儿东南亚……是没有文化自信，还是规划部门脑子不清楚，想起一出是一出？每次规划都是成百万的银子砸出去啊，珠海人民心疼！

海滨泳场由于地理位置和海水环流的影响，水不是很清，沙子也不是很细，这是一直以来最大的遗憾。这次改造，使用了3000多立方米的优质幼细金沙，打造出一个明晃晃的"金色沙滩"，的确挺好看的，触感也很好。相信孩子们一定喜欢在这里堆沙堡，恋人们也一定喜欢在上面打滚……可是潮汐和洋流要把这些美丽而且造价不菲的金沙带走怎么办？这是无法抗拒的自然规律啊。能找出一个因地制宜、合乎自然规律，且因势利导的方法吗？

还有，关于名字。之前第一期改造时曾经有人把海滨泳场这个自人们知道它时就已经有了的名字改成了"情人滩"，而且"情人滩"三个大字一夜之间突然就写在了海滨泳场的大门口。说实话，这个新名字与情侣路相映成趣，还是不错的。但是市民被吓了一跳，反应强烈。在一片反对声中，"情人滩"悄悄地来又悄悄地走了，海滨泳场还叫海滨泳场。现在，改造完成，又要改名了？虽然有关部门这次吸取教训，先向广大市民征求意见。可是，为什么老要改名字呢？地名是一种文化，更是一种历史，留下它，就留下了传承，留下了血脉，留下了历史。咱中国不还有"大丈夫坐不更名，行不改姓"的传统嘛，人的名都不随便改，何况一个地方！让我们祖祖孙孙都找得到根、找得到路，好吗？

因为我们都深爱着珠海

在伴着烈日流火历经了半个月、刚刚偃旗息鼓的珠海水价听证会风波中，4位网络大V的身影给珠海人民留下了深刻的印象。他们从ID号背后走出，他们从虚拟的互联网上来到听证会现场，他们有理有据地发表意见，摆明观点，引得个别官员恼羞成怒，让广大市民拍手称快，也引起了全市各有关部门的反思。(2013年8月12日。《南方都市报》)

这4个大V是真正从草根中走来的，他们让一场本来也许是走过场的听证会真正转向聆听民意，也让政府各有关部门都意识到，民意不只是一个符号、一块糖纸、一副膏药，它是实实在在、有血有肉、有声音的，来自广大百姓心底的呐喊，谁也不能无视。

大V们并不是英雄，但是他们的这次行动，必将在珠海人民参政议政的历史上写下浓墨重彩的一笔，更成为珠海网络问政的先驱——没有之一。大V们的出现，也表明珠海有关部门和领导有着海纳百川的态度以及发现问题、解决问题、实事求是的精神。正是因为有关部门愿意听到真正的民意，大V们才能把草根的心声表达出来、传递出去；也正因为有关部门同样希望珠海更好，大V们的呼喊才被更多人听到、看到，从而有更多的人来监督执行、付诸实施。

珠海人民因为大V们的热心肠而感动，有关部门也因为他们的存在而认识到了民意不能被忽视。其实，这几位驰骋网络的大V，如果你见了真人，可能会有落差，尤其是女粉丝们。

这4个人中最有英雄模样的应该是"珠海大李哥"，不过，应属明日黄花。他虽然叫"哥"，却是大叔级别了。这大叔长得人高马大、两鬓苍苍，却有着一颗柔软、纯真、爱管闲事的心。他眼里揉不得沙子，也看不得别人受苦。大雨救援有他，疏导交通有他，抓小偷有他，扶贫助困也有他……别以为他是整天没事干，他可是一名正儿八经的外企CEO。就是凭着善良的本性、睿智的脑袋以及忍不住的热血，他经常蹦起来，冲冠一怒，不仅为红颜。

"珠海老周"，在草根中有点小名望，因为他曾自愿代表全体市民叫板隧道收费不合理。但老周长得也并不英俊潇洒、高大威武，在人群中，要找到他得花一会儿时间。但是，仔细看就会发现，他的头发是浓密的小小的自然卷，像长了满头"旋儿"的牛，就是凭着这股牛脾气和投资公司老板的精明以及从小养成的英雄情结，他路见不平，拔"嘴"相助，成了习惯，也绝不思改。

"ZH爱如空气"是一个怎么看都像走错了时光隧道的人，他应该穿一袭长衫，斜搭着围巾，手捧着诗集演绎《早春二月》。外表斯文得有些柔弱的他，却有着一副打破砂锅问到底的精神。大学工科专业的训练造就了他缜密、科学、实事求是的思维方式，他对热爱的人和事，都有着不一般的细腻和执着。

"律师林叔权"，虽是外地人，但20多年的珠海生活，他的青春和热血都洒在了这里。他见不得珠海不好，就像见不得自己写错了字。他用法律知识为珠海的好呐喊，更为珠海的不好疾呼，不计成本，不顾得失。

他们都是市民中的一员，没人给他们任何"补助"，他们都还要操心另一份养家糊口的本职工作。但他们为水价问题上下求索，慷慨激昂，奋笔疾书，奔走呼吁，这一切，是为了什么？"ZH爱如空气"的一句话道出了他们的心声：因为我们是珠海人，因为我们爱珠海！

是的，一切都是因为，我们都深爱着珠海这片热土！

从"物本"到"人本"转变

2014年10月30日上午，香洲区团区委、区义工联举办老旧小区文明引导志愿服务培训班，来自各镇街的600多名大叔大妈们认真学习如何成为一名合格的社区文明引导义工。大妈大叔成了老旧小区文明引导者。

特区初期建设的那些设计建设标准低、配套不全、设备过时老化、管理不善、人文环境差的旧住宅小区的改造，是个普遍性的老大难问题，一直以来老旧小区的综合整治也是城市建设和管理的薄弱环节。但是无论从改善居住环境的角度，还是从创建文明城市、提升城市整体形象的角度，都必须对城市老旧住宅小区进行综合整治。

以往，我们治理老旧小区多是从治理物化的东西来下手的，比如整治环境——种花草、大扫除、修建垃圾池、维修破门旧窗、修建小区道路和围墙、增建监控系统、增添体育设施……这些做法的确在一定程度上改变了老旧小区外在面貌。但为了保证这些治理成果能够长期有效，并使维修和整治制度化、常态化，有关部门和老旧小区居民们也一直在摸索一些能够长久有效的方法，比如居民自治。但是老旧小区在我市实施居民自治是喜忧参半。有的小区自治得很好，有的小区自治却很难走下去，至今仍有一些老旧小区问题不断暴露，整体环境不尽如人意。现实告诉我们，老旧小区的治理是一项长期的、艰巨的、细致的工作，不是仅仅靠投钱治物就解决得了，必须治标又治本。那这个本是什么？我们一直在上下求索。

今天，香洲区观念一转，从以往的"物本"理念转到了"人本"理念上来——治物永远是暂时的、表面的，只有以人为本的"治"人，才能从根本上改变老旧小区的状况。他们的"治人"方法也很巧妙。从在小区中活动最多、闲暇时间也多的大爷大妈们入手，通过对他们的培训，让他们引导家人、邻居和伙伴摒弃不文明行为，保证小区的和谐、文明，保证小区物质条件的改善不被破坏，保证小区的邻里们守望相助、互敬互爱、和谐相处。这种从"人本"出发治理老旧小区的理念很值得称赞和推广。从本质上看，人是决定人类生存环境的关键因素，把人管好了，不那么高大上的房子也会窗明几净、绿树红花，人管不好，豪宅也会成"鬼屋"。

这一点，我市多家老旧小区的管理者们似乎英雄所见略同。比如福石社区与市创文挂点单位市港澳流渔办联合开展"家风家教大家谈"有奖征文活动，使小区居民从心底里增强了道德感和对社区的热爱，道德越谈越美，小区也变得其乐融融。还有拱北侨光社区新市花园小区，业委会组成了多个劝导小组，对小区里居住人员的不文明行为进行劝导和监督，使这个昔日的"老大难"的小区变成了"小先进"。

城市治理从"物本"到"人本"的转变是一次飞越，体现了我们城市管理水平的飞越，也体现了我们管理观念的飞越。由此推开去，管理整个城市，何不在制度完善、设施建设完备的同时，更注重从"人本"下手呢？

珠海游个泳咋就那么难？

珠海是亚热带海滨城市，夏日炎炎，游泳是最好的消暑方式。可是夏季在珠海，想游个泳真的不容易。市区内最大的海滨浴场菱角咀浴场刚检验出有害细菌群含量超标。（2013年6月20日《南方都市报》）

有些小区的泳池从没有检验报告，用完后眼睛红肿、下体不适。有些偶尔被抽检的泳池水也都是大肠菌群超标、尿素超标。唯一管理的比较到位的体育中心游泳馆是全市人民唯一的公共游泳馆，又整天是人头涌动，跟下饺子似的。原来菱角咀那里还有个标准的政府管理的泳池，现在也被拆了。常年在海边水畔生活的珠海人，一年大半时间都在炎热气候中生活的珠海人，该到哪儿去游泳呢？

当然一些大人物和有钱人可以去酒店或者私密会所的泳池，可是老百姓只能去公共泳池，但现在这些公共泳池不是拆了、拥挤，就是被污染了。可竟然还有什么破专家在那儿忽悠："如果你游泳的时候能够不喝水，那就可以考虑下水游泳……"这叫什么话！不喝水可以，不呼吸行吗？泡在水里呼吸当然是用嘴，用嘴巴能不进水吗？病菌超标的水入了口能不生病吗？这专家是不会游泳还是故意顾左右而言他？

目前我市游泳池、游泳场普遍水质差，市民意见很大，这是否与有关部门的不作为有关？我们有白纸黑字的《公共场所卫生管理条例》和《游泳池给水排水设计规范》，可是为什么没人监督执行，也没人追责水质污染，难道非要到了出现群体事故才有人管吗？

目前，加大罚款力度，让问题泳场不敢"带病"工作，是解决泳场、泳池水质的一种途径。但更重要的是有关部门还应当对泳池、泳场水质进行逐个检查、定期抽查，并将检验结果公布，将合格和不合格的游泳场所都在公共媒体上曝光，形成一套游泳场所"长效＋动态"的卫生监督管理机制。如此才能还群众一个干净的泳场。

你让了，你真美！

在某网站上看到过一个帖子：爱上珠海的十个理由——这是一位只到过一次珠海的游客写的，他在"珠海渔女"那里过马路时，汽车主动停下，让他先过，他因此爱上了珠海。

爱上一个地方、一个人的理由往往很多，可是这个理由让珠海暖融融的。无独有偶，《珠海特区报》报道的市民赞扬出租车司机李亮君人行路让行人的行为，也让这几天经历倒春寒的珠海感觉格外温暖。

车让行人，看似小事一桩，但反映出的是一个城市的文明程度、是一个城市的道德素养。这样的文明现象越多，珠海人就越美，珠海这个地方就越可爱。

礼让行人的的士司机李亮君说得多好："做生意不是一朝一夕的事情，在斑马线前停一停，让一让，看似耽误了挣钱，但换来的却是自己和他人的安全。"

的确，不管司机再忙、再有理由，在马路上，司机开着车，是掌握着一个可以杀人的钢铁机器，在人的肉身面前，它就像一个庞然的武器，无论如何它都是强势的。开车者已经强势了，再耀武扬威有什么意思呢？强势对弱势稍稍地礼让一下、体贴一下，让弱势别担心、别害怕，让弱势能从容一点地走过马路去，这有何不可呢？这是个道德问题，也是个心态问题。

可现实中也的确有一些司机有着欺负行人的心态（不仅是出租车司机），他们总认为自己比走路的人牛。正是这种霸道思维，反助了中国式过马路的盛行：行人在人行道口站了很久，一辆辆车呼啸而过，就是没有一个停下来让人过的。车子不让人，行人只能闯，但一个人不敢闯，一个人闯的话汽车是不会让的，而一伙人一起闯，汽车就不得不让了，于是行人就成功地过去了。从这个角度看，中国式过马路不仅是行人造成的，更是汽车的不礼让造成的。

所以，特别希望所有的司机都像李师傅那样，别争那一时半会儿，冲那一下，你并不能因此快多少或是多赚多少钱，不仅得不到什么好处，可能还增加了危险。可是让一下，优雅、文明、道德、安全都显出来了。而且一个不急不躁、踏实稳重的司机一定会赢得更多的乘客。

当然有些出租车司机着急抢路抢时间是迫于生计压力。记者曾做过调查，我市每辆出租车的司机每天不管拉不拉客都要缴300元的费用，紧赶慢跑一个月下来，平均一辆车要缴1万多元的各种费用，两个司机倒班24小时营运，一个月每人也就挣三四千元。而我市开出租的司机90%以上是外来工，他们要在珠海租房吃喝，还要给老家的老婆孩子寄生活费，3000元，如此大的经济压力你让他如何不急？但是经济永远不是道德的借口，再急也不能横冲直撞。

虽然说道德是有一定的物质基础的，但道德从来就不是酒足饭饱后的副产品。近有我市小贩大叔勇救落水儿童，远有外地捡垃圾度日的大嫂捡到巨资主动交还失主，建筑工地打工的穷哥们儿会对陌生的水淹司机伸手相助。笔者相信，我们的出租车司机并非没有道德，只是在生活的压力下急眼了，而人一急，就毛躁，就生气，就出现了各种各样的问题。正如近日媒体报道的那样,珠海的出租车司机有"七宗罪"。但这不是他们的原罪,这里有制度问题,也有社会的原因。那些屡被诟病的问题,有关部门确实该想想办法了!

为出租车司机们营造一个仓廪实而知礼节的道德环境至关重要,希望有关部门能关心出租车司机的生活,希望全体市民理解出租车司机们的不易,更希望司机师傅们自己争气!你们代表珠海的形象,你们是珠海文明的窗口,你们有道德有尊严地生活和工作,是珠海的一种美。

中华白海豚还能逃到哪儿去!

1999年,我国在珠海成立了珠江口中华白海豚国家级自然保护区。但由于人类活动频繁、环境污染等原因,目前这里的白海豚数量锐减,老龄化严重。而桂山海上风电厂建设或是白海豚锐减甚至灭绝的重要原因。也许,中华白海豚将失去最后一片繁衍生息的净土,专家建议重新选址。(2013年7月11日《南方都市报》)

中华白海豚是我国的珍稀物种,像熊猫一样珍贵。现在,它们就快被人类赶尽杀绝了!要知道,地球上任何一个物种的灭绝,对于整个地球的生物链来说,都是一次不可逆转的毁灭性打击。但对于岌岌可危的白海豚家园来说,始作俑者绝对不是天灾,是人祸。

环境污染,让中华白海豚病的病,死的死。多年来,追求GDP发展的理念让一些人把环保停在了口头上,环保意识极其淡薄。几天前央视曝光有地方官员甚至说出"豚不好吃干吗要保护"那样无知的话。本来,珠江的入海口水生物丰富,是千百年来中华白海豚最喜欢聚集的地方。但是现在,整个珠江流域,从上游到中游到下游,沿江工业网点密集,工业废水不经处理直接排放到江里,各地、各级政府和有关部门都睁一只眼闭一只眼,致使江水污染严重。特别是前几天珠江上游的水质出现了严重污染时,我们的一些主管官员竟然说珠江水的水质监测"主要靠鱼",真是让人匪夷所思。

上游"负责监测"的鱼都死了,下游入海口的海豚们又能好到哪儿去!人类的各项工程和船只往来使海豚们大量受伤;保护区附近桂山风电厂的电磁波又使海豚的生物系统和回声系统受到严重干扰,导致海豚大批不孕不育。同时它们无法判断方向，撞死在船上，或者搁浅在沙滩上。

当年珠江口中华白海豚国家级自然保护区刚成立的时候，笔者曾随保护区工作人员出海考察，那时，很容易就见到黑色的幼豚和粉红色的成年豚在大海中嬉戏。可是现在，这种情景越来越难得一见，即使偶然一见，也是粉色的成年豚或是白色的老年豚。近年还发现受伤或搁浅的海豚死在琪澳岛或者吉大海滨浴场等地的沙滩上。

距离保护区成立14年了，尽管保护区的工作人员做了大量的工作，中华白海豚还是在减少。珠海的珠江口流域这片中华白海豚聚集地是它们这个物种在地球上最后的栖息地了，如果我们护不了这美丽的精灵，它们或将真的失去家园走向灭绝。

制度，我们是有的，保护和研究工作也在做，但是，如果制度不落实，责任不追究，中华白海豚，你还能逃到哪儿去呢？

传统书店"变脸"是大势所趋

实体书店是否前路茫茫？2014年5月30日亮相珠海的首家新型复合式书店试着去突破网上书城和数字阅读的冲击和包围，为珠海文化创意产业发展注入新的血液。

随着移动互联网时代呼啸而来，网络购书已经成了人们的习惯，屏幕阅读正逐步占领纸书阅读领地。这对传统书店产生了很大的冲击，这是必须承认的现实。同时，博客、微博、微信到电子书平台，社交元素已成阅读行为难以分割的部分。一方面是书籍买卖的方式改变了，另一方面是人们的阅读习惯改变了，这个改变分为三部分——媒介的改变、口味的改变、方式的改变。

面对这些改变，如果传统书店再不变，那就真的"OUT"了。传统实体书店要生存，要在竞争中存有一席之地，就必须有所改变，敢于创新。传统书店必须走出老套的方式，从形式到内涵、再到经营模式都应该变革，这样才能满足新时代人们的阅读需求。书店改革必须有胆识、有思路、有突破，才能出奇制胜，杀出一条血路、新路！

其实，仔细想想，传统书店也没有走上绝路，只要变一变，就有生存空间。新型复合式书店就是传统方式的一个华美转身，就是要变脸，要用不同的方式,满足不同的需求。

现在有各种各样不同阅读习惯的人,他们来到书店,如能找到自己喜欢的方式,那就是一大满足。有喜欢电子屏幕的,也有喜欢青灯黄卷的。有喜欢一个人偷着过文字瘾的,也有喜欢和别人交流阅读心得的,更有喜欢和作者互动的……书店其实还是个休闲场所,人们想在这里得到很好的放松,闻闻书香,休闲瞎逛,顺便带走一两本书。还有,能否开通宵书店呢?现代人,特别是年轻人,夜生活是不可缺少的。夜书店,肯定能把在酒吧和卡拉OK中的年轻人拉过来一部分。当然,书店的布局要改了,要增加舒适性和聚会的方便性,更要增加互联网和其他高科技手段。这些其实都是传统书店转型的方向和契机。传统书店要用新的创意、新的体验、新的感受,来满足新的需求。

现在,书店不仅仅是个买书、读书的地方,更要营造一种浓厚的文化氛围和书香气息,要让爱书人、读书人、写书人和爱读书的人都在这里找到需要,获得满足,从而吸引更多人加入读书队伍当中。这应该是传统书店"变脸"的方向。

爱心车不能被亵渎

2014年6月8日《珠海特区报》报道了有高考爱心出租车司机向考生收钱的情况。市交通局日前回应称,收钱司机所载考生不是爱心车辆的预约考生,但收钱肯定违规,此事是个别司机因概念不清所致,已督促出租车公司加强对司机的教育。

出现这种事情,有关部门还应该加强对爱心车队的监督和管理,当然也不是说服务高考的车就不能收费,但是不能打着爱心牌收费,这样不但亵渎了爱心,也制造了混乱。

其实考生也不是出不起车钱,最怕的是耽误时间,高考爱心车队的初衷就是本着方便考生、让考生放心的理念成立的。这种为考生服务的爱心车,体现了政府对考生的关怀和社会对考生的关爱。但是,如果有人打着爱心的名义挣钱,那就把全珠海人民对考生的一片心意亵渎了。因此,爱心车收费不是小事,反映了我们对献爱心、做慈善等行为的管理还不够严格,专业训练还不够到位。

高考爱心车辆免费接送服务我市已进行多年，今年的高考爱心车有250多辆，接送近300名考生。在服务进行前，市交通局和出租车行业协会已组织出租车司机和要接送的考生一对一预约，确定接送时间和地点。司机为考生提供免费服务后，各出租车公司会以各种形式做出补偿。发生了上述事件，说明有关部门对于爱心车队的选拔和教育应该加强。试想，如果一个不负责任，或者唯利是图的司机，很难说不会在某一个点上耽误决定考生一生的大事。

我们应该相信，这的确是个别司机所为，也许是他们真的不知道没有预约的也不能收费，也许是他们一方面拿了政府给的补偿金，一方面又收取考生的费用，感觉自己多捞了一笔小钱也没人知道，考生忙着高考也不会计较。但这种小聪明其实是失了大德，得不偿失。

这些都说明我们有关部门对爱心车队的工作没做到位。因此在对司机进行批评教育的同时，也应思考一个问题，是否对爱心车队进行改革创新，在原有爱心车队的基础上，多给司机一些补偿，不仅给予金钱的补偿，还可以给爱心车以荣誉，给参加过爱心车队的车常年加挂星星或其他牌子等符号，让老百姓一看到这种车就放心、安心，同时也会增加该车的人气和客流量。

文明的养成更重要

轰轰烈烈的捡垃圾行动，很是让人感动。但我更希望有一天，珠海再也没有这样的活动，即使几千人同时爬山游玩，山上也是干干净净，除了欢歌笑语和愉快的脚印外，什么也没有留下。

我总在想，为什么外国人基本不乱丢垃圾，自己的垃圾总由自己收着，并放到指定地点，而国人乱扔垃圾是家常便饭呢？我想这跟城市建设设施和传统文化教育有关。

中国是历史悠久的农业国家，地大物博的农村生活，垃圾基本被大自然循环消化掉了，导致我们长久以来都没有正确处理垃圾的习惯和方法，我们没有垃圾站、垃圾桶，我们随手丢垃圾，大自然很宽容地笑纳并处理。

城市化进程加快是改革开放之后的事情，农村城市化进程很快，城市吞并农村也很快，人们生活方式、衣着打扮都很快地城市化，但是所谓"江山易改，禀性难移"，千百年来形成的习惯的确很难改掉，这其中包括随手丢垃圾的恶习。

话又说回来，正是因为有这样的恶习，教育才成了最为重要的手段，没有前辈以身作则，我们要自己教育自己，因为我们可以有拿来主义，因为我们已经知道不乱扔垃圾是种美德，我们也懂得不乱扔垃圾才会使我们的城市生活美好。所以，要逼着自己去习惯美德和美好的生活——这是教化。反过来，今天的大自然被我们"欺负"得太久、剥夺得太狠，她已经不能靠天然循环来消化我们制造出来的废物。如果我们还对大自然不客气的话，那么大自然是会报复我们的，她无法消耗垃圾时，就会产生危害人类的有毒物质，如果我们不改变恶习，不妥善处理垃圾，我们终将自己把自己毁灭。

所以，从我们这代人开始，自觉地根除乱扔垃圾的恶习，并抓紧教育我们的孩子不乱扔垃圾。这样，一定会像那句外国谚语所言：贵族的养成至少要三代人。那样，到了我们儿子的儿子，他们从小受到良好的不乱扔垃圾的教育，知道垃圾应该正确处理，那时，他们的世界应该是干干净净的了吧。

被"遗弃"的精神病人拷问社会良心和制度

东莞南城车站日前出现了一批特殊的乘客，她们有的呆坐在候车大厅，有的在垃圾桶里翻找食物，有的席地躺下，其中一名还大小便失禁。这批乘客共七人，均为女性，她们自称来自珠海香洲一家精神病医院，有护士以送她们回家为由把她们带到东莞，而后护士消失。南城警方初步怀疑她们被精神病医院遗弃。前天，在南城车站滞留超过25小时以后，警方联系上珠海白云康复医院的精神专科医院，并协调把这批乘客送回珠海。院方否认遗弃，只承认医护人员出现工作失误。（2013年9月12日《南方都市报》ZB02版）

医院说不是遗弃，你信吗？要知道，从医院所在地到香洲汽车总站距离挺远，而且医院位置较偏，走路很难到达，肯定得坐车。如果没有人带着，这些迷迷糊糊，有的还不能自理的7个精神病人集体到达香洲汽车总站是不大可能的。但事实是这7个人不仅到了香洲汽车总站，而且全部乘上了开往东莞的大巴。如果没有人蓄意安排，她们也许在珠海就会被发现了，不可能到达东莞。

到了东莞，两个看管护士一个说去买票，一个说去买食物，然后就不见了。暂不说看护制度不允许病人离开看护人员的视线范围，就是护士真走丢了，7个病人却没走，她们都老老实实地在候车大厅待了25个小时，东莞南城车站没多大，找7个聚在一起、全穿着统一病号服、剪着板寸头的女人一点也不难；退一步讲，就算是真的很难找吧，弄丢了7个病人，护士竟然不报警？这不是遗弃又是什么！

再说这7个病人的背景，有的是警方"捡来"交到医院的，有的是家里送到医院的，可就连家里送去的病人，在东莞警方联系到家人并说她被医院遗弃时，病人家属竟然也不愿意接回。这简直就是合伙遗弃了。

好在东莞南城车站的工作人员和保安以及当地派出所的人没有遗弃她们，大家都出钱给她们买吃的弄穿的，还帮她们清理身体卫生，帮她们找家人、找医院，终于把她们送回了珠海。想想都后怕，如果她们真的丢了，有可能惨死街头，也有可能病情发作，伤害无辜的群众。在我国，精神病人因缺乏看管杀人、伤人事件时有发生，血淋淋的教训仍无法让我们警惕吗？

医院说政府财政对精神专科医院是有拨款的，但并非全额拨款，而是差额拨款，这也只够医院发工资，其他支出都要靠医院自筹。如果不能从病患身上收取费用，医院运转就很艰难。而精神患者中家庭困难的较多，而且还有一部分根本找不到亲人，全部由医院垫付医药和护理费用，因此她们就成为医院沉重的负担——这，也许就是医院要把她们丢掉的原因吧。但是无论如何，医院是治病救人的地方，抛弃病人，天理不容，道德不容，社会也不容。

不能抛弃，又没有开支，这的确是两难的境地，这也正暴露了我国康复医疗领域存在的问题。因此，加强精神康复设施建设，建立精神康复制度，真是刻不容缓！

根据国际上评价多类疾病的总体负担指标，精神疾患在我国疾病总负担的排名中居首位，已远远超过了心脑血管、呼吸系统及恶性肿瘤等疾患造成的负担。为此，前卫生部新闻发言人说：精神卫生问题是我国一个重要的公共卫生问题和社会问题。那么，对精神病人的治疗、管理和关爱，拷问着社会制度，也拷问着我们每个人的良心。建议国家和地方财政都加大这方面的投入，同时各级政府也应建立起对精神病人及其家庭的帮扶制度，并出台政策鼓励社会力量涉足该领域，努力为精神障碍康复者营造一方温馨的绿洲。毕竟，他们是社会的组成部分，他们生活得好，才是我们大家的好。

用爱与亲情挡住骗子

上月初，平沙镇一名八旬老翁因救孙心切，被骗子以还债转账的方式骗走6万元。近日，在平沙派出所民警的多方努力下，成功为其挽回被银行冻结的4万元存款。(2014年8月31日《珠海特区报》)

在花样百出、令人眼花缭乱的各种骗局中，老年人是最方便下手的对象，不少老人稀里糊涂地掉进圈套，直到损失巨大的后果发生，仍没有弄明白是怎么回事。这与老年人消息闭塞、防范意识不高有关，更与老年人孤独寂寞相关。

当前，我国已经步入老龄化社会，珠海也在由一个年轻的城市向老龄化迈进，老年人的数量不断增多。但珠海的许多老年人子女都在外地或者外国，即使同城居住，由于现在中青年工作繁忙，也难得"常回家看看"，因此，空巢老人的比例在不断加大。

很多空巢老人亲情缺失，若是老伴过世，更加孤独寂寞，有人来搭讪聊天，自是满心欢喜。交谈中透露了许多个人信息，于是乎被骗子盯上。俗话说，不怕贼偷，就怕贼惦记，这些惦记着老头、老太太的骗子们便想方设法忽悠老年人，买东西、请旅游、帮治病……各种手段都出来了，有时候他们更是软硬兼施，连哄带吓，老年人在不知不觉中掉进骗子设下的圈套。

还有些老年人，子孙都在远方，一听到有关子孙的消息，便特别在意，这又给了骗子可乘之机。就如新闻中所言，老人救孙心切，已经失去了是非辨别能力，身边又没个商量的人，只好和骗子冒充的"好心人"一起谋划救孙子的办法，这正好就跳下了骗子布好的陷阱。

解决老年人受骗问题，除了街道、居委会、社区加强宣传以外，各相关单位如医院、银行等工作人员应把提醒和告知当作一项重要的责任来担当，还希望子孙们真正重视这一问题，亲情和爱才是打击骗子的最好的方法。老人们年轻时曾用他们的生命和爱陪伴我们成长，如今到了我们反哺的时候，陪伴他们老去也是我们应尽的义务。

古人云：父母在，不远游。如果身不由己，必须身在远方的儿女，也要尽量常回家看看，多打电话问问，多抽出时间陪伴他们。只有爱和亲情才是挡住骗子的最有力的门。

两袖清风　一颗爱心

2013年10月16日《珠海特区报》报道，斗门哥俩办的书屋传播水乡文化，免费借阅图书惠乡亲，成为周边孩子们阅读的好去处。虽只有3000来册藏书，藏匿老街，但书香四溢，吸引着乡亲、孩子，也吸引了来水乡游玩的游客。

在别人都忙着到城里打工、做生意的时候，陈志清和赖权文却喜欢守在家乡摆弄图书，他们并不靠它维持生计，只是传播莲洲水乡文化，也让家乡莲洲的孩子们了解世界。爱书的人，心底是纯净的，他们能在喧嚣的世界中找到自己的声音，他们能在滚滚红尘中不迷失心灵。两个农村小伙，能有这样的境界，的确令人佩服。

更令人赞叹的是，他们把爱书这个美好的品德传给了家乡的孩子们。五年级的小女生梁艳芳几乎每天放学都会来这里看一下书再回家，她手里紧紧抱着《儿童文学》……也许，这些启蒙的文学杂志从此给小姑娘插上了理想的翅膀，将来也许真能从这石板路老街的古老莲洲飞出一个著名的女作家。

即使不是人人读书都为了当作家，有了书本的浸润，就有了丰富的人生，就会达到"腹有诗书气自华"的境界。这样的君子生活，是和谐社会的理想写照。"清心书屋"，寓意"两袖清风，一颗爱心"。能清心，清净，那是人生的美妙，是智慧，是哲学，更是人性的升华。还能用书传播爱，那更是至高的理想境界。

爱书是清贫的，但两个小伙子心甘情愿！他们都在家乡有自己另外的工作，他们每月的收入只够解决温饱，但他们把几乎一半的收入都用在丰富书屋的"馆藏"上，他们以收集二手书为主，并以此为乐。珠海的爱书人，让我们帮帮他们，把您的藏书或孩子用过的书捐一部分出来可好？

爱书的人也许看来是寂寞的，但他们有自己的乐趣，书读得越多，越对古老的文化着迷，他们搜集了一批旧物，让清心书屋派生出了一个"水乡展览馆"——石臼、门脚石、虾笼、黄鳝笼……这些自古以来莲洲镇普通居民日常生活劳动使用的工具，随着现代生活的侵入正在慢慢消失，他们拯救了生产、生活的工具，从某种意义上说就是拯救了民俗文化、传承了民俗文化，并赋予了自己家乡的民俗更多的意义。他们的所作所为，不仅为珠海文化事业的发展做出了贡献，也为自己和乡亲们的生活增添了光彩。

君子爱书不爱钱，我爱东坡不爱仙。这也许是陈志清和赖权文的境界，高雅的境界，令人佩服的境界！在物欲横流的世界犹显珍贵。

为青春插上梦想的翅膀

迎着早上初升的太阳，"五四"青年节的拱北口岸广场上激情荡漾。这里举行的"2013年珠港澳三地五四青年成人礼"，让珠港澳三地青年的梦想从这里起航。(2013年5月5日《珠海特区报》)

这一天，共青团珠海市委等有关单位为珠港澳青年放飞梦想搭建了一个平台，让珠港澳三地刚刚迈入青春门槛的年轻人，在实现梦想的实践中放飞了自己的青春和理想。

站在人生旅程的起点上，哪个少男少女不怀揣梦想、渴望飞翔？也许我想考上一所理想的大学，你想找到一份喜欢的工作，而他则想找到一个心爱的人……这些带着青草香味和晨光露珠的梦想是那么美好，它让我们的青春闪闪发光，而把这些光点与祖国的繁荣昌盛结合起来，我们的青春就会光芒四射，我们的梦想就会羽翼更加丰满，飞得更高更远。

习近平近日在给北大学子的回信中说："得其大者可以兼其小"——只有把人生理想融入国家和民族的事业中，才能最终成就一番事业。"人的一生只有一次青春。现在，青春是用来奋斗的；将来，青春是用来回忆的。"

是的，青春多美好，奋斗才不负春光，而且只有把个人小小的青春梦想融入我们生活的这个大时代中去，我们的青春和奋斗才更有意义。今天，我们生活在建设梦想中国的大时代，我们生活在中国改革开放的最前沿，为了安放无悔的青春，珠海的年轻人更应该挑起社会的责任，把美好的个人理想与"祖国安好，人民富强"的中国梦结合起来，与"蓝色珠海，科学崛起"的珠海梦结合起来，为了祖国的富强，为了珠海的兴旺，为了我的大学、我的事业、我的爱人、我的青春去努力，去拼搏。

生活在今天的青年，也许不需要像"五四青年"那样为了理想抛头颅、洒热血，但"五四"先辈们为了理想敢想敢干，努力奋斗，勇于担当的精神，是今天每一个年轻人学习的榜样。

怀揣梦想，敢想敢干，从建特区的第一天起就是珠海人的精神特质之一。当年建特区，全国各地的年轻人，带着各自的梦想从祖国的四面八方来到这里，正是用这股精神把一个昔日的小渔村建成今天的现代化海滨花园城市。今天珠海的年轻人，更要把父辈的这股精神继承下去，发扬光大，努力挥洒青春的智慧和汗水，为珠海实现经济富强、生态和谐、人民幸福的梦想而奋斗，同时让自己的小小梦想在为共同梦想而奋斗的路上放光。

等到我们老了，等到我们的小小梦想和祖国的梦想都实现了，我们就会像奥斯特洛夫斯基说的那样：回首往事，我们才不会因碌碌无为而悔恨。

停？还是不停？这是个问题！

2013年9月23日《珠海特区报》报道，日前，一名中年男子因上错公交车，与K7路司乘人员发生争执，并上前抢夺司机方向盘，殴打正在开车的司机。车辆左右摆动，一车人心惊胆战。最后司机安全停车，未造成事故。该男子因扰乱公共秩序，影响公共汽车运营，被行政拘留5天。

真为这个二百五男子捏一把汗，方向盘是能随便抢的？好在没出事，要是车真的翻了，满车的乘客有个好歹，他可真要吃不了兜着走！此事值得我们深思：加强公民意识，刻不容缓！

这位"勇敢"的男子可能不会开车，不知道乱抓方向盘有多危险，但是作为一个公民，起码的素质应当有，那就是你的任何作为都不能妨碍别人。乘错车要迟到固然着急，但是因此采取激烈行为，强逼司机停车，那就是置大家利益于不顾的恶劣行为，上纲上线一点，这就是危害公共安全！

可是话又说回来，司机师傅在听到乘客急叫"停车，坐错了"的时候，是否能够耐心和蔼地解释一下呢？化解矛盾，让所有乘客满意也是司乘人员的职责。笔者也曾乘错过车，也大叫师傅停车，那时车刚开出站台，还没上"正道"，可是师傅就是不停，也不理我的急叫，面带平静的笑容，一副"懒得理你"的样子。倒是旁边的乘客看我着急，对我宣传了政策——"不能停的，只能到下一站下了，这是规定。"

说实话，规定是人定的，是为人服务的，而不是卡死人的。遇到特例，在不妨碍大家的时候，是否能"通融"一下？想起不久前武汉一个女乘客拉肚子，急叫师傅停车，还跑到师傅面前求了3次，师傅就是不停，于是这女士就拿着车上的垃圾桶跑到车的最后面当众解手了。我们可以骂拉肚子的女人不文明，可是有没有设身处地为她想想呢？的确，规定是不允许公共汽车不到站停车的，可是在紧急情况下，在路况也允许停车的情况下，停一下，有何不可？

我们每个人都要做一个有素质的公民，不能把公共空间当作自家的炕头，想怎样就怎样。可是司乘人员是否也该提高素质，把群众当作自己必须热心服务的人呢？还有公共汽车的各种规定是否也该更人性化一些呢？我们的社会和谐，是要让每个人都安宁快乐，而不是怨气冲天，你死我活。

小手拉大手　文明路上走

孩子都是天使，他们的正能量以及他们向善、向优的本能非常惊人。2013年4月8日《珠海特区报》报道了珠海市志愿小交警在拱北繁忙路口上岗的情形——"叔叔阿姨等一下"，"叔叔阿姨请慢行"。在拱北三个重要路口，"文明小交警"志愿者们手持小红旗彬彬有礼地指挥行人过马路，人车争道的状况很快得到缓解。

不知道那些想取巧变通、不遵守交通规则的大人们怎么想，在孩子明亮眸子的注视下惭愧吗？或者仍旧自以为是或不以为然？

想起不久前在小区看到的一幕：一个五六岁的小姑娘蹬蹬地跑向垃圾箱，把她刚剥下来的一张糖纸扔了进去，而和她一起走着的妈妈却离着垃圾箱老远就将手里的垃圾袋抛了出去，结果，垃圾袋在半空中散开，来了个天女散花。

无独有偶，4月6日《楚天都市报》的一篇报道也引起广大网友热议：红灯亮了，湖北省武汉市汉口一对年轻父母在红灯下拖着儿子过马路，孩子不肯过，说红灯不能过，却被大人拖过去了。在文明的十字路口，小手拉着大手向左——认真遵守规则，大手却用蛮力硬拖着小手向右——自作聪明地投机钻空子，结果是，小手可能会不知所措，文明迷失了方向。

孩子的心灵和行为是纯净的，纯净得像一张洁白的纸，等待我们帮助他们绘出美好的蓝图。学校老师教会孩子不乱丢垃圾、不闯红灯，但刚刚在孩子心中树立起来的文明规则，立刻被孩子的父母打了个稀巴烂。孩子该怎么想？老师对？还是父母对？这种疑惑，会让孩子的性格和人格都扭曲吧？作为成人、家长，本应该用自己正面的榜样作用来巩固和加深学校在孩子的文明意识中画下的图案，这样，图案才能清晰美丽，可家长的反规则行为误导了孩子，就像随手涂改了老师画的图画，图案变糟，不言而喻。而这种糟糕是不可逆转的，孩子的教育无法重来。

童年时期的人格和心灵塑造对于孩子的成长最为关键。言传身教，春雨润物，社会中的行为法则、生存规则，需要我们做父母的一点一滴说给孩子听，一言一行教给孩子做。如果大人不做正确引导，孩子就会发展成自由散漫不守规矩不懂规则的顽童，甚至受到不良行为的影响，最终走上歪路。现实中，有的家长抱怨自己的孩子一身恶习，殊不知，这恶习，也许正是家长一点一滴教给他（她）的！"坏"孩子的始作俑者其实大多是家长。

因此，作为成年人，特别是家长，不要再用"生存法则"做借口，也不要再自作聪明地玩侥幸，我们要勇于向孩子们学习，要直面自己的错误，要沿着小手指的正确路子走。为自己，更为孩子，改改中国式过马路的恶习吧！

志愿小交警们，正是用他们的行为影响、带动大人，提升了自己，同时也为珠海创建文明城市贡献了力量。他们用并不十分有力的小手拉住了有力却往歪处走的大手，将他们往正道上拉，这个力量是强大的。

珠海的志愿小交警们，你们是好样的。作为珠海市的小公民，你们使珠海的环境更优美了，城市更亮丽了。珠海人民会为你们而骄傲，你们的老师、爸爸、妈妈都会为你们自豪，而他们也会向你们学习，成为守规则的文明人。让我们"小手拉大手、'创卫'文明路上一起走"，共同把珠海——我们的家园装扮得更加美丽光彩！

珠海，我不想你浅薄！

国家重点文物保护单位三灶万人坟因保护问题再度引发关注。近日，有市民发现三灶万人坟有新旧两处，其中旧坟杂草丛生、破败不堪，只余一个墓碑、牌坊，景象凋零，被指保护不力。金湾区文体旅游局相关负责人昨日下午回应，旧坟于20世纪80年代就已迁入新址，旧址此后被废弃，不再属于文物。(2014年7月3日《南方都市报》)

有关部门负责人说得没错，坟是迁过。但30多年过去了，这迁坟工作仍是个半拉子工程，遗骨挪了，但有些牌坊、纪念碑、纪念柱都没挪。一些寻找历史的人、想凭吊的人，还有所剩无几的还记得那段历史的村民也都搞不清楚该在旧址祭奠，还是该在新址祭奠了。两边同样荒凉，旧址更让人心酸。想想当年日本那些杀人者待的靖国神社的模样，再看看我们的被杀者待的万人坟，怎一个"心酸"了得。

三灶万人坟是个不仅珠海人而且所有中国人都不该遗忘的地方。这个地方虽然没有南京城日寇大屠杀那样引人瞩目，但当年上万中国劳工和三灶附近的村民修建完日本军用机场后，日军怕泄密就把他们全活埋了这一史实，我们是永远不应让它被历史的尘埃埋没的。

这个三灶万人坟与当年日军偷袭珍珠港时那些不知从什么地方飞来的轰炸机有关，跟1941年日本男爵海军大将大角岑生等乘坐海军巨型飞机经斗门大赤坎黄杨山离奇坠落、机毁人亡有关，跟三灶村存至今仍存在的、同样是破烂不堪的侵华日军慰安妇会所有关……它们是一连串有着内在联系的历史实物的见证，可是这些似乎都快被世人忘记了。记住这段历史，研究这段历史，是我们的责任。

其实在珠海，历史的遗珠不仅仅有万人坟、沙丘遗址，还有宝镜湾摩崖石刻、会同村、苏曼殊故居。它们都是我们宝贵的、独一无二的历史文化遗产，但它们的保护多年来都不到位，随着时间的流逝，它们真的快要灰飞烟灭，再也找不回来了。

我们是跑得太快顾不上回头，还是根本忘记了历史？还是我们压根儿就认为这些老古董、老"破烂"不及我们的GDP重要？

珠海是一个年轻的城市，谈起她大家都觉得没什么历史。但其实，珠海虽然作为城市被开发的时间不长，但是作为有人类活动的地域，她的历史早从四千多年前的沙丘遗址就开始了……笔者并不想像老先生老太太们那样倚老卖老地教训年轻人忘记了祖宗，作为一个把珠海当成自己家的新珠海人，笔者想同千千万万中青年珠海人说：咱可以风华正茂，也可以现代时髦，但如果真没点"家底"、真不把历史当回事，那再牛的你也就是个暴发户，再有知识的你也难免浅薄。笔者还想跟有关部门说，历史遗迹的开发和保护绝不是开了几个会、写了几个报告、文字上有了记录就算完成的。

珠海，我不想让你浅薄，因为你浅薄就意味着我们每一个珠海人的浅薄。我不想在许多年以后，我们的后人问起我们文字中记载过的那些东西都到哪儿去了的时候，我不知道该说什么好。

珠海真的到了炙手可热的时候吗？

近日，珠海各种微信朋友圈里在疯转一个帖子，名为："珠海，你为什么骤然变得炙手可热了"，大家一边转一边各种留言。留言基本分为三种——最多的是吐槽，其次是得意，理性分析也有，但很少。

说实话，从媒体专业角度来说，这文章写得很幼稚，分析不透彻，例证不夯实，逻辑有漏洞……最主要的是缺少新东西，基本是旧资料炒冷饭。但是因为文章的主题点了珠海的穴，挠到了珠海人最痒、也是最痛的点上，于是珠海人的神经被它挑起来，大家疯狂地看、转、骂——又爱又恨的心情在一个个留言中表现得淋漓尽致。

骂之彻，说明爱之切。哪个珠海人说起珠海不是又爱又恨一箩筐；可哪个珠海人不是出差或者旅行后一进珠海边检站口就感觉还是珠海好呢？

但是珠海今天的炙手可热的确是外人（外国的和外地的）眼里的热闹，珠海的门道，只有珠海人懂。

炙手可热讲的是厚积薄发，那么看看这些年，珠海人都厚积了什么？

改革开放建立珠海经济特区30多年了，珠海的恨、珠海的好，珠海人的遗憾和教训一大堆。但珠海人最痛的就是当周边地区GDP一片疯长的时候，我们的GDP总是排名靠后；当周边居民的荷包一鼓再鼓的时候，我们的荷包总是羞涩。当然，这牺牲掉的GDP，为我们换回了今日碧海蓝天绿树红花的自然环境。但这也是珠海人最痒得难受的地方：珠海人不知道该为自己居住的城市骄傲还是难过。骄傲是因为自然环境好，好得外国人、游客都喜欢，好得经常在各类比赛中拿个头奖什么的，可是这么好的环境却留不住人才。珠海那么多高校每年新毕业的大学生、各领域的优秀人才，许多都是被珠海环境的美好吸引来的，但他们大多都是打个转就走了。距离全国首创重奖科技人才已经过去20多年了，珠海至今仍然缺少吸引优秀人才和优秀项目的整体环境——经济环境和人文环境。优秀人才到了这里变得与世隔绝，变成单打独斗，变得施展不开拳脚，变得贬值甚至没有价值。

还有，微观到我们的生活细节，日益阻塞严重的交通、大病都要跑广州的医疗、脏乱差且少而远的农贸市场、远高于周边城市的房价等让这个自然环境宜居的城市打了折扣，也成为吸引人才和项目的致败细节。

也许可以这么说，这么多年摸着石头过河，珠海人终于找到了自己的登陆点，那就是忍了很久、也许终会厚积薄发的自然环境优势，但这个优势还没有形成整体优势效应，还没有发挥出它真正的价值。珠海人如果想借着这个"热"来一次"薄发"的话，要做的工夫还很多。当然最不能做的就是坐拥环境沾沾自喜、不作为、懒作为。

珠海必须主动出击，利用好现有自然环境优势，努力塑造好的人文环境、经商环境和生活环境，特别是利用特区立法权和横琴新区、自贸区的优势，把优美的自然环境转化成真正适宜居住、适宜生活、适宜经商、适宜创业的乐土，这才是珠海最关键的穴位。点这个穴、把针扎到这里，才能除珠海的病根儿。

当然，今天自然环境的好不代表明天也好，君不见近年来珠海也有雾霾天了吗？只是相对于其他城市来说少而已，以前的珠海从来没有雾霾的，一天也没有！因此，只有咬定环保不放松，我们才能保住这个唯一的优势，千万别煲了很久的一锅老汤马上就成了，咱们却忍不住倒掉了重新烧一锅别的汤！

今天，我们实在不能盲目地看着几个榜上的"第一"就真以为我们可以"薄发"了。珠海今天的炙手可热，是几代珠海人努力的结果，是相对于中国其他城市而言的。我们热的，只有自然环境，我们积的，还不够，要"薄发"，仍需上下求索。

历史在这里对接……

斗门镇历史名胜菉猗堂经过近一年的修缮，下个月就将重新对外开放，各地游客届时将看见一座与明清时期老祠堂原貌非常相似的菉猗堂。（2013年7月19日《珠海特区报》）

这是珠海旅游的幸事，是珠海文化的幸事，也是中华民族的幸事。

据悉斗门旅游大道下月（2013年8月）竣工，届时，南门菉猗堂即可和"黄杨八景"中的黄杨山、御温泉、金台寺、斗门古街、接霞庄等六景串联在一起，形成斗门文化旅游圈；同时我们关于"崖山之后无中华"的哀叹也在这里得到了慰藉，并可以由此进行文化探索和研究，发展出崖山文化产业——珠海文化产业一个新的着手点诞生了，中华历史文化的断层在这里有了连接。

"崖山之后无中华"这句话，是指宋元交替时中国历史的一大巨变——崖山海战后大将陆秀夫背负着幼帝投海自尽，后宫及群臣大多随之殉国，七日之后，浮出海面的尸体有十余万，华夏文明自此而绝。该句出自南明遗民，他们有用宋元鼎革指代明清易代的习惯，崖山频频出现在他们的诗作中，除了这句著名的"崖山之后无中华"外，还有"海角崖山一线斜，从今也不属中华"，等等。

的确，一个国家的主体民族被奴役，而且征服者是外来民族，中华文明正常的发展进程被打断了，伤害是不言而喻的。可是要说崖山之后无中华，那么之后的明朝又是什么呢？我们这些当代人又算什么呢？我们又该向何处去寻根呢？

值得欣慰的是，真正的宋王朝的后裔留在了这里——珠海市斗门区南门村，并留下了至今保存完好的南门赵氏祖祠菉猗堂。这里是宋太祖赵匡胤之弟魏王赵匡美的十五代裔赵隆，为祀其曾祖父梅南（别名"菉猗"）而建。

如今这里修复并开放，我们找到了历史断层的对接点，这不仅是珠海对中华历史文化研究的一大贡献，也为珠海的文化旅游发展开了一扇窗。

感动？那就动起来！

2014年11月11日《珠海特区报》报道，6年来，北京理工大学珠海学院的外教Rory每天课程结束后，就骑着自己的自行车，在校园内到处逛，遇见逆向行驶的、不走人行道的人，他就大声地用英语夹着简单的中文词语提醒，看见没有放在指定停车处的自行车，他就把那些车一辆一辆地搬到指定停放场所，被同学们称为"交通达人"。

的确，一个外国人，不远万里来到中国，在教书的同时，还义务地做交通宣传员和协管员，这就是毛泽东同志所说的白求恩精神："一个外国人，毫无利己的动机，把中国人民的解放事业当作他自己的事业。"Rory做的事虽然称不上是什么伟大的革命事业，但是其精神内涵是一样的：用自己力所能及的力量，纠正错误，建立秩序，帮助那些需要帮助的人，而且从不计较个人得失。他认为不遵守交通规则会使校内师生的安全问题难以保障，于是为了改变校内混乱的交通状况，让全校师生有个安全保障，他主动在校内维护交通安全，风雨无阻地指挥交通，摆放自行车，并且一干就是 6 年。

对于外教 Rory 的行为，我们充满了感激，但同时，笔者不禁要问，Rory 就这样忙活了 6 年，北京理工大学珠海学院校园为什么还是有人不遵守交通规则？是大家真的不懂吗？是真的需要 Rory 用 6 年的时间反反复复地讲，反反复复地说吗？不逆行、不抢道、不乱停放……这些最基本的交通常识，高智商的大学生们不可能不懂。但就是因为校园空旷，无人监管，便认为可以随心所欲，想怎么走就怎么走。这几乎是国人的集体毛病：规则是守给别人看的，不是守在心里的，更不是化为自觉行动的；而且，法不责众，大家都不守规则，也不差我一个。典型的行为就是，在没有车的红绿灯面前等候过斑马线的行人，国人会认为他是个不会灵活变通的傻瓜，而"老外"Rory 则执拗地认为这样的等候是美德。

但我们国人也讲"不守规矩不成方圆"，在交通情况越来越复杂的当下，再没有规矩，不树立起严格的守法精神，恐怕大家的肉体就要葬送在各种轮子下面了。Rory 会追着违规者狂跑，就是为了追上他，教育他，Rory 的规则意识和责任意识都值得我们学习。我们要向 Rory 学习，学习他执着的守法精神和守法理念；学习他为了制度而顽强的坚持。

北京理工大学珠海学院学生钟坤志说："我们欠 Rory 三样东西：道谢、道歉和承诺。"其实我们大家最欠 Rory 的，是行动，我们所有的人都应该像他一样自觉遵守交通规则，并像他一样，用坚持和执念来维护一切法则。

揪着的心能否放下了？

听闻珠海大理石人行道都要铺成防滑砖，我一直揪着的心终于松了一点点，心中一块悬着的大石开始往下落：好了！什么时候全部的大理石街面都换成防滑砖，那我就真正放心了！

建市之初的珠海，街面都是由防滑砖铺成的，这很符合珠海本地天气潮湿雨多的情况。在参观旧村落和名人故居的时候我们也都发现，那里的路面也都用的是防滑砖，这是这块土地上先辈生活智慧的结晶。

可是前些年，珠海的城市道路一股脑全都换上了大理石，锃光瓦亮。好看是好看了，但街道广场铺的光面大理石太滑，平日走路就很容易滑倒，雨天就更不敢走了。有一次下暴雨，笔者在九洲大道上目睹了三个人摔连环跤，其场面之壮观、惊险、恐怖，我之后曾在媒体上严重声讨过，也曾建议有关部门管管，但至今仍然是铮亮的街面，湿滑依旧。

于是在夏季台风多发季，我的心都是揪着的，我担心每天出门晨练和买菜的老爸老妈摔倒，我担心上学的孩子摔跤。大理石路的滑，是防不胜防的滑，摔跤是在所难免的，无论你是男女老幼。我亲眼看到有买菜的老太太在路面滑倒，小朋友也滑在水洼里，骑自行车的人摔得飞了出去。而年轻力壮的、空手走路的笔者，在雨天也必须一直小心翼翼地踩着盲道走，但也会突然滑上一个大劈叉。

路是给人走的，人走在上面胆战心惊，这路就成了中看不中用的废物、害人物，是面子工程，是心中没有装着老百姓的人建的"供品"。老人们在说：路难看点没关系啊，别摔人就成。其实，防滑砖不但不难看，还很有南国特色！我们实在没有必要把我们的珠海建成铺满大理石的面子城市，这是我们自己的家园，舒服不舒服我们自己知道。

于是每天人们都在祈祷，千万别再次"享受"摔跤！终于，政府听到了祈祷，采取措施改造滑路，希望以后不会再有百姓"骂街"了。

化作绿荫遮后人

2014年清明前夕，为宣扬生态殡葬，珠海市拓宽仙峰山墓园周边面积，逐步推进"树葬"工程。

的确，在土地资源越来越少，在人们活着为房紧张、去世了更需要高价安身的背景下，殡葬制度的改革迫在眉睫。而珠海市推出的生态殡葬的确是一个很好的办法。生态殡葬有树葬和海葬，绿树和大海，看上去、听起来都那么美。

记得第一次听说海葬，是很小的时候，周恩来总理去世，他的骨灰撒进了大海。那时候笔者对殡葬没什么概念，但收音机里一首感人的诗朗诵，让笔者小小的心灵听得颤动，眼睛蒙上了泪花。于是笔者知道了骨灰撒到大海的意思，诗歌里有这样的句子——"我们对着大海喊：周总理——海浪声声：他刚离去/他刚离去/辽阔大地/到处是你深深的足迹/在这里/在这里/在这里/你永远和我们在一起……"因为回归了大海，周总理得以永存！

树葬，将逝者骨灰装入可降解的环保骨灰盒或布袋中，埋于地下，在骨灰旁栽一棵树，在树旁竖一方形石碑，记载逝者名字。正如清代龚自珍的《己亥杂诗》所言：落红不是无情物，化作春泥更护花。

变成一棵树，生命延伸了，迎风飞舞，像在空中轻轻地舒展手臂。飒飒树叶，就是在唱歌。春天，这树给大地带来新绿，让鸟儿们做窝；夏天，这树为人们遮挡炎阳，让孩子们在树荫嬉闹；秋天，这树洒下金黄的落叶，飘出甜美的果香；冬天，这树迎接凛冽的北风，笑看人世沧桑。在生命和季节的轮回里，这树、这生命在成长。

但是有一点需要问问民政部门的是：是否考虑到了树的归宿问题，俗话说十年树木，那么十几二十年以后，这树成了材，砍乎？卖乎？移乎？若是，那多伤感情！若否，这些树怎么办？有多少地方能种多少永恒的树？也许人们并不真的就要多么厚葬，但后人寄托哀思的地方没有了，那该是怎样的心伤？

愿助残在每个细节、每一天

在我国第 23 个全国助残日时，珠海市各界开展了各式各样的庆祝活动，如第三届珠海残疾人文化节、香洲区残疾人联合会组织的游园野餐会、市科技工贸和信息化局联合香洲供电局主办的"绿色照明　慈善相伴"关爱聋哑儿童慈善公益活动等。这些活动，为珠海市 15000 多名残疾人营造了一个欢快的节日气氛。

今年（2013 年）全国助残日的主题为"帮扶贫困残疾人"，为了帮助贫困的残疾人，我们做了大量的工作。例如，为了满足残疾人基本文化需求，珠海市以各区、镇（街）康园工疗站、村文化活动室、社区文化中心为依托，立足社区、深入农村、贴近残疾人生活，搭建文化平台。又如，为了帮助他们就业，近两年，珠海市新增残疾人就业达 1587 人；320 多名残疾人在各类公益岗位上实现了就业或辅助性就业；350 多名残疾人依靠勤劳和智慧实现了自谋职业或自主创业；410 多名重度残疾人在社区残疾人康园中心（也称工疗站）实现了辅助性就业，这是一个不错的成绩。但其实我们有没有想过，对残疾人最好的帮助，是让他们和肢体健全者一样顺利地出门、顺利地回家、顺利地吃喝拉撒、顺利地游玩……顺利地过普通人的日子。

可是在这些方面，我们还有许多欠缺，比如厕所。珠海市有许多公共厕所和公共场所的卫生间没有残疾人专用间，即使有，也经常被非残疾人占用。而且不少市民认为反正没人来，为何不能用！他们完全没有"健全人不能占用残障人士专用卫生间"的意识。这给有需要的残疾人造成了不便，这与一个关注残疾人、并努力让全体市民（包括残疾人）都幸福和谐生活的文明城市的形象不符；这说明市民的意识与文明城市的要求还有距离。

再说道路，在珠海市的一些公共场所没有建设无障碍通道的现象依然存在，即使有的场所有了无障碍通道也被占用了，而且占用的方式五花八门，有的是杂物堵塞，有的是违章建筑破坏，有的是停放了汽车，有的是商家摆卖……这些都令残疾人士出行困难，且成为安全的隐患。

最令人困惑的是，珠海市有些城市街道上的盲道不但建设不合规范，而且断头、误导、引向危险地的也有不少。笔者曾在雨天的城市街道上步行，为了防滑，只好踩着盲道，竟然发现有一条盲道的尽头是一个大坑。

在今年（2013年）珠海市残疾人事业"十二五"发展规划纲要当中，重点提到了无障碍城市建设，希望珠海市能尽快改变目前"障碍"太多的现状，为残疾人出行创造一个好的基本环境。

凑巧的是昨天的全国助残日也是中国旅游日——明朝地理学家、旅行家和文学家徐霞客开始"大丈夫当朝碧海而暮苍梧"的华夏旅行的日子。这两个日子联系在一起，让人心情复杂。本来自卑感就让残疾人缺少出门旅游的勇气，再加上无障碍设施不完善，残疾人旅游产品品种少，价格高，残疾人旅行，简直成了最不公平的概念。珠海是一个关注残疾人的城市，珠海又是一个旅游城市，如果能把两者完美地结合起来，激发残疾人朋友的出游兴趣，增强残疾人出游的信心，更确切地保障残疾人的出游安全，这也是我们建设文明城市和构建和谐社会的具体体现啊。

玩火烧伤不能怪孩子！

2014年1月6日《珠海特区报》报道，几个小孩日前在吉莲新村小区的树下玩耍时，引燃树下的枯枝败叶，导致一名小孩的双手双腿被严重烧伤。

目前孩子还处于休克期，正在进行抗感染抗休克治疗。如果不发生感染，休克期安全度过之后，将进行植皮治疗，估计整个治疗康复费用需要10多万元。

这可真应了那句老话：玩火者自焚。可是爱玩是孩子的天性，他们对玩火造成的严重后果没有预知能力。他们只是好奇，结果酿成大祸，不仅造成经济损失，孩子也大面积烧伤，生命垂危，就是活下来，也会是终身残疾。好好一个孩子变成了这样，让人痛心至极！

可是痛心之余，回顾整个事件经过，大人们实在难逃其责。首先是家长，他们对小孩看管和危险教育肯定不够，他们没管好、教好孩子，使孩子对玩火的危险认识不足。这也是学校和幼儿园老师们的严重失职，他们对安全教育的责任没有尽到，没有用使孩子们能够接受的生动、有趣、入脑、入心的方式，让孩子真正认识到玩火的危害，这是安全教育的失败，是教育工作者的失败。

据说，腐烂的树叶堆中有装"天那水"的废弃的化学品罐，是谁胡乱丢弃的？这种危险品是要严格保管、严格存放的，怎能随意乱丢？如果不是这个"天那水"，孩子也不会立即浑身起火而且难以扑灭。看来，大人们的安全意识也是稀里糊涂。前两天笔者在街上看到一个垃圾桶燃起了熊熊大火，原因就是有人扔进了烟头，点燃了垃圾桶中的空矿泉水瓶子引起的，燃烧的垃圾桶里时不时发出爆炸声，很是吓人，所幸未出大祸。所有这些，都是大人们对安全问题的麻痹大意造成的，埋伏着极大的安全隐患。大人们自己都如此，如何来教育懵懂的孩子？看来安全教育也必须从大人抓起。

还有，如果家长、街道和社区能给孩子们设置多些健康有益、有趣的游戏设施，孩子们怎会无聊地去玩火？而且保安和邻居看到了有小孩在点燃树叶，早就应该上来制止，而不是等到大火烧起来了才制止。还是责任心不够强，防火意识不强，安全之弦没绷紧。

寒假即将来临，这一时期高发的儿童安全事故隐患有燃放鞭炮、马路上玩轮滑、触摸各种电器、到建筑工地游玩……希望家长、学校、幼儿园、街道、社区、物业、保安、邻居们都要高度重视安全问题，把安全教育放到首位，并采取安全措施，加强教育和引导工作，让孩子们好好玩、开心玩，更重要的是安全、有益地玩！

"空中花园"的喜与忧

近日有人提议把珠海的楼顶都绿化起来,建设空中花园,让城市更美。笔者认为,站在珠海市现有楼房的建筑条件下,此提法欠考虑,有拍脑袋提案之嫌疑。

提起空中花园,估计很多人最先想到的是世界著名古城遗址巴比伦及巴比伦空中花园。这个被列为古代世界七大奇迹之一的巴比伦"空中花园"是新巴比伦王国国王尼布甲尼撒二世为了取悦爱妃兴建的。此园采用立体叠园手法,在25米高的平台上,分层重叠,遍植奇花异草,并设有灌溉用的水源。

看来,屋顶花园并不是现代建筑的产物,古巴比伦的"空中花园",这一集游赏与居住于一体的建筑对于今天有很大的借鉴意义。当然今天的我们远没有帝王将相的奢华,但作为房屋的第五面,楼顶绿化的确已渐渐进入人们的视野。

但笔者的担心如下:一是,有数据显示,种植草坪,土壤厚度在15厘米至20厘米之间,而屋顶承载力要达到近200公斤;如果栽种观赏性花木则需增加土层厚度,屋顶承载力就要达到500公斤以上,这是很危险的,有可能会造成塌楼事故。二是,为了吸取更多养分,植物根系会向下生长,根系的钻劲也会对楼顶造成一定影响。三是,楼顶绿化所需的排水措施也对房屋提出了很高的防水要求。四是,万一遇到台风,楼顶花盆卷落地面,是会砸到人的。五是,如果解决上面四个问题,估计开发商进行整体开发会增加安全性,但是据说这样整栋楼每平方米需增加数百元的造价,而且后期的持续养护也是一个问题。六是,也许楼顶花园将演变成顶楼住户的私家花园,其他楼层特别是低层住户很少或很难踏足,即使楼顶风光无限他们也看不到,但他们一样要承受风险,增加成本,这不公平。

总而言之,空中花园不能脑袋一热就建起来。

质本洁来还洁去

又到清明,讲究孝道的中国人要开始大规模的祭祖活动了。笔者有这样一个梦想：能不能让清明真的清、真的明——不要乌烟瘴气的拜山，不要垃圾遍地的祭祀，更不要大吃大喝的追思。只有那清凌凌的水，蓝莹莹的天，只有那白水绕着青山，带去我们的爱、我们的思和念。

献一束鲜花吧，优雅而美丽，比那些纸的人啊、家具啊、冥币啊一类乱七八糟的纪念物好多了。如果花商趁机涨价，我们也不买他的账，一抔泥土，一掬净水，同样都可以寄托我们的哀思，而且让我们的哀思像土一样深沉，像水一样澄亮。

我想，古人为何把春暖花开的季节定为追思怀古的日子呢？也许就是为了让我们把思念寄托于大自然吧。让青山绿水带着对往事的缅怀随风而去，让春风雨露滋润我们爱的心田，让合家团聚在大自然的怀抱中，享受亲情，享受春风。

《红楼梦》中《葬花吟》曰：未若锦囊收艳骨，一抔净土掩风流，质本洁来还洁去，强于污淖陷渠沟。来到世上时无瑕的生命，就应该让它干干净净地走，而且还要安安静静地留在后人的心里。这样追思起来才美丽，这样的缅怀才刻骨。

清明，还应该清白、明白，摒弃陋习，也不要恶俗。而那些想借清明节行贿受贿、趁机敛财的人更要好好想一想，污泥浊水就不要泼洒了吧，如果忍不住，那真是辱没先人了。

有一种力量叫坚守

2014年6月18日报道，"德行珠海，好人剧场"大型公益主题活动又有新作品，逗逗剧社将把担纲"猴王"、珠海市敬业奉献道德模范刘清伟的感人事迹搬上舞台，让更多的市民更直观地了解这位敬岗爱业、无私奉献、24年坚守海岛的"守岛人"。

刘清伟是平凡的，他并未有惊天动地的伟业，甚至走在人群中都很难被发现；刘清伟又是伟大的，他执着地守着海岛，他坚守的精神震撼着我们的灵魂。

坚守是一种力量，这力量可以滴水穿石，可以沧海桑田，可以斗转星移。

正是凭着坚守的力量，刘清伟默默地在寂寞的海岛上为国家守护着这里的"稀有生物型自然保护区"，成年累月与岛上千姿百态的罗汉松和古灵精怪的猴子为伴，一守就是24年，从风华正茂的小伙，守到了饱经风霜的中年。

刘清伟的坚守，源于他守土有责的信念——看好岛上的一草一木，尽一个守林员的本分。他的职位很低，是最基层的普通守林员；他的工作很平凡，每天在岛上巡查，保护这里的山林。天天，月月，年年，重复的工作，寂寞的生活，刘清伟从不抱怨，从不向上级要待遇、提条件、摆困难，他只是一直在努力做自己的工作，尽自己的职责。

寂寞的海岛，白天和晚上都静得使人发慌，静得有些凄凉。如果你偶尔来玩几天，那是躲清静的浪漫，你可以享受阳光大海礁石，如果你每天在这里走一样的山路，见一样的风景，稀少的人烟，相信不出一周，你就可能怕了。可是同样的事情，刘清伟做了24年，他不是鲁滨孙，胜似鲁滨孙，他们一样执着、勇敢、坚韧、顽强，但鲁滨孙是虚构的，而刘清伟就生活在我们身边。

看似平凡无奇的刘清伟，在平凡中孕育着伟大，珠海市的文艺工作者，用他们善于发现的眼睛，找到了刘清伟身上的闪光点，把刘清伟坚守海岛，为大家舍小家的感人事迹画面用舞台艺术凝聚在时光里——岛民集体搬迁中，刘清伟的干劲和能力表现得那么高大，可是当因为海岛交通困难致使他高烧的儿子未能及时就医而患上脑瘫疾病时，这个铮铮汉子又是多么侠骨柔肠。在与盗挖罗汉松贼人的斗智斗勇中刘清伟生动机智，与岛上特有的猕猴做伴的他成了"猴王"，又是多么可爱。

24年的时间是短暂的，在人类历史的长河中它只是一瞬；24年又是漫长的，在刘清伟的生命中，这是他最好的24年。这24个春夏秋冬，他坐在生命的海岸上，看青春流逝。然而他流逝的青春铸就了他金子般的心灵，这24个寒暑的坚守，他得到了全珠海人的爱和理解。

有一种力量叫坚守，有一种坚守是信念。刘清伟简单的人生、执着的信念证明了这一点。

业主群构建新型邻里关系

2013年12月25日《珠海特区报》报道了珠海市多家社区业主通过QQ群进行管理、维权、联谊、娱乐的事情，令人耳目一新。他们的行动和活动，都为当今社会构建新型邻里关系进行了积极有益的探索，这也许是现代城市生活中一种新的社区管理方法。

唐朝诗人王勃有诗曰："非谢家之宝树，接孟氏之芳邻。"这美好的农业社会的左邻右舍关系随着现代城市的发展而式微。但是，人的情感需求并没有减弱，反而随着传统邻里关系的解体和生活压力的增加而更为强烈。那么如何消除邻里之间的陌生感、距离感？在网络时代，QQ群和微群或许是消解城市"冷漠病"并聚合维权力量的一种好方式。

在钢筋水泥的丛林里，大家叫不上对门的名字，邻里间老死不相往来。其实，我们心中"远亲不如近邻"的渴望一直都在。我们只是需要一个平台，需要一块敲门砖，而且小区业主也大都愿意帮助别人并被别人帮助。每个小区都有不少专业人士，我们的业主中也许潜藏着医生、律师、工程师、教师、记者、老板……大家根本不知道谁是谁，但有了群，有人在生活中遇到身体不舒服，或者麻烦事，或购买东西时拿不定主意之类的问题，会想到在群里求助，那些有专业知识的群友马上会热心解答，非常专业，非常管用，大家互帮互助，形成了一个大家庭。

以前的邻里关系都是靠面对面交流建立的，而有了网络之后，通过虚拟的交流一样可以建立一种新型的温馨的邻里关系。从已有建群的小区来看，业主群搭建了小区各项活动的平台，并形成了调节邻里矛盾的良好渠道。业主们不仅能及时地通过群知道有关小区的各种信息，还可以通过它将网上的虚拟聚集延伸到现实生活中。有了群，邻里之间亲近了许多，有了矛盾，当事人在群里解释比当面更容易，大家再你劝一句我帮一言，矛盾就化解了。在群里轮流聚餐，也增进了邻里感情。还有群里拼车，有益环保；给孩子找玩伴，更排解了独生子女家庭的教育难题……更重要的是很多业主还通过群的聚合，举起了维权的旗帜。群和业委会、物业管理互相合作、互相监督，有损害业主的事情发生，大家团结起来，共同维权，这要比一个人的力量大得多，效果也好得多。

但是目前也有一些小区的业主群处于温吞水的状态，基本没有关于小区管理和建设的内容讨论，逐渐沦为鸡肋。其实业主群要搞得好，关键是要有关心小区建设和发展的领头人，也就是意见领袖，当然也更需要群友的积极互动。

有了群，也可以有更加方便的微群，各种新技术、新媒体都可以成为业主的工具。用好业主群，就会使之成为推动社区自治管理的帮手，这的确是一个很有潜力的课题。

文明驾车，我们的道路会畅很多

2014年9月2日《珠海特区报》报道，前天是梅华路新交通组织方式启用首日。恰逢一中和十七小开学，加上不少司机尚不熟悉新的交通出行模式，梅华西路沿线支路下午出现短时拥堵，其中敬业路车流量最大。

新交通组织方式启用首日，大家对路线和交通管理设置还不熟悉，造成了一些拥堵，这是可以理解的。但在塞车过程中，一些驾驶员的不文明行为更是堵上添堵。本来就不熟悉的路况，加上抢道变道的、猛拐急停的，造成了更大的人为堵塞。这种行为磨掉的是大家的时间，丢掉的是社会的公德。

俗话说，没有规矩不能成方圆。汽车是现代文明的产物，我们在享受这一工业文明的成果时，更应有与之相适应的文明举止，遵守文明的规矩。

文明的驾驶行为也是人们在行车中总结出的经验和教训，它符合现代文明的生活方式。越不按规矩来，就越混乱；越混乱，就越难通行，最终是大家都动不了。

现代汽车社会，文明行车＋技术过硬＋指挥得当＋设计合理，才能构成一个健康、文明、和谐的汽车社会。而首当其冲的就是文明驾驶。

那么什么叫文明驾车？就是交规上不准许的任何驾车行为你都不能做，交规上没有明文规定的、属于道德和修养范畴的，你也要学会哪些能做、哪些不能做。抢道变道是最常见的恶习，很不文明。有的路口绿灯时间较长，一般等两个灯次就能过去，可是一有插队车，可能等五个灯次也过不了。抢道变道还有不少"兄弟"，比如违法掉头、猛拐急停等。这些恶行不仅造成堵车，还会极大增加事故率。特别是猛拐急停，在绿灯变红灯的时候，总有些车想冲过去，但又可能觉得是闯红灯了，一个急刹车。紧接着就会听到一串急刹声。连环撞、连环堵就是这么造成的。

"宁停三分，不抢一秒"是老生常谈。但一些驾驶员遇到交通拥堵的地段，就是不肯让一让。其实，退一步海阔天空，畅通无阻；抢一步你堵我也堵，结果就是，你走了别人的路，让大家无路可走。

心理学上有一个名词叫怒路症。怒路症是指有的人平时性格挺好，可是一开车就开始狂躁，一路骂骂咧咧，再遇到堵车什么的，立马一个头两个大，什么交规、教养，全都抛诸脑后了。

人们常说：开车脚蹬阴阳板，不慎便入鬼门关。交通事故的发生虽然有很多因素，但与驾驶员交通法规意识淡薄有很大关系。若路上的驾驶员都没有文明驾驶的意识，随意停车、转向、违反交通规则，那么无论多宽的城市道路，都会拥挤。梅华路作为珠海重要的交通要道之一，承载着巨大的交通压力。改建时至今日，新的交通格局已经形成，那些不文明驾驶行为，也许会让其重新陷入"挣扎"。

当前珠海正在创建全国文明城市，交通文明也是重要的一项内容。希望广大驾驶员能自觉遵守交通规则，共同抵制不文明的驾驶行为，为别人，也为自己。

为母亲　为幸福　为未来

我们常说孩子是祖国的未来，但你可曾想过，孕育孩子的是母亲，养育孩子的是母亲，教育孩子的也大多是母亲。因此，母亲就是未来的摇篮，母亲就是幸福的基石。母亲好，我们的未来才能好，母亲健康快乐，我们的未来才能朝气蓬勃、充满希望。

2013年3月27日《珠海特区报》报道，珠海市关爱特困母亲的"慈善安工程"日前顺利竣工，全市90户特困单亲母亲一起，陆续住进了宽敞明亮的新家。市慈善总会、市残疾人联合会和市妇女儿童工作委员会、市妇女联合会共同筹集援建资金159万元，为90户特困单亲母亲家庭进行了危房改造。这项救助贫困母亲的行动，使特困单亲母亲生活得更有尊严，为珠海市全面增进人口福利与家庭幸福，促进社会和谐与文明进步做出了积极的贡献。

母亲是家庭幸福的根基，人类的未来靠他们孕育，家庭的幸福靠她们掌控，她们的幸福是社会幸福的最基本保证，因此，回报母爱，帮助她们摆脱贫穷、愚昧和病痛，应是每个社会成员的责任。特别是贫困单亲母亲，她们承受了更多的压力，她们那并不雄壮的肩膀，要挑起更多的担子，她们那并不宽厚的纤臂，要为家庭和孩子遮挡更多的风雨。她们需要全社会的关爱，我们不仅要用善款给她们和她们的孩子建好遮风挡雨的房子，让她们有个休憩的港湾，我们还要关心她们的生活，关心她们的身体健康，更关心她们的梦想。

帮助贫困母亲，全社会都应行动起来，要创新方式、拓宽筹资渠道，不断为救助贫困母亲工程注入"活水",增强活力。我们要通过卓有成效的救助行动,唤起社会各界对贫困母亲的关注和支持。

我们要为贫困母亲们治穷、治愚、治病,并与新农村建设、文明城市建设、妇女发展、促进社会和谐紧密结合,建立帮扶贫困母亲的政策体系,结合新农村新家庭计划、生育关怀行动、关爱女孩行动等方面的工作,在人力、物力、财力上给予帮助和支持。各有关部门也应在与扶贫开发等民生普惠政策对接时,努力帮助贫困母亲,把对贫困母亲及其家庭的优先优惠政策落到实处。

谁没有母亲?谁不希望母亲幸福?让贫困母亲不再贫困,让每一个母亲的脸上都露出笑容,是政府的民心工程,也是每一个人的爱心工程。

自己洗　乐无穷

进入3月以来,我市洗车价格迎来新一轮涨价潮。以前一次25元,现在已经涨到了30元。开卡的价格还没定,但是比以前的开卡价只会涨,不会跌。相比原先的25元/次,涨幅达20%。涨价潮最主要的原因是人工和材料涨价。不但洗车的蜡水比以前价格上浮,而且以往1200元就能招一个洗车工的好日子也不再有了。(2013年3月26日《珠海特区报》)

30元洗一次车?真的不便宜啊!这笔开销真是必要的吗?为什么不自己动手呢?自己动手,丰衣足食啊。笔者在国外探亲时,发现亲戚和邻居们的车都是自己动手洗的。在阳光灿烂的周六周日,带着孩子,拎着小桶,拿着细细的绒布和软软的海绵,给自己家的爱车洗个澡,实在是开心好玩、其乐融融的事情呢。

带孩子自己动手洗爱车,首要的好处当然是省钱。洗车店30元、40元洗一次,就算它再涨价,自己动手估计也就是两桶水的费用,但其附加好处却是多得很呢!

首先,利于环保。上周笔者带着孩子自己洗了下车,发现两桶水足以把我们的爱车洗得"晶晶亮,通身光"了,这比洗车店用大水枪猛喷不知道要省多少水。在地球水资源日益紧张的今天,这个身体力行的节水行动是值得实践和自豪的。

其次，培养孩子热爱劳动，自己的事情自己做的习惯和兴趣。带着孩子洗车，手把手教他怎么洗，使他体会到劳动的快乐，然后看着脏车在我们的手下一点一点地变干净，也学会了享受自己的劳动成果。这样现场生动的品德教育课实在是有趣又有益呢。

最后，这是一项好玩又健康的亲子活动。别一放假就带着孩子逛公园、逛商场、下馆子，那虽然也是陪孩子玩，但那样容易养成孩子爱花钱的毛病，还容易吃出个小胖墩来。而和孩子一起洗车就是一起玩乐，不花钱，还锻炼了身体，还是户外有氧运动，多好。

愿好人接力传遍

2005年，斗门区遵医五院女护士林年金要休产假了，她于是将照顾残疾人黄炳莲9年的"爱心接力棒"交给了医生余煜豪，他接过来，一"跑"又是9年。今年52岁的黄炳莲早已记不清他上门为自己看病多少次了，每一次感冒、生病、气喘、胸闷，黄炳莲第一个想到的就是他，而他每次都及时出现，9年如一日从不推托。黄炳莲说谢谢他，他则每次都说是"举手之劳"。（2014年6月18日《珠海特区报》）

很多人抱怨现代人际关系冷漠，助人反被诬告，于是大家都怀着多一事不如少一事的心态，缩进了自己的"壳"中，带着陌生感与距离感与人交往，永远不付出真心，也不接受真心。于是形成了一个恶性循环。

其实，人是群居的动物，离群索居、孤僻自闭都是病态的心理。但人是需要互相帮助、互相关爱、互相照顾才能健康成长的。特别是在城市生活中，有人搞混了隐私和孤僻的概念，"各人自扫门前雪，莫管他人瓦上霜"的观念使他们不信任别人，也不信任自己。其实，只要有一个人先伸出热情的手来，这爱的善意和温暖就一定能接过来、传下去。你看女护士林年金和男医生余煜豪的爱心接力坚持了那么久，还在继续传下去……

在我们的社会中，普通人的关爱和相扶比比皆是，虽然有的人没有余医生和林护士他们坚持得这么久，但路人的一个扶持，陌生人的一个微笑，邻里间的一句问候，同事的一个帮忙，都会让我们感动。

就是这样，你举手之劳帮我，我一臂之力助你，爱就在一双双接力的手中传递,温暖就会在每个人的心中荡漾。正如余煜豪医生所言,有需要我的人,我就会提供帮助。的确,我需要你,你需要我,这就是全社会的人间大爱。

文明地养狗才美好

2014年3月,备受关注的《珠海经济特区养犬管理条例(草案)》已起草完成,实施指日可待。该条例由限制养犬调整为规范养犬、文明养犬,强调对养犬人行为的规范和监督。无疑,该条例的出台对于规范珠海市养犬人的行为将起到促进作用,也为珠海市约8万条犬只戴上了制度的笼子,并对人们爱狗的心进行了文明规范。

狗是人类的朋友,这种人与动物的爱是千百年来人们在生产和生活中形成的,也是不容否认的。但是,狗伤人和犬只噪音扰民已成为困扰当今社会生活的一大顽疾。文明社会,以人为本。文明、正确的养狗文化,都是在以人为本的大前提下形成的。一个人爱自己的狗,更应该爱邻居、爱朋友、爱他人。如果把狗的权利置于人权之上,那就是彻底的本末倒置,那不叫爱心,那叫"畸爱"。

但是,在狗与人之间,似乎总有矛盾和纠结。其实,狗是无罪的,关键在于养狗的人。养狗的人文明,狗自然文明。时下一些人养狗,却不懂养狗文化,更不懂养狗文明。在此状况下,一颗爱狗之心泛滥成灾,泛滥的爱心不仅情绪化,自以为是,强加于人,而且不负责,不担当,满足了自己,伤害了别人。

俗话说,不以规矩不能成方圆,珠海出台的新的养犬管理条例,就是要定出规矩,规范养狗人的行为,用法律来迫使一些养狗人荒长的爱心走到文明的轨道上来。让爱狗的人们能安全、有爱地饲养和把玩自己的宠物;也让不爱犬的人有不爱的自由,并充分享受不爱的权利。

此外,城市中,个人空间相对缩小,人与人的相互侵扰和冒犯机率大增,人与人的矛盾也因此增加。一个人,养了一条狗,他对自然资源、空间资源的侵占肯定比不养狗的人多,那么他就应该为多占的资源付出更多的经济的和道德的成本。因此,缴纳费用、约束养狗人行为也属必然。

本来,狗就是那些狗,没有文明不文明之别。养狗人的文明或不文明,导致了狗也有了文明与恶劣之分，因此也才有了狗仗人势这种成语。那么立法规定养狗人的最低道德底线也是对于文明社会文明养狗的督促和规范。

希望《珠海经济特区养犬管理条例（草案）》能有更多、更细的可操作性条款，能够尊重人也尊重狗；能够保护狗这个人类的好朋友，也保护人类的爱心，更能保护人的生命、尊严和自由。更希望政府各有关部门今后能够严格拿着这个"法"来操作和执行，让爱狗人的心，在文明行为的规范下、在法律的框架中，开出真善美之花。

当今女性更应获得关爱

2013年11月26日《珠海特区报》报道，市关爱协会"女大学生的100个困惑"系列关爱活动——职场模拟面试环节，近日在珠海电视大学举行，应聘选手和观摩者逾100人参加了本次活动。应聘者阿芳满怀信心地说："非常喜欢这种活动，让我增长了见识。"本次活动是15场系列关爱活动中的第10场，系列活动包括"生殖与健康"和"阳光心态"讲座、"团队、知人识人"的拓展活动、"职场模拟面试""精彩个案分享"等。这些活动已按计划在广东科学技术职业学院、北京理工大学珠海学院、遵义医学院珠海校区、珠海广播电视大学、中山大学等学校陆续开展和即将开展。

这种活动对于生活在当今中国的女性，特别是即将毕业走上社会的女大学生来说太重要了。男女平等的口号已经讲了近百年了，但事实上男女仍然很不平等，甚至在某些方面的不平等还在加剧。及早给年轻的女性们打好心理预防针，对她们将来进入社会是极为有益的。

女大学生的困惑岂止100个，当今中国女性必须面对严酷的现实，只能心怀梦想，全副武装，严阵以待，冲锋陷阵。

中国女性的一生充满了危险，没有那么多童话和浪漫。在她们还没有出生的时候，就有可能因为传统的重男轻女的思想被各种愚昧的手段扼杀，以至于中国男婴出生比例比女婴高不少。等她们到了该上学的年龄，贫困的家庭也要让男孩读书，女孩就不一定了。就是读上了书，幼女被老师性侵的现象屡屡发生、令人发指。终于能上到中学，青春萌动的盲目，一些女孩成了"少女怀孕"的受害者，身心都受到严重创伤。可以读到高中，能考大学了，在许多专业以及一些大学的招生计划上，只招男生不招女生的歧视是明目张胆的。终于大学毕业找工作了，各用人单位不要女性只要男性的政策也是白纸黑字的现实。终于到了恋爱结婚了，女性更是警醒，新《婚姻法》的司法解释让女孩子彻底打掉干得好不如嫁得好的梦想，真正认识到"没有什么救世主，也没有神仙皇帝，要创造女人的幸福，一切只能靠自己！"

这一系列活动，有助于女大学生认清学习、生活、恋爱、求职、人际交往中的疑难问题。清醒地认识现实，才能够清醒地认识自己，才能够不盲目地婚恋和工作，才能够真正自强自立起来，并找准自己的社会位置，去努力、去奋斗。

"人肉"也可是正能量

中秋节前夜，一名6岁男童掉入前山河，被一小伙及时救起。昨日，被救儿童的母亲高小姐称："真希望能当面感谢他，不能让他因救我儿子受损失！"（2014年9月11日《珠海特区报》）

现在的网络词"人肉"是"人肉搜索"的简称。特别是有了电影《手机》后，它已经由以往的名词变为了动词，很有一种血淋淋、赤裸裸、恶狠狠的感觉。但其实，人肉也就是"人力搜索"或者"人工搜索"的意思，本不具有褒贬之意。但它一出现，就制造了一些网络"人肉"事件，不仅侵犯了公民的隐私，甚至有某人因被"人肉"而自杀的事情发生，给公民造成很大伤害。于是在一段时间里，我们似乎谈"人肉"色变，它就是一个贬义词了。但是今天，珠海的"人肉"英雄事件，让这个词灌满了浓厚的情义和温暖，传播着珠海人民的正能量。

落水男童被救上岸之后，妈妈已经吓蒙了，她只顾打理孩子，忘了理会两位"恩人"，英雄们也都悄悄离开了。但妈妈回到家后平静下来，感恩之心涌上心头，她将整个救人过程发送到自己的微信朋友圈，发动网友来"人肉"两位救人英雄。一时间，这份感动珠海的正能量迅速传递开来，大家一起，很快"搜出"第二位跳水救人者。这位救人者也告诉大家，第一位救人小伙在救落水男童时，不仅手机落水报废，钱包也掉水里了。这更引发了众多网友寻找救人小伙的热心和决心。短短的数小时，"人肉"的数据飞速传播，妈妈的网帖被盖起了高楼，更有网友表示：应当找出第一个跳水救人的小伙子,并为他申请见义勇为奖,不能让英雄因救人而受损失。

此时的微信圈,带着感人的正能量,带着珠海人对英雄的支持和爱戴,以最快的速度传递和放大。人们在"搜寻"英雄、赞美英雄的同时,也感受到了珠海人的善良和正义,更感受到了珠海网友的热情和积极。一个寻找英雄的"人肉",让珠海充满了爱。

不可否认,"人肉"在反腐和打假领域,也曾做出过突出的贡献。例如,周老虎中的假老虎是网友们"人肉"出来的……当然,有人也因此质疑"人肉"对人隐私的侵犯。但这次珠海网友"人肉"英雄,大家都积极又理性,没有人曝光英雄的隐私,网友所有的跟帖都是对其救人行为的赞誉和表达敬意。笔者想,也许跟帖中的某位就是英雄——你是谁?为了谁?却"没有人"知道他是谁!但是爱在大家的心中,且以"人肉"的方式传播,这种"人肉"是值得赞许和提倡的。

人人喊打是必须的!

《珠海特区报》报道,2014年6月28日中午,市民谭小姐带小孩到南坑肯德基餐厅二楼用餐时,目睹一名中年男子做出不雅动作。谭小姐马上找来餐厅经理并报警,目前警方已经介入调查。

为谭小姐的行为叫好!她绝不仅仅是在维护自己的尊严和权益,她还在为广大女同胞们维护权益。特别是她还带了孩子,她的行为,也为孩子树立了正确的榜样。今后,对于这种在公众场合猥亵的分子,女同胞们绝不能不了了之,就是要喊出来,并用法律"打"之,让这些不法分子遁形,让他们不敢再欺辱和猥亵女同胞。

一些女同胞都有过类似的经历:逛街时,公交车上,公园里甚至是小区里,会遇到一些猥琐男用语言或者是身体动作对女性进行视觉、听觉上的侮辱或身体的碰触。对于这种猥亵,大多数女性都选择躲开或者是隐忍,有的或许会尖叫或怒骂,但为此报警,寻求法律帮助的还真不多。一是女同胞们觉得不好意思,被猥亵了说出来感觉丢人;二是有的女同胞认为,那些流氓过过嘴瘾、做做动作、蹭蹭身体等只是感到恶心,并没有造成实质性的伤害,多一事不如少一事,想想就算了。但其实这种猥亵行为已经侵害了妇女权益,这就是犯罪!我国法律规定,猥亵罪是指以暴力、胁迫或者其他方法强制猥亵妇女或儿童，情节严重的行为。对于没有达到猥亵罪程度的猥亵行为，则违反了治安管理处罚法的规定，同样要受到处罚。

其实女同胞每每遇到这种事情，你越隐忍，那些流氓就越兴奋，不仅得寸进尺，而且这些流氓会上瘾，可能还从此盯上了你。特别是在人多拥挤的地方，你越躲，他越进，只有你大喝住手，并勇敢地报警，才能阻止这些人的黑手。而且大家要明白，这些猥琐之人其实都是纸老虎，没什么可怕的。而且，对于那些当着孩子猥亵的流氓，我们大吼或者报警的行为也让孩子知道：妈妈是坚强的，妈妈不会被人欺负。利用这个机会教育孩子并且维护自己的权利才是对的。当然报警时一定要身处安全之地和公众场合。

也希望公众场合的其他人看到猥亵者都应该群起而攻之，不要事不关己高高挂起。谁家都有女性，你姑息了别人家的女性被猥亵，下一个被猥亵的可能就是你家的女性。因此，每个人都应该正义地站出来，喝止猥亵之徒，或将其绳之以法，形成人人喊打的局面，让猥亵之徒不再有可乘之机，这样才能切实保护广大妇女儿童的权益。

身边好人是寂静芬芳的花儿

近年来，珠海涌现出许多"身边好人"，他们的凡人善举，成为珠海人学习的榜样。他们的感人事迹，弘扬了中华传统美德文化，引导人们树立起正确的道德观、价值观。他们的不断涌现，在全市形成了"学好人、做好人"的氛围，提升了市民文明素质和城市文明水平，推动了珠海市全国文明城市创建活动的深入开展。

作家冰心说："修养的花儿在寂静中开过去了，成功的果子便要在光明里结实。"我们身边这些默默奉献的好人，就像一朵朵寂静的花儿，在天天月月年年的操劳中平凡着、积累着，终于结出了金光灿烂的果实。这果实，日久弥香；这果实，已成为珠海人丰盛的精神食粮，饱含着人性的升华。

这些好人中，有在水灾夜成功解救出 18 名邻居的普通农民许耀生，有孤身守候海岛、保护国家保护动物猕猴 20 多年的刘清伟，还有孝老爱亲模范杨百成、见义勇为模范刘锡河、好保安史晓刚、诚实守信模范寿伟春、助人为乐模范谢少波、勇救小孩的好司机李兵、热心救人的"的哥"张志红、志愿妈妈卓丽媛、无私无畏提供法律援助的郭泾亮、不是亲人、胜似亲人、日夜守护着身边老人的陈丽霞……他们助人为乐、见义勇为、诚实守信、敬业奉献、孝老爱亲……榜样的力量是无穷的，他们以美好的道德品质感染着我们、激发着我们，促进了全市好人好事的不断涌现。这些身边好人们在平凡中坚守着崇高，于普通中播撒着人间的真善美，他们的爱心义行，凝聚成珠海道德之城的巨大群像。

道德是社会意识形态之一，是人们共同生活及其行为的准则和规范。道德是人类的精神食粮；道德是每个人健康发展的需要，也是社会和谐发展的需要。以德治国是人们构建和谐社会的美好愿景，但道德教育和养成仅靠说教办不到。我们总觉得英雄太远了，圣人太高了，但今天，我们身边这些好人的涌现却实实在在地教育了我们。他们都是凡人，他们就生活在我们身边，向他们学习很容易，很实在，很生动，他们的美好是可以复制的。因此，自从珠海市去年（2013年）开展以"身边人讲身边事、身边人讲自己事、身边事教身边人"寻找身边好人活动以来，我们身边的好人变得越来越多。好人就像芬芳的花儿开放了，一茬又一茬……以好人们的事迹为榜样，学好人、做好人已成为珠海广大群众崇尚和自豪的事。

沙田民歌这一文化奇葩亟须保护

前天晚上，由南屏镇委、镇政府主办的"创建全国文明城市、开展'三打两建'专项行动"专题文艺晚会在北山名人雕塑园广场举行。晚会最大亮点是两首高亢嘹亮的沙田民歌。据晚会负责人介绍，晚会演唱的两首沙田民歌《争当创文排头兵》和《三打两建高潮掀》，由广东知名民间艺人陈社金创作。（2013年8月16日《珠海特区报》）

作为省级文化遗产名称珠海的沙田民歌，有着很强的地域特色和文化内涵，是珠海市精神文明建设的一朵奇葩。

沙田民歌已有170多年历史，疍民们在光绪年间涌来斗门、南屏等水乡进行开垦围地，便把歌声带到了此地。疍家人把海水冲击而成的土地叫作沙田，所以在珠海、中山、顺德一带的沙田水乡流传的民歌，便被称为沙田民歌。过去，在大鳌、陆沙等沙田区，凡有村民聚集的基头、围尾、河岸、艇中，不时听到人们对唱和斗歌，以歌自娱，以歌宜情，以歌会友。

沙田民歌和其他文艺形式的最大区别，就在于它的口头性、变异性、传承性和自娱性。这种文化现象是十分珍贵的历史资料，也是十分宝贵的民间文化遗产。

沙田民歌经历了劳动群众长期的创造和积累发展至今，不仅是珠海、中山、顺德一带的沙田水乡地区至今仍然存活在民间的口头文学和民间音乐形式，更具有一定的认知价值（社会、历史、风土、世界观等）和审美价值（艺术），而且也是研究方言的珍贵资料。它是一种活化石，但没有文字记载、口传心授的传承方式相当脆弱，目前虽仍有部分民间爱好者健在，但大多年逾古稀，可谓"原生态绝版"，所以保护和传承成了当务之急。

现代生活已经发生了巨大变化，现代的生产方式和生活方式与过去不同了，沙田民歌的生活土壤在丧失，如何传承成了难题。随着沙田民歌的日渐消失，它的艺术研究价值和人文研究价值越来越高，但懂它、会它的人越来越少。

目前珠海市有关部门对沙田民歌的普查、搜集、整理工作已经展开，并以其中部分曲目为素材，编排了文娱节目参加各类文艺演出，这是一个很好的抢救方式，但还远远不够，希望有关部门和文艺工作者们都关注这朵奇葩，为拯救它积极努力，让珠海的这支精神文明之花永远绽放。

最美那一抹天蓝

第9届中国航空航天博览会（珠海航展）落下帷幕了，但是本届航展上身着天蓝色风衣的志愿者的形象却如一抹美丽的蓝天，永远留在了我们的记忆中。这些可爱的蓝色天使们礼貌周到、青春活泼、任劳任怨、高水平、高素质的形象，成为本届航展的一大亮点。他们工作的蓝天小屋，更是给人们留下了温馨的记忆。这一届的珠海航展因为这一群无私奉献的蓝色天使，而变得格外美好！

本届航展，共有约2800名青年志愿者参与航展相关的服务活动，他们英语、粤语、普通话一齐上阵，为广大市民及各方来宾提供信息查询、交通指引、语言翻译、应急救援等各项服务。

这些可爱的蓝色天使，是来自共青团珠海市委下的15支青年志愿者队伍，以珠海市范围内各高校的学生为主力。在本月（2012年11月）11日，这些志愿者就全部"上岗"。其中，2000多名志愿者在市区各主干道、酒店、车站，主要提供指路、引领、通联、拎行李等服务；700多名志愿者在航展馆园区展开验票、安检、咨询、保洁等方面的工作。

本届航展期间，志愿者们的身影随处可见：展馆外指路，疏导交通；展馆里细致介绍，解明详情……在熙熙攘攘的人潮中，那一抹动人的天蓝色，带来了真诚的关心、亲切的指引。正是他们这种无私奉献精神，这种吃苦耐劳精神、敬业精神、团队精神，和他们高水平的志愿服务，完美地诠释了珠海志愿者的精神风貌和珠海人民的精神底蕴。

在人们焦急地等待时，蓝天使送去悉心的问候；在拥挤排队中，蓝天使送去温馨的提醒；在老人们缓缓前行的身边，有蓝天使伸出的双手；在孩子们喧闹的身后，有蓝天使细心的爱护；在人们疲惫时，有蓝天使递上的温水；看完航展临别时，有蓝天使情深深的道别和祝福。

航展期间，蓝天使们每天早上5点30分出发，7点就位。从11日到18日，天天如此。他们每天在航展场馆里走来走去，却不能跑去欣赏一个新奇的展品或是观看一场精彩的飞行表演；他们不能拿出手机、相机拍照、自拍；他们身在展馆，但必须守在"幕后"，为来自四面八方的游客提供无微不至的服务。

其实在航展开幕前，他们就放弃了休息时间参加紧张的培训；在航展期间，他们更是忙前忙后，散场后，他们还要留下来清理场地，打扫卫生……正是因为有了他们，航展得以顺利举行；来自五湖四海的宾客们不仅享受到了一场视觉盛宴，而且感受到了珠海人的真诚和热情。

人们伸出的拇指，是对蓝天使最大的鼓舞；游客久久的笑意，是对这次志愿服务永恒的深情。

这群有着无私奉献精神的蓝色天使，不少都是在校大学生，他们平时并没有太多的独立担当和吃苦机会。这次为了航展的需要、为了珠海形象的需要，他们用稚嫩的肩膀进行积极的担当，他们把这当成了人生中一次难忘而有意义的历练。正如一位大学生志愿者所言：这是一次锻炼自己的宝贵机会。的确，对这些大学生志愿者来说，这是一次精神的历练和能力的提升，更让社会对这些独生子女一代的认识得到了巨大跨越和提升——他们完全有能力担当责任。

尽管"志愿者"这个角色进入我们视野中的时间不长，但是自从我们的身边有了志愿者的身影，我们感到很亲切、很温馨。据统计，珠海市目前登记在册的志愿者有13.8万人，其中年轻人占相当大的比例。珠海市志愿者联合会自2009年12月成立以来，整合了全市各级、各类志愿服务资源，开通了珠海市志愿者联合会网站。近年，珠海市各级志愿组织也广泛开展了涉及文化、科普、环保、法律、全民健身等丰富的志愿服务活动。面对如此庞大的志愿者队伍，以及越来越多的志愿者进入更广阔的服务领域，珠海的各种志愿服务形式，就像一股沁入城市肌体的暖流，让珠海这座城市充满了爱意。

航展有始有终，生活却是永远不会落幕。虽然航展后的蓝天使们脱下了自己的天蓝色风衣，但是他们的志愿服务还没有结束，他们的志愿精神还在延续。正如一位蓝色天使所言，现在我们又回到了校园，但是志愿服务已经成为我们的一种习惯。

我们办航展展示的不仅是航空航天风采，更有我们珠海人的形象和城市风采。我们要把这种志愿者精神和作风保留下来并发扬光大，为的不仅是珠海城市的形象，更是珠海每一位市民的风貌。

珠海以后还会举办很多大型活动，不少活动都会向社会广泛招募志愿者，希望有更多市民能成为一名光荣的志愿者，为珠海的美丽奉献自己的一分力量。

公交司机要文明

相信对于"城市公共交通问题是关系群众切身利益的重大民生问题"这个观点，市政府以及交通部门都是坚信不疑的。而且，这几年，珠海公交在"人文交通、科技交通、绿色交通"方面也做出了不少努力。但是，本着"群众利益无小事"的理念，公共交通"没有最好，只有更好"。它是珠海文明的一个重要窗口，希望这个窗口展现给大家的是和谐、友爱和美好。但事实是，我们的公交还有很多方面做得不够，特别是文明服务方面，在此有话不得不说。

珠海公交的大部分司机都是好的，但总是还有些不尽人意：不按点到达，要么不来，要来就来一堆；路线突然调整也不提前通知，害得大家等很久不见车，浪费时间，耽误事情。特别是有的司机不知是技术不过关还是闹情绪，将车开得前仰后合，狼奔豕突，乘客左摇右晃，摔成一团。笔者目睹一位阿姨和她的菜篮子一起，急刹车时在车厢内打了个滚。阿姨爬起来，拾起菜，似乎没事。要是一位老人，这后果不堪设想。

此想法不幸言中。一次司机猛刹车，结果车上人仰马翻，笔者站在靠近后面的过道上,也脱了扶手冲出去了。更可怕的是坐在后门对着门口那个位子的一个老人家直接扑着摔倒了,车上的乘客惊叫着,抢着上去扶那位老人家起来,问伤了没有。笔者当时是摔在了前面乘客的身上,旁边一位阿姨的鼻子碰到了前面的椅子。一名穿短裙的年轻女子抱着头蹲在车厢里,一名小女孩也碰到了头。

把老人家扶回座位后,大家都开始谴责司机,可是那名司机充耳不闻,面无表情,一副"懒得理你"的样子。从始至终都不搭理乘客,更别说问一句车上的乘客伤着了没有。

当然,路上如果真碰到突发事件司机来个急刹大家也是可以理解的,但是遇到突发事件后,司机如果能对乘客简单解释一下,说声"对不起",大家心里也会平衡些吧。如果司机实在不愿开口,事先录音好道歉的话也不费事。凡事有个交代,这也是文明。

笔者想,这样的事件不是技术原因而是思想问题。笔者观察了很长一段时间,发现急刹、猛刹并不因突发事件,也不是偶然发生,好几路不同的车、不同的司机都出现这样的问题。更令人不解的是,有一段时间,换了一批很年轻的小司机,很像是实习生,他们开得却比那些"老"司机要平稳得多。实习生能做到,老司机们却开不好,是老师傅们耍油条?还是老师傅们由于各种"心事"问题在拿全车人出气?但愿笔者是"小人之心"。但如果真是这样,也希望公交公司与员工的矛盾尽快解决,不要把气撒在乘客身上。

其实,如果由于刹车造成乘客受伤属于客运合同纠纷,应该由公交公司赔偿,这也是我国法律明文规定的。司机守法,这应是起码的要求。

公共交通,不仅要为城市正常运转和市民出行提供良好的交通环境,更要突出以人为本,加快交通文明建设。公交司机是珠海文明的窗口,希望公交公司为珠海营造一个顺畅快乐的乘车氛围,把文明出行、文明服务、文明管理落到实处。

帮他们做梦圆梦

打工的生涯是辛苦的,尤其是珠海的打工仔打工妹们多来自外省,工作的辛劳倒在其次,心灵的饥渴才是让他们最难受的。但是正如一首歌唱的那样："有些梦不做不可，有些话一定要说……"他们那么年轻，但为了生活，背井离乡，为了追求梦想，把青春和汗水抛洒在生产线上。他们不仅仅需要挣钱寄回家乡，他们还渴望情感，更渴望文化生活。

在此情形下，珠海市总工会、斗门区总工会通过购买服务的方式，委托珠海协作者组织招募并培训新青工业园区的工人成长为志愿者，组织开展的文娱活动丰富了工人们的业余生活，营造工业园区的生活气息和人文关怀的氛围。这对正在成为工人队伍主流的"80后""90后"的工人来说，是非常必要和及时的。不仅是我们的工会组织，企业、政府和整个社会都应给予新一代外来工更多的关怀和关注，尤其是文化和精神层面的。

心理学研究表明，重复劳动、机械工作会导致职业倦怠，从而情绪失控，产生各种各样的精神问题。现在，这批新兴的打工仔打工妹们已经与前些年的那些成家后再出来打工的大龄人群有所不同，他们大多是刚中学毕业的年轻人，他们与祖辈、父辈们出外打工的心境非常不一样。

这些年轻工人在家里也多是被父母宠着，他们的抗压能力、心理承受能力和吃苦能力比较差，但这代人自尊心更强、梦想也更大。他们有梦一定要做，有话一定要有地方说。但是当他们进入现实工作后，理想与现实的巨大差距让他们尚未成熟的心理难以适应。他们也许会觉得怀才不遇，甚至产生厌世情绪。而且，员工生活在集体管理之中，缺乏个人生活空间，同时又远离家乡和亲人，一旦出现不良情绪，找不到宣泄途径，缺少亲情抚慰和自我救助的条件。如果没有得到周围人群的及时帮助，久而久之，不良情绪累积起来，可能造成极端行为。

正因如此，我们才应该在娱乐和文化等精神层面为新一代外来工营造更加丰富多彩的生活，让他们开开心心地去实现自己的梦想。最起码，也让他们有个情绪发泄的出口和表达自己的渠道。"工友大家乐"就是一个很好的平台。年轻人好动，大家聚在一起，有免费的场地唱歌跳舞、交友娱乐，玩起来，也许负面情绪就跑到九霄云外了。他们又会精神饱满地去工作，去挣钱，去实现自己的梦。

每个人都有梦想，为了千千万万年轻外来工人的梦想能够不那么沉重，愿我们"工友大家乐"之类的活动多些，再多些。

珠海正能量　网上放光芒

2014年6月17日《珠海特区报》报道了"珠海人在拉萨捡到一对自驾游南京老人相机并寻失主"的微博在新浪微博上被网友"疯转",数千网友纷纷快速扩散,最终在众网友的转发帮助下找到了相机主人的事情。之后,这个故事继续发酵,许多国内著名媒体转发并评论,盛赞珠海好人,也盛赞网络上的正能量。而面对"把珠海好人的声誉带到了青藏高原"的赞许,捡到相机的阿涛语气淡然地表示:"举手之劳,帮助他人这种事太平常了。我从小在珠海长大,我相信每个珠海人遇见这种情况都会这样做。"

说得真好,每个珠海人都会这样做。在全珠海人民为创建全国文明城市而努力的今天,这句平淡的话语,深刻地阐述了珠海人的精神境界和文明水准。

我们经常说一个社会的文明程度可以从两个方面来看,一个就是物质文明,另一个就是精神文明。物质文明有很多明确的硬性指标,用一堆数字就可以很明确地看出来;而精神文明则是一个相对较虚的东西,看不见,摸不着,但你能感觉到它的美好。阿涛的一个不经意的行为,迅疾从互联网上传遍了全国,得到了那么多人的支持,这证明了我们这个社会还是好人多,也证明了不经意的文明行为,才是对精神文明的最好诠释。

阿涛认为是"举手之劳,何足挂齿"。这句谦辞说明好人的精髓已经融化在了他们的血液里,文明素质已经养成了自觉的行为模式,这是真正的文明。

"文明珠海,从我做起"是一句口号,但它并不空洞,千千万万个"阿涛"们为它做了实实在在的注解。像阿涛这样的好人在珠海不少,比如义务帮助残疾人、9年如一日的斗门区遵医五院女护士林年金和余煜豪医生,还有6年如一日、每天背着因车祸瘫痪的丈夫上下楼去医院的詹素红,以及几天前热心善良地守护着因药物迷糊的生病老人林福琼、最后终于使他平安回到家人身边的602路公交车售票员赵舒敏……他们都是最普通的珠海市民,他们虽然没有什么豪言壮语、丰功伟绩,但他们身上爱的光芒照亮了周围的人,温暖了大家的心。他们是珠海的正能量,他们是珠海的脊梁。

张扬青春　个性创新

一款款张扬肆意的发型，一张张稚嫩严肃的脸庞，一组震撼而抓眼球的照片，高调地宣告着"90后"农民工的梦想……摄影记者张洲记录多位"90后"工人在工厂劳作的图片《流水线上的90后》于2013年12月30日在《珠海特区报》摄影专版《看见》刊载后，引起了新浪、腾讯、网易、财新网、凤凰、中国日报网等各大门户网站相继转发，引发网友广泛关注。该组照片仅在网易的点击数已逾6万条，在新浪图片专区的评论数也超过9000条。

这组照片的走红，除了它有强烈的视觉冲击力外，更因为它给了人们心灵的震撼，同时也隐含了深刻的历史意义和现实意义。

这组照片可以说是一个里程碑，它张扬着、呼啸着向全世界宣告：这就是当今"中国制造"的最前线的"士兵"，这就是新生代的中国产业工人。他们再也不是他们的父亲和爷爷进城打工时的那个形象了——身穿条绒，腰扎麻绳，不敢看人，说话哆嗦……如今他们走在时尚和潮流的前端，他们挺起胸膛，高昂着头颅，让炫酷的发型和青春一起飞扬在世界工厂、中国制造的流水线上。这就是今天中国产业工人的精神风貌。

形形色色的动植物组成了自然界，形形色色的人组成了人类社会，如果一切都是千篇一律的话，这世界该是多么单调，多么无聊，多么死气沉沉。一个健全的人类社会应该容纳各种人的个性的发挥、不同的声音以及更多个性行为的表达，使每个人能做到真实的自我，不为各式各样的束缚所羁绊，能够自由地发挥自己的所长，这是有生命力的社会，这是有创造力的社会。

在我们这个强调集体意识的社会里，全国男女黑灰蓝的时代还没走很远，当街剪喇叭裤、阿飞头的日子过去了也并没有很远……但如今，新一代的中国工人如此张扬个性，却也这样地被社会接受、被人们点赞、传览，可以说，我们的个性时代到来了。

个性是孕育创新的基础。因为创新必定是有别于传统的，也是区别于大众的，所以也叫个性，可以说个性意味着生命力和创造力。创新就是在传统的基础上开拓，制造出前所未有的新事物；创新就是突破传统、制造差异。

在珠海新生代的产业工人如此不同于以往也不同于他人的个性发型下面，一定隐含着巨大的创造力。这正是我们民族最需要的东西。今天，我们有富于个性的工人，有盛赞个性的社会，这是民族生命的根基，也是创新社会的动力。

从"美德少年"说道德

目前，珠海市推出了"珠海市美德少年"评选活动，这里面有小志愿者，有小孝子，有乐于助人的好同学，也有品学兼优的好学生，更有贫困中奋进的顽强孩子……榜样的力量是无穷的。"珠海市美德少年"活动可以引导未成年人从小崇尚先进，从身边学起、从自身做起，树立正确的人生观、价值观，成为有理想、有道德、有文化的社会新人。

为什么道德建设尤为重要，从孩子抓刻不容缓？因为我们的社会发展到今天尤其需要道德。道德其实就是行为规范。没有道德就没有了规范，没有规范的社会是不可能和谐的。人是群居的，也就是有社会组织和社会关系的，这种社会的运行，必须要有规范，法律是一种，道德是另一种，它们的不同在于，法律是最低底线，道德是更高的追求。

那么有了法律就可以不讲道德了吗？不！因为文化体系不同，西方认为人性本恶，所以他们发展出了契约制，通过制度的约束使人的行为合于他们的道德。就是说，在西方的道德中，不是人不想犯错，而是一旦犯错就会得到惩罚。而恪守诚信可以获得更大利益。所以，他们的逻辑是用惩罚来养成好的行为习惯。

而中国的传统观念认为"人之初，性本善"，所以，中国的传统道德不强调制度和契约，而强调修养和自我约束。比如说中国古语里的"士"，指的就是在名利面前不动心的人，可见自古中国就崇尚"士大夫"精神，大力推崇自我约束、自我修养的高尚品德。当前中国经济的崛起使国民内心深处压抑很久的对财富的渴望得到了充分表现，财富的作用使人性的贪婪在没有限制的条件下肆无忌惮，致使道德沦丧。如果道德沦丧，法律再不健全，社会机制的运行当然会出问题。因此，在健全法制的同时，重树道德必不可少。这就是我们追求的最低底线和最高境界"两手抓""两手都要硬"。

中国人的传统是强调道德的，而道德教育必须从娃娃抓起。充分发挥学生身边道德典型的示范带动作用，树立未成年人身边的典型形象，把勇于创新、奋发向上、诚信友爱的品格融入学生的血液之中，倡导"孝敬父母，感恩亲情，在家庭做个好孩子；勤奋学习，追求上进，在学校做个好学生；热爱祖国，热爱家乡，在社会做个好少年"……榜样的力量是无穷的，好榜样如此，坏榜样也一样。因此，用道德楷模引导孩子，用健全法律扼制坏榜样，是社会的责任和担当。

让阳光照耀心灵

《珠海特区报》报道，2013年8月，珠海市学校社工项目试点正式启动。社工们以满腔热情投入到试点学校，利用专业知识为一些问题学生排忧解难，引导他们走上正轨。四个月来，不少问题学生在社工的耐心辅导下走出心理阴影。

这里想说说心理问题。国人一直不重视心理问题，身体有了病大家都知道去看医生，但是精神有了病却讳疾忌医。其实心理疾病有时比身体的疾病更严重，但是因为心理问题看不见摸不着，有时也不像其他的病痛那样有明显的特征，因此我们往往把心理问题忽略了。特别是对于成长中的孩子，有些家长自以为是，喜欢自说自话，不顾孩子的想法。于是，当孩子有了心理问题时，家长没有意识到，或者是意识到了也没当回事儿，许多人想当然地认为小孩子能有什么心理问题，只是不懂事罢了，长大了就好了。

其实正因为孩子的可塑性很强，才应该让他们有一个阳光正面的心理，否则，孩子的生长是不可逆的，心门一旦关上了，一切就来不及了。关于"童年阴影"问题，是个很专业、很科学的学术领域，这"阴影"对人的一生都会有重大的影响。

而心理教育普通老师和家长有时候是不能完成的，这就需要专业人员的辅导。正如新闻中的阿正，老师的指责和同学们给他起的"大话王"外号，对于一个小小的心灵来说，实在是太沉重了，他不堪重负，无法面对威严的老师和排斥他的群体，于是只能用不合规矩的行为进行无声的反抗。幸好他遇到了肯静心听他讲话的社工，并用专业知识校正了他的心理阴影，否则他可能一生都生活在这种童年阴影之下。

但目前的状况是，一个学校有一名心理咨询人员就不错了，很多学校还没有配备。在此条件下，专业心理社工就发挥了积极的作用。要知道，所谓的"问题学生"其实本都是好孩子，只是他（她）的成长环境致使心理变化导致行为异常，如果经常有专业社工协助老师和家长一起耐心辅导，让孩子摆脱心理阴影，让阳光照耀心灵，就必然会摆脱异常行为。

其实有心理问题的不只是孩子，大人也有不少，在此呼吁社工帮扶心理教育不仅针对学生，还应该到社区去，帮助教育居民。还应有的放矢地开展个案研究，化解人们的心理困惑、抚平人们的精神创伤。同时结合精神康复方法，创新管理理念，将社会工作"助人自助"的理念融入日常的服务与管理之中。

让每一天都低碳

2013年6月10日，珠海市党政机关干部群众选择步行上班，并通过关闭办公场所空调、公共照明等方式，以低碳的出行方式和办公模式体验能源紧缺，倡导低碳生活。低碳是造福全人类的事，这当然是件好事，有这种行为是值得点赞的，大家在以实际行动落实低碳理念，起码在这个一年只有一天的日子唤醒人们低碳生活、节能减排的意识。但是仅在这一日是很不够的，我们应当创新方式方法，建立起一个切实可行的机制，让我们生活工作的每一天都是低碳日。

低碳日倡导的是低碳生活，低碳生活就是指生活的每一个细节都要尽力减少所消耗的能量，特别是二氧化碳的排放量，从而减少对大气的污染，减缓生态恶化。低碳日是一个新事物，我国在去年（2012年）才设立该纪念日，目的在于普及气候变化知识，宣传低碳发展理念和政策，鼓励公众参与，推动落实控制温室气体排放任务。今年（2013年）全国低碳日的主题是"携手节能低碳，共建碧水蓝天"。可是很多老百姓乃至白领们甚至是公务员都不知道有这么个低碳日，也不知道到底什么是低碳。

事实上，低碳并不是一个停留在技术领域的词汇，不低碳的结果已经让全国人民都体会到了——雾霾、污染、全球气候变恶劣、极端气候增多，碧水清流日渐成为回忆，蓝天白云成为奢侈的风景……在环境告急的情况下，低碳已经迫在眉睫。

那么，具体到：每一天每个人，上班步行，停开私车，拧紧水龙头，随手关灯，不使用一次性木筷，吃不完"兜"着，选择公共交通，双面打印，旅行自带牙刷、梳子，自带环保袋，用淘米水洗手、浇花，空调、电脑及时关闭电源，少买一件衣服、鞋子……每一个生活细节，都有低碳和不低碳的选择，如何让人们选择低碳生活方式，仅靠低碳日远远不够，更多要靠低碳理念的植入，让所有人都深刻认识到，低碳是造福自己，进而选择低碳造福人类。

上述低碳行为也只是生活层面的，除了这些，我们的生产模式、社会制度也都可以有低碳的选择，在这些领域，我们做得还很不够，我们需要大刀阔斧的改革。我们应当建立起一种行之有效的机制，要有执行，有监管，更要赏罚分明。对低碳行为大张旗鼓地奖励和表彰，对不低碳行为进行批判甚至重罚。比如对有关部门和企业进行低碳考评，对官员实施低碳问责，老百姓的生活要有低碳奖励、低碳积分换生活物品，等等。我们要通过创立、创新形式和制度，让低碳融入每个人的生活和工作，并持之以恒。

用高雅文化安放心灵

珠海首届"香山杯"书法、美术、摄影作品展在界涌社区展出。居民在家门口乐享文化"大餐"。这是今年（2013年）香洲区文艺进社区"薪火计划"在社区中的首场展出，接下来，"香山杯"书法、美术、摄影作品展还将陆续在香洲区24个特色社区中展出。

古人云，仓廪实而知礼节。现在，人们生活富裕起来，不再为吃穿发愁，大家都有钱有闲了。温饱之后，人必然产生精神追求，这也是人类与动物的最大区别。纵观人类发展历史，每一次文化大发展都与之前人类物质文明积累到一定程度有关，所以说温饱后对精神活动和文化艺术的追求是人性的本能。

可古人还说，饱暖而思淫欲。这就是先人们在用经验告诉我们，人类饱暖后，如果不用美好高尚的文化艺术去充实心灵，如果不用优雅的精神产品去添补精神，那低俗的文化必然侵入大脑，消噬灵魂。

从这个意义上来讲，高雅的文化艺术"薪火"走进社区，而且还在社区设立文化站点，不仅能满足居民们业余文化生活的需要，更为居民修身养性的精神追求提供了场所，让人们的心灵有了一个新的栖息地。

其实，在我们的居民管理中，为街道、社区百姓提供丰富文化生活本就应该是街道办、居委会一项重要的工作内容。但由于基层工作单位中有专业艺术才能和修养的人才不多，所以真正把高雅艺术在社区开展、普及并常年服务的也并不多见。现在，由香洲区政府组织艺术家和艺术品走到居民家门口，是为群众做了件大好事。希望这种服务能制度化、常态化。

接下来，香洲辖属的24个社区的居民都将在家门口享受艺术盛宴，这是值得期待的。更希望这文化的"薪火"不仅燃遍香洲，还燃遍斗门，燃遍金湾，让全市人民都能有此"眼福"，更希望这文化大餐成为习惯。如此，珠海人民在身体诗意栖居美丽城市环境的时候，心灵也能找到一个美好的栖居地。

愿每个小小梦想都能慢慢实现

——展望 2013 年

狂放的金龙即将挥别，优雅的银蛇款款而至——在这辞旧迎新的时刻，我们向全珠海人民拜个早年。

过去的一年，我们有那么多梦想实现了并实践着——珠海撤销了所有非高速公路收费站、珠海再次启动创建全国文明城市、珠海制定"四年行动计划"创建全国生态文明示范市、珠海确立了"蓝色珠海　科学崛起"战略、珠海人易思玲射落伦敦奥运首金、珠海全面推进幸福村居创建工作、珠海机场高速等六个重大交通项目通车、珠海"三高一特"产业布局获得新进展、珠海成功举办第九届中国国际航展、珠海公共自行车租赁系统开通运营、广珠铁路正式投入使用、珠海步入"城轨时代"……

我们在即将过去的龙年岁月里实现了许多为之奋斗和祈盼了很久的梦想，这些梦想永远值得我们回顾、记忆和珍藏。

看时光飞逝，我们回首从前，我们曾经莽撞，我们曾经少年。珠海是一个神奇的地方，打从特区成立那天起，它就是无数人追梦的地方。五湖四海，四面八方，每一个珠海人都带着各自的梦想来到这片热土。一代代人的努力，使这个昔日中国南海边名不见经传的小渔村，变成如今令世人瞩目的海滨花园城市。而在共同奋斗实现公众理想的同时，我们每一个人的小小梦想也在慢慢实现。

如今的珠海，是我们每个珠海人梦牵魂系的第一或第二故乡，每个生活在这片美丽热土上的人们，都在为自己的理想不懈地努力着。

——老张是土生土长的珠海人，当年建特区他正值壮年，如今他已经退休在家抱孙子了，但他仍然有梦，他的梦想就是自己健康、儿女平安。

——老王是1988年名牌大学毕业后来到珠海的，是特区接收的第一代大学毕业生，当年他背着书包来珠海寻梦，如今他已经人到中年，是一名机关领导。当年他怀揣许多梦想，现在好多的梦都实现了——他事业有成，家庭幸福，孩子出息，但他仍然有梦并且在为之努力工作，那就是要把珠海建设成为一个宜居宜业的好地方。

——大李是被父母抱在怀里南下珠海的北方人，当年他随着来珠海打工的父母一起来到这里，再后来他离开珠海上大学、出国留学，如今他又回到了珠海，他梦想在这个浪漫的城市创造更浪漫的生活。

——小张是土生土长的新一代珠海人，她的父母是当年闯特区的青年，她在这里出生，在这里成长，海风吹海浪涌，陪伴着她成长，长成了新一代"珠海渔女"。如今她在珠海上大学，她梦想在这里有良好的事业、美满的爱情……

——小甜甜是2008年出生的珠海新新人类，随着北京奥运会的举行她降生在举国欢庆的时刻，如今她5岁了，她梦想着上学，梦想着穿漂亮衣裳。

即将来到的蛇年，我们仍然有梦，我们奋斗不息。延续2012年的良好发展态势，珠海将全面打造横琴新区、高新区、高栏三大引擎，启动西部中心城区建设，推进城市绿化三年行动，海滨公司、凤凰山公园、城市之心等众多项目有望实质启动，2013年将是全面落实十八大精神的"实干年"。

延续2012年重大项目相继完工的"喜庆"，珠海将于2013年迎来"世界级"长隆度假区的开业、澳门大学新校区的移交使用、十字门中央商务区众多功能组团建筑的封顶。

有期待，有梦想，生活才会更有动力，城市才会更有活力。展望2013年，我们依然充满期待，

从小城大事，到小民小梦，天天月月年年，在生命中的每一天，我们都在努力着、奋斗着，为了我们山更青、水更秀、天更蓝、海更清；为了我们

的家园环境宜居、文化生活丰富、收入增加、物价平稳、社会安全……我们是如此平凡，但我们却又如此幸运，因为生活在这个时代，愿我们的每个小小的梦想，都能够慢慢地实现。

"让我将生命中最闪亮的那一段与你分享/让我用生命中最嘹亮的歌声来陪伴你/让我将心中最温柔的部分给你/让我真心真意对你在每一天……"

第二辑　进谏纳言篇

请让我找到回家的路

"记得那时年纪小,我爱谈天你爱笑,聊着聊着睡着了,梦里花落知多少……"

花落了多少不知道,但是那一年香洲渔港的落沙是会永远铭刻在珠海人的记忆里的。突然听说香洲渔港要搬走了,怎一句"难过"了得。

一个人,一座城,如果没有历史的积淀,都可谓之浅薄。珠海本来就是个新城,30多年的城市历史,老物件并不多。而香洲渔港这个地方,是个极具珠江入海口渔家特色的地方,避风的渔船,高耸的桅杆,忙碌的渔民,空气中的海腥味,都构成了珠海人的记忆。

像笔者这样的移民,这里几乎是我们对珠海的第一印象。我们都曾在这里留恋,留下了或深或浅的脚印。土著的珠海人,这里就是他们的家园,天天月月年年,迎着风儿随着浪花追逐着朝阳和晚霞。而在珠海出生的新一代特区人,那些"80后""90后"们,如今无论在神州各地还是在地球的任一角落,说起他们出生和长大的地方,有谁不记得这个香洲渔港?

无论大家走到天涯海角,只要你曾在珠海生活,只要说起珠海,有谁能忘记香洲渔港?

爱一个城市,也许因为城市的人,但是如果人虽在、城虽在,却找不到去的路,那样的心该有多么迷茫和失落。

某国际网站在评比珠海必须要去的地方时,没有说"情侣路",而是说"香洲渔港"(这只是情侣路中间的一段)。为什么?因为"情侣路"没有地方特色,没有支撑这个名字的丰富内涵。而"香洲渔港"却是不折不扣的、珠海独特的、有味道、有传承、有历史的地方,它是独一无二的,它是无可替代的,因而它是不得不去的。

据说现在要把这个独一无二毁了,重新建一个游艇港——洋气是洋气了,可是没有年轮的累积和文化的沉淀。它就会像情侣路一样:情侣文化一直没有培育起来,情侣路一直倍显孤单。这个崭新的游艇港,的确还缺乏很多的内涵。"桃李不言,下自成蹊。"浪漫是骨子里、血液里的情愫,不是靠改个地址改个名字就有的,是靠内在与外在经历文化的研磨打造出来的。

而那经过了风吹雨打的"香洲渔港"如果没了,就真是没了。就像文物,这种摧毁是不可逆的。没了这个老地标,珠海人的心灵也会像少了一个角,回家的路,会变得迷茫。

所有的东西,真不是越新越好。家有一老,如有一宝。老地方,老地名,老地标……那是咱珠海的宝贝,不仅不能扔,还要紧紧地搂着、抱着、疼着、爱着。

我有一个梦想,希望有一天拱北口岸不用再整治!

2014年9月23日《珠海特区报》报道,珠海市目前正在开展拱北地区口岸整治行动,交通、公安、口岸、民政及香洲区等多部门共同牵头成立五个行动组,对拱北口岸非法拉客、"黑车"非法营运、车辆违法停放、商贩占道经营等交通违法违规行为集中开展为期十天的整治行动。

应该说,老百姓是打心眼里欢迎这种整治行动的。因为拱北不仅是珠海的面子——这里地处珠海与澳门陆地交汇处,是内地通往澳门最主要的陆路通道,有着全国客流量第一的陆路口岸拱北口岸,云集了众多商场酒店以及城轨站(高铁站)、多个长途汽车站、多路公共汽车始发站和过路站,是珠港澳区域过境交通的核心地区;同时,它也是珠海人的里子——这里居民住宅众多、商业网点密布,是市民居家过日子和逛街买东西的好去处。

但是长期以来,非法拉客、"黑车"营运、车辆乱停放、商贩占道经营等违法违规行为普遍存在,屡禁不止。每年,交通、公安、口岸、民政及香洲区等多部门都花了很大的力气去整治,整治之处违法违纪的现象稍有收敛,整治之时拱北地区乱哄哄的现象有所改观,可是过一阵子,又故态复萌。根本原因不是有关部门处罚不力、管理无能,也不是违法违纪者太猖狂,而是拱北口岸地区一直存在交通规划不到位、交通接驳不到位、交通设施缺乏、交通站场设置不合理、道路人车冲突等问题,这些问题不解决,有关部门浪费了大量人力、物力和财力,也只能是治标不治本。

笔者曾经开车送老人和孩子到口岸对面的拱运汽车站,这里是民航接驳站,也是铁路联运站,更是省内、省外的长途客运站,可是停车场只让营运车进,不让老百姓进。东西多,老人孩子拿不了,该怎么办?不只是笔者,所有送人的车都挤停在站口的路边，然后送人入站。一次，笔者帮老人孩子把行李拿进站场，出来就"违法"了，因为这里不准停车，周边也没有停车场。吸取教训下次不开车，打出租车吧，可这里也不许出租车进。还有，如果你飞到广州后乘大巴返珠而且还带了行李，那你就倒霉吧，这么大的站场，不准出租车拉客，另一边又是单行线，出租车过不来。乘客只能拖儿带女、大包小包地步行到不近的金叶酒店或者华润万家打车。不下雨、不是高峰期还好，若遇下雨和高峰期，你抱着孩子，拎着行李，路边站一个多小时也打不到出租车时，此刻如果一辆蓝牌非法车翩然而至，你感激还来不及，它要3倍的价也走！笔者就曾屡次在这种情况下无奈地帮衬黑车，而且心甘情愿付高价，从口岸到新香洲，合法车打表30元的路，蓝牌车要了80元。可我只能给，否则雨中孩子病了那又是多大的代价！

还有在万家和口岸地下逛街买东西，当你拎了许多东西带着购物的欢喜和疲惫的脚步出来时，过马路时一定特别纠结，不抢、守规矩，你就根本过不去，于是你只能违规、只能"不文明"，否则，你就回不了家。

据说，拱北地区的交通规划方案早已有之，但一直束之高阁。规划细则老百姓不知，但相信会比现有的好吧，但再好的规划不落实不也是废纸？

随着港珠澳大桥的建设和完工，将来拱北地区会交通更繁忙、人流更密集，那么规划和完善好拱北地区的交通运输体系，对拱北地区乃至整个珠海市的经济发展及市民生活有着非常重要的现实意义和战略意义。希望尽快将规划落实，让拱北口岸地区的交通科学合理地运行，不要再靠整治行动来维持交通秩序了，也让这运动式的管理休息吧。

珠海堵车到底因为啥？

修路堵车是暂时的，除这个原因外，纵观珠海堵车，与其他城市不同。原因不单是车多了，路不够，很大一方面是规划出了问题。当然这其中有历史的原因也有自然条件的限制。

首先是城市功能区划问题。现在越来越多的人住在香洲主城区，吃喝拉撒睡和孩子上学、自己娱乐、家人休息、医疗等一切都在东部的香洲区，却在西部的斗门和金湾上班。于是每天早晚，珠海有三分之一以上的上班族在城市的最东北角和最西南角之间实施"乾坤大挪移"。而珠海的地形地貌本来就是狭长的海岸线与山丘的间带状结构，中间地带的吉大和前山居民区，是自然形成的咽喉地势，靠山、临海，没车没人也是个咽喉要卡，更何况车多人密的时候呢。

珠海现在的居住群落也是历史自然形成的。特区开发前的珠海人傍海而居，没有腹地，自然形成了香洲、吉大、前山、拱北、斗门、三灶几个组团。现在这些组团联系起来都要跋山涉水，如果交通网络只在地面交通上做功夫，难道要把山都推了，海都填了？那还叫珠海吗？那还有美丽的依山傍海的海滨花园城市存在吗？

因此，在板樟山多修两条隧道是可以缓解一下大挪移的队伍拥挤状况的，但最根本的解决方案还是修地铁。曾有人说珠海是海滨，地方又小，地理条件不适合地铁，那么希望有关部门和人员去香港看看，取取经，看看他们是怎么在与珠海极其类似的地理和地质条件下发展地下交通的，而不是坐着胡思乱想。之后，这种能不能修地铁的争议就会不辩自明。

还有，仅就珠海目前的道路管理来看，交通管理设施布局不合理也是导致拥堵的原因之一。曾经有北京的交通专家看了珠海的红绿灯设置后，调侃地称主城区的几个地段为"红灯区"——因为红灯多到了令人不可思议的地步，几乎是三步一岗五步一哨。其实珠海与最亲密的邻居澳门相比，道路建设要好得多，马路要宽得多，人口密度、车辆密度也要小得多。可是澳门却很少塞车，珠海却塞得要命。何解？这值得管理部门深思。交通管理的理念是保证通畅，不是加强限制，不是红灯越多越好，也不是管制越多越好，更不是越慢越好。

珠海是一个中小城市，也学北上广那些世界级大城市摇号、限车甚至收拥堵费是不合适的，更是不因地制宜的。这不是珠海的特色，也不是珠海的改革方向。有关部门应当因地制宜，找出最适合珠海人民需要的交通发展模式来。

电影之城不是梦

2014年9月16日《珠海特区报》报道，本月（2014年9月）15日，珠海市又新增一家高端电影城。位于唐家综合市场的中影红星电影城正式对外营业，这是一家集三大超级电影技术（中国巨幕、3D立体电影、高清数字电影）于一体的星级影城。至此，珠海已经有了珠海大会堂，火星湖电影院，珠海市文华影院，中影 Face 电影城，前山电影院，中影国际影院华发商都巨幕影城，香洲家乐福星河影院巨幕电影，珠海环球时代影城中影国际影城（华发商都店），旺角百货175，红旗镇数字电影院，华发世纪城珠海中影凯华国际影城，金鼎的环球星梦国际影城，斗门的珠海星帝电影城，粤海西路的国艺都会影城，等等。

记得2010年《阿凡达》上映时，珠海人还得赶到深圳或东莞去看大银幕，4年后的今天，不仅市区内大银幕比比皆是，斗门、红旗、唐家湾这些边远地区也都建起了一流水准的电影院。当然，有市场需求的因素在推动，珠海电影需求如此旺盛，是否有关部门和珠海及各类"仁人志士"应该乘势而上，为珠海人的电影梦做些什么了？

1994年，中国珠海电影节成功举办，因其规模宏大、参展阵容鼎盛、各地电影界名人明星汇聚一堂、场面热烈非凡而至今仍被人们称颂为影坛盛事。中国珠海电影节也曾经与金鸡百花电影节、中国长春电影节、上海国际电影节并称"中国四大电影节"。1996年，第二届中国珠海电影节在珠海市隆重举行，在继续加强内地和台湾、香港、澳门地区电影界的交流与合作的基础上，朝着"国际华语电影节"的目标迈进。

到了1998年该举行第三届的时候，却因为各种原因停办了。1998年以来，珠海人为电影节"复活"的消息激动过两次。一次是2003年3月。珠海市委办和市府办向下面3个区联合下发通知，表示将恢复第三届中国珠海华人华语电影节，不过这届电影节最终还是没有办成。2006年，美国金沙集团威尼斯人度假村横琴项目联络办召开新闻发布会，抛出了复活珠海电影节的想法，并声称要将之打造成"亚洲戛纳"，后来此项目由于种种原因搁浅，"亚洲戛纳"这个肥皂泡也随之灰飞烟灭。

如果说当年珠海人的电影梦破灭是由各项条件不成熟造成的话，那么今天可以说是一种由下而上的生长力量慢慢地成长了、壮大了。当年是政府主导，今天是民间需要。例如，斗门黄杨山脚下，一个总投资50亿元、占地约3.3平方千米的南方影视城项目已经动工；平沙糖厂部分废墟将被改造成19世纪欧洲景观区、传媒技术生产基地，计划投资4.8亿元。而且，珠海那么多的大学，又有影视专业，每年不仅培养出编剧、导演、演员等各类人才，在校大学生们还在国际国内的许多微电影大赛中频频获奖……这些已经为珠海贮备了许多人才力量。再加上珠海市影视艺术家协会目前已经汇聚了影视制片人、编剧、导演、演员等专业门类人才近百人……这一切，真可谓万事俱备只欠东风。这东风，是政府有关部门大展宏图的东风，是有关单位深化改革的东风，借着这东风，珠海人能再激动一回吗？珠海电影梦，也许并不远！

好房子更应分好管好

环境优美、地段优越、结构舒适的珠海大镜山公共租赁住房，下月将开展廉租房抽签工作。此次配租的750套公共租赁住房中，有260套是廉租房，面向低收入住房特困家庭，6套无障碍住房面向困难残疾人士，484套公租房面向其他低收入住房困难家庭、新就业职工和专业人才，据悉这也是首次将新就业职工和专业人才纳入申请之列。(2013年9月12日《南方都市报》)

笔者经常去大镜山泳场游泳，每每看到蓝莹莹泳池边、碧波荡漾的水库畔竖起的两栋新楼，都禁不住心向往之。特别是前两天晚上楼体全部通电，远远望去玲珑剔透的房子特别好看。这么好的房子，且位居市中心繁华地带，又是珠海主城区第一个保障房项目，这在房价和房租都不断攀高的珠海，该有多少人眼红啊！

的确，目前已经确定，仅其中的260套廉租房就有832个家庭争相申请。需求是供给的3倍多，资源明显紧张。那么，公平，就必须是绝对的——没有尽量或大概。

首先，负责分配的制度必须公平公正，要体现悲天悯人的情怀，体现珠海的人才政策，让住得上的人满意，没住上的人也服气。现在已经有明确的候选条件，但是否符合条件，必须层层严格把关。特别是基层初报的把关单位，必须严格审查申请资格，不留一点漏洞。对于那些候选家庭都是怎么报上来的，每一步都必须阳光透明，经得起民众的拷问和质疑。否则，本来是政府为民办的一件大好事，也会因为"一粒老鼠屎坏了一锅汤"，好事变成了坏事。

其次，负责分配的人必须保证公平公正，一经发现行贿受贿，必须严处并追究双方法律责任，并对行贿者永不分房。笔者在珠海工作了10多年还买不起这一地段的房子，而这批房子中，廉租房的房租大约是市场平均租金水平的60%~80%，公租的就等于更少租金或不要钱。可见这批房子的含金量有多高。分到了房子，就等于分到了大笔的钱。在重大利益面前，难免少数人会动歪心思，对此必须防患于未然，及早制定出防御和惩罚措施。

再次，严格加强入住后的管理。有关部门必须时时关注住户状态，建立起动态入驻机制和正常淘汰机制，不能只进不出，或是霸着不走。这房子是用来救穷、救急的，必须分给那些最需要的人。如果有人当初入住时是符合条件的，但经过一段时间后经济条件改善，或是自己买了房，就必须把廉租房让出来，让给那些符合条件的人。绝不能允许那些"开着宝马住廉租房"的人出现，更不能出现二房东转租现象。这些制度也必须在分配之前就制定出来，不能等到时出现了再头疼医头脚疼医脚。

最后，既然优质廉租房、公租房如此供不应求，那么我们的政府应该想群众所想，急群众所急。为了让所有大众都能共享发展成果，在主城区优越地段，再多开发一些保障性廉租房，这才是根本！

从海天公园规划说开去……

位于珠海绿道海天驿站旁、情侣路海边的黄金靓地的海天公园，政府要用它来建一个集城市展示、市民休闲、节庆活动、科普教育等多重功能为一体的、"益街坊"的新型公园了。该公园的建设将与生态性、环保性结合，力求创造一个世界先进水平的低碳城市综合公园。将来的新公园会与新建成的博物馆、规划展览馆公园一起成为珠海对外文化交流的新名片。（2013年3月18日《南方都市报》ZB01版）

把这么一块位于城市中心寸土寸金的海景商业旺地用来建公园是需要决心和魄力的，在此为决策者的亲民惠民点赞。综观海天公园规划，两个名词夺人眼球：新名片，益街坊。

先说新名片，当然是要有创意，求新、求异、求高大上，低碳、文化是这个公园的特色。我们恳切地希望规划者们要把她建成一个与珠海原有的所有公园都不同的、令人耳目一新的新型公园——她应与环形离岛的野狸岛公园不同，更与山水相依、香烟缭绕的白莲洞公园迥异，她也不能模仿绿树红花水岸的前山滨河公园，也不能建成第二个拥有阳光沙滩海浪的海滨公园，更要与以奇石森林植被为主的登高望顶的景山、板樟山、炮台山、香山、石花山公园大相径庭,让市民和游客都有耳目一新的感受,并能毫不犹豫地把她当成珠海的一个新标志。

重点说说"益街坊",就是要让新建的公园满足群众生活需求,让市民和游客都在这里享受到实实在在的好处。这"街坊"应该是所有的人,而不是一小撮,或一部分。

以往我们建公园,建漂亮、建好玩就行了。没有考虑到那么多的需求。如今,社会发展不同了,人们的个性化需求和差异化需求越来越多,那么城市规划者和管理者就应该与时俱进,满足群众的整体性和个性化的需求。公园,她姓公,该尽最大的可能满足所有人。

看一看现有的公园,一个突出的矛盾就是功能区划不明,动态静态不分。那种"沿着小路、树下读书"的公园清新景色很少看到了;那些"月上柳梢头,人约黄昏后"的浪漫特征也没有了。现在的公园,一老一小已把她搞成了沸沸扬扬、锣鼓喧天的游园庙会——早、晚是大妈们的,节假日是孩子们的——广场舞高亢的歌、游乐场的电子乐器占据了公园的大部分地方和时间。

当然,加强公园管理可以缓解上述矛盾,但从根本上来说,我们的公园规划者能不能在最初规划时就把公园建成一个既能满足多种人群的需求又不互相干扰的享受之地呢?譬如新的海天公园可以在规划时就把广场舞之地和孩子们玩耍的区域划分出来,将它们与曲径通幽的读书地、犹抱琵琶半遮面的谈情说爱地进行科学的、艺术的分隔,让孩子的归孩子,大妈的归大妈,学生的归学生,情侣的归情侣……最大化地满足各类人群的需求。相信规划者用善科学和智慧,用足仁心和爱心,这是可以做到的。

还有,海天公园那一带近十年来已经成了一个珠海市航模爱好者自发的航模放飞地,那里的民间航模表演已经成了珠海一景,希望新的海天公园规划时能把这一浪漫的、代表珠海航空城梦想的人文风景考虑进去,千万别把它整没了。

珠海停车难　难在管理不善

珠海停车收费投诉全年居首,咨询投诉达437宗、物业投诉和交通运输投诉均超过100宗,三者投诉量位列前三位。尤其对拱北口岸附近、酒店停

车场收费投诉多。(2014年1月7日《南方都市报》)

不用看数字也知道，这个冠军头衔"响当当"！现在的珠海人，朋友聚餐、家人团圆、闺蜜逛街……选地方的第一原则不是菜好不好吃，东西贵不贵，环境美不美，而是"好不好停车"，好停车就去，不好停车拉倒。所以不用评选，这也是去年（2013年）最令珠海人头疼的问题。

珠海泊车真就那么难？虽然说珠海目前每天新增加100多辆小汽车，但比起北上广深那些大都市，人口总量少的珠海人均泊车资源的占有率相对来说还是高许多，可是泊车难度甚至比北上广深还大，其中很大一个原因是管理不善。

撇开老百姓强烈呼吁的新建一些楼宇式停车场迟迟不见动静这个问题不说，单就现有停车场地的管理就很成问题。比如本来一些可以免费在路边泊车的路段在没有"管理"时还是基本可以满足需求的，可是去年（2013年）一年很多这样的路段都被重新设计、重新画线，许多由斜停线改为直停线，一条路一下子就减少了10多个停车位。有人说直停是为了让通行路面更宽，其实这些路大多是单行线，没有错车问题，斜停是完全不会阻碍行驶的。

这些免费泊车路段的旁边路段基本都开辟了咪表停车路段，但咪表停车收费高，操作不便，且收费模式不是按实际停车时间，而是实施预收费，不合理而且麻烦，一旦超时或中间没有跑回来加时，就有被处罚危险，所以许多车主都不愿在咪表路段停车，导致咪表路段门可罗雀。于是周边各种乱七八糟的或私人或单位的收费停车场因而鹊起，有些人没有发票没有公章，拴条绳子就开始收费了。因为他们收费比咪表便宜，生意很红火。但他们只管收钱，对车辆根本不看不管。

最乱的就是拱北一带的宾馆酒店商场的配套停车场以及建筑工地空地上围起的停车场，来此处停车的多为过关去澳门必停且对环境不熟的外地人，宰起他们更是没商量，停一晚几百块的现象屡见不鲜。

目前，物价部门正起草停车收费办法，严把价格关是加强管理的一个方面，但如果有关部门加强管理，加强科学设计、人性化设计，珠海一定还可以挖掘出泊车的潜力来，这对缓解泊车、规范泊车、满足老百姓的这项公共服务要求会有很大帮助。

必须智慧地啃掉拱北改造这硬骨头

2014年4月15日《珠海特区报》报道，拱北口岸地区公交线网下月中旬酝酿较大规模优化调整，首次实施常规免费换乘。

终于要改造拱北口岸地区的交通状况了，这对珠海人民来说可以说是一个大喜讯。

目前，拱北地区的混乱已经不仅仅是珠海的"面子"问题了，它已经深刻地影响了珠海人的"里子"——老百姓口传：没在拱北过过关的不是珠海人，没在拱北搭过公交车、出租车的不是珠海人，没开车到拱北接过人、送过人的不是珠海人……

是的，每去一趟拱北口岸一带，都有扒层皮的感觉。在那里过关人挤人；搭公车人追车、车甩人；搭出租望穿双眼、站酸双腿；接送亲友没有一个地方能停车——交钱的也没有！

这里有历史问题。自古拱北被称为莲花茎，特区发展到今日，这个"茎"自然而然地卡住了珠海的咽喉。而由于紧靠海边、陆地狭小的缘故，只能发展立体式交通，实施人车分流才行。

但眼下最迫切需要解决的，恐怕是各个小团体的利益问题。那些各自为政的利益集团，为了一己私利，不惜牺牲广大群众的整体利益。为什么长途客运站没有泊车点也没有公交和出租？每天那么多来自四面八方的客人如何接驳、疏散？为什么出租车站总是乱七八糟停满了不排队、不打表的车？为什么有的停车场收费高得离谱，一辆车停一夜就是几百甚至上千元？这些市民心中的"十万个为什么"有关部门是看不到，还是不想看？收集信息、及时反馈、研究问题、及时解决问题，这才是改造拱北口岸地区的工作方法！我们做到位了吗？

现在，终于能在"公交"上优先改造了，这是个大好事。可是，这好事办得有点别扭，它的确可以分流，也方便了公交车辆的行驶，但市民是不是便利呢？想想看吧，虽然换乘多少次都不要钱，但即使车次多得可以忽略兜圈子浪费掉的时间，但是一个什么都不拿的年轻人还好，若是从华润万家大包小包地出来，若是老人，若是再抱个孩子，要换乘可能还不止一次才能坐上从马路对面开过的公交车，仅多次上下车就该有多麻烦！

难,难于上青天!百姓难,有关单位也难!改革拱北的交通更是难上加难。

但不能因为难就不做了。改革是必须的,但是改革应该是把最大的方便留给群众,而不是给群众增加麻烦。有关单位和部门多动动脑筋,向科学要智慧,站在群众的立场上思考,一定会想出更好的、让群众满意的点子。正如市委副书记、市纪委书记、拱北口岸地区综合整治工作领导小组组长王衍诗所言,拱北口岸地区综合整治工作是一场硬仗,要提高认识,高度重视。

拱北口岸地区的治理和开发,是今年(2014年)政府的重点工作之一。虽然经过一段时间的治理,拱北口岸地区周边环境有所改观,但与市委、市政府的要求和老百姓的期待还有较大差距,许多方面亟待改善和提升。特别是交通,这是一块硬骨头,如何啃下来,不仅要拼体力,更要拼智力,拼科学的方法,拼对人民、对珠海的爱!

拱北口岸地区是珠海的门户,代表珠海的形象,切实加强管理,加大整治力度,使口岸地区交通更顺畅,环境更优美,治安更安全,社会更有序,提升拱北口岸地区在全市乃至全省、全国人民心目中的形象,这是对珠海市城市管理者的一次严峻考验,更是城市管理者们义不容辞的责任!

珠海暴雨拷问政府职责

北京暴雨、长沙暴雨都夺取了无辜的生命,没想到2013年5月8日傍晚珠海的一场大暴雨,也夺走了一个小女孩的生命。在珠海生活多年,本以为台风才是最可怕的,没想到暴雨也如此肆虐。这场生命的灾难,拷问出政府工作至少两个方面不到位——应急方案没有,排洪设施不行。

暴雨时,笔者恰好在金湾区,而且在路上。那时的湖心路,瞬间一片汪洋。笔者身高163厘米,站在公交车站的水泥凳子上,雨水漫过了小腿。这水对于5岁的孩子来说肯定是灭顶之灾!

孩子是从幼儿园放学,妈妈接了,回家路上不小心被冲走的。我们不能指责妈妈失手,因为在那样的大暴雨中,以女人的力量,连把伞也拿不住,抱紧一个孩子完全没有闪失的确是很难的。关键是,在这样的天气情况下,如果我们有完善成熟的预警系统和应急方案,孩子们在暴雨之前就应该被护送回家。来不及回家的,也应该就地妥善安置,而不是任由家长带着孩子冲入茫茫暴雨，直至丧失生命。除了这个死去的平沙小女孩外，金海岸中学一千多名师生也被困长达数小时，就这样在暴雨中的学校里冷着饿着，毫无办法，没人施以援手。还有成百上千如笔者一样正在路上的市民，叫天不应，叫地不灵，只能在恐惧和饥寒交迫中，抱着候车亭的水泥柱子，落汤鸡似的等着雨停、水退直到半夜。

再说水淹的路面，晚上八九点，水才退了一点，但不少小车成了小船，财产损失自然难免，幸好车里人都逃了出来。以前，在珠海还没有那么多城市道路和楼房的时候，水是比较容易退的。特别是金湾、斗门的水乡，河网纵横交错，条条通向大海、大河，自然的水道形成了天然的循环。可是，近年来，农村城市化加速，许多河道被填埋了，变成了公路，盖起了楼房。就是仅存的一些排洪设施，有的上面竟然加上了盖子，甚至有的盖子上面还盖上了房子，这让水从哪里排？治水要疏，这是几千年前的大禹就明白的道理，我们现在却为了那些日益值钱的地皮，把水道都给堵上了，那岂有不被水淹之理？

希望政府吸取这次暴雨的教训，不要等到积重难返时再去治理，那时恐怕就不会只是牺牲一个小女孩的代价了！

珠海禁烟缘何"起一大早赶一晚集"？

国务院办公厅近日印发通知，提出各级领导干部不得在禁止吸烟的公共场所吸烟、各级党政机关公务活动中严禁吸烟、要把各级党政机关建成无烟机关等五项要求。记者近日走访了珠海公务员吸烟状况，大部分人表示公共场所吸烟比较普遍。有公务员称"吸烟为减压""吸烟为暂缓矛盾""禁烟有点难"。（2014年1月9日《南方都市报》）

岂止是公务员"认为"，珠海的老百姓对于公众场所抽烟都已经熟视无睹、麻木不仁了，办公室、餐厅、酒店、商场、酒吧、影院、候车（机）厅甚至医院，抽烟的人都毫无顾忌，被动抽烟的人也无所谓，偶尔真有个较真的人上前制止的话，抽烟的人不但不惭愧、不道歉，还理直气壮、恶语相向。而其他人还会埋怨这个"不懂事"的禁烟人多事、计较。

珠海烟民如此"猖狂"，就是因为他们没有任何约束。吸烟危害自己也危害他人的公共道德没有树立，禁烟制度更没人执行！有法不依，执法不严，这是控烟不力的唯一原因。

其实，珠海早在1995年就在全国率先出台了《珠海市公共场所禁止吸烟暂行条例》，1996年该条例正式实施，这是在全国开先河的法律，以至于当时的香港有关部门都来珠海取经。如今，香港已经成为我国吸烟率最低的城市，珠海却被远远甩在后面。至今20年过去了，珠海公共场所禁烟仅开出两张罚单，还没有实施。禁烟行动实在是收效甚微。有了那么好的制度，没有人去执行，制度成了摆设，甚至比摆设还要糟糕。摆设只是装饰，而一项不执行的"完美"制度，效果就像小孩喊"狼来了"，失去了威信，若再让制度发力，肯定难上加难。

"珠海抽烟不设防"害的其实是珠海人自己！调查显示，珠海户籍居民的死亡原因以恶性肿瘤、脑血管病、呼吸系统疾病、心脏病等慢性非传染性疾病及损伤和中毒为主，恶性肿瘤中第一位是肺癌。空气清新得可以"罐装出口"的珠海，肺癌发病率如此之高！意料之外？情理之中！珠海人禁烟的道德、意识和执法都还停留在原始社会！

2011年5月1日，卫生部修订的《公共场所卫生管理条例实施细则》正式实施，全国新一轮的禁烟行动全面展开。刚公布的那两个月，珠海在明令禁烟的公共场所吸烟状况有所收敛，但是没多久，又死灰复燃，吸烟者又毫无顾忌了。

现在中央强调领导干部带头不在公共场所吸烟是件大好事，但希望对于不执行中央命令的人实行切实可行的严厉处罚。而且，这处罚不能只靠卫生部门，要国家、地方政府、各管理部门、职能部门都切实承担起控烟的责任，形成联动机制，同时设立方便可行的监督举报制度，真正把控烟工作落实到具体的、可操作的细节上，绝不能再对公众场所吸烟者"喊"而不打了。

又到一年买"票"时……

每年春节一过，珠海就有一阵"骚动"，因为又到了一年一度购买路桥费年票时候，市行政中心购年票处已经排起了长队。但用"大家在争先恐后地缴费"来形容又的确不妥，因为排队的人大多牢骚满腹，有人说可以不缴，有人说不缴不给车辆年审……到底如何，人心惶惶。

关于年票事件，珠海曾有较真的市民与政府打了一场官司，结果是市民输了。但从这场官司中我们可以看出，其中涉及的路桥费收费改革、专款专用、缴费年限等问题是老百姓最迫切需要知道的问题，这些问题应该有一个交代。

在缴费现场，笔者排队买票时随机与人交谈，大多数人表示：不是不愿缴，但对于这种糊里糊涂地缴、一刀切地缴表示不认可，而且对于不缴会怎样也渴望知道。大家迫切希望有关部门能清晰透明、公平公正。正如华中科技大学公共管理学院教授王国华所言，表面上看，这是车主对征费方式的疑问，实质上是人们对于一些城市路桥无限期收费、糊涂账收费现状的不满。

的确，车辆年审是不能与路桥年票捆绑的，捆绑不合理也不合法，但如果不捆绑年审就可以不缴，那对年年都缴千元左右的车主来说太不公平。但不公平的还有那些像笔者这样很少走收费路、桥的车主，他们开车主要用于市区内上下班和接送孩子。而年票的本意就是为市民减少因过路、桥时买票的麻烦而一次性购买一年过路桥的费用，怎么就演变成了一次都不走也要强行购买了呢？在依法治国理念深入人心的当下，在全国清理公路收费的背景下，这些糊涂账不能再糊涂下去了。当下，城市路桥到底该如何公平、科学收费，是摆在有关部门面前的一道考题，考验地方政府管理水平的时候到了。再模糊化管理、眉毛胡子一把抓地强制百姓执行莫名其妙的规定行不通了！

据资料统计，珠海市开征年费时纳入的11个路、桥、隧道项目，每年收取年费约3亿元，1994～2009年就已经共收费45亿元了。而事实上，项目实际投资仅为21亿元。那么这些年一直在收的路桥年费都到哪里去了？我们相信用到了新的基础建设上，但可以让老百姓知道我们缴的钱用到哪儿了吗？

珠海有媒体报道，珠海有关部门决意今年（2014年）动真刀对逃缴路桥费的车主进行追缴；如车主不履行，最后会采取对车辆进行拍卖，所得款项用于抵偿所追缴的路桥费本金及滞纳金的方法。但是老百姓真诚地希望，政府动真刀的对象，不应该仅仅是不缴年费的车主，还应该包括缴费方案和费用账目，让这笔费收得合理合法，用得清楚明白，让缴费者不觉得委屈闹心，让不缴费者也无法理直气壮，这才是公平正义，这才是和谐社会。

话说回来，路、桥作为城市公共基础设施，在目前地方财政能力有限的情况下，用路桥费的方式吸引多元投资不是不可以，但广纳民意科学决策，收费账目公开透明，因地制宜、因人制宜地制定收费标准，这才更符合公众的期待。

不要再弄"半拉子"工程！

最近几天频繁降雨，不少市民反映，多个租借公共自行车的站点无法刷卡、显示通信故障，疑似全市的公共自行车租借系统瘫痪。珠海城建公共自行车有限公司回应称，近段时间，珠海进入强降雨天气，为防止意外事件的发生，保障市民的出行安全，当市民骑行条件恶劣时，会暂时关闭珠海公共自行车租赁系统。（2014年5月14日《南方都市报》）

这个解释实在有点幽默过了头，它不合逻辑也不合情理，倒有点符合戏剧创作的"喜剧效果"理论——可这是在演戏吗？

如果面对市民投诉，珠海城建公共自行车有限公司回应说是因为"雨天系统容易出故障，暂时关闭了"倒还能理解，但说是为市民着想，担心你骑车会出事，于是把系统关了，这就等于说是看到别人恋爱，你觉得不般配，于是想办法把别人拆散了，还说是"为你好"一样荒唐可笑。每个成年人都有自己的正常意识和行为能力。

其实，思维正常的人都难免会"小人之心"地这样想：公共自行车系统出故障了，公共自行车公司却不承认，还找理由，实在是越抹越黑，有点欲盖弥彰的味道。

在珠海，公共自行车租借系统的确经常出问题，也许是最初的方案没有设计好？但是它在珠海是新生事物，是非常受老百姓欢迎的。出现了问题，只要积极地整改，大家也能理解。譬如之前市民就公共自行车租借系统押金问题提过很多意见，后来公共自行车公司改了，这就很好啊！公共自行车租借系统是为方便群众的，不是为群众添堵的。更不是建成一个功能、配套、质量都"半拉子"的系统就不管了。

其实，有关部门只要真心实意地为老百姓做事，大家都能看得到；一点小小的便民，大家就会欢欣鼓舞。例如，去年（2013年）有关部门承诺要在珠海新建七个农贸市场，解决珠海市民买菜难的难题，也有利于减少"走鬼"滋生现象。对此规划，市民们都是拍手称赞的。但是一年期到了，只有两个市场得到了落实，其他的在轰轰烈烈地选完地址、做完规划后就不见动静了。

还有，市委、市政府关于"禁摩"的决定实施了，但是摩托车禁了之后，公共交通必须紧紧跟上才行。现在，西区群众出行很不方便，步行、辗转转车麻烦得要命，而且交通费用大大增加了。

还有，一些新建居民小区很美，可是周边环境的脏乱差一直不解决，市民住在垃圾堆中的"世外桃源"，这到底是宜居还是不宜居呢？

还有，迎宾南路终于要修人行过街设施了，还有许多交通干道也规划了要修。市民对此都在热切地盼望着——盼着尽快落实，千万别成为半拉子工程啊！

我们有关部门为群众做事是好的，但希望每一件事情扎扎实实做到位、做好，千万不要轰轰烈烈、大张旗鼓地开场，最后悄然无声、潦潦草草收场，甚或是不了了之，于是这种被百姓戏称为"拉屎不擦屁股"的半拉子工程、烂尾工程比比皆是。如果习惯了虎头蛇尾，那不是为群众办事，是为了往自己的脸上贴金，是做给领导看的，不是做给群众用的，如此，终会被群众唾弃的。

暑假儿童事故频发呼唤社区"养小"

每年暑假，儿童事故频发，珠海天气炎热，时有儿童游水溺亡。纵观全国，2013年6月20日宁波8名"快递哥"伸手接住坠楼女童的悲壮事件还让人们惊魂未定，6月29日，深圳又一名六岁女童被单独反锁家中时从8楼窗台坠落身亡。同日，一成都5岁女孩独自在家午休时从9楼阳台坠楼，幸亏砸中路过一女士，两人没有生命危险。6月30日，上海浦东发生一起儿童坠楼事件，7岁和5岁两姐妹被反锁在家时，不慎从13楼家中坠落身亡。小姐妹父母均为外地在沪做小生意者，出事时他们都正在小餐馆忙碌。

短短几天时间，儿童坠楼事件频发，造成儿童三死两伤的严重后果，这些教训值得我们深刻反思。

家长看管不严当然是直接原因，但我们的社会也应当反思，为何街道社区等相关部门始终在看管孩子的事情上集体无作为？我们能否像建立社区养老体系那样，也建立起一个社区"养小"体制来，帮助那些不得不去工作、无力看管孩子的家长？

每到暑假来临，幼儿园和小学都放假了，在家长双方都必须上班的情况下，孩子们的管理就面临着严峻的考验。有的父母将小孩交给老人看管，还有的干脆将孩子反锁家中。深圳坠楼女孩就是父母都去打工了,看管她的外婆把她反锁家中去买菜,导致孩子坠楼。而上海和成都女孩都是被独自反锁家中的。

真的不能一味地责怪孩子的父母,他们不能因孩子放假丢下工作,更不能带着孩子去上班。所以,一些家长宁可在暑假花大价钱逼着孩子去上各种补习班,起码有人帮着看孩子。经济条件不好的家长就交给老人看管。老人看管孩子的弊病是老人不专业也无法和孩子沟通,而且老人的体力和思维都退化了,让他们照顾正处于好动好奇最高峰的3到7岁儿童,也实在是力不从心。加之老人带孩子缺少知识性和娱乐性,孩子也不愿意跟老人玩。孩子最喜欢的是和其他孩子玩,所以最好的看管方式就是能有人把散布在各家的"留守"孩子们组织起来,一起玩。

照看孩子是民生大事,不是家庭琐事。此时,正是家长最需要政府各级组织出面的时刻,我们的街道、社区等都应发挥作用,不能在看管孩子的事情上不作为。

可以由街道办事处等基层政府组织起以小区为单位的长期或临时的"养小"机构,在家长有需要的时候,把孩子送到这里来统一照看。这个"养小"机构的工作人员应由社区街道工作人员和家长志愿服务者等组成。该机构应该是服务性的,运作资金应政府出一部分、慈善机构出一部分、民间集资一部分,可向家长收一小部分费用或不收费。总之以服务家长,看好孩子为宗旨,让家长在孩子放假时也能安心工作。

必须让珠海的农贸市场姓"公"

过去的两天,众多的澳门和珠海的居民来到拱北口岸市场都买不到菜了,因为180多个蔬菜档主都不做生意,理由是管理方要求增加10%的租金,档主们认为过高。前天上午,这些档主坐在市场的大门处,不让车辆进出,直至下午5时许,双方协商达成一致,约定新合同加租7%。(2013年9月24日《南方都市报》)

这一事件虽然暂时平息了,但它显示出的问题在珠海绝非个案。珠海农贸市场的问题太多了,如今出现的卖主罢市、居民没地方买菜的问题是珠海积聚多年的农贸市场问题的一次爆发。这是珠海农贸市场存在的诸多问题的缩影，如不从根本上改变，其他的农贸市场也将会出现类似的问题。现在的政府有关部门也认识到了这个问题，改造正在一步一步推进。难，但绝不能退缩。否则，先不说澳门居民，就是珠海人的菜篮子也会成为大问题。

10多年前拱北口岸市场曾经是全国和全省的模范市场，它承担着供应珠海拱北地区居民和澳门居民菜篮子的责任，管理先进，商品丰富，环境优良，在珠澳两地群众中享有很好的口碑。朝阳市场宽敞明亮、整洁、漂亮，被评为全国最佳农贸市场。当年曾有人感叹，珠海的许多农贸市场比美术学院画室都漂亮！

珠海的农贸市场发展在全国遥遥领先的时候，它们都姓"公"，但是约在10年前，珠海实施农贸市场改制，所有的农贸市场一夜之间全部变成了私有。改制后的10多年，珠海仅户籍人口增加了30%，但没有新建一个市场，原有的市场却越做越差，网点分布不合理、不均衡，市场环境脏乱差、肉菜档口萎缩、功能大面积改变、屡被百姓诟病。档主们抱怨租金高，空气也污浊，在这样的环境下干活感觉憋屈；顾客也不喜欢这样的环境，又脏又乱，与美丽浪漫的珠海形象很不相符。而且，许多近10年来兴建的大型居民社区附近都没有农贸市场，居民买个菜要乘七八站的公共汽车。

要解决珠海农贸市场的诸多问题，最主要的出路就是让珠海的农贸市场大部分实行国有化，私营市场作为补充，但不能占主导地位。因为关系老百姓菜篮子的社会事业是公共服务事业，全部交给私人和市场，是政府不负责任的表现。而且，全部交给私人和市场，赢利是唯一目的，就必然会出现拱北口岸市场那种随意涨租金、缩小主营面积，不按科学设置档口，只收租、不投入、缺管理的现象。

政府应强力介入农贸市场领域，兴建一批新的国营市场，同时回购一批已经私有化的市场，并对全市农贸市场进行综合治理，重新收回老百姓的"菜篮子"阵地，让农贸市场彻底实施公益性回归，以解决珠海人民买菜难的问题。

自治，仍需上下求索！

在物业管理费用不断攀升的当下，不少业主对物业公司管理住宅小区充满不满，诟病之余必然会想到实行自我经营管理，业主们天真地认为：自己管理自己，那必然就不会有自己怠慢自己、自己狂掏自己腰包的问题了。

从理论和字面上讲，业主们的这种想法当然是正确的，但是现实是，小区是请物业公司还是自我经营管理这道选择题非常难解，正如《珠海特区报》报道的海湾东苑小区的业主们面对自治还是请物业公司经营管理这个问题，就像千古的莎士比亚一样纠结：to be or not to be，that is a question（做还是不做，这是个值得思考的问题）。

海湾东苑小区的业主们曾经超过半数同意授权业委会进行自我经营管理，但是物业公司并不愿撤离，与业委会僵持了半月后，事情发生戏剧性变化，又有超过20%的业主提请小区重新讨论小区的自我经营管理议题。而小区基层主管部门吉大街道办城管认为，对于该小区是否需要自我经营管理、物业公司的去留等重大问题应举行业主大会"全民投票"表决。

决策由投票决定，业主的权利似乎得到了充分行使。但实际上，在许多居民社区中，所谓居民投票变成了一个看上去很民主、很公平，但操作起来根本无法真正代表业主意愿的方式。因为组织一次业主大会很难，小区基本从未开成过业主大会。现场投票的方式无法实施，于是业主委员会有一拨人拿着选票挨家挨户地去敲门，物业公司也有一拨人拿着选票去敲门，之后，一个奇怪的现象出现了，竟然有许多业主同时投了小区自我经营管理票和聘请物业公司管理票，也就是把二选一的题，做成了二选二。结果就是物业公司拿到的票数和业主委员会拿到的票数基本相当，这样的投票结果，导致物业公司和业主委员会同样理直气壮，于是发生了小区出现两拨保安且互不相让的闹剧。不能怨业主们是墙头草，业主们的理由是：都是低头不见抬头见的，不好意思不投票。

其实业主委员会与物业公司本不应是对立的，正常的程序应该是业主委员会代表业主们聘用专业管理公司，并对其管理行为进行监管。但现在，业委会与物业公司成了对立面，他们的"战争"，直接导致小区管理服务水平下降，业主们对双方都很不满。其实业主们真心希望业主委员会能真正为业主谋利益，但业委会的实际操作在现有条件下也很难真正代表业主利益、代替业主行使权利。海湾东苑业主们的戏剧性变化，就是因为业主们对业委会和对物业公司同样没有信心。这种不信任，源于业主大会、业主委员会法律地位不明确，而且物业公司与业主委员会的关系也不明确。还有重要的一点是，业主们对小区的自我经营管理认识不足，信心不够，理念模糊，随意性强。加之现实情况是，无论是物业公司，还是业主委员会，都存在公私关系不分、管理规约地位不够突出、业主自治团体法律地位不够明确、小区财务关系混乱等状况。

面对如此混乱的局面，业主们无能为力，但是有关行政主管部门能否进行监管呢？或者说是否能够设立独立的监督委员会而且对物业公司和业主委员会同时实施有效监督？这些问题至今混乱，导致了制度设计和法律法规的缺失、立法和社会实务的不完善。

那么，由此看来，业主自治，还是一个艰辛的学习过程、实践摸索过程，规则的明确、操作的公开透明、法律和制度的保障以及业主们的自治意识都有待提高。

什么样的农贸市场才叫好？

买菜时能一边听音乐，一边吹空调，你以为这是超市？错！其实，它是菜市场一枚。近日，全新改造后的翰高市场正式投入使用，成为香洲区最高级的农贸市场。(2014年8月28日《南方都市报》)

近年来，珠海市政府牵头进行农贸市场大改造，成效的确显著，仅香洲区现有的51家农贸市场，就有95%已完成了改造升级，剩余的市场预计于9月全部完成改造。不仅翰高市场变高级了，香洲区有12家市场都达到AA级改造升级标准，以往那种污水横流、臭气熏人的"农贸市场特色"不见了，现在逛一些市场的确像是逛超市。新市场刚开门，笔者就逛过一次，这改天换地的面貌，让人感觉真好，于是乎笔者也没问价钱，不管三七二十一地买回了一堆食材。可是一进小区就有邻居大妈们在唠叨了：菜啊肉啊水果什么的都比市场改造前贵了！一位大妈更是言辞犀利：音乐能当饭吃？吹空调不用烧菜了？

想想也对，肮脏固然不好，可是物价上涨也不好啊。特别是有的农贸市场借改造之际，把成本摊到了菜贩的头上，菜贩再摊到消费者头上，于是这件政府为老百姓做的大好事变成老百姓买单了，这于情于理都与珠海市政府改造农贸市场的初衷不符啊。所以当笔者问大妈们是要脏而便宜的市场还是要干净而贵的市场时，几个大妈不约而同：还是便宜点好。

的确，老百姓过日子，图的就是个实惠。正是由于老百姓的这种思维，一个怪现象出现了，改造后的农贸市场周边，"走鬼"现象似乎更严重了，那些高大上的农贸市场不远处的背街小巷里,如今成了污水横流的地方。在那里,"走鬼"云集;在那里,大妈们都觉得便宜;在那里,已经形成了新的"农贸市场",在那里,和改造前是一样的……到底是先有大妈们的需求还是先有背街小巷里的"走鬼"?这个鸡与蛋的千古难题已经不必纠结,其结果就是,他们互相需要,相促、相生,直闹得背街小巷"走鬼"生意火爆得紧,那高大上的漂亮市场却人气渐弱。

其实,舒适干净的市场与价格实惠并不矛盾啊,为什么就不能有东西便宜质量又好,且环境干净舒适的农贸市场呢?市政府当初决定改造旧的农贸市场,不就是为了老百姓能在干净舒服的地方买好菜、买便宜菜吗?怎么现在变成了在干净的市场买贵菜,在肮脏的小街买便宜菜了!改造的根本目的没达到,反而助长了"走鬼"现象;没有彻底消除脏乱差,只是脏乱差搬了家;农贸市场确实干净了,可是大家不喜欢在里面买菜了。

建议有关部门和市场经营者们能够让利于民,不要把改造升级的资金转嫁到百姓头上。这样做,也许眼前看投资者是"亏"了一点,但从长远来看,一个经营老百姓必需的菜篮子工程的地方,如果能让老百姓感到舒服和实惠,让买者和卖者的利益达到和谐与平衡,必然会吸引更多的买卖双方,必然会生意兴隆,也必然不是"亏"而是"赚"。这个账,希望有关部门和市场经营者们好好算算。

谁来整合一下珠海人的卡

从下个月开始,广珠城轨将在全省率先开通中铁银通卡,乘客不用购买纸质车票,刷这种预付卡就可直接乘车。预付卡开售尝鲜者寥寥,每趟车只预留10个位,有乘客担心刷卡没座。(2013年11月26日《南方都市报》)

一个看上去挺便民的措施,大家却不感兴趣,除了目前这个卡的功能太过有限、用处不大,而且还没有座位保证外,大家不愿办卡的另一个主要原因是珠海人包里的卡实在是太多、太乱了。对于乘轻轨毕竟不多的大多数珠海人来说,又多了一张卡,就是又多了一个负担。怎么就不能有个类似香港"八达通"那样的卡,一次搞定几乎所有的市民缴费服务呢?珠海人呼唤了那么多年"一卡通",可为何就是千呼万唤"死"不出来呢?

珠海人的包里一般都有这些卡:医保卡、各医院的挂号卡、公交卡、自行车卡、至少一张银联卡,以及各超市的购物卡、健身场所的会员卡、游泳卡、电影院以及各类优惠卡、门禁卡、工卡……2012年,珠海市开始将医保卡更换为兼具金融IC卡功能的市民卡,但是这个市民卡的使用功能也很有限,人大代表也提出过,可以将市民卡的服务范围延伸到公共交通领域,即可以整合资源实行"一卡通",但事到如今,市民卡还是没有整合。

珠海人口不多,城市规模也不大,一卡通技术也不复杂,而且可以纳入金融体系,有关部门也不会因有了此卡的服务而亏损,因此理论上在珠海推行一卡通是完全行得通的。可是总说却总没人做,因为没有哪个部门愿意牵头做这件事。这张小小的卡片,照出了有关部门的懒政思维——多一事不如少一事,既然涉及许多部门,那就让多部门一起做吧!大家都这么想,于是"都做"就变成了"都不做"。于是一卡通这个本不难实现的愿望在珠海人心中就成了一个奢望。

其实,现在许多城市中,市民卡除用于医保、养老金等业务结算外,都整合了卫生健康、智能交通、智能社区、公用事业缴费、小额支付等多项功能。而作为改革开放先驱之一的珠海不能再等下去了,扩大珠海"市民卡"的服务范围,将其延伸到各个民生服务领域,真正成为市民的"电子钱包"已经迫在眉睫。希望珠海市能有一个部门站出来,牵头整合市民卡中更多与民生相关的功能,如各种交通工具支付、停车费支付、医保、养老金、公用事业缴费、小额支付等多项功能,为老百姓做件好事、实事。

抢高级技工说明了什么?

2014年度高校毕业生暨综合人才大型招聘会在斗门区体育馆举行,103家企业前来参会,共提供岗位3810个,为高校应届毕业生及务工人员带来多种就业选择。本次招聘会入场5500多人次,达成就业意向610人,现场录用162人。招聘会上不少熟手高级技工成为"宠儿",现场被"抢",不少企业现场抢才,所给出薪金条件在5000元/月以上。

一边是大学生就业难,一边是高级技工供不应求,这个矛盾的人才市场充分说明了珠海市人才供需是不平衡的,究其根本原因,是产业结构和教育结构的不对等。

经济学理论认为，区域教育结构与区域产业结构具有密切的关联性，区域教育结构影响区域产业结构，进而影响区域经济。区域教育结构对产业结构的水平和优化有重大影响，而产业结构又影响着教育的层次、类型结构。

近些年，珠海市的高等教育发展很快，但两个突出的问题显现，一个是珠海留不住应届的大中专毕业生，另一个是珠海的企业招不到合适的大中专毕业生。这其实是一个硬币的两面。高校多，但其教育结构、专业设置与珠海的产业结构不匹配，导致珠海需要的人才学校没有，学校培养的人才珠海不需要。尽管近年来珠海政府出台了许多优惠政策，但需求和供给的平衡单靠人才政策是无法改变的。

珠海的产业结构决定了社会的人才需求结构，而社会的人才需求结构是构建教育结构体系的一个重要依据。要使高校培养出的学生完全适合市场需求，首先要弄明白珠海市的高等教育是以通识教育为主还是以技能教育为主，珠海市的各高校以及政府有关部门恐怕都没有想明白这个问题。通识教育培养学生的人文素养、科学精神，技能教育培养学生扎实的职业素养。对于一所大学来说，这两者都是不可或缺的，但不同学校、不同的专业可以有所侧重和偏向，而这个偏向的"度"是需要深入调查研究和科学分析的，不是谁一拍脑袋就可以想出来的。而这个"度"就是培养对口人才的比例、每个学校的专业设置和招生比例。这个"度"是有前瞻性的，应该与区域经济发展的前瞻性相吻合，如此，才能使培养出的学生恰恰符合人力资源市场的要求。

要做到教育结构与产业结构的绝对适应是不可能的，但是，通过科学的研究和决策，通过政府宏观调控和市场机制相结合的途径，适时、合理地调整教育结构，以保持其与社会发展和人才结构的相对适应，应是我们努力的方向。因此，根据经济社会的发展变化，完善教育结构体系，建立一种自动调节机制，使其能充分适应经济社会发展、产业结构调整的需要，这是教育能够做到的，也是珠海市高等教育发展的必由之路。

咪表停车服务还可以前进许多步

市城建集团公共资源公司负责人介绍，珠海市民可在智能手机中下载手机应用"银联手机支付"软件，在该软件注册登录账号和密码后，就可以在该系统加载"咪表"的应用功能，选定路段和停车位后，增加时间，输入银行卡密码后确认支付，就可以完成远程续费的操作了。（2013年12月10日《南方都市报》ZB08版）

珠海的停车咪表系统终于可以不用中途跑回去续费了，这是一件大好事，但是好事还应该做彻底，仅仅推出手机支付和续费服务是远远不够的，还不能满足珠海广大群众的停车需求。

目前，珠海的香洲、吉大和拱北片区已有10条道路实行了停车咪表收费，但是，自从珠海出现了停车咪表收费的路段后，就出现了一个奇怪的现象：咪表收费路段门可罗雀，而这些路段周边的地方却停满了车，而且咪表路段之外的任何一个犄角旮旯儿都横七竖八地塞着见缝插针的车，堵住了人行道、堵住了小区的门……

笔者曾就市民为何不愿意在咪表收费路段停车进行过调查，群众反映的原因主要有两个：一是搞不懂那个咪表；二是续费很麻烦，要估计着时间，没办完事就中途跑回来续费才行，过了时间就不能续了，就要罚款。看来不是大家不想缴费，而是实在不知道怎么用咪表或是用起来太麻烦。如此，咪表收费路段周边就有人做起了黑心生意——拉起一根绳，一个人把住入口、一个人把住出口就开始收停车费了，他们也没有发票，而且价格是咪表路段的好多倍。但他们的生意却红火得紧。有需求就有市场，一边是政府的咪表收费路段空置，一边是乱收费的私人停车场生意兴隆，这不仅造成了资源的浪费，也是消费的不公，更使市民停车困难加剧了。

一项为大众服务的设施，就要老少咸宜，童叟无欺。现在的咪表的确不方便，而即将运行的"方便"续费设施也不方便，只能满足那些使用安卓系统手机的年轻人，而不用安卓智能手机的，或是那些年纪大些的、不太懂电子设备的人，以及那些买菜接送孩子的家庭主妇等，还是不会去用咪表。

其实咪表收费设置"傻瓜化"技术上并不是难题，多种收费方式并行也不是做不到，比如能否不只用银联卡付费，而是像地铁买票那样，卡和现金都能用，也可以找零，等到取车时再续费，这些在技术上都是很容易的，为什么不做呢？

希望有关部门以此次增加咪表收费功能为契机，真正把咪表收费停车路段做成为百姓服务的好项目，并且把好事做好、做细、做实。

旧村改造，请留住乡愁

这几天，有一条新闻让很多珠海人心里不平静：2015年底前，香洲区和高新区内的14个城中旧村，将作为全市第一批城中村改造的项目，正式动工改造。人们茶余饭后在谈论，互联网上也议论得热闹非常。在大家纷纷议论旧村改造会造就一批新"富豪"的同时，也有不少人表达了对旧村的依依不舍之情。

旧村到底要不要改造？答案是肯定的。在待改造的这些旧村中，不仅居民居住条件差，村子里环境恶劣、藏污纳垢，治安案件发案率也很高。改造城中旧村已经成为珠海人的共识。但是要怎么改，笔者希望顶层设计者们不能只考虑整齐划一的高大上主题，也不能只考虑商业价值、容积率问题，更应该把城市的情感脉络和文化传承考虑进去。一句话：留住乡愁！

笔者以为，以往的珠海城中旧村改造有成功的经验，比如前山村的脏乱差一去不复返了；也有失败的教训，比如极有文化特色和人文风貌的山场村消失了。我们应该在今后的改造中汲取经验、吸取教训，要让那些有珠海特色地貌、民居和生活方式的村落，在新的建设大潮中留下一点东西，哪怕是少许、哪怕是背影，那些都是我们的心灵依托、情感归宿。

能不能像新加坡的牛车水那样，让古老的村落、窄街小巷与现代化的高楼大厦并存呢？牛车水是华人祖先漂洋过海来到新加坡后的聚居地。百余年来，牛车水见证了新加坡的成长。现在的牛车水与现代购物中心、各色小贩、百年老店毗邻而居，依然保有其古旧的传统风貌，仿如一个旧时代华人社会的缩影。现代是掺进来了，但是赶不走"老唐山"。这里有传统的华人食品、传统的华人日常用品、旧式的药店、当铺、理发店、庙宇……这里被称为世界上最有人情味的唐人街，不仅新加坡人喜欢，世界各地的游客也把这里当成了新加坡的标志点。

珠海第一批被改造的北山村和湾仔海湾村特别适合模仿牛车水改造模式——让古老的村落和现代都市并存，让我们可以在现代都市中，一转身就找到心灵的栖息地、找到文化的渊源。

当然，现在许多旧村的建筑杂乱无章且破败了，完全保留也没有必要，但全部拆光建高楼大厦是最简单也是最愚蠢的做法。那些旧时的建筑和街道虽然狭小、拥挤，但有历史底蕴和生活气息，拆一些、留一些、修一些，保留下岁月的痕迹，并将这些村落重新用科学和艺术的眼光来规划，就不仅可以旧貌换新颜，还可以老树发新芽，成为永恒的风景和纪念。

这些经历过时间和岁月沉淀下来的旧东西，是什么高大上的新东西都代替不了的，这些有当年小渔村特色的窄街小巷矮房子，修缮后一定会成为城市的特色和亮点，它活生生地讲述着珠海由一个小渔村发展到今天的海滨花园城市的故事。这是只靠博物馆中文字和图片的回忆远远达不到的效果。

珠海还可以学学韩国首尔清溪川改造工程，他们改造首尔最破烂的旧村清溪川时，为了追忆传统，对部分历史遗迹进行了恢复和重塑。比如为了再现过去首尔市民在溪边洗衣的生活，还在新修缮的清溪川边上新建了"洗衣角"等旧时生活场景。现在的清溪川，吸引了大量市民，外来的游客更是流连忘返。

珠海即将改造的"溪"板块，就可以学习首尔清溪川的建设。这里本来就是溪水冲刷汇集后自然形成的村落群，经过几百年的沧海桑田，现在还存有南溪、梅溪、沥溪、福溪四个村庄。"五溪文化"是香山文化极重要的元素，曾出过鲍俊、古元、陈芳、苏曼殊等一批著名历史文化名人。我们不应该将这些名人的出生地改造没了，而应该保护这些村庄的古老文化，保留村庄的历史脉络，如祠堂、古建筑、碑刻等。这一带最适合建成诗意浪漫而亲水的城市村落，为珠海留下本来就不多的历史，留下文化的渊源和传承，让人们感受到珠海拥有的香山文化的袅袅余韵。

谁动了公共资源？

2015 年 1 月 6 日《珠海特区报》报道，珠海市不少公共汽车站点将古村站名改为商业站名。记者近日梳理珠海市多个公交站名列表发现，据不完全统计，仅香洲就至少有十余个古村落站名从列表中消失，取而代之的是楼盘或商场。该报道引发读者热议——十余个珠海古村站名消失了，商业浪潮吞没了历史文化记忆……这不叫与时俱进，这是一件伤害了民众情感，也破坏了文化渊源的大事情。

地名是一门学问，地名里有历史，有地理，亦有文化。每一个地名都承载着厚重的历史、撷取了传统文化之花，里面有地理地貌的特征，更有一方水土的人类文化与情感的传承。地名就像一棵历经沧桑的大树上的年轮，每一圈都是记忆，每一轮回都有着各种各样的故事。把地名都改了，就如把树都砍了，只有水泥和钢筋的都市该多么冷酷和荒凉。

笔者不反对城市建设和开发的日新月异，但新建的地方应有新的名字，老地方就应留下老名字，而不是用新的名字替代老的名字。其实，新的也会变成旧的，一年年一代代，我们就是这样在这片土地上传承血脉的。把地名都改了，就割断了历史，割断了血脉，让我们的乡愁无处寄托，让我们的后代无法寻根，让我们的子子孙孙找不到回家的路……

红山原名奄山，是由原住民形成的自然村落，至今已有200多年历史——这是珠海土著的根儿；白石村源于雍正年间，由钟、汪、李、唐四姓开村，因地处板樟山脚下的白石头坑而得名——这是地理地貌知识；莲塘源于嘉庆年间，因地形似莲藕，故名藕塘坑，后改名为莲塘——洪湖水浪打浪的诗情画意出来了；大姑㘵形成于1580年，系中山长命水村廖善和到此定居后开荒形成，开荒导致村落面积扩大，㘵即"扩大"之意——粤语的发音和古汉字的典……这些故事多么有趣。可是看看"银石雅园""君怡花园""仁恒星园""二城广场"……多么苍白无聊且莫名其妙。多数出于风水先生那没读多少书的大脑，除了商业利益和开发商低级的个人癖好外，它还有什么呢？

说到商业利益，还有一点必须厘清：公共汽车站名本是公共资源，是全体珠海人民共有的东西。退一万步讲，如果非得改名不可，那些企业、商场和楼盘是要支付广告费和公共资源占用成本的。当然，也许企业、商场和楼盘的确是付了费的，但付到哪儿去了？是付到某些小集团的腰包里去了吗？

商家觊觎公共资源，小集团利用公共资源谋私，这个利益链条仿佛是瞌睡碰上了枕头，天作之合！可是，公众的利益呢？公共资源姓"公"，应当为公众服务，绝不允许有关单位或受托管理公共资源的单位及相关人员借以寻租。

因此，有关部门必须加强对管理公共资源的权力部门的监督和制约，加强社会公众对于公共资源分配的话语权，强化公共资源使用、处置等的审计工作。彻底摒弃以公共资源谋私，更绝不容忍其"合法化"。

如何科学命名公交站点，如何在城市发展的同时尽可能保护传统地名，这是一门学问，不能拍脑袋决策（无知），更不能拍屁股决策（利益）。公车站名，考验着城市管理者的智慧，更考验着反腐倡廉和社会的公平正义。

公办幼儿园：想说爱你不容易

2013年11月27日《珠海特区报》报道，市教育局局长钟以俊做客珠海市纪委、市监察局、市政府纠风办与珠海人民广播电台联合主办的"行风热线"，与媒体、市民、网民交流互动。

针对解决幼儿园入园贵的问题，教育局相关负责人表示，目前只能采取措施逐步降低市民负担。在去年（2012年）新增12所公办镇中心幼儿园的基础上，今年（2013年）再建10所，可增6000学位。此外，小区配套幼儿园将逐步移交政府，使幼儿园收费更加普惠。今年（2013年）公办幼儿园拿出70%学位进行摇号，增加了普通市民孩子入读的机会。

6000个学位相对于63000名幼儿来说，实在是微不足道，但是，我们却看到了政府财政加大了对于学前教育的投入，也在为学前教育资源的均等化而努力着。这是令人高兴的。但是希望政府加强学前教育投入的步子迈得再大一点，财政投入再多一些，措施再全方位一些。因为现在珠海共有幼儿园200多所，但具有公办属性的幼儿园不到20%，这个比例实在是太低了。

"入园难""入园贵"绝不是小事，它牵扯着千家万户，是民生大事。因为教育是老百姓除了吃饭和看病之外最重要的事，而教育之中，不能让孩子输在起跑线上的理念，又让家长们把学前教育当成了重中之重。但是，"入园难""入园贵"的问题长期存在，无法解决，令人遗憾。"入园难""入园贵"的问题归根结底就是一句话：学前教育资源不足，需求远远大于供给。求大于供，必然导致哄抢，哄抢又导致资源更加稀缺。而稀缺资源是造就贪腐的最大温床，于是这种现象屡见不鲜：幼儿园越贵，无数的家长越是挤破头，为了孩子能上个好幼儿园，他们心甘情愿花一笔又一笔的明钱或暗钱。实在没钱的，就把孩子送去了条件差的幼儿园，结果发生了轰动全国的克扣孩子伙食费的恶性事件，令人胆寒又心寒。

其实，解决学前教育的难题，可以从多方面入手：加大政府投入，借力社会资本，或是把幼儿园教育纳入义务教育。

要从根本上求解"入园难""入园贵"等难题，加大学前教育的供给，才是治本。但是，有关部门领导说了，如果都纳入公办幼儿园，就目前珠海有幼儿 63000 多人来计算，按每生每年 18000 元的成本测算，每年 10 个亿都不够。的确，我们的财政力量还不够强大，但政府在加大投入力度的同时，也可以以购买社会服务的方式，将一些社会力量办的幼儿园纳入统一管理体系，以提高质量和档次，满足群众对优质幼儿园的需求。

在政府投入不足的情形下，也可引入社会资本，出台相关优惠政策，让社会资本在有利可图的情况下，引导和鼓励它们进入幼儿园，推进学前教育的均衡发展。

或者是步子再迈得大一点，也可尝试将学前教育纳入义务教育范畴，我们高中的义务教育已经走在了全国的前列，我们的学前教育改革的步子再大一点，这对于敢为天下先的珠海人来说也是可以先行先试的。

靠涨价解决不了停车难

记者从市发改部门获悉，珠海停车收费听证方案正式公布，两套方案均实行分区域差别停车收费政策，其中一类区域的停车成本将被提高，同时停车收费计时标准将从现在的"每小时"改为"30 分钟"或"15 分钟"。(2014 年 9 月 4 日《南方都市报》)

的确，价格是一个很好用的经济杠杆，可是这杠杆的支点选在哪儿不是随随便便的。细读新方案，发现都是涨价的事儿，但是事实上珠海停车难的问题仅靠涨价是解决不了的——珠海停车场的规划布局、场地建设、监管力度、经营理念乃至司机的素质等都存在诸多问题，不多管齐下，涨了价，停车仍然难——别怪我乌鸦嘴，不信走着瞧。

珠海的停车场地是严重不足的。咱做个算术题，目前全市机动车保有量约 37 万辆，其中小汽车约 28 万辆（主城区则约有 25 万辆）。主城区各类停车位供应总量只有约 16 万个，其中包括配建停车位（含住宅小区）约 15.5 万个，路内停车位约 1600 个，公共停车位约 6967 个。若以上述数据计算，相当于一个停车位里得塞两辆小汽车才能满足所有车辆同时停车。这还只是珠海登记注册的车辆。要知道珠海是个旅游城市、口岸城市、移民城市，这些特质注定了它的外来人口、流动人口比本地户籍人口要多，相应的外来车辆过往、停泊也不会比本地车辆少。那么本来就是 1∶2 的供给与需求，加上外来车辆的变数，估计这一比例会达到1∶3甚至1∶4。所以，不在指定车位上停车，即乱停放似乎也成了必然，总不能把那些没地方停的车吊起来吧。

其实说对了。吊起来未尝不可！这就涉及停车场建设问题。珠海市近年来停车场建设是非常滞后的，建设理念也老土，除了新建的收费咪表，其他现代停车场馆的新理念和新技术应用几乎为零。停车大厦、停车升降系统等根本没有人去想，所有人都只是盯着越来越稀缺的城市地面，争抢得头破血流。

还有，珠海市的停车场馆布局也很不合理，市中心繁华地带的南坑那里，那么大一个地下停车场，经营多年了，却很少有人去那儿停车，几乎要倒闭了。而拱北华润万家的停车场，要进入的车排队都排到了迎宾路上，不仅停不进去，还把交通要道也堵塞了。还有市第一人民医院的停车场甚至成了医患矛盾的助燃剂——带着生病的亲人，转了多少圈都找不到停车位，还没见到医生就已经气不打一处来了。

在监管方面，注册的停车场受监管，可是不注册的停车场比比皆是。拱北口岸那些泊车"托儿"，公共街绿地上拉根绳子、围个铁丝网就收费的人，有人管吗？

酒店的停车场自我管理得还过得去，可是旅游景点和港口车站的停车场就混乱得一塌糊涂，有的不收费，有的乱收费，有的多高的价钱都挤不进去（譬如九州港），有的不收钱却没人停（譬如前山轻轨站）……

能不能创新一下观念，变革一下思维呢？笔者发现，韩国有私家司机会在自己的私家停车位上留个牌子：本人几点到几点使用这个车位，其余时间别人可以使用。这个思维教给我们一个有限资源充分利用的理念：那些单位的停车场，在非上班期间能否给公众利用呢？当然这会增加管理难度，但这不正是发挥管理者智慧的机遇吗？

这次新方案的目的是引导市民尽可能选择公共交通方式出行，减少机动车出行量，降低路面交通饱和度，提高道路通行速度，以缓解目前交通越来越拥堵的状况。但是就目前珠海市公共交通的现状来看，无论是数量、线路、班次和布局都是完全满足不了老百姓日常出行需要的，不开私家车是完全不行的。可见，大力发展公共交通，建设现代化接驳和转运系统，建设现代化生活圈、工作圈都是与解决停车难题密不可分的大问题，真正的缓解需要多管齐下。

留点念想好吗？

珠海九洲城"城市之心"工程年内将动工，届时珠海百货、免税商场和国贸海天城或将全部拆除，整体重建。这里将集办公公寓酒店于一身，一期九大建筑中，有一栋高385米的97层建筑。相关专家表示，这将是珠海市未来新的地标建筑。(2013年4月10日《珠江晚报》)

笔者看到报道的关键词是一个"拆"字，很难过。虽然说城市发展了，人口增加了，必要的基础设施建设是不可少的，但城市建设不要把旧东西都一拆了之啊？30多年改革开放造就了今日的珠海，历史不长，却也留下了不少有深刻历史烙印的东西。可是现在，珠海宾馆没了，珍珠乐园悬了，报道中说珠海百货、免税商场和国贸海天城都要没了……特区初建那会儿那些标志性的建筑，所剩无几了。其实，这些建筑，它们早已经是珠海的地标，但它们不仅仅是地标，它们还凝聚了太多珠海人的记忆和情感，当年珠海闯特区的那代人建设了它们，现在的珠海年轻人和它们一同诞生一同成长。那些老地方有老一辈的心血和汗水，有新一代的童年和乡恋。政府在大兴建设项目的时候能考虑留下一点吗？哪怕只是一点点，别让在外读书的、工作的珠海孩子找不到回家的路；也别让步入老年的开荒牛们无处向曾经的青春致意。而且，一个城市若满眼都是簇新的建筑，不但扎眼，而且没有历史，没有痕迹，是很薄浅的。

笔者并非想螳臂挡车，但总是忍不住地想：在建新的同时，留下一些旧，让每一代人都有个念想，不好吗？

作为珠海人，笔者曾为消失了的"珠海宾馆"伤心，那曾是珠海城中一座园林花园式的宾馆，也是市民休闲的好去处，更是邓小平南方讲话时写下"珠海经济特区好"的地方。那里有一代珠海拓荒人的欢笑和足迹，那里记载着珠海人敢为天下先的历史。就这样，拆了！没了！变成了全城最贵的、每个城市都一样的商住楼宇。

好建筑就是凝聚了的历史，结晶了的诗歌！诗没了，还可以唱歌，歌没了，还有小说，可是建筑没了，它就永远地没了。

笔者不是专家，但是在珠海生活了20年的特区建设者之一，珠海一开始就是按海滨花园城市规划建设的,大花园套小花园,珠海人生活在层层叠叠的大小花园里,花朵鲜艳,阳光和煦,多么惬意!可花园里要那么高的楼干什么?而且建那么高的楼,大多为填海造地而形成的珠海能打那么深的地基吗?还有,珠海不是已经立法不准任何建筑遮山挡海吗?

很少甚至没来过珠海的那些名气如雷贯耳的专家们,你们学富五车,你们博通四海,但你要给珠海人盖一个新家,能否听听家里人的心里话?

对"不打包"行为立法不靠谱

珠海市创文办发布《珠海市餐饮浪费处罚暂行办法》(征求意见稿)(以下简称《办法》)拟对餐饮浪费进行立法,餐饮店设最低消费,或最高被罚3000元,不劝食客打包,或最高被罚1万元。(2013年8月8日《南方都市报》ZB01版)

"浪费是犯罪"这句话说了很久,但它一直是道德领域的一句话,若真的立法执行,还真是不靠谱。

首先是如何认定的问题。《办法》第十条规定,"消费者有义务对餐后的剩饭、剩菜进行打包"。而经营者违反上述规定,政府相关部门除要求其限期改正外,并视浪费情况处2000元以上10000元以下罚款。可是这个罪行怎样认定呢?靠检举?还是靠摄像头?

面对这项法律,会出现这样几种情况,一是消费者愿意打包,饭店也乐意,这没什么问题,可是如果消费者不肯打包而饭店坚持打包的话,消费者可能不拿走,那这样算饭店"守法"了吗?如果算,那不是自欺欺人吗?若客人把打好的包留给饭店,饭店要么给员工拿走,要么还是扔掉。允许员工拿走,就会出现"揩油现象",揩油合法化,这就增加了道德的灰色地带,更不利于社会良好道德风尚的形成。如果由饭店扔掉,那又实在是多此一举。如果饭店逼着客人拿走,客人出门扔到垃圾桶里,算谁违法呢?

说实话,如果吃顿饭搞得这么风声鹤唳的话,谁还愿意去这样的饭店,这实在不符合中国人下馆子吃饭的国情。

还有,那打包的饭盒费用也是不小的一笔账,要餐馆出,他们会把这个成本转嫁到菜价里让消费者承担，这不合理；让消费者出的话，消费者有权力不买饭盒，餐馆也没有权力强迫别人买饭盒。这就形成了一个无解难题：打包若成为餐馆的法定责任，那为何要消费者买单？

法律是人最低的道德底线，但是法律不能解决一切道德问题，如果所有道德问题都靠法律来解决的话，这是人类文明的悲哀。所以，浪费食物的问题还应该更多地从道德上进行宣传和教化，真正让人们明白浪费的可耻，让铺张的风气成为令人厌恶的行为。

若像珠海这样对浪费食物进行立法，其法律条文无法操作，反而破坏了法律的严肃性，让这个法律成了一个笑话，也会引导人们对打包行为产生歧义和误解，更不利于节约。

灯笼沙迅速衰落　是政府管得太多

曾经红极一时的珠海灯笼沙景区要关门了。它开业至今才过去三年，只火了一年，明年就要关门谢客。(2014年3月19日《南方都市报》ZB12版)

作为灯笼沙景区的"始作俑者"之一，笔者听到这个消息后，感到天空立马飘过一句话：不出所料！真不是不厚道地幸灾乐祸，而是这个结果其实在灯笼沙景区初建成时就是有预感的。

当年，在灯笼沙还没有成为旅游景区的时候，笔者与志同道合的驴友"探险"时发现了这个极具岭南水乡特色的乡村。于是我们拍了一部叫《灯笼沙》的电视片，该片获得了广东省电视片大奖。之后灯笼沙建设成了一个旅游景区。这本来是件大好事，但是景区建好后一看，笔者发现它失去了曾经的那种"世外桃源"的风格。没有了野趣，变成了一个很闹、很俗，而且整体格调都不怎么高雅的人造旅游景点。

但灯笼沙还是很快火了起来。因为它打着"非遗"的噱头——"水上婚嫁"实景演出。当时，珠海斗门地区传统的"水上婚嫁"被列入第二批国家级非物质文化遗产名录，成为珠海首个国家级"非遗"项目。政府对此高度重视，媒体的宣传也十分密集。于是，打造一个能够承载这一非遗民俗的景区就成为政府的当务之急。于是当时的市领导出面，拉来一家国企，由政府和企业共同出资在灯二村开始建设一个人造景点。因此，很难说灯笼沙景区不是政府用政绩观来打造的。

的确,"水上婚嫁"表演成为灯笼沙景区的撒手锏,吸引了大批记者、摄影爱好者和周边地区来看热闹的游客。一时间,灯笼沙成了一个由政府主导、国企投资建设和营运、农户共同参与的社会主义新农村建设的示范项目。

但是景区的建设除了打搅了村民安宁的生活外,当地的村民得到的好处并不多。被选为"水上婚嫁"表演的演员可以得到一点演出费,景区的房子和地是政府出面租来的,但游客吃在景区、玩在景区、购在景区,根本不会到村里去消费。看着景区每天仅门票收入就有10万元,村民眼红和生气是必然的,因此发生了拦截游客大巴的事情。拦的还是台湾游客,这在旅游界的影响是极其恶劣的。

村民积极性不高,经营景点的企业对这个村子自身的发展和当地的传统文化背景的挖掘和传承也没什么兴趣,于是造成的事实是:除了"水上婚嫁"演出是特色外,其他的东西都没什么特色。那么游客方面呢?大家老远跑来,花50元门票,进到一个空间不大的小村里,只看一场并非高大上的演出,真没什么意思。所以,村民、经营者、游客都没找到定位,灯笼沙景区的未来可想而知。

与灯笼沙的衰落相反的是,地处偏远的莲州耕管村,2014年却引来了大批游客,仅仅因为他们有60亩油菜花田。但他们的油菜花没有门票,游客们可以自由地去周边的农家吃饭、游玩。广阔的天地,原始的乡村风味,加上没有藩篱,没有门票,感觉没花钱,自然吸引了大批自驾游游客。也因为没有藩篱,周边所有村民都从3天就来了10多万的游客中获得收益,高兴坏了。

"恺撒的交给恺撒,上帝的还给上帝",旅游经营本来就是市场的事,当然应由市场主宰,政府的指导也应是顺应市场规律的指导。市场的眼睛最毒,它会用看不见的手给那些不懂市场、不按经济规律办事的人迎头痛击。灯笼沙的迅速衰落给我们当前正在进行的幸福村居建设、新农村建设都提了个醒——市场选择、村民意愿才是主角,而政府只是服务的,不能充当主角、越俎代庖,更不能靠行政命令"逼婚"和"包办婚姻"。否则,即使是好心,也难免不办坏事。

堵了的出口打开了之后……

"建市政道路，为什么不给我们小区留出口？"南屏镇康和花园小区业主气愤地说。正在修建的市政道路北一路在小区北侧，因为没留出口，小区汽车将不能直通北一路。规划设计部门为什么在审查中没发现康和花园的出入口被遗漏了呢？香洲区规划局用地科有关负责人的解释是"可能相关专家搞错了"，该局已要求建设单位补开路口。（2014年6月12日《珠海特区报》）

看了这则新闻，笔者想起了自家小朋友画画——他总是忘记给房子画门，每次看到他画的没门的房子，笔者就说，天啊，我们该从哪里出去呢？他总是咯咯笑着说：跳窗户吧。但是市政工程不是儿戏，专家们修路、做城市规划也不是小孩子过家家，怎么一条名正言顺的康庄大道就堂而皇之地把有600多户居民的小区出入口给堵了呢，而且堵的还不止这一个小区，是连着堵了几个小区。

直到居民投诉，有关部门才发现问题，但一句"可能相关专家搞错了"太轻描淡写了，难怪有人调侃现在的专家就是该挨一砖头的"砖家"！这种幼稚、低级的错误都会犯，我们怎敢相信他们为我们设计的城市、房屋和道路是高水平高质量的！

这里有几个问题需要厘清。首先，按照《广东省实施〈中华人民共和国城市规划法〉办法》（修正），市政工程开工，必须至少经过规划部门审查市政工程的设计方案和施工设计图，通过审查后发下《建设工程规划许可证》，北一路为什么在两次审查中都没有发现没给沿路居民留路口呢？如此草率大意的设计和审查，难道仅仅是遗忘？

其次，如果小区居民不投诉，是不是这出口就永远不开了，有关单位也永远不知道这个漏洞，或者是发现了漏洞也装作看不见？如果说设计的人大意了还有情可原，两次审查的人也都大意了也姑且可被原谅，那还有监管部门呢？都同时患了"大意症"？这怎么可能！

最后，有关部门已通知施工单位补开路口，费用预计数万元，由业主承担。凭什么费用由业主承担呢？设计部门出了错，审查部门、监管部门都没看见，已经给住户造成了很大的麻烦了，现在住户们发现了问题，有关部门也承认了疏漏,却要让住户掏钱弥补,这实在不合逻辑。就好像是 A 犯了罪,要让 B 去坐牢一样。

因此,仅仅有关部门把堵了的路口补开一个就完事了是不行的,一定要追查有关人员的责任,而且不仅要追责,还要给居民道歉,更要制定严格的措施,谨防此类事件再次发生。

但愿所有人都死得起!

写下这个黑色幽默般的标题,笔者一点也幽默不起来,反而是心情无比沉重。吃喝拉撒、生老病死本就是人的最基本的权力,可是就目前全国的状况来看,殡葬业富得流油,黑得深不见底,老百姓"死不起"的现象越来越严重,对殡葬改革的呼声要求越来越强烈。

但是死不起的话题已成旧闻,清明也早已经过去,为何又扯起这个令人不快的话题?其实是因为昨天珠海人在网上议论的最热闹的话题之一就是"死不死得起",缘由是近日《珠海市免除户籍居民殡葬基本服务费用实施办法》(征求意见稿)出台,户籍居民或免殡葬基本服务费,今年(2014年)10 月 1 日起实施。

这是一件大好事啊,说明珠海殡葬业的改革动真格的了,而且实施"免费死"也走在了全国的前列。可是人们高兴的同时不约而同都产生了担忧,那就是:这些政策是好政策,可是落实起来会不会打折扣?人们忧虑地表示,之前珠海民政部门出过好几个贪官,人们对民政没有信心。

人们的担心不无道理,这是垄断行业,没有竞争,消费者也没有选择,一切都是执行者说了算。例如,本办法所免除的殡葬基本服务费用是指普通殡葬专用车遗体接运;3 日内普通冷藏柜遗体防腐存放;1 间小型告别室(使用两小时之内);普通火化设备遗体火化;骨灰寄存 3 年。可真正事到临头,如有图谋不轨的办事人员,他们有的是办法对付老百姓——说专车太忙,赶不过来,可以帮你另叫专车,但要付加急费;普通冷柜满了,只有特殊高价冷柜;小型告别室都已经被人占用,只有豪华告别室空着;普通火化设备效果不好或者坏了,高档设备才好,但要另收费,且收费不菲;骨灰寄存 3 年的位置满了,只有高价位的了……这不是百姓杞人忧天,笔者朋友给家人办丧事的时候,就有工作人员向他推销"质量好"的寿衣,比外面商家的售价高出 3 倍,他嘟囔一句"这么贵",立刻遭到工作人员抢白,指责他不孝。本已悲伤的他无意与人争吵,只好买了了事。其实,之前在珠海办过丧事的人都知道,不搞什么特别的事情,一个人花掉 1 万~2 万是很正常的,那么现在的免除基本服务费,靠谱吗?

不少年轻人也参与了讨论,他们说尽管自己离这个问题还远,但他们希望死得起是一个人的基本保障、起码尊严,就像活着的时候有饭吃、有衣穿、有房住一样。

既然那是所有人的归宿,我们强烈希望有关部门真把这件"免费死"的民生大事做好、做靠谱,不仅要有实施办法和细则,如把"普通"这种概念性词语明确和量化,更要有保障实施的措施,如车辆、人员、设备等保障免费死的确实可行;同时还要有行之有效的监督和惩罚措施,对办事人员的语言和行为进行严格规范,一旦违规,严惩不贷。希望人民民政为人民,真正把珠海殡葬业的改革落到实处,为民生,办实事,为百姓,积功德。

吉莲早市宜"疏"不宜"堵"

近日珠海开展农贸市场整治行动,市民买菜的好去处———吉莲市场早市被叫停,原来由市场统一管理的小贩重新变成"走鬼"。周边市民抗议,认为不应取缔这一早市。昨日,吉大街道办组织城管部门、街道办、社区、市场、流动小贩等开展座谈。但吉莲市场早市何时以何种形式恢复,尚未有定论。(2013 年 7 月 25 日《南方都市报》)

清理整顿农贸市场是应该的,因为农贸市场卫生环境差是珠海市创建全国文明城市的一块短板。但是吉莲市场的早市不能因为有破坏环境卫生的嫌疑就把它给撤了,这里是吉大地区居民的主要菜篮子,"堵"了它,就堵了民生。

笔者在吉大地区住了 20 多年了,尽管这些年这里新建了很多新楼盘、新小区,但都不附带农贸市场,整个吉大地区市民买菜还是依赖这个 20 年前修建的吉莲市场。南至北岭、北到万科珠宾花园、西到兰圃、东到九洲港,这个占主城区三之一人口和地盘的地区,就只靠着一个吉莲市场。这个市民生活离不开的吉莲市场,自从 20 世纪末 21 世纪初珠海的农贸市场私有化后，二楼变成了超市，三楼变成了服装城，供应菜篮子的营业市场面积减少了70%，远远满足不了市民的需求。为此，在市民的强烈要求下，吉莲市场的早市应运而生。这个早市是在吉莲市场周边的户外摆卖，天蒙蒙亮就开张，早8点钟收市，有200多个摊位，每个摊位每天租金15元，不收其他任何费用，比入室的商户缴得要少，因此吉莲早市的菜最便宜已经全市闻名，许多家住拱北、香洲、南湾的大爷、大妈都打出租车到吉莲早市买菜。吉莲早市还解决了珠海市许多下岗工人的再就业问题。早市的摊主，很多是下岗职工，卖一早的菜，够养活家人了。更重要的是，早市满足了吉大地区大部分居民的生活需要。这样一个市民喜爱的早市现在叫停了，唯一原因就是它把环境卫生弄脏了。

现在，市民抱怨买不到菜，室内商户抱怨早市小贩挤到市场内，导致市场拥挤不堪，早市小贩更是叫苦不迭，"早市被停，生活都成了问题"。综合各种因素，再建个新的农贸市场是解决问题的根本出路，但是在现实环境下，尽快恢复早市才能解决人民生活的燃眉之急。

环境卫生固然重要，但是民生问题不重要吗？何况，这两个问题并不是对立的，只要有关部门多动脑筋，想办法，真正为群众着想、为民生努力，它们是可以并存的。用疏导和梳理的办法，如加强管理，按时收市，规定收市后每个摊主必须清理自己的地盘，清理不达标者可以进行处罚……卫生搞好了，早市就可以开了，多赢的事，也不是很难做到，为什么不做呢？为什么非要给广大群众的生活添堵呢？

管好小区还真不能只靠钱！

有话说，家庭不在阔，要有一对儿好夫妻；房子不在贵，要有一堆好邻居；物管不在收费，要真心为住户着想。收费不高，治安良好，环境整洁，邻里和睦，守望相助的和谐小区是每一个业主的梦想，现在，它在三卡桥小区实现了。但他们不是用所谓的高大上的管理模式和现代化物业企业来实现这种梦想的，他们用的是最老土的传统模式——"自己管自己"。他们不但将物业成本降到最低，而且达到了干净整洁、治安良好的管理效果。

三卡桥小区的良好管理给了我们三点启示：

第一，物业管理的成本是虚高的。近些年，珠海市物业管理费涨了又涨，物业公司还一个劲嚷嚷亏本。看了三卡桥小区的公开财务，真不知物管公司的成本是怎么算出来的！

牛皮不是吹的，火车不是推的，美好的社区环境绝不是靠涨价带来的。三卡桥小区物管费每月 30 元。（这让每月交 300 元还对小区管理不满意的其他小区业主情何以堪！）他们 2014 年 2 月的详细账目是这样的：收入情况为，108 户物业费 3240 元，汽车位及仓库租赁收入 680 元，保安宿舍租金收入 400 元，合计 4320 元；支出情况为，两名协管员补助 200 元，1 月水电费 47 元，3 名保安员工资及补贴 4073 元，合计 4320 元。看看这账本，那些漫天要价而且成天闹着要涨价的物业管理公司应该汗颜吧？

5 年了，这样的账目月月贴在公开栏里，试问，目前珠海的哪一个物业管理公司的账目敢做到如此透明？真的如此透明了，还会"亏本"吗？

第二，物业管理是业主的福利，而不是要在业主身上谋利，只要维持正常运转就可以了，绝不能让业主自己出钱请人在自己身上赚大钱，否则这就是混账逻辑！三卡桥还实施一户人家不分面积大小，每个月只要交 30 元的管理费，就能享受到安保、清洁、家政服务乃至家庭纠纷调解等物业服务。这与珠海市其他小区都按房产面积收取管理费相比更加合理，因为不管住房面积多少，公用部分都一样的，公共服务也是一样的。这些实在是让那些每月都交着高昂房贷的同时还交着高昂的物业管理费的其他小区业主羡慕嫉妒啊！

三卡桥小区也曾经招标物业管理公司，可是物业公司不愿来，因为"利润太低"。而且按照那些物业公司的收费，管理成本很高，小区居民大多是低保户或出租人员，生活拮据，交不出物业管理费。于是他们被逼自己管理自己。他们也请人，也付出成本，但不谋取高额利润，大家都愿意交管理费，也交得出管理费，因为大家认为这管理费交得值。

第三，物业管理与业主不是天敌，而是真正的共生体。说实话，物业公司本来就是来为业主服务的，有哪位业主用毕生积蓄或一辈子的还贷买了房子后，还巴巴地去找一个在自己身上谋取高额利润的剥削者呢？所以，要有真心为业主服务的人，每天想着业主利益，而不是整天琢磨如何从业主的钱包里掏钱，这样才能真正管好小区。三卡桥小区的"物管"就是他们的"议事机构"，这机构不赚钱，由业主代表组成，他们自愿为大家服务，且分工明确，职责清晰，他们成为小区居民中德高望重的好人。

橘生淮北则为枳，有关
单位你"造"吗？

斗门区南澳村将种植樱花并举办首届樱花节的消息广为传播。不过，樱花能适应珠海的气候吗？近日，南都记者采访了中国林业科学院的专家、本土园林工程师、樱花种植基地负责人，得到的答案是，珠海不太适合种樱花，实验性种植出来的品种花期最多也只有半个月，此后几年甚至有不开花的可能。(2014年8月14日《南方都市报》)

先说点并非题外话的说文解字——造，原意为制作、创建，假编等，现在网络语言中，有"知道"的意思；此外，在北方话方言中，造也有"糟蹋""祸害"的意思。笔者想说的是后两种：在珠海大规模种植樱花，还举办樱花节？有关单位有关人员，你们不知道在老祖宗的遗训里就有"橘生淮北则为枳""人挪活树挪死"的说法吗？这样做，真是在糟蹋物资糟蹋银子，正可谓"no zuo no die"[不作（念一声）死不会死。]。

笔者想起了几年前，珠海原生态的、有的甚至生长了数十年、上百年的街道树木大榕树一夜之间被铲除了许多，重新栽种了大王椰和罗汉松，理由是美化街道。

那大王椰笔直的树干、摇曳的叶子一排排地伫立街道两旁，的确颇有点美国好莱坞大道的风情。但这只是给坐在冷气轿车中的人欣赏的，市民们行走在一点也不遮阳的大王椰树下，在大半年都属于烈日暴晒下的亚热带的珠海，原来带来一片片绿荫的榕树没有了，市民的感觉如何，有关单位想过吗？而且珠海台风频仍，大王椰树叶易落砸人，种这种外来物种，是为百姓造福，还是祸害百姓？还有那数十万一颗的罗汉松，成活率本来就低，再加上天生一副龚自珍所言的"以曲为美，直则无姿；以欹为美，正则无景；以疏为美，密则无态"的变态模样，只适合做盆景，是极不适合做街树的。它不但无法遮阳，而且因为生长缓慢极为昂贵。有关单位把土生土长的大榕树都刨了，种上这外地买回来的天价的、没用的树，引来一片质疑。

当然不能小人之心地说就是有人假借绿化美化之名中饱私囊，但是即使有关单位想做事、做大事、为百姓做好事也该动动脑子，而不是脑袋一热，脑门一拍，就整出了一个樱花节之类的。

分析一下斗门区南澳村的逻辑也许是这样的，今年（2014年）春天珠海市斗门区莲洲镇耕管村种的油菜花吸引了大批游客，村民赚了个盆满钵满，于是乎南澳村羡慕嫉妒不应有恨地也想弄一些类似的发财致富的方法。再种油菜，可能会步人后尘、拾人牙慧。种桃花？珠海竹仙洞的桃花早已口碑在外，于是自认为独辟蹊径地搞个樱花节。但是科学论证了吗？记者都问得到的事情，有关单位不需要请专家来把把脉吗？大把的银子投下去，不管这钱是村民自筹也好、村集体的也好甚或是"幸福村居"建设的资金也好，都不能随便糟蹋啊。兴师动众地办樱花节，难道只为了一次性消费、用完即抛吗？那实在是有点"造"啊！

其实，只要用心、用脑、用情感、用科学，因地制宜、到什么山上唱什么歌，我们一定会想出适合珠海自己的、能创造价值也能造福百姓的项目来的。不要被羡慕嫉妒弄红了眼睛，更不要被所谓的形象工程弄坏了脑子。有关部门和单位若要真正为百姓做事，就要站在群众的立场上，不要搞政绩工程，更不要为了给自己的脸上贴金，连大自然的规律都忘了。人在做，天在看，大自然的惩罚到时候是金钱和权力都无法衡量的。不信？走着瞧！

天桥建否？民生话事！

2014年珠海"两会"期间，政协委员直接呼吁修建人行天桥的提案有7份，数量比去年要多。其中陈利浩委员连续第二年提交类似的提案。"珠海到底要不要建人行天桥？"网友"珠海小黎"近日在微博发起了一个公开投票。"珠海小黎"发起的投票结果显示，446名网友认为"人行天桥多建些，地下通道合理配置"，占投票总人数的81.5%。

关于珠海以往为什么不建人行天桥以及要不要建人行天桥的争论已经不是一天两天了，从2005年开始，珠海市先后有人大代表9人，就修建人行过街设施提交过议案；从2006年至今，也先后有市政协委员15名提交过至少18份提案。他们普遍认为，解决珠海市多个路口人车互不相让、险象环生的问题，首选应建设立体人行天桥。但事实是，多年来珠海只新修了华南名宇处一座人行天桥，却修了不少地道，花费不菲不说，远远不能满足群众过街的需要。今年2014年"两会"，多年前悬而未决的修建天桥提案再次被提起，网友也发起了投票，呼建声一片。

其实，珠海没有人行天桥带来的问题不少，过马路的行人被撞死的交通事故逐年上升，拱北华侨宾馆路段，基本每年都有行人过马路被撞死。而我们花那么多钱建的人行地下通道却由于地势低，排水不畅，特别是在去年（2013年）夏季特大暴雨期间，普遍受淹，我们几乎所有城市道路的地下通道都成了汹涌澎湃的"地下河"。这些地道不仅远远满足不了老百姓的出行需要，还埋下了许多隐患。正如市政协委员秦树钰所言："珠海的地下人行通道晚上单身女士及小孩老人都不敢走，又脏又不安全，加上雨季排水不畅，变成城市水淹重灾区。"

可是争吵了快10年了还在争论，不妨听听我们改革开放的总设计师邓小平的话："不要争论，实事求是干下去！"

实事，就是人民的利益，老百姓的需求。我们的城市不仅要风景美丽，更要充满了人文关怀、人情和人性。说白了就是要让每一个在这个城市中的人方便、安全、舒适。现在大家过马路如此不便，而且还隐患重重，这样的城市怎能是宜居的？

求是，就是要按照事实和客观规律办事。人民需要天桥，天桥低碳又环保，而且比地道造价便宜，也能做到美观。那么建设一个既能方便群众过街，缓解交通压力，减少事故发生，又能美化城市形象的人行天桥有何不可呢？

北京、上海、香港、澳门、伦敦、纽约等许多城市都有很漂亮、现代化的人行天桥，玻璃钢的、廊桥的……都很美。而且专家估计天桥造价仅相当于地道的十二分之一，交通疏导效果也远远强于地道。而且最重要的一点是，在我们这样一个多雨的城市，不会水淹，对人民生命财产安全也是重要的保证。

从民生民情出发，新建人行天桥的事再也不能耽搁下去了！

高品质公园还可以更开放

免费开放是大势所趋，国家和政府就是要让这些地方更多地发挥它的社会价值，满足人民群众日益增长的精神、文化以及休闲需求。市民在家门口又增加了一个高品质的休闲场所，游客们又增加了一个白天在市内免费游玩的高品质景点。

关起门来经营了 15 年的国家首批 4A 级旅游景区圆明新园终于有限度地免费开放了，这是市政府为老百姓办的一件大好事：市民在家门口又增加了一个高品质的休闲场所，它定能带来城市品质和市民生活品质的提高。同时，珠海作为全国唯一以整体城市形象被评为旅游景点的旅游城市，游客们又增加了一个白天在市内免费游玩的高品质景点，这不仅可以降低旅游成本，还可增加游客在市内停留的时间。希望有一天，圆明新园的大门真正完全敞开，而不是半开半掩，是真正完完全全地免费开放！

门票经济一直以来是城市旅游收入的重头戏，因为它的着眼点是经济效益，而公园、景区本身承载的服务性功能一直被忽略了。现在，政府每年财政投入 2647 万元人民币，就是要发挥圆明新园的社会价值，让珠海的主人和客人、富人和穷人，都能享受到它的服务。这种做法是从社会价值出发的，它比经济价值更高一筹。

当前，博物馆、纪念场馆、公园、文化体育场馆等场所免费开放是大势所趋，国家和政府就是要让这些地方更多地发挥它的社会价值，满足人民群众日益增长的精神、文化以及休闲需求。有专家打比方说：对于市民来说，这些高品质公共场所就好像你的家，有好多房间，每个房间都装潢得很漂亮，但作为主人不能随便进出，要等经济条件好了才能进去。"哪有这么过日子的？"所以，珠海这个高品质公园、景区的免费开放，真正惠及每一位市民和游客，必定能带来很高的社会价值，使城市品质、市民生活品质都得到提高。

其实，国内旅游景点不但收门票，而且门票价格居世界前列，这不但饱受国人诟病，也为他国人民所指。如韩国的一家媒体就曾指出，中国的景区门票收费是一流的，服务却是三流的。

纵观他国，旅游景点门票的价格都很低廉，即便是著名的古罗马斗兽场也只要 6 欧元。与我们相邻的国家日本，旅游景点的收费更是低廉，大多数景点都不收费。国外的一些"旅游强市"也并没有因为景区门票不收费而受到影响，相反，它们发展得更为迅速，也更为世人所熟悉和喜爱。如日本著名旅游城市京都，其文化遗产在质和量上都位居日本全国之冠。可包括京都的清水寺、二条城等多处古迹在内，门票价格都在 300 至 1000 日元之间。比起圆明新园白天 130 元人民币、晚上 90 元人民币的门票，它们的票价就要便宜了许多。更何况，日本人的收入要远远高于我们呢？

因此，可以说，旅游景点收不收费，和当地能不能成为旅游强市没有关系。其实，如果把目光放长远一点看，高旅游成本，实质上迫使许多人只能对一些旅游景区望而却步，将旅游者都"关"在景区门外，这恰恰阻碍了旅游业的发展。

据悉，目前游客在珠海市区停留的时间短，一个重要的原因是本来市区内大的景点就不多，而最大、最完善的景点圆明新园的门票价格不菲。如今它能白天免费开放，再加上其他免费的公园，可以让旅行社重新考虑旅游线路，降低成本，使整个市区成为一个统一免费的大景区，拉长游客的停留时间。这也许将使整个城市旅游的概念焕发出新的生机。

但是，不得不说，政府每年花那么多钱，就更希望把免费公园的概念做足。像现在这样每天免费入园的时间为上午九点至下午六点，在这个时间段，晨练的老人家来不了，白天上班、晚上锻炼的中年人也来不了，恋爱的年轻人更不能花前月下，那么只有大家都去挤周六、周日的白天了，如果当天入园票已经发完，又有多少市民失望而归呢？

所以，要开放，就应该完全彻底地开放。也许完全免费后人流量增加会带来管理压力，这就需要景区工作人员提高思想意识，将营利性的管理模式向服务性管理转变，加强管理，加强服务，绝不能因统筹工作没做好带来系列恶性循环，导致景区品质下降。

再说，免费后的景区经营也要转变思路，不要将整个公园的发展局限在门票上。不是说珠海新文化馆将移至圆明新园内吗？那么这里将可以打造成文化交流中心、文化演出中心、文化活动中心以及文化消费中心。在这种情况下，公园完全敞开大门也是可行的，只要狠狠抓住文化这张牌，找出自己的主题特色，并围绕主题特色开展一系列活动，如在原有的演出和清代文化特色的基础上，形成每年都举行庙会之类的嘉年华活动或者文艺比赛等节目，就会产生经济效益，也定能形成自己特有的、新的文化品牌。

像保护环境一样保护语言

2014年寒假结束、新学期伊始，珠海博爱幼儿园表示将面向园内小朋友推广粤语教学。消息传出，立刻引发多方热议。《珠海特区报》官方微博日前发起投票，结果是"一边倒"：约90%受访者表示支持该幼儿园的做法。有学者认为，学生是否要学习粤语，是否参加粤语兴趣活动，要尊重家长和孩子的选择，不能凭主观愿望一刀切。

为珠海人对粤语的热情点个赞。那么多人支持粤语教学,相信许多是打的感情分,凭本能举的手。因为我们毕竟处于粤语的传统地区,对粤语的传承和粤语文化的感触是最直接的。但打支持牌的人未必都明白为何要保护和传承方言。

方言就像大地上的花朵和天空的彩虹,五颜六色才能让人类的生活丰富多彩,让人类的文明有多种呈现和可能。试想,如果世界上只有一种语言,就像世界上只有一种颜色、一种植物,那人类该是多么无聊和无趣。如今,我们对于动植物物种的消失和拯救,许多人都已经有了深刻的认识,人们知道地球生物链上的生物越多样,对人类和整个地球环境越有好处。因此世界上许多濒临灭绝的珍稀动植物牵动着无数人的心。可是对于语言的濒危和灭绝,大多数人认识不清。其实和植物、动物一样,语言消亡,它承载的诸多信息也就消亡了。通过该语言代代相传的文化、知识就会消失了。

人类文化多样性的生存、延续和发展依赖于语言的多样性。如今世界上的语言有 5000~7000 种,现状大多不容乐观。6000 多种语言中的大部分面临着没有相应文字记载、没有进入官方语言、使用者受歧视等困境,只有不足 10% 的语言才可以称为"安全语言",即有文字记载、被官方正式使用、代代相传。"有些语种已经没有小孩子愿意去学,无以为继的语言必定会消失。"我国的方言就是这样,随着教育的普及,普通话的普及,英语教学的深入,许多方言就如"一个老人死去,一种语言也就随之逝去,怎么留也留不住了"。

因此,粤语传承和保护很有必要,特别是生活在粤语地区的人们都有保护粤语的责任和义务。但珠海本就是个移民城市,语言和人种相当复杂,普通话还是最好的交流工具。因此粤语学习,绝不能成为孩子们又一个课外学习负担,而是要用寓教于乐和春雨润物的方式让珠海的孩子们知晓粤语这一特色语言,同时也学好广泛使用的普通话。

中国是一个多民族、多语言、多方言的发展中国家,共有 80 余种民族语言,30 余种文字。我国人口众多,民族众多,广袤的土地上 13 亿人目前都说一种官方语言——普通话。从交流沟通、国家统一、民族团结的角度来说这是大好事,但是从文化多样的角度看,普通话对方言的打击是很大的。因此在推广普通话的同时,我们要更加保护方言。保护了一种语言,就是保护了一种文化。

从目前来看,在经济全球化的大背景下,保持语言的多样性面临着严峻挑战。不用说那些濒危的语言,就是那些使用人口较多的语言也面临着激烈竞争。目前英语及其所承载的文化是强势的，随着英语的传播和使用，英语文化承载的价值观念也在不断向全世界扩展。由于英语的挤压，不少语言的生存空间越来越小，这样的情况引起了所有关心文化多样性问题的人士的关注与焦虑。

保护世界的弱势语言，其本身就是对世界文化多样性的贡献。让我们爱普通话也爱粤语吧。语言多样性就像生物多样性一样至关重要。一种语言的消亡，其后果绝不亚于一个物种的灭绝。

重关民生　不能儿戏

是否缴存物业专项维修资金或成珠海收楼条件之一，未来需要业主自行到专户监管银行缴存。根据昨天记者获得的一份细化方案，从2014年到物业专项维修资金正式实施期间，由开发商先行缴付首期维修资金，然后再由开发商向买房者收取。（2014年9月11日《南方都市报》）

近日，珠海要收物业维修资金的这个话题已经引得民众议论纷纷。本来，这也不是什么新鲜的事儿，珠海有些小区业主在购房时就缴过维修资金（有的至今下落不明）。有的小区物业管理费中就包含了维修资金，大家一直缴着钱，现在又让补缴，实在是莫名其妙。

也许是听见了市民的质疑，有关部门日前召开了征询意见座谈会，据报纸披露的征求意见稿和所谓细化方案，还是让人看得稀里糊涂，一头雾水。

首先，征收的这笔钱到底是维修资金还是维修基金？一字之差，意思大相径庭。资金是财物的货币表现，而基金是把很多人的钱汇集起来，交给管理人员管理以获取收益的一种金融工具。这里不是错别字的问题，而是立法者理念的问题：有关部门是在向广大市民收取一笔什么钱，这钱是死钱还是活钱？目的到底是什么？都可以从这一字之差中看出来。

据参加座谈会的人说，文本错误在征求意见稿中有很多。有关部门解释说因为还要征求意见，所以没有精雕细琢。我们并不吹毛求疵，但可以想见，这个政策的出台是多么仓促、多么潦草、多么儿戏……

其次，这篇征求意见稿中有个逻辑问题。立法不能对已经发生过的事情进行新的法律约束，而如果在收取维修资金上也用"老人老办法，新人新办法"的话,对所有业主来说,不但不公平,而且陷入了旧楼越旧越没钱修、越没钱修就越旧的恶性循环。政策制定者考虑到这个问题了吗?有关领导的解释也很混乱,他说这笔钱就像公积金,又说房子里面的事情都不能用这笔钱。这个比喻实在矛盾。

第三,更混乱的是"物业维修基金"和"物业保修金"的概念没有厘清。打比方说,咱买个电器还有个保修期,买这么贵的房子如果出了质量问题开发商都没事儿还让买房者预先缴一笔钱以备修理,这合理么?还有,如果是个烂房子,政府为什么让这它通过了验收?既然验收合格了,就应该没毛病,有关部门不负责任吗?如果不过 10 年的房子电梯动不动出毛病,房子很快就漏雨,这些责任也该由维修基金出吗?不出?我缴了钱不给我修房子?出?凭什么业主出!

市民们也都明白,物业维修基金的设立可以保障住宅房屋共用部位和共用设施设备的正常维修、养护与更新。其实笔者也不反对这个观点,也愿意缴这笔钱。但是珠海的维修基金为什么比广州高?2013 年广州的平均工资水平是每月 5868 元,珠海是每月 4665 元,而维修基金广州标准是非电梯房 77 元/平方米;电梯房 105 元/平方米,珠海的不配电梯住宅每平方米 90 元,配置电梯的住宅及非住宅每平方米 110 元,这个收费标准是怎么算出来的!

最后,这么大一笔钱,怎么运作?有关领导说未来会考虑让这钱升值?这个未来有多远?到时候运作赢了归谁?输了又怪谁?

一项政策的制定,是关系百姓生活的大事,如果细则和配套政策都不清楚,盲目推出是不行的,造成混乱不说,无法执行也说不定。请有关部门三思。

医改:重在提高基层医院水平

珠海公立医院改革实施一周有余,记者近日从部分医院获悉,在取消药品及医用耗材加成、开展医保门诊补助后,医院对患者的让利均达到数十万元。(2015 年 4 月 8 日《南方都市报》)

正处珠海医疗改革新旧交替之际,笔者不幸罹患感冒,亲身体验医疗改革，感觉不吐不快。

首先，挂号费涨了许多，从几元变成了几十元，开始还以为听错了。看完病听说药费比以前少了，但真心没有感觉！以前看个感冒一百多元，现在看个感冒还是一百多元。找个熟人问问，熟人研究了半天药方说是有两种药加起来比原来共便宜了10元钱。笔者扳着指头算了一下：8元的挂号费变成了30元，总花销便宜了10元，还是比原来花得多了呀！熟人安慰笔者说，你的病不严重，你要是得了大病、重病，要用很贵重的药和高级的大型机器设备检查治疗，那你占的便宜就大了！哦，原来是这样。不不，等等，这逻辑好像不对——改革，是要让每个群众都享受到社会发展的红利，要享受这个红利，必须得大病重病？

事实上，去医院看病的大多数病人都不是疑难杂症。医改后，人们挂个门诊就要多花许多钱；而大型设备检查、检验类项目涉及的患者毕竟较少，降价后，只是少数患者受益。所以，看上去医价有涨有降，总患者的总体医疗负担并未增加，但实际上加重了大多数患者的医疗负担。

对此，医院也表示，希望广大患者一般的小毛病就到社区医院去看，社区对户籍人员有报销补贴。笔者特别讨厌人多拥挤，对此项号召，举双手赞成。但现实给了笔者一记响亮的耳光。这次感冒，开始就是嗓子有点疼，想到家门口的社区医院开点药算了。但是吃了3天药，不但没好，更发展到了严重的咳喘。再到社区医院，医生开了吊针打消炎药、雾化治疗，治了3天，从不发烧发展到了高烧39度多，只得转到大医院。大医院说是病毒感冒不是普通感冒，按照普通感冒治不行，于是按病毒感冒医治，好了！笔者感慨：下次再也不去社区医院了。这次感冒，在社区医院花了两百多元，大医院又花了一百多元，前后拖了半个多月才好。社区医院的医生水平有限啊，叫老百姓怎能拿自己的身体去尝试呢？

在此，笔者想到了重庆市医改。从2015年3月25日到3月31日，重庆市医价改革仅仅持续7天便宣告结束。这场价格改革也是增加挂号费，降低部分药物和大型检查、检验设备的费用，但因增加了部分患者的经济负担，引起一些市民上街抵制。最终，相关部门向公众道歉，叫停了医疗调价方案，并承认事先"考虑不周""调查研究不够深入""听取公众意见不够广泛"。这是一次深刻的教训，也是一记响亮的警钟。这个教训不仅值得重庆市有关部门吸取，我们的决策者也当引以为戒。

医疗改革，笔者是举双手赞成的，珠海此次医改要改变以药养医的方向也是正确的，有利于改善医疗服务价格扭曲。但是，改革的大方向正确，并不意味着在改革的细节上可以草率从事。必须在充分考虑百姓医疗需求的基础上，权衡各种利弊，审慎为之，真正让老百姓享受到发展的红利。还好，现在珠海医改是试行期，希望有关单位找准问题、下准药，越改越好，而且始不能乱，终更不能弃。

灰霾让我们不能自喜于"拔将军"

在全国大部分地区都深受雾霾之苦的当下，网上流传着"珠海空气好"的段子，似乎珠海人还躲在好空气里沾沾自喜。其实，最近珠海市就发布了入冬以来首个灰霾天气预警信号，那时珠海处于轻度污染状态。但是昨天，灰霾已经相当严重了，香洲、吉大、前山……都是灰蒙蒙一片，整个城市被轻度灰霾笼罩，部分地区的能见度不足 3 千米。

我们曾经可以装在罐头里出口的空气，现在也不得不用口罩防御了，所以当媒体上说珠海的灰霾度是全省最低的时候，这个之"最"我们是该笑呢还是该哭呢？这个矮子里面拔将军的指标，无疑给了珠海人一个迎头棒喝。

当然，珠海的灰霾大多数是从全国其他地方吹过来的，进入秋冬，珠海开始盛行东北风，天气干燥少雨，又由于地处珠江三角洲最南端，北部城市大量污染物随风飘至珠海市，会导致珠海市冬季出现灰霾天气。早些年其他地方没那么严重，秋冬风吹到珠海也不会这么灰得厉害。但现在，全国一片灰，珠海也难逃。

但是仔细想想，咱珠海的灰霾真的都是别人那儿吹来的吗？当今，造成霾的主要是人为因素，如工业排放、建筑灰尘、扬尘、生活排放等。而工业排放、汽车尾气、挥发性有机物等通过发生（光）化学反应形成的小粒子，已成为灰霾的主要成分。

珠海市的汽车保有量以每年超过 10% 的幅度增加，每天新增 100 多辆，而且由于监管不严，仍有冒烟车辆在路上行驶。随着汽车数量的剧增，汽车尾气已成为珠海市空气的首要污染源。如何能有效治理汽车尾气，保住珠海的碧海蓝天，真正建设一个生态文明的新特区，这应是全体市民最关心的问题。要减缓灰霾现象，最根本的是要减少排放，特别是减少机动车的排放，以减少大气中颗粒物的形成。

必须出台真正能解决问题且切实可行的方案。像香洲区保护我们的母亲河前山河那样，对高能耗、高污染产业坚决说 NO。同时控制柴油车，增加环保车辆的优惠力度，大力发展公共交通、新能源交通，倡导绿色环保的出行方式，如步行、骑自行车，这都是减少灰霾的必要措施。

面对灰霾，珠海人必须立即行动起来，不能再躺在"空气好"的功劳簿子上沾沾自喜了，要利用我们手中的立法权，为保卫我们的蓝天白云而努力，这是建设生态文明新特区的重要保障，也是我们人民生命安全的保障。

如何斩断恶性循环链条

2013年10月28日《珠海特区报》报道了海湾东苑涨价风波的前世今生，其根本焦点归结到了一个问题上：业主说"服务太差不能涨价"，物管说"钱太少所以管不好"。到底谁是因谁是果，这似乎成了一个没有答案的鸡生蛋还是蛋生鸡的难题。那么能否跳出这个难解的怪圈，以外来之力斩断恶性循环的链条，这不仅是物业管理部门和业主要考虑的问题，也是有关主管部门需要考虑的问题。

说实话，海湾东苑的问题，是珠海市老旧小区所有问题的根本。而这个问题在许多新建的小区就不存在，因为新建小区起点高、服务到位，目前很少出现物业坚持涨价，业主坚决不同意的问题。其实，海湾东苑这种公说公有理婆说婆有理的状况就是因为这是一笔糊涂账，把糊涂账说清了，问题就迎刃而解了。

那么，怎样能够把糊涂账说清？

首先必须有标准。有了标准，一比量，孰是孰非，泾渭分明。这个标准当然必须是客观公平的标准。这就要求有关部门对物业管理费制定出合理的指导价，同时对物业管理工作也应制定出相应的行业标准。行业标准必须明晰细致，哪条没做到，一一对照，一清二楚；指导价必须客观实际，不仅要考虑物价水平，也要考虑老旧小区与新小区的环境差异和物理差别，更要将居住人员收入差别的问题考虑在内。（老旧小区管理问题重重，有钱人早都买了新房搬走了。现在居住在老旧小区的住户，多是没能力买新房，或者是租房者。）

有了标准，在什么状况下可以涨价，在什么状况下叫作管理不好，这些似乎永远扯不清的问题就一目了然了。也不必再陷入"管不好是因为没有钱""没有钱是因为管不好"的泥沼中了。

其次，必须将收费的使用状况向业主公开。标准追求的是公平公正，而公开则是公平公正的强有力保证。没有公开，公平的制度无以落实，没有公开，公正的方案无从考量。正所谓取之于民用之于民，物管收了业主的钱，目的就是要为业主服务，那么这笔钱是怎样为民服务的，每项服务的支出必须给业主一个交代。这不仅是财务公开的需要，也是业主知情权的需要，更是业主自我管理的需要。一笔清清楚楚明明白白的账目摆在面前，哪些该花，哪些不该花，哪些花多了，哪些不够花，一目了然，必须涨价时，这就是最好的理由！不准涨价，这也是公开的标尺。

目前，海湾东苑的物业和业主还在僵持，如何破解僵局，全市人民拭目以待。而这，或许是个标杆。

不同的语言同声歌唱

在960万平方公里、有56个民族的中国，如果没有一种统一的语言，该是多么麻烦和不便。这个秦始皇就已经很明白的道理，我们也应该懂。所以推广普通话是毫无疑问的。

但试想一下，我们的祖国如果只有普通话，就如同全世界如果只有英语，这个世界该有多么无聊和无趣。的确，方言消失，必定会使地域文化的差异性趋弱，世界如此的"大同"并不很妙。

就笔者本人经历，因父母故乡南辕北辙、工作地点流动，故讲的就是普通话。这点除了让笔者讲话字正腔圆和上学时汉语拼音不用学就会之外，让笔者对会讲另外一种家乡话的朋友羡慕又嫉妒。是的，悲哀，这辈子笔者没有方言，也没有真正的故乡，那种一听到某种方言就思乡之情油然而生的魂牵梦绕情感，永远无法体会。

事实上，随着经济全球化，我国的汉语方言、少数民族语言开始急速变化，有些已趋于萎缩和衰亡。中国语言学会副会长戴庆厦曾说："一个物种的消失，只让我们失去一种动人的风景；一种语言的消失，却让我们永久失去一种美丽的文化。"例如，据20世纪50年代的调查，中国共有367个戏曲剧种，但由于现代化进程加快，使得以方言为重要特征的地方戏曲剧种出现前所未有的生存危机，30多年中已消亡了100余种。

也许有人不会觉得方言有什么好反而会觉得很土。但是方言的消失，会使地域文化随之消失，要想属于全人类精神文明的各种地域文化永远地保留下来，就应该保护地方语言。是谓拯救了方言，就是拯救地方文化。

在珠海，70%以上的人都来自五湖四海甚至世界各地，本就是语言大杂烩之地，普通话在这里更显出了它的重要。所以在普通话和方言两者之间寻找一个最佳平衡点，应是珠海公共语言的特色。也许我们可以让普通话和方言在交际场合及交际对象上有所"分工"，普通话可作为工作语言、正式语言，方言作为生活语言。我们应该在推广普通话的前提下，也为方言营造一片生存的"绿土"。

必须把安全固化在制度上，融化在血液里

2015年1月4日下午，我市召开会议专题研究全市大型群众性活动安全管理工作。市委副书记、市长何宁卡出席会议并强调，全市各级各部门要深刻汲取上海外滩踩踏事故的教训，切实强化底线思维，进一步采取有力措施，切实提高防范和处置各类重大突发事件的能力，严防类似安全事故发生，确保人民群众生命安全和社会稳定。（2015年1月5日《珠海特区报》）

公共安全是关系民生的大事，近日发生的上海外滩踩踏事故又一次敲响了安全警钟。珠海市此时召开会议专题研究全市大型群众性活动安全管理工作，因地制宜，未雨绸缪，很有必要。

公共安全是城市管理者的责任，也是全体市民的责任，必须在制度上保证，在意识上提高。近年来，随着珠海市城市功能不断完善，国际宜居城市建设进一步加快，中国航展、中国国际马戏节、沙滩音乐节等大型群众性活动越来越多，影响力越来越强，安全工作难度更大，压力更重。以往举行的这些大型群众活动，珠海已经把安保提高到了极其重要的程度，积累了许多宝贵的经验。例如，今年（2015年）珠海沙滩迎新跨年入场检查极其严格，

没带身份证者必须当场拍照验身，这可以说是安全制度的一个缩影。

但以往的成功并不能保证以后的无忧，随着社会日益复杂，公共安全事件已经成为摆在我们面前的严峻挑战和威胁之一。城市管理必须首先从制度入手，建立严密合理的安全制度，保障公共安全。

珠海的公共安全制度应该也必须走在先列。与一些地方由于缺乏强制性法规的支持没有形成安全工作的稳定长效机制相比较，珠海早在2007年就有了《珠海市大型群众性活动安全管理条例》，珠海的公共安全管理是有法可依的。关键是如何宁卡强调的那样，要进一步完善大型群众性活动的管理制度，完善细化各项工作措施，形成良好机制；要进一步完善大型群众性活动的管理制度，完善细化各项工作措施，形成良好的长效机制；同时还要建立严明的追责制度，坚持党政同责、齐抓共管、逐级落实。

安全是天大的事，没有安全就没有一切。引入一个比喻：安全是最前面的数字"1"，其他所有事情都是后边的"0"，没有"1"，多少个"0"都没有用。因此，在建制立法的同时，无论是城市管理者还是每一位市民，都必须有着高度的安全意识。安全意识的养成靠宣传、靠教育，也靠法律。我们必须全市动员起来，开展安全隐患大排查，同时开展全民安全意识教育活动。我们必须要把学校教育、员工教育、社区教育和城市管理结合起来，知识灌输和模拟演练相结合，常抓不懈，有备无患，让所有的群众都掌握安全知识，并学会自救。同时形成检查、排查制度，对违反制度者、对存在的安全隐患，必须严格依法整治，绝不姑息。

安全意识的养成必须融化在每个市民的血液里并贯彻在行动中。

希望珠海率先实现幼儿免费教育！

幼儿园开学在即，新学期的学费再次成为家长关注的焦点。在日前珠海电台的"行风热线"节目中，有家长对幼儿园学费涨价表示了担忧。记者了解到，目前私立幼儿园的收费价格属自行定价，有关部门尚不能有效干预。对于入园贵问题，有关部门表示将采取政府购买服务的方式予以解决。（2013年8月29日《珠海特区报》）

公立幼儿园少，私立幼儿园贵，没钱的家长担忧学费不停地涨，有钱的家长担忧愿意多交钱也没人接受。但不论有钱没钱，所有家长都希望自己的孩子能上优质幼儿园，这是不言而喻的。因此，加大幼儿教育投入，加快发展速度，多建优质幼儿园迫在眉睫。

据说，某民办幼儿园学费已达6万元/年，比大学还贵，但还是很难进。为什么难进，因为要进的人太多。那么贵那么难，却还要削尖脑袋往里钻，这也表明了大家对高质量幼儿园的盼望多么热切。其实民办幼儿园也呈现高低两端的现象：高端的投入大，条件好，但学费也高，一般收入群众的孩子上不起。低端的，连基本的办幼儿园的条件都不够，甚至发生过震惊全国的克扣幼儿伙食费事件，一般收入群众也难以放心。

公立幼儿园便宜得多，质量也不错，可学位太少！其实公立幼儿园也不算便宜了，平均每月两三千，这是珠海一个普通员工的月工资。一个三口之家，一半的收入全部给孩子交了幼儿园费，这是不合理的。

不少学者和社会人士都提出过，只有把幼儿教育纳入义务教育的轨道，才能彻底解决幼儿教育高收费的问题。但也有专家提出，把幼儿教育纳入义务教育将剥夺父母和孩子相处的时间，也会增加孩子的负担；而且是义务教育就一定会有标准和规范，这样有害于孩子的个性发展。

但在现实语境中，无论幼儿教育是否纳入义务教育，它都属于公共产品，政府理应承担其主要的财政投入责任，为幼儿教育增加经费，建设更多的优质幼儿园，以满足所有的孩子上优质幼儿园的需求。

据美国一项长达30多年的追踪研究表明：每在学前教育上投资1美元，可获得17.07美元的回报，其中4.17美元是对个体成长的回报，12.9美元是对社会公共事业的回报，对学前教育的投资回报率高于任何一个教育阶段。但显然，我们长期忽视了这一点。

有教育专家指出，目前，我国人口多，国力还不够强，且幼师资源不论是从数量上还是从质量上都存在着很大的缺口，这都对幼儿教育进入义务教育轨道造成了阻力，也影响了幼儿教育事业的发展。建议幼儿义务教育可先从有条件的地区做起，对幼儿教育实行免费，等条件成熟再逐步普及、逐步向免费幼儿教育迈进。

这倒为珠海提了个醒：珠海早已将义务教育扩展了，实现了高中免费教育，为什么不能向着幼儿免费教育再迈一大步呢？

因为乱，所以难！

珠海停车场收费时常受到市民诟病，记者走访发现，停车场收费混乱引发市民诸多不满，且市民无处查停车场是否正规。(2014年6月12日《南方都市报》ZB01版)

如果套一句古语说：珠海停车难，难于上青天。相信会立马集齐无数个点赞。但其实老百姓并不想发牢骚集赞换购，也没人上过天，到底上天难不难不知道，反正停车是无与伦比的难！

按理说，珠海虽然这些年私家车增长速度很快，但其人口总量和车辆拥有量远不如北上广深这类一线城市那么大，即使停车资源变成了稀缺资源也不至于稀缺到如此程度，停车难度堪比北上广深。究其根本，珠海的停车难许多时候不是因为停车地方不够，主要是停车太乱，这乱象包括乱停、乱建、乱收费。

乱停的原因有两个，一个是司机素质不高，二是真不知道该停哪儿。司机素质有待教育自不必说，但停车场设置不合理也是客观存在。同样一个地方就同时存在着司机为在街道上停车打破头，而旁边的停车场几乎常年累月地空着没人去的共生现象。比如南坑那里的地下停车场，因为设置不合理，地面的车都挤窝窝了，地下却因常年门前冷落车马稀到了几乎要关门的地步。

再说乱建。好像什么人都可以把个空地围起来收停车费。有的是围了人行道，有的是围了公共绿地，有的是围了城市规划的预留地。是谁给这些人权力让他们这样做的？这些地方都是公共资源，是全体市民共有的地方，即使真是有关部门要建停车场，也该开听证会问问全体市民答不答应。可没人问过市民，就这么不声不响地不知谁把这些公共资源都变成停车场了。把大家的地方变成停车场却不给大家用，要么只允许某些单位使用，外人不准进入，要么公开收费。谁允许他们利用公共资源中饱私囊呢？就没有哪个部门来管管吗？

最严重的是乱收费。"公正严明"的咪表收费在不同的街道是不一样的，但是你事先并不知道，只有在卡上的钱被扣了之后才知道，为什么不一样？

你也无处查寻。同一个街区不同的停车场收费也是不一样的,就是紧挨着的两个停车场收费也不一样。为什么,没人告知,也没人管。拱北关口一带停一夜从几十到上千,什么价位都有,各个停车场规矩五花八门,但他们有个共同点,甭管你交了多少停车费,你的车要是在停车期间出了问题,他们绝对异口同声地说:不管!现在拱北关口一带有一种新型的职业,就是拉客仔。以往是拉人去住宿、去按摩,现在是拉人去泊车。拉客仔乌泱乌泱的,见到外地车牌就哄围上去,太影响"国门"形象了。

还有各个小区的停车收费,本来占的就是业主的公共地方,停车收费进了物业自己的腰包。而且有的小区保安自行收费放外边的车辆进小区,弄得业主即使交了每月固定的停车费,也常常没有地方停车,这些都没有人管。

这些乱象的产生,其根本原因就是无规矩、不方圆。要真正使珠海的停车管理井然有序,有关部门必须尽快厘清关系:停车场到底该归谁管?是像其他商业经营场所一样由工商部门管?还是按市政设施由市政方面管?还是按地域属性由街道管?还是都管、都不管?还有,哪些该收费,哪些不能收费,收多少,怎么收,这些都必须有明确的责任和制度,并监督执行。只有这样,才能治乱,才能不让市民成天为停车叫苦连天。

抛物恶习难改　惩治必须用法

"这里又脏又臭,已经持续好几年了。"家住平沙南新社区的莫女士表示,因为很多居民从楼上就直接把垃圾抛到水塘里,水塘已经成了垃圾坑,散发恶臭,招来蚊虫。记者调查发现,这里垃圾围"城",蔚为壮观。南新居委会负责人表示,我们已设垃圾回收点,可还是有人图方便随手就从楼上抛下垃圾到水塘里。(2014年7月10日《南方都市报》ZB07版)

笔者曾认识一美女,花枝招展,青春靓丽。一次去她家玩,笔者惊呆了——她家堆满了垃圾,要跳着脚才能走进屋去。这些垃圾中有购物袋、果核、瓜皮、饮料瓶、方便面碗、吃过的泡沫饭盒……这是怎样的鸡窝飞出了她这么只凤凰啊?她请笔者吃苹果,随手就把削下来的果皮扔出了窗外。她住3楼,从她窗外往下看,楼下的绿化树上飘着红色的垃圾袋,楼下邻居开着的窗棂上挂着苹果皮,甚至还有用过的避孕套……不知道是不是都是她干的,但她自己竟然丝毫不觉得这行为有什么问题。

这就是习惯!有人就是有随手抛垃圾的恶习,而且积习难改。即使他(她)自己被自己制造的垃圾围困,也不愿多走一步把垃圾扔到指定的地点。我问美女垃圾堆满了怎么办,她毫不在乎地说:没事,钟点工一周来一次。

撇开个人卫生习惯不谈,单从公共意识来讲,这美女就根本没有意识到她这样做是不对的。话说回来,即使她意识到了,也没有人会把她怎么样。对此,民间有句调侃的话叫作"大罪没有,小错不断、气死领导、难死法院……"

对这样的"小错",除了加强宣传教育之外,最重要、最有效的改错方式就是要让他们为自己的"小错"付出大的代价——那就是严厉的惩罚。

这是新加坡的做法,用严惩逼改恶习,用严惩罚出文明。

但是我国有关高空抛物方面的法律规范很少,也不健全,只是在《中华人民共和国民法通则》中做了一些原则性规定,没有具体细节;《中华人民共和国侵权责任法》也有表述,如建筑物、构筑物或者其他设施及其搁置物、悬挂物发生脱落、坠落造成他人损害,所有人、管理人或者使用人不能证明自己没有过错的,应当承担侵权责任。但这里有一个问题,就是依照这些条例的处罚,一般都是针对造成了伤亡的抛物事件,而如果抛下的东西没有砸到谁,只是脏了环境,就没人较真,也没人被罚,大家都不了了之。这,更助长了乱抛垃圾者的行为。

在此,我们还应该向香港学习,以社区为单位建立监督队伍,当然也鼓励市民举报。同时采用新的技术手段,安装摄像监控设备,一旦发现有哪家抛下垃圾,不管是何种垃圾,也不管砸没砸到人,都必须严厉处罚。这需要制度的配合和监管人员的不缺位。因此,完善设施、建立制度、依法严惩,是治理高空抛物恶习的唯一路经,仅靠个人修养和道德是无法办到的。

笔者想,如果那位垃圾美女在成长的过程中有人告诉过她不可以随便扔垃圾,或者是她见过因乱扔垃圾受到严厉处罚的人,她应该会有所收敛的。

珠海创建全国文明城市的活动正开展得如火如荼,如果有关部门能借创建全国文明城市的东风,立法、建制,彻底治理乱抛垃圾,也算是又带了一个先行先试的好头。

治理欠薪是一个系统工程

年关将至,欠薪事件再次"抬头"。"欠薪事件有个突出特点,企业发生了经营困难不敢拖欠税款,却漠视劳动者的报酬。"市劳动保障监察支队队长段漓表示,对于这种情况只要发现一起,处理一起。据了解,进入2015年后,市人力资源和社会保障局、市公安局等八部门正在全市范围内联合开展农民工工资支付情况专项检查,仅半个月时间,已移送涉嫌拒不支付劳动报酬罪案件三宗。

恶意欠薪的"老赖"入刑大快人心。但其实欠薪不仅仅是欠薪老板的事情,它是一个涉及方方面面的系统工程,需要多方面联动。拖欠工资的行为已经扰乱了劳务市场秩序、损害了广大工人的根本利益,危害了社会的稳定。保护劳动者权益,也检验着社会公平。必须高度重视,采取有效措施,全面做好务工就业管理和服务的各项工作,寻求治本之策,切实维护务工人员的合法权益。

我们必须从制度设计层面入手,建立欠薪保障制度、工资监控、预警制度以及应急保障,层层保障工资支付,将拖欠工资控制在最小范围内。同时还要建立欠薪保障基金,以最大限度降低欠薪问题带给劳动者的损害。

首先是加大用法律手段对拖欠工资行为的查处,特别对恶意欠薪者依法严惩。而且要建立长效机制,把对工资拖欠的追偿和制裁当作一种日常性行为,而不是到年底才进行的运动式突击。

其次,建立风险保障机制和信用体系。用人单位应在银行开设专用账户,作为务工人员工资保证金,实行专项管理。一旦出现拖欠工资行为,由工资保证金的监管部门从专用账户中支付,保证农民工的合法权益不受侵害。也可以开发企业员工工资商业保险,一旦企业资金周转不力,由保险支付工人工资。

最后,建立企业信用档案,把企业及其项目支付劳务人员工资情况作为评价企业综合信用的重要内容。对信用不佳的企业给予有关限制。在银行贷款、资质认定、年终审检等方面给予制约,尽可能把拖欠工资问题消灭在萌芽状态。还可以由工会或者劳动事务代理公司把务工人员从业行为纳入统一的规范化的管理下,是工人在"公司"统一管理下签订劳动合同,组织培训,提高其职业技能,取得相应职业资格,由"公司"或工会为其缴纳社会保险,享受国家规定的保险待遇。然后由"公司"依靠自身能力承担经营风险,使之成为打工者风险的承担者。这样既有利于合法地减轻企业因劳动、人事方面问题而产生的工作负担,又保障了务工的合法权益。

监管岂能总是"马后炮"?

每年"3·15",媒体集中曝光一批坑害消费者的事情后,有关部门就会来个大检查、大清理,对涉事单位和人员进行处理。这的确是好事,起码让消费者有了一个申冤和弄明真相的机会。

但是为什么总是要到"3·15"?为什么总是要等媒体曝光?虽然说阳光总在风雨后,但为消费者维权岂能总在消费者被坑之后?一年365天,各领域的相关监管部门都到哪里去了?"马后炮"式的执法监管该改一改了!

监管部门是人民群众的守护神,必须先于群众发现危险,并把危险消灭在萌芽之中。因此,时时刻刻擦亮眼睛、保卫人民生命财产安全是他们的职责所在。可是,大多数坑害消费者的事情,无论是交通出行、食品安全,还是医疗卫生、学校与幼儿园教育……都是要等媒体曝光之后,相关部门才跟进、才查处。那么是不是说,那些没有被记者发现的问题,监管部门也发现不了,或者说发现了也是睁一只眼闭一只眼呢?

往全国说,近期发生的幼儿园给孩子吃"病毒灵"事件,尼康相机的问题,如果媒体不曝光,有关部门就真不知道!往珠海看,媒体曝光了汽修行业潜规则坑人现象后,交通局极为重视,召集4S店自查,并启动黑名单制度。但是4S店坑人潜规则肯定是冰冻三尺非一日之寒,媒体曝光前肯定有消费者投诉过,为什么有关部门不管呢?当然交通局的行动还是值得褒奖的,虽然有些后知后觉,起码也还是"觉"了。而(2014年)3月11日,《珠海特区报》刊登了《今天买到明天产的面包》一稿后,不但看不见相关部门的动静,几天后记者回访涉事蛋糕店时,还发现了更多的问题。

其实记者和老百姓都是外行,不是专业领域的专家,他们也没有执法权力,他们能发现的问题,相关部门有那么多专业人员却发现不了,恐怕还是懒政行为在作怪——曝光了躲不过去了就查,没曝光就得过且过。或者是平时也查了,只是有法不依,或执法不严,对违法行为处罚偏轻,导致消费者权益受损，又助长不法生产和商业行为，同时也损害监管部门的公信力。

其实真正维护消费者权益，就必须使监管和执法工作更到位、更有力。执法人员要严格执法，积极作为，做到有法必依、执法必严、违法必究。工商总局曾提出过消费维权"关口"前移的口号，也就是执法人员进企业、进商场、进市场、进学校、进景区主动开展工作。真希望这个口号变成所有监管部门和监管人员的实际行动，把监督检查经常化、长效化，如此才能有效震慑和打击坑害消费者的行为，才能切实维护消费者权益。

如何让珠海"走鬼"不再"不轨"？

珠海前日宣布准备试点流动摊贩夜市，在夏湾市场建起特色小吃街，下一步有意"走鬼自治"。市民、摊贩叫好之余又对夜市的操作抱有疑虑。摊贩认为：夜市租金过高给不起怎么办？市民则质疑"走鬼自治"如何保证商品质量和食品安全。(2014年3月13日《南方都市报》)

珠海的"走鬼"存在很久了，而且很具有以各地移民为主的南方海滨旅游城市的特色，很有其合理性。现有珠海的"走鬼"分为如下三大类：一类是如夏湾市场这样的"走鬼"夜市，这在夏季漫长且夜生活比较丰富的珠海很有市场，因此这类"走鬼"的数量最多、收入也最高；第二类是各市场周边的蔬菜、水果小贩，他们多是自家种的果蔬吃不完拿出来卖，或者小本批发，赚点跑腿钱。他们不一定是长期经营，收入也很不稳定；还有一类是挑担、推车或开农夫车走街串巷的，这些人流动性更大，收入更不稳定，也更难管理。

夏湾夜市"走鬼"的管理政策制定应该是一个标杆，为珠海市其他地方"走鬼"的管理提供经验和模式。但是，初步管理方案中有许多令人疑惑的地方，这也许会成为定时炸弹，将这次流动摊贩管理改革的试点炸得破碎。

首先，关于夜市租金，初步测算分别为800元和1200元两种。这800元和1200元的租金是怎么算出来的？之前那以保洁费名义收取的每摊200元的租金又是怎么算出来的？所有这些不能是脑袋一拍或灵机一动的结果，必须有充分的依据。而且，夜市的摊贩，白天让不让摆？不让？有规定吗？让？

周边商户答应吗?

其次,国家管理"走鬼"是要发牌才管、不发牌就不管吗?让摊贩自治的具体含义又是什么?靠摊贩的行为自律不现实,那如果靠商户自己选代表成立管理委员会,他们的管理是否会游离于国家规定之外,成为特殊的"城中城"?他们可能与国家法律相冲突,也可能侵害别的固定商户。

最后,如果夜市摊贩的管理是一套政策,而白天市场商户的管理又是另一套政策,那不仅不公平,也容易导致转租的产生,最终伤害的还是摊贩和消费者。

此外,对于自产自销的摊贩和提篮小卖者的管理也不能像夜市小贩这样,他们的收入要比夜市摊贩少得多,一收费,他们就"死"了。因此,即使之前珠海市有些地方尝试为"走鬼"开辟了专营的地方,但他们仍然愿意走街串巷,不愿交管理费是一方面(尽管管理部门认为很少、但其实那点钱就是他们的利润),指定的地点多数仍不方便市民也是重要原因。

笔者建议,相关职能部门尽快针对不同社区周边"走鬼"的不同特色制定出相关的管理规定。虽然国家还没有出台将"走鬼"合法化、颁发牌照的法律,但不发牌不等于不管。笔者建议有关部门与相对固定的摊贩们签订责任书,并定期组织人员对其卫生、商品质量状况进行检查考核,考核不及格立即取消其设摊档经营资格。对于流动性大和临时性强的摊贩,城管部门应协调工商、环保、质监、卫生、公安和社区等部门管理,不能只收费,而要给他们提供真正便民场所的同时,针对摆摊所造成的堵塞交通、环境污染、噪音扰民问题,协调交警和环保共同管理。

旧衣旧书献爱心应该形成制度

如今生活富裕了,我们不仅思保暖,还追个性张扬,追风格时尚。因此,当前城市居民几乎每家每户都有一个非常苦恼的问题:不少淘汰的旧衣服、旧书籍,扔了可惜,放在家里占地方,不知如何是好。卖给收废品的,旧衣服不值钱,旧书到了废品站那里就被打成纸浆,彻底毁了。

此外,笔者了解到,当前我国还有一些穷困山区的人缺少衣物和书籍。一些团体会偶尔募集旧书旧衣服帮助贫困山区的人们,他们的高尚情操值得全社会学习。但是他们到处募集旧衣旧书，费时费力不说，募集的量还远远不够。看来，很有必要在全社会建立起一个旧衣旧书募集、回收、捐献体系，这样才能将东西送到最需要的人手里，而且节约了社会资源。

如果把旧衣扔到垃圾箱里，还有可能被一些不法之徒拿去加工转卖赚昧心钱。但是如果学习一下美国的做法，在住宅区的垃圾站旁，放置一个专放旧衣物的箱子，上面有投入口，下面的门上锁，像邮递员收信的邮筒那样，有专人定期来开锁收取箱里的旧衣物，然后进行分拣，可以再穿的消毒处理后运到有需要的单位（严禁买卖），不能再穿的统一回收处理。这种专门的旧衣回收方式，既方便了市民，也方便了做慈善的人。例如，新闻中的大学生们需要旧衣物时只要向回收部门申请即可，当然申请程序必须简单易行。而旧书则再放置另一个箱子，运作与旧衣类似，这样就能把这些还有余光余热的东西物尽其用，也不用大学生们到处奔波了。

也可以模仿香港，在市场等商业密集地设立一个专门交换旧衣旧书的门市，你可以把你的旧衣旧书放在门市寄卖，有人买了你的旧物，你可以按照卖出的比例高低拿到或多或少的慈善券；一定时间内没人买，你也没来取回，就统一消毒处理，送到慈善机构；你也可以用你手中的慈善券购买别人寄放的旧物，券值不够，可补现金。

总之，社会上总有一些困难的人群，他们由于各种各样的原因没有能力购买需要的衣服和书籍，这需要我们有能力买新书新衣的人伸出双手。这一点"U爱团队"做到了，每个人其实都可以做到。只是希望有关部门给我们一个简便易行的渠道，让我们人人都可以简便地成为慈善家。

为民办事半点儿也不能敷衍

2014年8月7日《珠海特区报》报道，香洲区老旧小区升级改造迎来尾声，8月底将全面结束。上百个老旧小区被粉刷一新。记者连日走访发现，改造受到居民的欢迎，但多家小区在刷墙施工中存在粉刷不完整、刷完掉漆、施工弄脏地面后未复原等瑕疵。

老旧小区改造一直是一件令人头疼的事情，以往各部门最纠结的就是谁出钱的问题。大家都认为必须改造，但改造的资金哪里来呢？居民认为物业应该出钱，而物业认为居民应该出钱，结果是居民和物业都不愿意出钱，拖来拖去，许多老旧小区就一直老旧下去。

现在香洲区政府下决心，让全体市民共享改革发展的成果，由政府出钱，下大力气改造老旧小区。这是件为百姓谋福利的大好事，老百姓都不禁举双手赞成而且奔走相告。记得刚动工时，不少大爷大妈看着施工的工人们高兴得合不拢嘴，直夸说：政府想咱所想，太好了！可是"改造"完之后，笑得合不拢的嘴再也合不上了——太惊讶了！太尴尬了！那墙刷的，王婆画眉似的，东一刷子、西一笤帚，胡乱涂抹，极具抽象画的效果，而且掉漆、掉灰严重。虽然这现象不是所有小区都有，但即使有一处，也是一粒老鼠屎坏了一锅汤，都说细节决定成败，整个为民办的大好事就可能毁在这些"个别"上了。

当然施工人员可能没有那么高的觉悟，但是我们政府的监督和验收绝不能有丝毫的怠慢，那乱七八糟的粉刷和留下一堆尾巴不收拾的工程绝不能大而化之地放过，必须符合标准，且精益求精。

民生无小事，老百姓再小的事，都应该是政府的大事。既然是给老百姓办好事的，那就半点敷衍也来不得。群众的眼睛是雪亮的，你做好了99%，只有1%不合格，你就是不合格。所以，我们有关部门在给百姓办事时，一定要真正站在老百姓的立场上，把好事做细、做到位，否则是政府花钱出力，给老百姓添堵，浪费了钱还得不偿失。

其实，如果要挑毛病的话，还有不少类似情况，比如改造后的人行道大多用了防滑砖，但仍有一些用的是不防滑的，前几天下雨，造成多人摔跤。还有一些街面仍有部分不平整，有的地上拆除栏杆留下的螺丝头和铁橛头都没有清除干净，会绊倒行人，使老人、孩子走路时发生危险……这些看似小事，但实际上都是民生大事。

汇集美食不是汇集垃圾

每年一到年底，珠海就会有各种各样的展销会。老珠海人一定都记得，特区成立初期每年自12月开始到第二年1月，都会在烈士陵园搭几个棚子卖上海羊毛衫。如今30多年过去了，城市发展了，城市面貌焕然一新，可是这个老传统还保留着，这是好事。但老传统也应该随着城市的发展而变化。如今的珠海已经从一个濒海小渔村发展为一个生态良好、环境优美、宜居宜业的现代化的国际型都市，这个年终展销会的传统也应该与时俱进了。

但是看看如今的年终展销会到底怎样呢？每年年底，城里许多有空地的地方都要搭起棚子开展销会。而这些展销会中面积最大的要属体育中心了，而那里的展销会也从服装演变成了服装、食品、杂货等各类商品混杂的"大杂烩"，近些年更是食品多过了其他，而且是现做现卖的"堂食"食品。东西越卖越多，可是产品却没有越卖越好，设施、管理和30多年前的街边摊、村虚庙会没什么两样，甚至更差。

体育中心广场本身是市民休闲娱乐场所，没有良好的供水系统和良好的排污设施，怎么能确定这里为美食节的举办点呢？这里连个像样的洗具和洗手供水处都难以寻到，这食品卫生还从何谈起？看看网友对它的评述吧：这里就是将路边的摊贩聚集起来！有64.77%的投票网友对美食展区的食品卫生表示不太放心，更有近30%的网友认为展区出售的食物"非常脏"。美食区内虽然放置了多个垃圾桶，但地上依旧散布着各种垃圾，而且由于地面油渍过多，还混杂着雨水，地面十分湿滑。现场不少人手里握着长长的竹签，如果有人不慎摔倒，后果将不堪设想。

香洲工商分局会同梅溪工商所对该活动现场进行执法整治，发现有商家存在销售三无产品，未取得生产加工许可证现场烹饪食物，手工香肠、腌肉以及香菇酱等来路不明，商家证照不齐等问题。此外，还有虚假宣传、短斤少两等情况已被证实。当天，多家经营户因销售不合格产品、涉嫌虚假宣传被限期整改，其中两家被立案查处，查扣问题产品数十件。

就是这样的买卖环境，据说还是人头涌动。有那么多人帮衬，看来广大市民还是需要这样的展销会的，但是这样低水平、低档次的展销会与我们的城市形象太不相符，与广大市民的需求差距也很大。

看看与珠海相邻的澳门每年举办的美食嘉年华，各个国家的特色美食应有尽有，就餐环境舒适，食品卫生有保障，深受游客喜爱，在展示澳门丰富多彩的饮食文化的同时也向世界展示了澳门的魅力。

在市场经济下，商家老板都不是雷锋，如果没有好处，他们很难将责任扛上身。因此，我们的政府要打造会展城市，不仅要建一些城市名片，也要打造这些大大小小的会展。当然，这里并不是说要像航展那样"举全市之力"来办展。但是，这种"嘉年华会"式的商品展销活动与社会环境和人民生活息息相关，也是宣传珠海形象的一个重要窗口，政府虽不直接参与，也要充分发挥其"引导者""监督者""规范者""管理者"的作用。在充分发挥市场、企业的积极性和创造性的基础上，多做管理工作，如制定法规、给予适当的税收、政策优惠等，还要提供合适的展会场地，在运作形式上改革，具体项目运作要交给有实力的企业进行，同时扶持本地有竞争力的会展企业，增强众多办展机构的信心和积极性。也许还可以大胆引入外国会展企业和国内有品牌有实力的企业进入，打造一个有珠海特色和文化内涵的年终嘉年华会，而不是像现在这样一个令人遗憾和失望的年终破烂大甩卖。

群众的眼睛是雪亮的

近日，珠海市创文办、文明办在全市范围内招募100名城市瞭望员，与数字城管技术平台相结合，进行全天候、全方位巡查，及时发现问题，反映问题，解决问题，推动整改。(2014年9月25日《珠海特区报》)

这是一项城市管理的新举措，是广泛发动群众、动员群众、利用群众的力量管理城市、治理城市的好方法。这个队伍让人不禁想起了很久以前家属院、居民楼里的"小脚纠察队"。很多年前，退休的大爷大妈们自发地组织起来，走街串巷，守望相助，为邻里们带来了安心和安全。今天珠海的城市监督员，是全市统一组织，并在有关部门的领导下进行工作的。他们按照不同区域，每天对所在辖区进行综合检查，并通过手机向市数字城管中心反馈检查情况，向辖区居委会汇报问题。当然今天的城市瞭望员与小脚纠察队已经有了很大的区别，人员组成、工作方式、技术装备、管理手段和方法都有了质的飞跃，但那一颗热诚为大家服务，全心全意、一丝不苟地守护家园的心没有改变。

我国法定的监督体系有两大部分，一部分就是由国家监督，另一部分就是社会监督；而社会监督体系又分为大众传播媒体的监督和广大社会群众监督两部分。社会监督体系中这两部分一个是专业的监督，一个是业余的监督，两者各有特色。传播学理论家麦克卢汉言："媒是人体器官的延伸。"我们的群众瞭望员也可以说是整个社会肌体中各管理部门的延伸。它的作用就是为肌体的健康运转服务。

美国著名报人普利策曾经说过这样一句话："如果社会是一艘向前航行的船，新闻工作者就是社会这条大船上的'瞭望者'，瞭望的对象则是各种不利于大船顺利行驶的事物。瞭望者应以一种负责任的态度、理性的逻辑和冷静的思维，对社会前进中的障碍有所警觉，并提醒公众注意，为大船的平安前行保驾护航。"瞭望者的职责就在于环境守望——这里的环境除自然环境外，还包括人们生存的社会政治、经济、文化环境等。

普利策是针对媒体来说的，但他的这个观点可放诸整个社会监督体系。我们珠海的群众监督员这个瞭望者队伍，也要以高度负责的态度来查找不文明、汇报不文明，以达到治理不文明的效果。俗话说，群众的眼睛是雪亮的，这100名城市瞭望员"守望"香洲主城区八个街道、辖区，通过巡查的方式查找背街小巷、居民小区、集贸市场、公园景点、车站码头、口岸广场等存在的市容市貌和环境卫生问题。他们是一面镜子，也是一种有力的鞭策，可以倒逼市民和城市文明程度发生质变，提升市民素质和城市文明程度。

当然，正如监督社会的媒体也需要被监督一样，瞭望员也需要被管理和监督，市有关部门应对他们进行培训后上岗，并严格管理。希望他们与全体市民一起，为珠海的文明进步担当起应有的义务和职责。

要以更大的力度扶持学前教育

2014年5月29日《珠海特区报》报道，今年政府安排学前教育专项经费较上一年提高了一倍，基本解决了"入园难"问题。

的确，经过近两年的发展，珠海市幼儿园建设取得了长足的进展，大部分适龄孩子都能够上幼儿园了。但是由于群众对优质的公办幼儿园的渴求非常巨大，珠海市普通家庭的小朋友要想上一个物美价廉的幼儿园仍然是困难的。现实是：大多数适龄学前教育的孩子在每年幼儿园招生季都是痛苦又纠结的——便宜的民办幼儿园不愿上，贵的民办幼儿园上不起，又便宜又好的公办幼儿园挤不进。

目前全市共有幼儿园248所，其中公办属性幼儿园33所，省一级幼儿园25所，市一级幼儿园70所，70%的学位拿出来摇号排位，增加了公平性。但这远远满足不了需要，有市民曾去机关幼儿园报名，由于排队的人太多，每次都没能进去，只好选择了民办幼儿园。孩子一边上着幼儿园，家长一边等电脑派位。而且每次公立幼儿园派位时，为抢到学位，有家长从前一天晚上就在围墙边按顺序挂上号，写上名字。也许这样仍然排不到，有家长说他家孩子从三岁开始排，排到上小学了，也没排到公办幼儿园的号。家长对此只能一声叹息："入托难，难于上大学。"

有专家认为，由于我国长期以来教育资源分布不均衡，加上近两年生育高峰来临、非户籍人口不断增加、制度不健全等因素，导致幼儿园入园难的问题，这个问题至少还会困扰我国五年。

说到底，入园难反映的就是供需关系。公立幼儿园质量高，百姓的需求量大，但数量相对少；民办幼儿园按市场运作，名额是有，可是费用又太高，只能是少数人的选择。综合来看，因为优质、费用适中的名额还是供不应求，当然就会产生名额分配的问题。

当前珠海市出现的市民选择优质幼儿园"难"的问题，凸显了珠海市的学前教育的确是块"短板"。它表现在幼儿园良莠不齐，物美价廉的公办学前教育紧缺，人民需求和社会供给达不到平衡，托关系、走后门等社会现象仍然存在，学前教育不公等矛盾上。这些问题和矛盾的根源在于学前教育资源不足。在此笔者建议把学前教育纳入义务教育体系，这样学前教育就具有了社会公益性，各部门就可以参照义务教育、职业教育的做法，强化各级财政在学前教育经费投入中的主渠道作用，将学前教育经费列入各级财政预算，并附加以收费、赞助等多渠道筹措经费，使学前教育的费用和师资等都能得到较好的保证和落实，确保学前教育健康良性发展，真正满足人民的需要。

当然，在现行法律框架里，义务教育有其特定的含义，它有别于免费教育和普及教育。但是这并不是将学前教育义务化的阻碍，相反我们可以利用地方立法权，将学前教育纳入义务教育的法律意思明确化、固定化。这是开先河的举措，是教育理念的创新，也是一项新的教育改革。这项改革是前人没有做过的，但这是一项于民有益，且惠及后代的大事，何乐不为呢？

珠海出租车，到底怎么弄？

的士司机电召接单后爽约，被市民通过微信举报，市交通执法局经调查后，对的士司机按拒载处以 1000 元的罚款。这在全省尚属首例。今后，市交通部门在接到这种投诉后，调查属实的话都会对的士司机做出同样的处罚。（2014 年 8 月 21 日《南方都市报》）

珠海的出租车总是管不好，总是这边按下了葫芦，那边又浮起了瓢——这不，群众打车难、司机态度差、不文明开车、拒载等问题还没有彻底解决，电召爽约的问题又出现了。不过，笔者看了这条新闻，纠结挣扎了半天：是该赞呢还是该弹？

还是先赞一下吧。

笔者认为这个处罚做得好，为开创新型出租车管理和运营模式撑了腰，也为消费者使用新方法打车鼓了气。在当前大数据时代到来的情况下，互联网与现实生活的方方面面已经密不可分，新的商机和契机都在这个将虚拟和现实联成一体的情况下出现了。利用互联网软件打车是出租车行业发展的一个新契机，这也是珠海出租车行业摆脱常年被诟病的手段之一。在这种新的运营模式下，如果司机没有诚信，消费者的利益就更没有保障，商家的欺客行为就更肆无忌惮，最终消费者用脚投票的话，损害的还是行业的发展。因此，这次这笔较重的罚金，让出租车司机明白，互联网的虚拟性、后台性并不是不诚信的更大的遮羞布，虚拟不是虚假，更不是虚幻，想用"虚拟"赚钱，要比现实世界更诚信，才能赢得信誉，达到目的。

还必须再弹一下。

珠海是全国唯一一个以整体城市形象作为旅游景点的城市，出租车的服务不仅是服务市民的"里子"，更是珠海对外形象的"面子"。可是多少年来，关乎珠海"里子"和"面子"的出租车行业总是被市民和游客诟病——投诉、曝光、处罚、再投诉、再曝光、再处罚——几乎成了一个恶性循环。笔者曾听过一个珠海出租车司机说："被罚很正常啊，在珠海开出租，谁没被罚过！"这话说得！简直一半是火焰，一半是海水——一方面，被罚的司机不少，说明问题很多，当然也表明监管部门不是不做事；另一方面，你罚你的，我做我的，司机根本不把处罚当回事。

到底是因为惩罚不够重、不够严？还是因为规章制度、运营模式、监管方法设计得不合理？首先希望有关部门在"顶层设计"上下功夫，阻断恶性循环，形成良性循环。同时建议监管部门给每一辆出租车都安装摄像头，变被动监管（不告不罚）为主动监管（发现问题就惩治），而且加大惩处力度。当然，处罚不是唯一的管理手段，大力发展新兴技术，探索新的出租车运营模式，也应是主管部门的重要课题。诚望珠海的出租车行业借着深化改革的东风和新技术革命的航船，真正摆脱掉戴了多年的落后帽子，让出租车成为为珠海市民出行服务的舒服的"里子"，以及为外来游客开心旅游服务的光彩的"面子"。

请认清修学旅游的真面目

每到暑假,"修学游"就成为热门旅游产品,备受家长追捧。但由于修学游市场准入门槛较低和监管的缺失,修学游市场鱼龙混杂:一些打着教育旗号的中介培训机构所做的"中国式游学"产品价格不透明,安全无保障。

许多家长以为,修学游能让孩子学习游玩两不误。在修学游中,孩子能学到知识,了解名校,激发斗志,还可以和小朋友一起玩耍,领略风景名胜。同时孩子也有人看管,真可谓一举多得。但他们不明白,眼下国内的所谓"修学旅游",无非是商家的一个噱头。

其实中国古代先贤就有读万卷书、行万里路的理念,日本自明治维新以来更是把修学旅行的概念发扬光大,并在教学大纲中规定:小学生每年要在本市做一次为期数天的社会学习,初中生每年要在全国做一次为期数天的社会学习,高中生每年则要在世界范围内做一次为期数天的社会学习,谓之"修学旅行"。

如今,学生有组织和有计划的修学旅游,成为发达国家素质教育的一个有机组成部分,德国巴伐利亚州政府明确将修学旅行及其载体——青年旅舍写入了当地的教育法,对修学旅行的课程、方式、时间等都做了明确规定。修学一般是短期出国的修学游,时间十几天到几个月,感受当地的文化、教育,学习一些知识,顺便旅游。但是"中国式游学"变了味,学生不是自己探索,只是跟着旅行社花钱,而且只玩不学,与普通的旅行社组织的其他旅游没什么两样,并不是真正意义上的修学游。

我国目前搞的修学游,有的是企业和学校联合搞,有的是旅游企业、留学中介自己搞,目的都是创收,不是修行、研学,对此,国家也没有修学游的明文规定和教育规划。因此,关于修学游线路设计也缺乏教育概念,没有将教育思维融入游览中来。孩子们能否从中学习、体会到知识、文化和快乐,以及提升素质和品味,实在不一而足。同时,修学游市场成为监管盲区,鱼龙混杂,良莠不分。正是由于修学概念的模糊不清,导致了许多家长的误解。

要把"中国式游学"变成真正意义上的"修学游",亟须改变当前修学游的市场混乱现状，政府各有关主管部门都应积极进行管理，制定合理的市场规范，真正使修学游达到既学好又游好的目的。

"烂尾路"拷问政府部门的城市管理能力

2014年10月16日珠海媒体有两条关于城市道路的报道，一喜一忧。喜的是被网友称为"斗门最烂路"的斗门S272线黄杨村采石场段最近终于传来好消息：市、区公路部门正对该条道路进行施工改造，预计下月（2014年11月）就能完成修复；忧的是珠海还有不少类似的"烂尾路"，这些路不知为何"烂尾"，半拉子工程多年没人管，多年来坑坑洼洼，崎岖不平，下雨变成烂泥塘，晴天就是尘土飞扬。如公安边防支队经济适用房配套路、康城西路、档案馆北馆市政路、南琴路南洪段市政路……其实还有一些虽不是"烂尾"，但年久失修的路也比这些烂尾路好不到哪里去——如珠海中医院和新华书店之间的路、珠海度假村正门前的路、上冲医院门口和中国工商银行新洲支行门口的路、圆明新园到香洲医院的路……

这些路都不在城市的"门脸"上，但是它们与老百姓的生活息息相关，长期破烂不堪，影响通行，是到了该彻底整治的时候了。否则，这些背街小巷的城市道路的丑陋和病态，一定会使美丽的情侣路、笔直宽阔的九洲大道、迎宾路、景山路等都蒙上一层阴影，更会为珠海市创建全国文明城市工作抹黑的。正如一个人脸洗得干不干净要看耳朵后边，一个人是否讲卫生要看看他的指甲，一个女人的品位如何，要看她的内衣……一个城市的街道是否干净整洁便于通行要看的就是这个城市的背街小巷。

烂尾路、年久失修的小巷，各有各的历史、各有各的成因，但归结起来问题大致如下：资金不到位，沟通不畅，互相推诿。虽然这些不是一个部门能解决的，但如果政府牵头，化解各方矛盾，并适当投入，相信会解决这些老大难的"烂尾"。本来修路是政府履行其职责、为民众谋福的一项善举，这种善举往往会得到民众的一致拥护与叫好。但这些路修了一半却停工了，而且有的一搁就是几个月甚至几年。最终"倒霉"的是老百姓。"路修一半更难走了，还不如不修。"老百姓本准备好为政府鼓掌却喝了倒彩。让掌声重新响起，这是考验我们政府部门的城市管理能力的时候了。

到底为什么烂尾？据了解，在小街巷改造中，责任主体不明确或部门之间有矛盾，造成工程半途搁浅。一位负责工程技术的人士透露，这样的工程主要集中在小路上。如通往小区的路，有的部分是市政的，有的部分是小区的，其中很多老旧小区没有物业或责任单位，没人承担维修费用，所以会造成新修路的工程做了，留下衔接部分工程未做。

我们收拾"烂尾"路，更要加强工程监管，不能一边修"烂尾"，一边制造新的"烂尾"。没钱可以贷款建，要不就找个资金雄厚的企业让人家建，给人家几年经营权，之后再收回来。还有，修路前搞好论证，别修到一半再出矛盾……看来这些问题并不是没有解决的办法，关键在于政府愿不愿意这样做。

"啥时候能完工？"渴望路早日修好的民意不断从坊间传出，这答案在考验政府相关部门为民服务的能力和态度。

营养师进驻员工食堂值得推广

2013年5月24日《珠海特区报》报道，为了吃出科学，吃出健康，珠海市营养师进驻格力员工食堂，将对格力员工食堂开展营养学专业指导，定期上门指导厨师科学配餐，并适应企业员工需求，根据季节气候变化以及来自不同地域的员工口味喜好等因素，进行营养指标考量，调整食品的组合与搭配。营养师所属的市营养学会将协助格力电器股份有限公司加强员工食堂的科学管理与指导，树立正确的营养健康理念，培养良好膳食习惯，确保员工营养均衡。

这是珠海市企事业职工食堂首次引入营养师，它说明我们在吃饱了以后，真的把科学饮食放到了重要的议事日程上来。这种做法，值得全市的职工食堂推广。

的确，吃饭谁不会？可是要吃得科学合理还真不容易，吃什么？怎么吃？吃多少？还真是个很大的学问。其实现在的国人已经认识到了这个问题，但老百姓身边的营养师太缺乏了，甚至有许多关于吃的知识以文化传讹甚嚣尘上。这就是为什么讲科学饮食的电视节目那么受欢迎，而且那些冒充饮食治疗专家的骗子能大行其道。

科学饮食的概念在我国还刚刚兴起，就是日本以及欧美发达国家由营养师搭配的科学的饮食方法尽管在各种网页上满天飞也不是人人都懂，老百姓对动物蛋白、植物蛋白、多吃蔬菜少吃肉大多也是只知皮毛，离营养学要求还有很大距离。

国外一些社会学学者经过大量研究和实践已充分证实：营养师的数量和质量反映了一个国家社会经济发展的程度和居民生活质量的高低。目前，很多发达国家已建立起完善的营养师制度，以营养配餐专业化、制度化来防治疾病已经成为习惯，各单位特别是学校、医院、幼儿园甚至企业、机关都配备了经过专门训练并考核取得牌照的营养师。

长期以来，我国大部分企事业单位职工食堂和学校、幼儿园饭堂，甚至医院饭堂都没有营养师，膳食工作缺乏科学指导、监督和管理，膳食营养搭配不合理等问题长期存在。

希望公共营养师能形成制度并能普及，能够让我们不仅吃饱，还要饮食营养健康。更希望通过立法来规范国民"吃饭"，通过营养师制度让我们吃饱，吃好，吃得健康。

灾难教育应制度化

2014年5月12日下午，由市民政局组织的一场防灾减灾综合救援演练在珠海市第九中学举行。随着地震、火警报警声依次响起，该校数千名师生按照预定路线，两分钟之内全部安全、有序、快速地撤离到学校操场。

这种演练太有必要了，但是我们这种训练和教育太少了，只在减灾日做还远远不够，应该常态化、制度化，不仅幼儿园、小学、中学、大学里要有这种教育和演练，工厂、农村、机关、社区都应组织这种教育和演练，让全体市民都学会防灾避险、自救互救，使每个人都能从容面对灾害，正确规避风险。

灾难教育一直是我们教育的短板。但在一些发达国家，灾难教育是每个人的必修课。那么什么是灾难教育？它绝不是看几部灾难片那么简单。灾难教育是为达到防灾减灾的目的，以培养公民具有灾害意识、防灾素养为核心的教育。其目的是使受教育者掌握一定的关于灾害本身及防灾、减灾、救灾与备灾的知识、能力与态度，树立正确的灾害观，正确看待灾害本身及其发生发展规律，正确地进行相应防灾、减灾、备灾、救灾活动。灾难教育有着深刻的实践性、仿真体验性，并有着丰富的教育内容与价值。

当前，突发公共事件、治安安全事件、安全事故、自然灾害都会给人们带来生命、财产损失。恐怖分子、台风、暴雨、火灾、雷电、地震、海啸、核污染等灾害也都觊觎着一个个鲜活的生命。在这些灾难面前，我们往往措手不及、惊慌失措，甚至因为知识缺乏导致更多的人为伤害。加强灾难教育，可以减少伤害，甚至是自救。但是长期以来我们的学校教育和公民教育在这方面都严重缺失。

几年前东北一场大火中，只有两名生还者，他们是日本人，而我们的同胞都在火灾中丧生了。近年来，日本长期注重灾难教育，近来在地震、海啸以及核污染这么巨大的灾难中，日本的人员损失数都不大，尤其是在地震中存活的人很多，这与他们平时注重灾难教育是分不开的。比如说他们的每个家庭和个人在平日都会常备避难用的干粮和水，灾难意识已经深入每一个人的心中。

我们的大人和孩子平时都缺乏灾难意识和准备，很多人遇到情况发生时不会救人也不会自救。近些年，有关部门和一些学校意识到了这个问题的严重性，增加了一些灾难教育内容，但没有形成常态化、制度化。对学生尚且如此，对市民的灾难教育更是少之又少。民政局的这次演练是一个很好的模板，建议珠海市今后应该加大这方面教育培育的投入，建立灾难教育培训基地，让灾难教育成为全民教育，也成为城市文明建设的一项新课题。

你的价值决定别人对你的取舍

日前，广东省教育厅发布2014年度《高校毕业生就业质量年度报告》，对省内134所全日制普通高校、8所研究生培养单位毕业生去年（2013年）的就业情况进行详细的统计。统计显示，毕业生们在珠海的薪酬不低，仅次于广深，但他们选择留在珠海的仅有3%。他们表示，珠海对毕业生吸引能力弱，"好的就业机会太少"，珠海同广深等城市相比，优秀的企业太少，空间也很有限，而且珠海房价高，生活成本高，工资虽然高一点，但总的"性价比"较低，除了深圳、广州，他们更愿意选择东莞、佛山、中山。（2014年1月28日《南方都市报》）

收入高也留不下人，这无疑对唯收入论者打了一记响亮的耳光。其实只要理解机会成本的概念，就会明白毕业生们的选择。

所谓机会成本，就是指为了从事某件事情而放弃其他事情的价值，也就是说一件事情的机会成本是由因为它而放弃的另一件事情的价值来决定的（放弃的东西的价值会比选择的东西的价值大，这才能称之为"成本"）。在97%的珠海毕业的大学生们看来，留在珠海，付出的机会成本太高，这成本是到广深甚至东莞、佛山、中山的价值，而这个价值要大于留在珠海的价值。减少成本达到人生的目标是正常人的正常选择。

虽然说机会成本不是定数，它因人而异，但还是有客观标准的。有句老话叫作"人往高处走，水往低处流"。古往今来，这个高低，无非是指社会地位+经济水平+个人理想。刚毕业的学生所要的社会地位就是充分的认同感：承认你的价值，看得到上升的空间，同时还有上升的通道，也就是一个人受尊重且有奔头。同时，经济水平是要能保证经济独立、人格独立的基础，包括基本生活成本和正常的社会交往成本，也就是说收入必须顾及肚子和面子。此外，还有人生的梦想，这梦想可能是保家卫国，也可能是买房买车，这里只有不同标的，没有高大上的区别。显然，在这三方面，珠海都丢分了。

去年（2013年），笔者因工作关系接触过几个北京师范大学珠海分校的毕业生，他们现在都在广深等地的专业领域里独当一面。当初，他们毕业时都是想留在珠海的，理由是父母在珠海，他们也是在珠海长大的，又在珠海读的大学，留在美丽的珠海似乎理所当然。可是一个在单位试用了半年都不给转正，转正需要托人情、找关系；另一个在大单位人浮于事，小伙子说："我几乎能看到10年、20年后的自己，没意思"；还有一个是一直没找到自己合适的职位，自己创业又觉得不具备这个能力。最后三人都离开了珠海。经过一年的锻炼，现在他们都成了单位的骨干，整个精神面貌也与刚毕业时迷茫犹豫的小青年完全不同了，已然成了业界精英。他们的故事，使我们不难明白珠海是怎样丢分的。

珠海如果是一个对自己没有要求的城市，那么别人也不会看重你；珠海如果没有特立独行的精神，那么别人也不会认同你。就目前来看，让自己成为别人的机会成本，珠海还有所欠缺。年轻人说的没机会，是我们的社会系统向外辐射和扩散的力度不够、广度不够、开放度不够；年轻人说的生活成本高，是我们的经济力量还不够强大、产业格局没有打开；年轻人的迷茫，是因为珠海还没有真正形成自己的风骨，以及与这个风骨相配套的一系列物质文化生活……

你要是为了一块糖和女友吵架，那你们的爱情就值一块糖；你要是为了全人类的事业忍痛放弃了女友,那你的爱情就是全人类的价值。要让年轻人为了珠海付出人生,珠海就必须有值得无数青年为她奋斗的价值。为此,珠海仍需上下求索。

保护前山河是全体珠海人的大事

前山河曾养育着珠海这片土地上生息绵延的人们。老"前山"这样告诉记者,小时候常常在前山河游泳抓鱼、嬉戏玩耍。不敢下水也就是20年前开始的。当然,今天的前山河较10年前的"模样"的确还是有了很大的变化,尤其是沿岸的风光,经过改造,已经成了珠海美景之一。但是今天,前山河的问题仍然很多,一言以蔽之就是不仅我们的环保局长不敢、市民们通常谁都不敢下去游泳的。为什么?一个字:脏!

在翠屏路排洪渠造贝段、南屏中排洪渠的水是黑的,景观最美的前山河华发新城段,也常常飘着垃圾,发出阵阵臭味……这样的水你即使不喝也贻害无穷。科学研究表明,被污染了的水并不是你不喝它就没有危害了,每一滴污水都将污染数倍乃至数十倍的水体。

人类就是在水的滋养下生存和繁衍的,今后也将同样依赖于水资源而继续存在和发展。因此,无论社会如何进步,时代如何发展,我们都不能以水环境的恶化为代价换取一时的经济发展,因为那将造成人类无法承受的恶果,并最终导致一切人类文明化为乌有。这绝不是危言耸听!

前山河是珠海城市空间的重要组成部分,也是珠海城市生态系统的重要因素,更是珠海城市发展的环境载体。作为将环境保护视为命根子的珠海人,对于珠海的母亲河,我们有责任和义务保持她的美好和洁净,绝不能在她养育了世代珠海人之后,在我们的手里变得肮脏、有毒!

因此,必须教育群众,加强宣传,使民众都参与到前山河的环境管理中来。有关部门应畅通与沿线居民的沟通渠道,公布举报电话,让居民有机会参与对污染源的监督,及时发现问题,进行处理。也可以沿河树立一些警示牌,呼吁人们注意保护水质,也可以实行"门前三包"等措施,充分发挥群众保护水环境的积极性。

当然,最重要的还是工业污染和污染后的治理。城市水系污染治理涉及面很广,单靠水利部门是无法解决问题的,即使加上环保部门,力量依然有限。因此，这需要政府的强力支持，包括资金和政策的支持。2013年6月，"前山河流域环境综合提升工程"被纳入本届市委、市政府提升城乡宜居环境、实施"共建美丽珠海、共享美好生活"行动计划的重大项目，成为市委书记、市人大常委会主任和市长共同负责的"三个一把手"重点工程；今年（2014年）又被列入市委做好群众路线教育实践活动确定的"立行立改十项工作"之一。这说明政府真正认识到了珠海母亲河被污染的严重性。这些措施是前山河治理的强有力保证！此外，我们还应制定保护城市水环境的地方性法律，使治理前山河有法可依，依法行政。我们在加强治理和监管的同时，实行问责制度，谁污染，就惩罚谁！

专家分析前山河污染主要是雨污不分，实施彻底截污和污、雨分流是根本。因此当务之急是对造成污染的老旧的居民区进行搬迁改造工程；还应加强城镇的综合卫生管理，提高环卫部门管理水平，减少因风吹、雨水等因素将垃圾带入河流；同时健全垃圾处理站点网络，让人们垃圾有处可弃，减少因无垃圾站（箱）而导致的垃圾随意丢弃现象。

此外，前山河支流在珠海和中山两市境内互为上下游，因此还应与中山等地联手，加强河流湖泊沿岸省市地区之间的协调和合作，要实行全流域统筹兼顾的方针，生产、生活和生态用水综合平衡，做到微观与宏观相结合，促进水环境问题的根本解决。

别让美丽九洲岛成为闹心的岛

往返共4公里行程70元船票、冲一次淡水20元、储物一次30元、租一个足球100元，租拔河绳1次100元，自带帐篷住宿也要收100元的场地费用……九洲岛重新开放一周，就被网友爆出"天价"收费，认为不光"坑爹"，还影响珠海形象。(2013年7月4日《南方都市报》ZB01版)

九洲岛是距离珠海最近的一座离岛，它风光旖旎，是市民休闲度假的好地方。这个美丽的小岛关闭了20余年后终于重新开放了，这令珠海人欣喜，上岛参观的人不在少数。这本是一件大好事，可这好事没办好，去了的人都大呼"太贵"，表示不愿再上岛去玩。

当然岛上淡水稀缺，收费高是可以理解的，但所有项目都收那么多钱，而且连自带帐篷住宿也要收100元的场地费用，这与坐地收取买路钱简直是异曲同工。

本来，九洲岛这个美丽的城市离岛就是天然形成，不是某个人或是某单位投资兴建的人造景点，即使是承包给了某公司经营，但整个海岛仍是全体市民的，它和野狸岛、东澳岛、桂山岛等全珠海的100多个岛屿一样，也应该有政府的设施和管理，不应该全岛都包给私人，踏足海岛就要"买路"，举手投足都要花钱，政府却坐视不管。

当然，也许岛屿上的一些基础设施是某些公司投资兴建的，因此政府允许其在岛上开设一些收费项目，这是可以理解的，但岛上干什么都要收费，而且狮子大开口地宰客，的确是毁坏了九洲岛在百姓心中的美好形象。口碑坏了，以后谁还去呢？再花大把银子去做广告，估计也难以挽回失去的人心。这对海岛今后的发展，对于经营旅游项目的公司来说都不是件好事。

有人说岛上收费太低会导致大批游客上岛破坏岛上环境，这就更需要政府加强管理了。经营一个岛屿与经营一个社会一样，方方面面的事情都应做到位。虽然市物价局说国家已经放开水上运输的定价，由企业自己定价；岛上娱乐和其他消费项目属于经营者自己定价的项目，物价部门只规定经营者明码标价即可。但这不是监管部门不作为的理由，即使是企业自己定价格，也是有客观标准的，成本核算、利润空间都是可圈可点的，定价不合适，监管部门就要管，而不是任由它宰割市民。

九洲岛是公共资源，希望有关部门把它还给老百姓。

不能只让马儿跑不给马吃草

刚结束的全运会中，从斗门体校走出的选手收获了4块金牌，其中有两块就是李强和黄茂兴摘得的。在赛后接受记者采访时，这两位目前国内实力最强的皮划艇运动员提到一个心愿，就是新的斗门体校能够尽早建好，让师弟师妹们能有一个好的训练环境。（2013年9月17日《南方都市报》ZB05版）

斗门体校出的好成绩不仅是这4块金牌，体坛名将曾启亮、陈静都是从斗门体校走出去的，而且斗门的女子皮划艇也早就取得过享誉全国的好成绩。他们是珠海的骄傲,是斗门的骄傲。取得了成绩,大家都在夸奖他们,夸奖的话语中经常提到的一句话就是:经常在田间土路上看到孩子们在跑步、训练,皮划艇也是在水乡的渔涌、河道、芦苇塘里进行。这样的训练环境出了这么好的成绩,孩子们真不容易,太委屈他们了。虽然孩子们一点也不觉得苦,但教练们谈起这些,却是铁汉般的大老爷们也会哽咽。

在清晨,在黄昏,在寒冷的冬天,在炎热的夏日,斗门的农民们经常可以看到这样的情景:因为买不起皮划艇,没有运动服,没有训练场,孩子们划着自制的独木舟,穿着自家的小裤衩小背心(男孩子光着膀子)在河沟里训练,在乡村土道上跑步。烈日艳阳下,他们被晒得一层层脱皮,但他们不在乎。他们都是农家孩子,不怕苦,也喜欢家乡的河涌。黧黑的孩子们身形矫健,动作敏捷,特别开心地笑着,练着……没有任何怨言。可是全珠海人看得下去吗?多少年来,斗门体校一直出成绩,却一直没有个像样的学校,虽然斗门区政府给了支持,但仍有不小的资金缺口,迟迟不能动工。

的确,斗门区是农业区,较主城区香洲区来说,经济总量不高,政府财政收入有限。可是,这不是新体校迟迟不建的理由,更不是那么多冠军小将们没有田径场、游泳馆、赛艇、运动员宿舍等必要设施设备的理由。孩子们不怕苦,我们却不能视而不见,更不能只要马儿跑,不给马吃草。

体校是全珠海的体校,运动健将们也是全珠海乃至全省的、全国的。在此笔者呼吁全市动员起来,有钱的出钱,有力的出力,政府、社会团体、慈善人士都加把力,为斗门体校的孩子们建一个像样的家吧,不能再拖下去了!

这,或许是个办法……

20世纪90年代的老旧小区,道路狭窄,公共绿地被用来养鸡、种菜。然而经过重新改造后,破败的老小区终于"旧貌换新颜"。经过长达两年和开发商的拉锯战,如今终于看到成果,葵竹苑小区业委会主任刘浙峰感慨万千。(2013年11月14日《南方都市报》ZB14版)

不仅是刘浙峰,居住在珠海500多个老旧小区的居民看到这条新闻都感慨万千。葵竹苑小区建造于20世纪90年代,还不算特别老旧,珠海还有一批建造于 20 世纪 80 年代的小区更是破败：无绿化、无停车场、无保安、无物业管理、无经费，居住环境差，管理不到位，有的小区甚至成了拾荒人员的垃圾中转站，更有甚者，成了不法分子聚集的地方。这与美丽的海滨城市极不般配！

说起珠海的老旧小区来，人们意见出奇地一致：必须整改！但是，大家也都异口同声：钱哪里来？

业主出？这是一个多少年都谈不拢的"鸡生蛋还是蛋生鸡"的问题。业主认为环境差，管理不到位，不肯交钱；物业管理者认为没有钱只能做到"不到位"的"差"管理。于是形成一个貌似谁都有理的恶性循环，扯皮多年的结果就是居民的居住环境越来越糟。

一个死结解不开，往往是因为没有人去解第一个结。在此情形下，葵竹苑的办法倒是很启迪思维：由当年的开发商先出一笔维修费，这第一个结就打开了，之后，其他的结迎刃而解——环境搞好、保安工作搞好了，那收费自然也可以上去了；物业收到费，再不好好管理就说不过去了。那时，业主们可以辞退物业重换新的！而对于开发商的这笔钱，也是可以有许多回报方式的，例如，由开发商派自己的物业进行管理。事实上，珠海市的老旧小区中，还有一批在当年卖房时就收过业主维修基金的开发商，让他们拿出钱来维修旧小区是理所应当的。只是事过多年，许多当初交了维修基金的业主已经易手，新业主根本不知道有这笔钱。这维修基金哪儿去了？没人追也没人催，开发商就装傻。对此，政府部门应该协助小区业主追讨开发商拿走的这笔钱。

此外，对于那些开发商早已跑路，甚或早年由政府开发的小区，也可以借鉴葵竹苑这个思路，找别的开发商修缮，然后给予回报。同时，各级政府和各有关部门也不能等闲视之，特别是街道、社区，应该积极为老旧小区改造筹集资金，甚至可以由政府出一部分进行改造和修缮。

笔者更希望政府能够将老旧小区全面改造和今年（2013 年）初提出的让珠海市老旧小区实现"四防"、建设"六有一无"的口号结合起来。（"四防"是指人防、物防、技防、消防。"六有一无"，即有专门人员或义务巡逻人员，有门卫岗亭和栏杆，各小区楼道口有防盗门，有监控设施，有门卫值班制度并有记录，有消防栓；通道、楼道无占用堵塞。）真正让住在老旧小区的珠海居民也过上优美和谐的日子。

不应让有偿停车演变为浪费资源

现在，在珠海主城区要找个地方停车真的是很难很难，但艰难中有一个奇怪的现象，最方便的停车地段都竖起了咪表，而竖起咪表的地段一片空空如也，几乎一辆车也没有！但是就在空旷的咪表路段边上，横七竖八地挤满了车辆。一方面是市民饱受无处停车之苦，一方面是能够停车的资源大批闲置，如此怪象到底为何？绝不是市民只想不花钱停车，不愿意交费停车那么简单。

笔者曾做过一个调查，80%的人是愿意在收费地段停车的，他们说，收费路段都是方便路段，只要收费在合理范围，比满世界兜圈子找车位要好，不仅节约时间，而且也节约汽油。但是咪表路段太贵，而且操作麻烦，所以还是找个免费的犄角旮旯算了。

笔者曾经多次用过咪表停车，它操作起来还真有点麻烦，得仔细看提示操作，但操作写得不详细也不通俗，那些对电子产品和机器操作陌生的人，年纪偏大眼神不好，或者没带银联卡的人可能真是不行。

咪表停车，本是为了方便市民，不是为了方便管理者，弄成最"傻瓜式"的操作才是最合理的，否则，管理者方便了，可市民胆战心惊、唯恐操作错误把银行卡里的钱吞了，那岂不是本末倒置？其实可以开发出多种缴费方式的，现金、卡都收，而且可以找零，车辆提前开走时应该退钱，超时也能自动补……这些，在技术上应该都是不难做到的。何乐而不为呢？

还有网友反映的收费贵问题，管理者解释说，比停车场略贵一点是为了鼓励市民尽量将车停到停车场，以提高社会参与经营和建设停车场的积极性。其实，停车场是为了方便广大市民，是为了服务，只要能略有盈利即可，无须暴利，也不能暴利。但话说回来，咪表收费比停车场贵的可不是一点点。以湾仔沙电脑城处为例，停在咪表路段一上午，比停在旁边私人开的停车场价钱高出一倍还多。更何况，收费便宜的私人停车场目前已经是盈利不少的了，那么政府的收费停车路段又该盈利多少？无怪乎市民不愿意了！

还有关于损坏不赔的情况。既然收了费，有了相应的权利，就应该尽相应的义务，其实在咪表处装个摄像头也不是很难的事。有了摄像头，损坏车辆者不就一目了然了吗？

总之，停车路段、停车场都是为市民服务的，那就要处处为市民着想，而不是为管理者着想，否则，不仅浪费资源，而且给群众添堵。

快递实名制真的可行吗？

日前，广东已选定珠海、惠州作为物流寄递实名制的试点城市，全国还有浙江、云南、新疆三个试点省区。物流快递行业的业务员将配备终端机，收件时将寄递人出示的有效身份证通过终端机采集并传输到信息安全监管中心，在对身份证件的真伪做出辨识后，会将合格与否情况快速反馈回终端机，整个过程仅需要3秒钟左右。(2013年9月11日《南方日报》)

可以肯定地说，快递实名制对于普通群众辨别收到的包裹是有帮助的，但是否真的能阻止不法分子通过物流寄递渠道寄送枪支、炸弹、假币、毒品等，尚值得商榷。笔者担心，这项措施没有吓退不法分子，反而增加了社会成本，给老百姓制造了麻烦不说，更将公民的个人信息大曝光，被不法分子进一步利用。

首先，物流快递行业的业务员上门收货时是否有权查验居民身份证？根据《中华人民共和国居民身份证法》，人民警察依法执行职务时可以查验居民身份证。其他人在银行、税务、工商登记、求职、保险等特定场所也可以查验居民身份证。但是上门揽件的业务员显然非警务人员，且不在固定场所，属于流动工作人员，其查验身份证是否合法？如果居民不愿意给，那业务员很可能随便用什么人的身份证过机，使实名制名存实亡，流于形式。

其次，即使寄件时身份证过终端机采用的是"嘀证"，相关信息并没有在终端机上显示，也不会留存任何采集信息，快递业务员和客户都不能查询。但是，每个守法公民的身份证大量经过快递业务员之手，这在当前我国快递业务员素质普遍不高，且无有效的法律和制度制止和惩罚公民信息泄露行为的现实中，是一项很不安全的举动。因此，物流寄递实名制需要相应的法律、制度和人员的配套。

最后，物流寄递实名制真能阻止违法犯罪行为吗？一般来说，遵纪守法的公民，会在强制的规定下，冒着信息被泄露的危险老老实实地交出身份证，而真的想寄罪恶邮包的犯罪分子肯定不会使用自己的真实身份证件，偷一个毫不相干的人的身份证对他们来说是小菜一碟，而寄递人用别人的身份证做登记不是不可能的。这样，即使后台监管中心能够倒查到身份证的主人，但查到的信息与犯罪分子八竿子打不着，还给破案增加了迷雾。这样的物流寄递实名制，又有何意义呢？

一项新制度，既要方便有关部门，也要给百姓少增加麻烦，更重要的是有效！否则，头脑一热想当然，不但事与愿违，可能还会成了祸害。

"非遗"保护刻不容缓

说实在的，近些年珠海的非物质文化遗产（以下简称非遗）的发掘和保护工作做得很不错，在政府相关部门和广大群众的积极努力下，珠海的许多老东西被发掘出来。这些丰富多彩的民间文化、非物质文化遗产，在抹去历史的尘埃后，熠熠生辉、光彩夺目，在这片以特区建设、改革开放为主色调的现代城市建设画卷上，增加了一笔笔厚重的历史烙印。它们让作为新移民城市的珠海，多了很多的历史文化底蕴。

目前，珠海市已成功申报国家级非遗名录3项，省级非遗名录6项，市级非遗名录22项。珠海市大批非遗项目得到保护，大量非遗资料得到整理，一批非遗传承人正在用口传身授的办法延续珠海文脉，珠海市非遗保护工作取得了阶段性成果。而斗门水上婚嫁、三灶鹤舞两项非遗名录更被评为广东省非物质文化遗产传承基地，还纷纷走进校园。濒临灭绝的装泥鱼比赛、距今700多年历史的三灶鹤舞和刚柔相济的荔山佛家拳，这些真实反映了珠海地区人民特殊的历史生活风貌和民俗风情的民间活动也在文化部门的发掘整理下"活"了起来。

诸如那些一度销声匿迹的文化，如沙田民歌、锣鼓柜（又称八音）、鸡山牛歌、三灶鹤歌、三灶鹤舞、三灶八堡歌、飘色、舞狮、舞龙、地色、唐家官塘茶果、石蚝油、水上婚嫁等，现在已经成为珠海逢年过节的佳话，以及每年元宵嘉年华的大型节目。

但是，非物质文化遗产保护现状仍是不容乐观，一批优秀的民间文化艺术面临失传危险，亟待加强保护和传承。如连湾山摩崖石刻，还有一些以其独特的声音、形象和技艺为表现手段，以世代身口相传为文化链接和延续的民俗传统项目，它们已经被认识到了是不可多得的文化遗产，但是由于非遗生态保护区缺乏规划、缺少规模、不够规范、没有传人等问题的存在，它们仍在面临灭绝的危险。

一个没有历史的城市是浅薄的，有了历史却没有留住痕迹则是更加可悲的。这些非物质文化遗产都是不可逆转的，一旦消失了就是无法挽救的，所以，对这些历史文化遗产的保护，是绝不能等待的。等有了财力、人力和政策？等有了雄心壮志的领导？那也许石刻早已灰飞烟灭，传承人也已驾鹤西去了！所以，我们应立即行动起来，保护文化遗产，刻不容缓。

不要让脏乱差死灰复燃

市创文办公布了2014年3月底组织开展的市级全国城市文明程度指数测评和未成年人思想道德建设工作迎检测评，并采取实地考察和问卷调查两种方式进行。其中街巷环境、餐饮店环境、交通秩序等得分较低——背街小巷和个别农贸市场卫生环境较差，且存在占道经营、乱摆卖、乱张贴、乱涂写、乱丢垃圾的情况；大家对农贸市场和餐饮店也不满意。

这些问题其实还是老问题，上一届珠海创建全国文明城市（以下简称创文）失利，街巷环境就得了零分，后来在新一轮的大整治中有所改善，平均分达到84分以上。现在，老问题又出现了，为什么？究其原因，恐怕还是因为没有建立起一套长期有效的机制。

好环境的存在有两个重要条件：一是先天条件好，二是后天保护好。珠海市的背街小巷和农贸市场周边环境的先天条件不太好，许多背街小巷都属于老旧小区和"城中村"地区；而且大多数农贸市场的规模小，数量也少，周边摆卖成了必然。对于先天不好的环境，必须后天加倍努力才能将勤补拙。但是，后天的保护中又有三个要素不能少：一是人们的道德要素，二是管理要素，三是惩戒要素。这三方面我们都没做好，才使得老问题又死灰复燃。

先说道德要素。人们的道德水平的确参差不齐，但是教化可以改变它。人心向善，如果我们的教育做得好、做到位、做得深入民心，使全体市民道德水平得以真正提高，改掉了那些不文明的生活习惯，而且真正把创文当作自己的事情，那么他们遵守规矩的主动性就会大大增强，他们保护环境的积极性也会增加。毕竟，谁愿意生活在垃圾的怀抱里呢！

但是，在教化初期，必须建立起严厉的处罚制度，对那些破坏环境的人，就是要严加惩处，罚到他痛，罚到他不敢再乱扔垃圾，违背规则。没有规矩不成方圆，新加坡的美好环境可以说是严罚出来的，我们为什么不能！

但是光有惩处还远远不够。我们的城市管理要好好动动脑筋：为什么总是那些地方脏乱差？的确，那些地方先天条件不便于管理，但正是这样才更需要加强管理，试问我们的便民措施、清洁制度、监管人员都真正做到位了吗？

背街小巷，农贸市场，餐饮部门……这些"事故"多发地带本来就是应当重点监控的，但我们的监管人员甚至志愿者都跑到大街上去了，有时一个路口甚至站了八个（当然不是不可以）义务指挥交通的志愿者，但更需要他们的背街小巷却一个管事的也没有。我们的志愿者们能不能也到背街小巷去巡一巡，站一站，管一管……所有的工作都做到位，做成制度，做成习惯。千万不要总是一阵风，风过后，又一切死灰复燃了。

垃圾分类：不是我不想做！

在金域蓝湾小区，生活垃圾按照有毒有害垃圾、餐厨垃圾以及其他垃圾进行分类，并收集到不同颜色、不同标记的垃圾桶内。早在金域蓝湾垃圾分类前一年，五洲花城澳洲园就已经开始成为珠海市垃圾分类试点。但如今，这里每个楼道里原有的两个分类垃圾桶已经被一个白色垃圾桶代替，小区地面公共区域摆放的"有毒有害"和"其他垃圾"的红、黑两种垃圾桶，里面装的却是没有分类的垃圾。（2014年4月14日《珠江晚报》）

显然，尽管垃圾分类早在2010年10月就在珠海正式启动，并提出"2012年底实现全市20%的住户分类收集垃圾"的目标，事实上现在已经"名存实亡"。某些小区虽然还要求住户对垃圾进行分类，但在集中运出处理中又"恢复"到以往集中填埋的老路上。看起来，垃圾分类试点在珠海完全以失败告终，其实不然。

从垃圾分类试点的启动过程来看，珠海市政府对垃圾分类颇有些"虎头蛇尾"，不但由政府免费提供的分类垃圾袋出现了"断粮"，承诺给垃圾分类处理的资金补贴最终也没有到位，更值得一提的是，垃圾分类处理成本的增高，无论是宣传舆论，还是资金补贴，以及设备维护等各方面都出现了"后继乏力"。但一个有意思的现象是，一些社会组织和某些小区住户对垃圾分类的意识和概念却有明显提高，一些小区物业还自发开展针对垃圾分类的活动，尤其是垃圾分类从孩子抓起的理念开始深入人心，尽管现在在垃圾处理终端还没有实现完全分类处理，但垃圾分类概念已经在珠海一些小区普及，生态文明之花已经在人们心底萌动。

我们都知道，对垃圾的分类处理，最关键的就是市民群众对垃圾分类的自觉意识，这种意识的形成需要时间，更需要行动。因此，政府的投入，垃圾分类处理的造势和倡导，以及最终端的分类处理都是最终实现垃圾分类处理的必须。

垃圾分类处理是文明城市的必然选择，也是全球性的大势所趋，但要让一个城市所有市民群众都能形成对垃圾的分类意识并成为自觉行动，显然还需要一个进步时间和过程，正如珠海人大代表唐成伟所说的那样，垃圾分类是一个系统工程，需要几代人的努力才能完成。事实上珠海的一些社会环保组织和小区物业，也正在把普及垃圾分类意识的着眼点聚焦在孩子身上。笔者以为，珠海市政府倡导垃圾分类举措已经发挥出积极效果，下一步应当在中小学，甚至幼儿园中普及垃圾分类知识和意识，逐步形成全社会垃圾分类的概念，政府逐步由分类运送走向分类处理。正如媒体记者所看到"政府主导的垃圾分类试点并没有按照事先拟定好的路线图走下去，反倒是从政府试点中获得启发的社会力量还在一如既往地开展垃圾分类，一点一滴地把垃圾分类的思想和行动变成社区，特别是社区青少年的文明意识与行动"。那么，这也算是政府实施垃圾分类试点所产生的积极效应。

粽子本高洁，"瘦身"是本真

端午节自然少不了"主角"粽子，节前各种口味的粽子已在商场、超市集中上市。2014年端午前夕，珠海粽子市场在礼盒、包装、团购量等方面呈现出变化：随着狠刹送礼风，团购消费减少，粽子礼盒走低价实惠的"亲民路线"，超200元的粽子礼盒少见，而散装粽子则成为销售主打。

每逢传统佳节端午，端午的必备食品——粽子，节前已经在大街小巷飘香了。吃着端午的粽子，我们不应当忘了它的出处——粽子，它承载了伟大的爱国诗人屈原的精神，那高洁、风雅的情操，伟大、崇高的情怀，借助粽子这个形式，千百年来流传在中国人的嘴里、心里。

的确，作为端午节的必需品——粽子，它寄托了中国人民的美好愿望和理想。粽子本清癯，除了思想文化内涵外，也是一种民间小吃，但它常常被别有用心的人打扮成了糖衣炮弹，和月饼、年糕等节日食品一起，趁着人们喜迎传统佳节的机会，开展了行贿受贿的勾当。如此负重的粽子，它不再是节日助兴的美食，变成了恶俗，变成了危害国家利益、人民利益的工具，更辜负了人民纪念屈原的美好初心。因此，粽子虽小，事关重大。当粽子不再是粽子，当粽子变得脑满肠肥时，它不再清香，它变了味道，变得腐臭，变成了恶俗与市侩的手腕，变成了被世俗的功利所包裹的公关送礼的武器，变成了腐败的蛆虫、贪婪欲望的载体。

肥厚的、背后包裹着见不得人的秘密的粽子，若是允许它在美好的传统佳节里伺机乱窜，不仅失去了它伟大的内涵，更是对伟人屈原的一种侮辱，是对我们祖先的背叛。其实这也是对今天的我们的一种唾骂——小小的无辜的粽子被异化了、被变节了，还不仅加剧了世风的沉沦，更玷污了传统美德，若屈原在天有灵，也会死不瞑目吧！

当然，粽子本无过，错的是使用粽子的人。当前，随着狠刹四风、反腐败的不断深入，豪华包装、团购送礼已风光难继。想必在此情形下，粽子"瘦身"，回归自然、亲情、友情，回归大众口味，应该会成为一种趋势。因而，呼唤粽子"瘦身"，找回它本身自然的味道和高洁的风骨，就成为老百姓迫切的民意、实实在在的愿望。

就让今年的粽子，在反腐的浪潮下，真正成为国人舌尖上的享受吧，让传统的美好和高尚意义回归，让屈原的精神和中华民族的高洁品德，随着端午的粽子飘香，情绵意长。

溺亡的"野孩子"逼我们正视代耕农问题

日前，平沙发生两女童溺亡悲剧，记者走访发现，除了工地安全存隐患、家长监管疏忽外，贫困成为外来农业人口儿童成长中看不见的"黑手"。(2013年10月15日《南方都市报》)

两个无辜小生命的消逝，逼着我们不得不重视代耕农问题。如果两个小女孩不是代耕农子女，这场灾祸或可避免。

珠海代耕农的孩子们几乎都是散养的"野孩子",家长们都忙于生计,疏于管理。而且他们大多上不起幼儿园,平时就是在家周围捡垃圾卖钱帮补家用,或者跟着大人到农田干活。等到了入学年龄,本地学校也不收他们,如果非要在本地就读就必须缴一大笔赞助费,因此他们大多会被送回老家上学,然后就必然地成为老家的"留守儿童"。因此,珠海发生的这场灾难虽然是云南来珠的代耕农李德林家的个案,但它是整个珠海西部地区代耕农家庭的缩影——童年的缺乏监管,幼年的孤独守候,几乎成了代耕农子女的宿命。

难道,这些代耕农子女的问题真就没法解决吗?我们仅仅因为他们的户口不在珠海就不管吗?这些代耕农是为促进珠海的农业发展做出了贡献的,由于他们的存在,避免了大量耕地荒芜;由于他们的劳动,促进了珠海的农业发展。他们已经离开家乡很多年,他们留在珠海,是因为"珠海比家乡好,老家太穷了"。但是,他们仍然是珠海最贫困的人口,而且,户口、住房、子女入学等问题一直困扰着他们,多年来无法解决,问题越积越重,以至于积成了错综复杂的历史遗留难题,今天代耕农子女付出生命的代价来逼我们正视代耕农问题了。

珠海市的代耕农群体不在少数,他们生活在珠海也都有很多年。笔者建议各村、居委会等基层政府部门把代耕农纳入居民管理的范畴。而且对近些年因征地、发展工业而失去所耕种土地的代耕农,也应该像对待本地农民一样,协助他们就业、谋生。对于他们的子女,同样应该纳入本地教育体系,不能在义务教育阶段还向他们收取"赞助费"。而代耕农子女的学前教育,各村小组、居委会应当对那些家庭收入在本地贫困线以下的代耕农子女实施与本地有户口的贫困家庭一样的帮扶政策,让他们的孩子也能够在珠海上幼儿园、上小学、上初中。

珠海本就是个移民城市,大批各行各业的人都来自祖国的四面八方,有许多市民甚至还没有代耕农在珠海工作的时间长,我们怎能不把代耕农当成珠海人!

高端会所是权力的寻租地

便宜瓶装贵酒、口头点菜销毁菜单、贵客吃饭整层楼封闭、上下电梯工作人员贴身相随……这就是"隐形"高端会所。在年初的"学酒哥"事件后,被推入风口浪尖的高端会所如惊弓之鸟,一边更低调地隐藏高端的身份,一边使出浑身解数维护私密性。(2013年7月18日《南方都市报》)

为什么官员吐槽、中央禁止、群众深恶痛绝的吃喝屡禁不绝、愈演愈烈?为什么有人栽到了吃喝的泥沼里臭名远扬却仍有人前仆后继?难道他们全都是顶级"吃货"、美食家?非也!是因为这吃饭场所并非平常的饭堂,而是权力寻租的滋生地。

去年(2012年)底中央"八项规定""六项禁令"出台,珠海旋即出了个顶风作案的"学酒哥",一时间全国闻名。"学酒哥"因此下台,本应警醒很多人。可是现实是这警钟不是敲得那些大小官员和附庸人等放弃了吃喝,而是让他们将明目张胆的吃喝变成了偷偷摸摸的吃喝,一批地下特务组织般的"高端会所"如雨后春笋似地兴起。为什么那么"执着"?其实只要观察都是些什么人在这种场所出没就明白了。

他们是官员、商人和掮客。尽管包房最低消费是8000至10000元,可是来这里的人都心甘情愿,"千里迢迢",曲径通幽,至少20万元一位的会员身份,他们一点也不觉得冤。商人的会员身份是自己购买的,掮客的身份有自己买的,也有别人送的,而官员的会员身份大都由商人或掮客赠送。他们来到这么贵的地方,本就不是为了吃饭,就奔着权钱交易、权力寻租来的。正如新闻中采访对象所言:"我们不是来吃饭的,我们是来工作的。"一顿饭几万、几十万,东西越贵越有敬意,被邀请的对象也认为邀请方"够意思",于是"酒杯一端、政策放宽",饭一吃完,心照不宣。官员和商人、官员和官员,通过掮客,一个愿打,一个愿挨,用我所有换我所求,所有人都在这里寻得了比会员费、比酒饭钱要多得多的利益,皆大欢喜。

只要凭借权力取得"租金"的机会不消失,各领域中巨额租金和各色人等对租金和权力的角逐就必然需要一个场所,吃饭场所当然是中国人最好的选择。而吃饭人也明白这种饭见不得光,于是"高端会所"便有了市场,会所宰客理所应当,因为它承担了曝光后的风险——是谓"保密费"。

只要权力寻租的土壤不铲除,就永远会有这种"高端会所"存在,没了红楼会有农庄,没了酒楼会有单位食堂,没了会所,也会有其他名目的各种场所,用来给贪官和商人、贪官和贪官之间进行交换活动提供场所和服务。

不能对复读生一句"清退"了之

一则关于珠海公办学校将清退复读生的报道日前引发关注。该报道指市内多所公办学校正在全面清退复读生。对此，市教育局对南都记者表示该局并没有对全市公办高中发出过清退复读生的通知，仅针对市民的投诉，要求斗门一中就违反省厅规定招收复读生的情况进行跟进整改。教育局表示，其他公办学校并无招收复读生。不过，记者走访发现，公校招收复读生在珠海是"公开的秘密"。(2013年8月27日《南方都市报》)

珠海公开"清理"复读生，此消息一出，真是几家欢喜几家愁——那些担心复读生挤占学校优质资源，自己的孩子上学会受到影响的家长们松了一口气，可是那些已经选择复读的学生和家长们却是急得火烧眉毛了。

公立学校招收复读生不是今天才发生的事，全国各地包括珠海早已有之，复读生挤占公办教育资源的问题也不是今天才有，它是一个长期的历史遗留问题。说是复读生影响了普通高中教育的健康发展这也是事实，在我国某些地区甚至出现了一些公办高中大比例招收复读生以提高升学率的现象，这种畸形的公办学校已经屡被诟病。禁止公办学校收取复读生的规定也不是今天才有，早在2001年，广东省教育厅就曾下发《关于禁止我省普通高中举办往届生复读班的通知》(粤教基〔2001〕98号)，2006年、2007年，省教育厅又连续两次发文重申：公办普通高中学校禁止招收往届生复读。

虽然说禁止公办学校招收复读生的文件早已在那里，可多年来并没有强制执行，大家对复读生都是睁一只眼闭一只眼。为什么那么多年没有执行，今天突然就执行，据说是因为有人举报。举报了就执行？不举报就不执行？这样来对待政策也未免有些荒谬！当然，这个举报事件也从正反两方面印证了复读生的确挤占资源，而且挤得相当激烈。这也说明，不能让复读生挤占应届生资源的现象继续下去了。

但是，公平的游戏是先制定规则然后再玩，等玩起来再制定规则显然极不公平。一项政策，即使是好政策，也不能说风就是雨，更不能用后置的政策处罚前置的事件。更何况复读生问题涉及许多群众的切身利益，清理，不是赶走了之。

从应届生的角度来说，公办学校清退复读生是还了应届生一个公平，可是这么突然就不准复读了，对于今年（2013年）已经选择了复读的学生也不公平。如果事先知道不能再到公办学校复读的话，许多复读生可能不会选择复读，他们之前会接受虽不太理想、但也不至于无书可读的大学。可现在马上就要开学了，大学录取工作已经完毕，突然不接受复读，这让他们如何是好。还需要强调的一点是，复读生并不是包袱，他们复读也是因为进入理想大学的渠道还不够宽，每年只有一次的高考让他们第一次失利后只能选择复读。他们已经在高考中受了一次打击，我们不能再在他们的复读之路上雪上加霜了。

目前，虽然说是可以让复读生到私立学校去，但其就读环境以及珠海市私立学校的容纳程度都不能满足复读生的需求。因此，有关部门和公办学校不能对复读生一句"清退"了之，要本着对他们的心理和前途都负责的态度，妥善、公平、合理地安置他们的学习，把禁止公办学校接收复读生这项政策稳妥、有效、有过渡、有衔接地执行好，真正让应届生和复读生都感到公平和服气。

可持续的扶贫才能走得更远

单方面一味地付出不能长久，有回报的付出双方都有动力和尊严——不仅谈恋爱如此，许多事情也同理。珠海市近年来创新扶贫思路，利用贫困地区的山好水好的自然优势，联合珠海的产业和社会力量，帮助贫困地区建立起"公司＋农户"的种植、养殖模式；然后政府再拉起珠海农畜产品公司手，与阳江茂名等地的种养专业合作社相握，生产花生油，设立养殖场，专供珠海"菜篮子"，生猪达到30000头/年……这就是一场完美的"恋爱"。将简单的输血式的资金帮扶，转化为具有造血功能的产业帮扶，使帮扶不再是只有单纯的给予而没有回报，而是实现双赢的经济协作，而且能够回馈珠海市民。这是个高招，我们为这个高招点赞。

古人云："授人以鱼不如授人以渔。"将这个观点在市场经济的今天发展一下，如果被授者学会了渔之后再将得到的鱼卖与授渔者，而鱼又正好是授渔者所需要的，这就是共赢，这就达成了一种良性循环——被授者活了，授渔者也因为有了源源不断的鱼，而有了源源不断的授渔动力，是谓可持续性发展。

珠海市对阳江、茂名等地的扶贫工作，就走出了这样一条从"授鱼"到"授渔"再到"收鱼"的新路子。有关部门创新扶贫机制，不仅改"授鱼"为"授渔"，将输血变为造血，还进行产业扶贫，引导社会力量参与扶贫工作中来，实现了"授鱼—授渔—收鱼"的产业体系。

这条扶贫的新路径，是通过政府搭台，以财政资金为杠杆，搭建对接现有产业基地，对接市场，引导社会力量参与帮扶，推动被帮扶地区产业大发展。目前已经通过政策扶持，在阳江茂名建立一批生产基地，在珠海建立农产品流通平台，鼓励支持两地农产品流通企业到扶贫地区定点采购特优农产品，满足珠海市场需求，而且使食品安全得以保证。

这种做法利用了阳江、茂名的种养优势，和珠海的市场优势，不仅有效实现了扶贫，还为珠海人的菜篮子添了内容，更为珠海人吃到安全健康的花生油和猪肉增添了一道保障。这是一个民生、扶贫两手抓的做法，"输血"和"造血"并举，扶者和被扶者都有后劲、有干劲。

广东省在中国扶贫计划中创造出来"双到"（即规划到户，责任到人），珠海市的任务很重，要对口帮扶阳江、茂名两市的5个县、34个镇、80个村，总人口达26万人，要解决贫困村6万户农户、26万村民的增收问题。按照这个新的扶贫思路和做法，珠海市年内将完成基地建设并推进基地与市场无缝对接，实现产业扶贫目标。据悉有关部门不仅一手拉贫困农户一手拉珠海企业，还将邀请港商、台商、国企、民营企业等参与，推广基地建设模式，促成企业与基地对接。希望这种对接也是农产品和珠海人餐桌的对接，把这种扶贫模式做大、做强，让扶贫工作成为珠海人民菜篮子的生力军，珠海人定会扶贫扶得开心又满足。

述责述德述廉大会应不仅止于"问"

前天，香洲区召开党风廉政建设第一责任人口头述责述德述廉大会，香湾街道、前山街道、区环保局、区卫生局四单位"一把手"做口头"三述"。现场问答环节，评议小组所提问题几乎无不是目前的热点、难点、敏感点，有"一把手"会后直呼"心里很忐忑、很紧张"。会议现场还通过网络进行图文直播，广泛接受社会的监督。（2013年10月31日《南方都市报》）

能有这样的一个述责述德述廉大会，的确叫人眼前一亮，耳目一新。这种把问题摊在阳光下，让官员们在公众的视线下汇报工作的做法，是行政的进步，也是廉政的进步。

但仅满足于视听效果，那叫做秀。身为政府官员，真正让百姓满意的，应该是正确而有效的行动。因此，希望这次别开生面、令老百姓振奋的大会是一个良好的开端，紧跟着就会有切实可行的行动来解决大家提出的问题，让香洲区的老百姓不仅感到大会很新鲜，也感到有关部门解决问题的诚意，更能见到会后解决问题的措施，以及有关领导和部门为解决每个问题而做出的努力，当然最终还是盼望问题的解决。

此次述职，老百姓目睹了这些政府官员对关乎百姓切身利益的尖锐问题的答案。他们有的答得动情，将心比心，有理有据，但谈到措施时却人云亦云，可以说是理论强于实际，如医患关系问题；有的答得诚恳，勇于承认错误，虚心检讨，但对改正的举措却失之泛泛，如社区服务公司人员违纪问题；有的答得细致，一看就有调查有研究，但改进措施虚化，比如关于噪音扰民问题；有的答得老实，虚心承认不足，但实施方案却没有新意，如情侣路乱摆卖……

其实，从官员们的现场答案中，我们看到了他们对自身工作的思考，但新观念、新思路、新方法并不多，因此可以说，老百姓对会议本身是满意的，而对会议的结果却不甚满意。因为仅仅感到了诚意和态度还不够，还应该让老百姓看到解决问题的能力。只有使我们的述责述德述廉不止于问问题，而是把一个个问题解决了，这才是老百姓所期盼的。

的确，"这世界不是绝对的好，它有离别，有衰老"，然而每个生命只有一次机会，所以，请您俯听我的祈祷……

成绩不小问题不少

市创文办近日公布了2013年珠海市第二季度城市文明程度指数测评和未成年人思想道德建设工作测评报告。报告显示，市创文办在6月中旬开展的市级迎检测评工作分为实地考察和入户调查两部分进行，两部分测评珠海市综合得分为76.00分。(2013年7月16日《珠海特区报》)

2011年落选第三批全国文明城市的珠海，于2012年5月再次踏上创建全国文明城市（简称创文）的道路，从那时起，全市人民在市委、市政府的领导下，从上一轮落选失分主要问题——公共环境、公共卫生、窗口服务等薄弱环节入手，如火如荼地展开新一轮的创文工作。

　　一年时间过去了，珠海的每一个市民都能感觉到，珠海的确有了很大的变化，特别是"讲文明树新风"公益广告的深入人心，全方位、多角度地诠释了珠海人民对文明的理解和向往。它以新颖、活泼、有趣、亲民的方式吸引了市民的注意力，也起到了很好的教育作用。此外，参加志愿服务活动的市民越来越多，志愿者活动在珠海市蔚然成风，志愿者已经成为珠海的一个城市特色。同时，珠海市的各个窗口行业的服务也比以往有了很大的进步，门不再难进，脸也不再难看，办事也逐渐变得简单、快捷，大多数的服务受到市民肯定。珠海市的"文明餐桌行动"也开展得有声有色，许多餐馆带头，市民积极响应，为创造节约型社会做出了许多积极有益的探索。在青少年教育环境的建设上，学校周边环境的清理整顿达到了令群众比较满意的效果，全面开展的学雷锋活动、"做美德少年，日行一善"活动、"做谦恭有礼的中国人"活动都成为珠海市民知晓度高、参与度高的重要创文活动内容。

　　成绩不小，令人欣喜。但是我们现存的问题仍然不少，必须下大力气解决。例如，曾经有一段时间，珠海市狠抓交通文明，交通秩序有明显的好转，马路上车辆避让行人蔚然成风，从车内乱抛垃圾的现象也迅速减少。但是目前，机动车不让行人的情况又有所回潮，行人横穿马路的现象仍时有发生，个别车辆又出现了乱抛垃圾的事情……还有出租车不文明驾车的情况，经过大力的整治有所好转，拒载和宰客现象减少，但乱停、"生死时速"仍时有上演，令珠海市的交通环境又变差。

　　在生活环境方面，我们曾经花了大量人力物力和时间去整治农贸市场及其脏乱差的周边环境。一段时间来，农贸市场及其周边环境可谓焕然一新，但目前农贸市场及其周边乱摆卖现象也出现了回潮，"走鬼"又开始成群结队。对于珠海市的网吧管理，我们是搞运动式地加强了管理，但没有建立长效治理机制，一抓就好，一不抓就问题不少。

　　虽然珠海市的志愿者很多，但他们对志愿服务的理念并不是都很了解，确实存在一些凑热闹、凑人数的现象。

　　在文明教育方面，我们做了不少有创意的探索和尝试，比如道德讲堂和道德模范人物先进事迹宣传，但效果并不理想，大多数市民并不了解，参与度也不高，在老百姓中的口碑也不是很理想。还有"我们的节日"主题活动,中小学开展"我的中国梦"主题教育活动,许多市民都不知道,参与度也不高。

往者已矣,来者可追。还有一年的时间,我们绝不能有丝毫的松懈,要再鼓干劲,巩固成果,查遗补缺,努力把珠海建设成为全国最洁净、最安全、最优美、最幸福的"四最"城市。

医改工作还必须配套而行

2015年春节刚过,本报连篇报道珠海医疗改革的事,医改也成了近期市民的热门话题。对于医改,老百姓是举双手赞成的,因为看病贵、看病难已经成了每一个中国百姓面对的问题。但是怎么改?怎么能让老百姓在每一步改革中受益而不是受损或是感觉到换汤不换药,这才是问题的关键所在。

纵观这次珠海市的医改方案,最大的亮点是医、药分离。但细看方案实施细则,其实并不是真正医院不再卖药了,而是将医院原来卖药的加成降低了,而将医生的诊费提高了。这种"分离",只是提高了"医"的费用,降低了药的加价,即降低了药价。在这种"理想"状态下,有关部门预计百姓看病的总体费用是降低了。有关部门算了一笔账,以某慢性糖尿病且参保的患者为例,若其一年看普通门诊8次、主任医师门诊7次,其全年门诊医药费用共需花费6455元,其中药费5357元、挂号诊查费81元、检查费等费用1017元。在实施取消加成之后,其病情、门诊次数及医生、药品均不变的话,其药费约4741元、挂号诊查费192元、检查费等费用1017元,全年共花费5950元,约比取消加成前少花费505元,少了8%。

但是理想很丰满,现实很骨感,不少老百姓担心的是,医生的诊费上去了,低价的药又没有,到不得不买贵药的时候,那不是不但达不到解决看病贵的目的反而看病更贵了?这种担心并非没有道理,如果我国基本药物的保障体系没有建立,如果没有严格的基本药物的保障,医改仅仅是医、药分开,那是不行的。因此,医药分开,只是万里长征的医疗改革走出了第一步。当然,这一步是至关重要的一步,毕竟,它取消了几十年来以药养医的制度,是一大进步。

但没有了以药养医,医院仍然在市场经济体制下运营的话,必然得去谋求新的盈利点,多年来形成的按照市场原则生存的投入产出链必须谋求新的均衡：医院高投入——医疗高成本——病人高费用——医院高收益——医院高速增长——发展快的医院受表彰受拥趸。如果病人不想掏钱或掏不起钱，整个链条就会断掉，医院会无法维持，群众会无法就医。因此，医改就是要建立一个新的、不把病人当作盈利工具，不把盈利作为医院的终极目标的新的社会平衡体制。新的平衡必须将每一个旧有环节都进行改革，如公立医院改革、医疗保障、基层医疗服务体系、公共服务均等所有配套方案相互配合和印证，打破旧的盈利模式和链条，重铸一条新的、不以老百姓多掏钱为基础、不完全市场化的投入产出链，这样才能使我们的医院摸索出新的求生发展之路，老百姓才能走出"有病无钱莫进医院"的怪圈。

提到医改，还不仅有"看病贵"问题，更有"看病难"问题，这更需要所有配套方案配合实施来解决。对于有地方立法权的珠海，也许我们可以通过一些成功的立法实践，开门立法、民主立法、科学立法，广泛地征求民情民意，直面普通群众最关心的实际问题，制定出最符合百姓需求的医改系统工程。为此，希望有关方面医改的力度大点再大点，工作细些再细些，配套严密再严密，让珠海的百姓真正享受到医改带来的实惠。

用创新的年味儿留住人

年年岁岁花相似，岁岁年年人不同。

写下这落俗套的句子，笔者立马感觉到了创新的不易。的确，创新不仅需要知识才智、头脑风暴、胆略见识，更需要天时地利人和。但是，对于珠海这样平地起家的经济特区来说，不创新就没有出路，经济发展如此，社会发展如此，就连过中国人最传统的春节也是如此。

为什么这么说？君不见这几天珠海都不堵车了吗？平时老大难的停车难问题，这几天似乎也不难了。的确，人都跑了。这是自打珠海建立经济特区以来就有的一个奇特的景象——每年春节前后，珠海人迹变得稀少。这虽然与珠海70%的人是外地移民有关，但据笔者了解，大部分人离开珠海去老家或者外地过年的原因是珠海没有年味儿。

那什么叫年味儿？其实就是在春节这个传统佳节里一些特定的仪式性活动和人事往来。珠海是一个各方文化大融合的新移民城市，只有打造出富有地域特色和移民文化交融特色的新民俗，并能让这些民俗活动真正吸引人，才能留住人。这不仅提升了珠海的人气,也为每年春节过后的用工荒提供了一种解决的方法——留下来过年,就少了过年后不回的尴尬。

如何提升年味儿?关键还在创新!这种创新,不是丢掉传统习俗,而是在传统习俗的基础上取其精华去其糟粕,注入新模式、新特色,焕发新生命。例如,今年(2013年)书法协会的志愿者们进社区送春联活动就特别好,不仅制造了喜气洋洋的年味儿,也让市民们感受到了这个城市的温馨和热情。

其实我们还可以创新庙会、巡游和花市。今年(2013年)珠海的农村地区如斗门新栽种了一些花田,希望人们去田野里赏花,这是创新,值得赞许,但还远远不够。如卖花的花市,这是珠海最具地方特色的春节重大活动项目,但是花市在岭南地区各个地方都有,珠海的花市并没有与周边地区不同的地方。其实珠海是可以利用自己的特色开发出独一无二的花市的。例如,每天挑着担子往只有几十米江水之隔的对岸澳门送花的花农,他们早就是珠海湾仔地区一大奇特的景色,笔者的许多朋友来珠海时都想去湾仔拍那些往澳门送花的人。那么我们可否在湾仔那里打造一个濠江水上花市呢?模仿泰国水上市场,建成中国独一无二的水上花市,这是极具特色的——一国两制,两地风情,其他地方想模仿都模仿不了。

还有,在人文方面,过年对于中国人来说就是举家团聚。而珠海又有70%的人是外地人,这些移民们也大多回老家过年。其实对于他们来说每年机票车票难买,举家往返也费时费力费钱。能否由政府出面,把珠海人的外地直系亲属们都请到珠海来过年呢?这个操作也不麻烦,由个人向社区提出申请,政府给予一定的差旅费补贴——让市民们充分享受发展的成果,享受亲情,更能增加珠海的人气和凝聚力,树立珠海在全国的形象和口碑,做一个大大的城市宣传广告,还能打造珠海过年请亲人来珠团聚的新民俗,更是珠海建设文明城市的一项新举措,何乐不为呢?

春节年年过,但真心不希望春节空城成为珠海特色。但愿珠海的年能过得一年比一年有人气,有滋味!

收了钱就等于管理了?

近日,网友在微博公开质疑珠海高栏港一吴姓养殖户承包排污渠养鱼,危及食品安全。相关部门证实了此事，称被举报的河段属于市政管网的一部分，周边居民的生活污水排入这里，根本不能用来养鱼。对此，该养殖户大喊委屈，称其是最近发现大量鱼死亡投诉到政府部门才得知这里是排污渠。据初步了解是看管水闸的人员擅自发包。（2013年6月25日《南方都市报》）

这个看似"罗生门"的事件有几点需要厘清：首先是不能养鱼的污染地养了鱼；其次是污染的鱼都卖了、老百姓都吃了，而且5年了都没人管；最后是污水不用处理就可以直接排放吗？

不能养鱼的国有市政设施被承包出去成了鱼塘了，发包者是负责看管水闸的南水镇南通公司的员工，公司绝不能以"看闸人擅自发包"属个人行为来推卸责任，当然假公济私也理应受罚。这个事件处理起来也应该不复杂。

令人疑惑的是，养殖户已经承包了5年，市政、环保、农贸等许多相关部门竟然一点也不知道，如果不是养殖户的鱼死了他自己去政府部门投诉，这鱼估计还不知道要养到什么时候。养了5年的大量被污染的鱼在收购、上市时都没有检验检疫的吗？是有关部门懒政、不作为？还是"收了钱就等于管理了"的理念在作怪？还是管理人员只要有收入就睁一眼闭一眼了？

最重要的是污水排放问题。日前，关于珠江口水质极差受到环保部批评的报道见诸各大媒体，去年（2012年）珠江口沿岸的深圳、中山、东莞、广州、珠海五个城市中有23家企业上了污染大户榜，本报近日也报道了海滨泳场大肠杆菌超标问题，这些严重污染问题都与各种污水直接排放有关。但不是所有用水的人都在缴污水处理费吗？有污水排放的企业还要缴治污费，为什么还有那么多的污水直接排放！珠江口水质严重污染问题已经不是一天两天了，有关部门一直在了解、在调查、在检验……如果检验报告只是为了罚款和收取环境保护费做依据，那这样的管理部门要来作甚？近日还有报道称因为有"排污费"的收入，环保局成了创收大"好单位"，那真是"买棺材的盼人亡"，污染越多越有利，这样的管理部门不要也罢！

物业维修金究竟该怎么收？

2014年9月，珠海公布缴交物业专项维修资金通知的征求意见稿引发广大市民关注，大家对缴费标准、管理主体、运营模式等议论纷纷，对这样一项关乎民生的重大政策充满了疑虑和困惑。

可以肯定的是，物业维修金的确是应该收的，这一点大多数人都不反对。因为很明显的道理摆在那儿，房子旧了，老了，破损了，维修是理所当然的，这笔钱也应该是谁用房子谁出钱修。但是关键问题在于我们不是一手看"病"一手交钱，而是预存房子的养老金。这一"预"，就有了许多风险和不明因素在其中——包括金融风险和管理风险以及未来何时何种程度的破损都不明确等。大家对这种风险的预期心里没底，如果我们的新政策没有强有力的说服力和保证性的话，老百姓是不会信服的。

首先，关于收费标准问题。根据征求意见稿，珠海市住宅维修的收费标准是不配置电梯的住宅每平方米90元，配置电梯的住宅及非住宅每平方米110元。对比广州（无电梯住宅每平方米77元，有电梯住宅每平方米105元），珠海经济发展并不比广州发达，居民平均收入也比广州居民平均收入低，房价更是明显比广州低得多，而维修金的收费标准却比广州还要高。对于普通居民来说，一次要拿出一两万缴一笔十多年后才有可能要使用的钱，这非常不符合大多数群众的生活实际。标准定得过高，不符合珠海实际情况，执行起来会非常困难。

其次，房屋的日常维护资金是靠物业费的，现在珠海的物业费收得也不低，物业收了费如不尽心保养房屋导致房屋损坏的话，一些维修本应属于物业保养范畴，现在却也由业主缴的维修金承担了，那不是业主缴了双份的费用？所以，对于物业费中包括的维修项目和物业维修金中包含的维修项目必须完全厘清才可以开收物业维修金，否则就是让老百姓花了冤枉钱。还有，不同品质的房屋也不应该同面积收费，不同年代的房屋更不能按同面积收费……

当然政策制定是可以有前瞻性的。但是涉及从老百姓口袋里掏钱，还要"前瞻"性地去掏那么大一笔，这就难免有点强人所难了。虽然有关部门说超前是为了避免以后经济发展了再修改，但其实这个逻辑是说不通的。怎能为了自己图工作方便，就提前把老百姓未来的钱先收缴了？一项为老百姓好的政策必须是站在老百姓的立场上制定的，真为了老百姓好，就应该一切为了老百姓的方便和利益，而不是为了自己部门工作的方便。

最后，还有一笔糊涂账也没说明白，即什么时候房屋出问题才能用这笔钱呢？房子是应该有保修期的，就像任何商品都应该有保质期一样。如果在保修期内房子坏了，就不应该由业主掏钱修，应该由开发商负责。业主很担心如果缴了这笔钱，房屋质量有了问题，自己缴的这笔钱不就为开发商免责了？对此，有关部门不应怕麻烦，应该把每一栋房子的保修期制订清楚，保修期内由开发商负责，过了保修期才由业主负责，而且房屋保修期与维修金要挂钩，然后才向业主收钱，而不是不问青红皂白，只要你买楼就得缴钱。

民生政策必须以民为本，政策如果不符合实际，就成了聋子的耳朵——摆设！不仅没有意义、劳民伤财，而且对于全体百姓也不公平。一项政策没有公允性，政府的公信力也会打折扣的。

对欠薪者必须严惩！

2013年10月17日，珠海中航亿龙北方建设工程公司、正路制衣厂、南屏丹妮斯制衣厂三家企业，因拒不支付劳动报酬，案件被移送公安部门，三家企业相关负责人将可能受到刑事处罚。

太缺德了，他们不是没钱，而是拿钱进行了高消费，或者是股东之间扯皮，于是不给工人发工资，这样的老板，简直就是现代版的南霸天、周扒皮！对此，法律必须严惩，不仅要追究刑事责任，还要罚他个倾家荡产，并记入诚信体系，让他（以后）永远不能当老板！

也许有的老板有自己的苦衷，有的企业的确破产了，没钱，但欠债还钱，这是古人就明白的天经地义的道理，而拖欠员工的钱，更不仅仅是欠债那么简单，他欠的是工人的血汗，是工人全家活命的钱、看病的钱、孩子上学的钱……欠工人的钱，法理不容，天理也不容！欠工人工资最恶劣之处在于，老板不仅剥夺了工人劳动的剩余价值，连劳动的价值也剥夺了，这几乎等于全盘否定了工人的劳动，抹杀了工人的社会存在，不仅仅是劳资纠纷问题，而且是社会不和谐因素，必须严厉制止。建议政府参照香港特区成立破产欠薪基金，企业主按经营收入的一定比例向基金供款，一旦发生破产，工人可以从基金中得到工资补偿。政府则为破产欠薪基金进行保底，确保基金正常运转。

还有，为什么总有人拖欠工人的工资？就是因为违法成本太低，老板今天在这里欠了工资拍拍屁股走路了，明天又到别处重新建厂招工做买卖，再欠了钱再跑路，循环往复无所顾忌，干坏事几乎零成本，而且还白白霸占了工人的血汗钱。因此，拖欠工人工资的事件层出不穷，政府喊破了嗓子，工人急红了眼睛，那些黑心的老板们还是拖欠照旧。

因此，还必须建立一个欠薪者黑名单，通过建立一个信用体系的网络，把欠薪、违规、不讲诚信的企业、个人向社会公布并记录在案且与公安部门的户籍资料以及金融系统联网，甚至运用刑罚制裁拖欠工资的行为人。对于拖欠严重的企业，更要严抓狠抓，严惩不贷！同时还应充分发挥工会的作用，建立工人自己的维权工会；并通过培训和指导，使民工的法律素质和维权意识得到进一步的提高。

人民法院也应加强对进城务工人员维护自身合法权益案件的审判力度，制裁职业中介机构的欺诈行为和用工单位拖欠工资行为。对于在劳动法调整范围内的劳动争议纠纷案件，可实行"三优先"原则：优先立案、优先审理、优先执行，及时为民工追回工资，维护工人的合法权益，维护社会的稳定。

美好环境　且行且珍惜

2014年6月，珠海有两则环境喜讯，一是近日有市民发现多头中华白海豚在三灶机场附近海域嬉戏；二是庙湾岛入选广东十大美丽海岛，这都是值得珠海人骄傲的事情。

但骄傲和高兴之余，我们必须反思，我们的环境虽美，但是如何在发展中保护这美好的环境、如何与美好的环境和谐共处？我们做的还很不够，有许多艰巨的任务摆在我们面前。

地处全国唯一一个中华白海豚国家级自然保护区，我们在艰难地维护着这个海上区域的环境。但是珠江入海口人类活动的增加、环境和水质的恶化，都不断干扰着中华白海豚的繁衍和生息，死亡、搁浅的现象时有发生，因此保护他们的家园，保护他们种群的延续，是珠海人光荣而艰巨的使命。保护他们，也是保护我们自己。

而有小马尔代夫之美称的庙湾岛，今天终于向世人揭开了美丽的面纱。虽是名声在外了，但是庙湾岛的保护和开发仍很严峻。

十多年前的庙湾岛比现在更美，因为那时的珊瑚更多、更完整；砂子更白、更干净。这么多年过去了，一直没有政府的统一规划开发和保护，但人们又禁不住那美丽岛屿的诱惑，许多人上岛，许多小打小闹的开发进行着，不能不说对这美丽的岛屿造成了一定的破坏。沙滩脏了许多，珊瑚也少了许多。

虽然珠海市政府在庙湾岛沿岸离岸500米以内的水域建立了庙湾珊瑚市级自然保护区，但是，由于对这个岛屿我们一直没有清晰的定位，也没有合理的明确的规划，保护和开发的力度都有限，保护和开发之间的度也没有好好把握，因此它的环境在走下坡路。虽然近年来，珠海市对庙湾岛海岛面积、岸线、平均海拔、经纬度、近岸水深、岛上自然资源等基本自然地理数据进行了详尽的调查，但在加强珊瑚、珍稀海洋生物、植被等资源的保护，遏制岛外海域环境恶化，以及被破坏区域生态修复和生态系统重建方面还没有取得显著效果。

白海豚和庙湾岛都是大自然赋予珠海的珍贵礼物，在以环境保护著称的珠海，这两个环境礼物我们必须珍惜、珍爱，而且要拿出实际行动来保护和拯救，绝不能暴殄天物。

为规避政策离婚无耻？无奈！

珠海市近两年来离婚率略有攀升，主要原因与购房政策有关。香洲区婚姻登记处负责人李俊告诉记者，"有些夫妻办理完离婚才两三个月，又来办理复婚手续，也有人在办理复婚手续时直接说出离婚是为了规避政策。而婚姻登记处的工作人员明知如此，但他们资料齐全，不违反任何政策，也只能照办"。

宪法规定，离婚自由。可是在离婚大军中，许多不是因为感情破裂，而是因为房子限购、限贷等现实所迫……政策，逼得老百姓拿自己的幸福去冒险，这个政策可是有问题的！

那些为了逃避"限购""限贷"而离婚的人大多都是辛苦攒了点小钱的百姓。自2009年开始，国家就开始出台各种政策抑制房价，可是房价没有下来，却逼得大批有两套房子或者没有钱想靠贷款改善住房条件的夫妻去排队离婚。我们绝不能一味地指责这些夫妻见利忘义，唯利是图，把金钱凌驾于幸福之上。而是政策一会儿一变，几乎所有的经济杠杆都用过了，也都是在小老百姓的小小财富上拔毛，让他们一次又一次心惊肉跳。而所有的调控政策全未触及高房价的根源——土地，真正操控房价居高不下的地方政府和开发商们丝毫无损。于是，风雨飘摇中小老百姓摸不准政策，只好把鸡蛋分装在两个篮子里，离婚成了他们唯一能掌握的、最无奈的选择。可是现在连离婚都难了，这是政策的失误，是民生的悲哀。

但是，政策的不明确和随意变动当然不应是离婚的理由。爱情和婚姻是很神圣的东西，掺进太多的铜臭就变得不干净。这绝不是唱高调，不信？事实证明，把婚姻放在利益之上的人，被婚姻欺骗也只能自食其果。君不见有不少夫妻假戏成真吗？他们本来也许想玩一下命运，结果反被命运玩弄了。

第三辑 施政析辨篇

珠澳合作开启新篇章

从2014年12月18日零时起,珠澳将实施拱北口岸、横琴口岸、珠澳跨境工业区专用口岸新的通关时间安排,即拱北口岸开闭关时间分别提前和延后一个小时(不含货检通道)、横琴口岸实施24小时通关(暂不包括货车)、珠澳跨境工业区专用口岸零时至7时临时向步行的在澳内地劳务人员、学生和澳门居民开放。(2014年11月21日《珠海特区报》)

24小时通关可以说是珠澳两地人民盼望已久的大喜事,它的实现,意味着珠海与澳门的全方位紧密合作揭开了新的篇章。24小时通关,不仅仅将为在珠海居住的澳门务工人员、澳门居民、学生以及出行澳门的内地游客、珠海市民、商务人士带来便利,更为珠海以更大的力度推动改革、开放和创新,进一步加强与澳门各界的深度合作,构建国际化、法治化、市场化、信息化的营商环境,全力促进澳门产业多元化发展和粤港澳合作开启了通畅的大门。

面对珠澳合作的新举措,拱北海关、珠海边检总站、珠海检验检疫局已统筹安排,严阵以待,做好了准备,市交通运输部门、市政园林部门、财政部门等也已经做足了保障工作,但是面对"澳珠同城化都市区"近在眼前,珠海人准备好了吗?珠海的产业准备好了吗?

在交通方面,交通对接以及交通项目合理分工等方面还需完善,机场、城际轻轨、铁路、高速公路等的资源分配和共享还有待深入发展。

而最可以先行展开的广泛而深入的合作行业应属旅游业。澳珠边界旅游资源合作空间巨大,如何使两地边界旅游资源互惠,成为两地旅游界迫在眉睫的事项。珠海与澳门旅游联合开发势在必行,两地如何充分利用山水相连、口岸相通的"近邻"关系,围绕澳门旅游产业的延伸做文章,实现互惠互利,是珠海市和澳门旅游界亟待解决的大问题。

最直接受惠的还有珠海的房地产业。目前在珠海居住的澳门人已经不少,相信之后还会更多,珠海房地产或许会迎来新的发展机遇。但是,珠海市房地产建设和管理还有许多没有达到国际化水平,制度还有许多不完善的地方。当我们面对国际浪潮的冲击,如何应对并抓住机遇借势成长也是不得不面对的重要问题。还有许多服务行业，我们在服务理念、服务水平，以及服务方式上也还没有达到国际水平，无法与国际接轨。

24小时通关，定会促生一些新的行业，带来新的机遇。比如养老等区域社会民生合作的空间潜力很大。澳门的养老问题因为地域空间不足难以扩展，如今，澳门的老人在环境优美、医疗等公共服务设施充足、交通便利的珠海养老成为可能。还有珠澳教育方面的合作，在珠海兴建澳门人子女学校是一个早就提出的问题，如今，这个问题更加接近了，脚步肯定加快了，对此我们是否有相对应的配套设施、人才和服务？

24小时通关，更多、更大的发展机遇摆在了我们面前，更为珠海、澳门、香港之间的合作添上一笔浓重的颜色，珠海从一个边缘性的城市真正走到了区域性中心枢纽城市的战略发展位置上。珠海，你准备好了吗？

为了那美丽的珠海蓝

美国《华盛顿邮报》在当地时间2014年11月19日，刊发了一篇题为《航展助珠海展翅高飞》的报道，称"随着航展规模的不断扩大，美誉度的不断提高，航展对珠海经济发展的促进作用也越来越明显。专家认为，这也是珠海近年来特别注重发展会展业的重要原因之一"。该报还在同版相邻位置刊发另一篇为《国际性活动令珠海越发繁忙》的署名文章（详见《珠海特区报》2014年11月24日）。无独有偶，英国《每日电讯报》当地时间2014年10月26日以《推动生态进步，建设宜居城市》为题，刊文盛赞珠海在经济和生态文明均衡发展方面取得的瞩目成就（详见《珠海特区报》2014年10月27日）。联想起今年（2014年）7月，《环球》杂志发布的外国人最爱的中国城市，珠海排名第一……当然不是崇洋，也不是媚外，更不是"外来的和尚好念经"——外国人不约而同地看好珠海，巧合乎？当然不，是他们英雄所见略同！他们所见、所思、所感汇聚成镜头，汇聚成文字，成为对珠海的赞——赞的是生态环境，赞的是人文情怀，赞的是城市风貌，赞的是海光山色，赞的是绿树红花，赞的是那一抹"珠海蓝"。

珠海的空气和天气值得赞叹，海岛等自然风光也让人迷醉，市民的文明、友善、守规矩、国际范儿……都让外国人感觉好极了，点赞是必须的。其实，点这个赞的，不仅有"老外"，更有"自己人"：10月24日《人民日报》官方微信就发布了"中国最养人的9个城市",珠海成为广东唯一入选的城市!

这些赞,是全体珠海人努力的结果,这些赞,是市委、市政府顶层设计的结果。近年来,珠海继续推动经济与环境的协调发展,积极探索"生态优先"的发展道路,努力建设"全国生态文明示范市",朝着"国际宜居城市"奋勇前进。我们努力建设人文化、生态化、智能化、国际化、和谐化、集优化的珠海,努力通过建设资源节约型社会、环境友好型社会、人口均衡型社会,着力让珠海能够与欧美先进国家相媲美。

这些年,珠海还提出了珠海生态文明应重点建设的十大制度,包括进一步理顺生态文明建设职能、进一步完善生态文明政绩考核体系、划定珠海生态红线、建立珠海自然资产账户、建立事业单位的资源环境账户、建立环境资源的市场交易制度、建立社会风险评估制度、建立产业准入综合门槛和产业发展综合评估制度、修订现有相关法律、设立生态文明建设专项资金。这都为我们守住碧海蓝天提供了最有力的保证。

"蓝天美景需要每一个人的呵护,减少一份排放,多一份守护,空气清新了,这片干净的'珠海蓝'才会长久陪伴我们。"这是每一个珠海人的梦想,也是每一个热爱珠海的人的梦想。2014年3月1日起施行的《珠海经济特区生态文明建设促进条例》中还提出"未完成生态文明建设约束性指标的,责任单位的第一责任人当年年度绩效考核不得确定为优秀、称职等级",并着手进一步出台《珠海市生态文明建设绩效考核办法》,把"生态环境损害责任终身追究制"等规定细化,对生态文明建设绩效考核进行更详细的规范。这是用法律将珠海人努力的成果保护下来、继续下去。

让我们共同努力,把"珠海蓝"进行到底!

创文,我们一起走过的日子

珠海创建全国文明城市(简称创文)成功了!

"我骄傲""我兴奋"……这些春晚流行词如今也表达不尽珠海人的情感;我们每个人都想举起右手,比出大大的"剪刀",但这也不足以表达我们现在的喜悦心情。是的,珠海创文成功的消息从北京传来,珠海人笑了,这是珠海整座城市的幸福,这是全珠海人民共同努力的成果。

回忆立下创文目标当初，有天有海，我们壮志凌云；回想一起走过的日子，有你有我，我们携手奋进；回眸过去的一年又一年，有情有义，我们团结一心……

2015年3月6日，全市人民努力工作、辛勤付出，把我们的家园建设得越来越美，越来越舒服。今天，环顾我们的家园，新开放的公园，新修的海滨泳场，焕然一新的老旧小区、农贸市场，漂亮的社区公园、体育设施比比皆是。放眼望去，那些令人精神愉悦有视觉美感的宣传画和格蕾媒体的公益广告，都在春雨润物般滋润着珠海人的心灵，还有虚拟世界里的文明建设，网络正能量，珠海也表现不俗。

我们更不会忘记那些子孙几代人一起上过的德行珠海学堂——明德讲堂、文明讲堂、志愿学堂、亲子讲堂，不仅其乐融融，而且春风化雨。

还有那大街小巷的红马甲，如今已经成为珠海人生活中不可缺少的风景——志愿服务涵盖文化、法律、卫生、科普、教育、金融、环保、救助、心理健康、就业创业等十多个行业领域。志愿服务已经成为珠海的城市自觉行为，"珠海·志愿时"已经成了珠海的标志。

远亲不如近邻，我们以"邻里文化"建设为统领，推行的邻里守望制度，将核心价值观贯穿于社会治理。还有"中华美德故事"宣讲，家风家训建设，文明餐桌活动，幸福村居的打造……群众性精神文明之花遍地开放。

道德模范、身边好人、美德少年、家庭美德之星、德行珠海最美公交人等身边榜样的力量感动了珠海人，教育着珠海人，他们不仅弘扬了中华传统美德，引导人们树立正确的道德观、价值观，也营造了全珠海做好事、当好人的良好社会氛围。

我们还把未成年人思想道德建设与学校日常工作有机结合，推动社会主义核心价值观进教材、进课堂、进学生头脑，让未成年人成为祖国最娇艳的花朵。

我们更大力开展珠海市社会诚信体系建设，推进诚信建设制度化，让诚信成为每一位市民的标杆和准则。

崇尚美好道德，崇尚文明义举在珠海蔚然成风，这风气也刮向全国。全国"学雷锋·在行动"——全国道德模范与身边好人（广东珠海）现场交流会在珠海举行、"我们的节日·中秋"群众歌咏活动、"部分省市区道德讲堂建设调研座谈会"等精神文明建设活动、"省道德讲堂建设调研座谈会"和"广东好人现场交流会"等活动的成功举办更鼓舞了珠海人创文的信心……

如今，文明行为渐渐成为珠海人的自觉和习惯，以至于外地游客来到珠海都直夸珠海人素质高。同时,珠海人在创文的日子里经受了精神洗礼的愉悦,也享受了利民惠民的幸福。

不让英雄流血又流泪

2014年3月,《珠海经济特区见义勇为人员奖励和保障条例(草案)》的制定工作正有序推进。条例拟将工作中积极履行工作职责的保安员、辅警、治安队员也列进见义勇为主体范围。该条例拟设置见义勇为资金,并对牺牲的见义勇为人员家属颁发100万元抚恤奖金。为这样的立法点赞!

在中华文化源远流长的历史中,见义勇为一直是一种高尚的情操,为世人赞美和颂扬。

但是近些年来,英雄流血又流泪的现象时有发生,这股恶风伤了英雄的心,也伤了社会的身。以至于人们在危机时刻犹豫了,在帮扶面前踌躇了,甚至连马路上有人跌倒都没人敢扶了。这样恶循环下去,社会正气就会得不到宣扬,邪气就会张狂。

在此现实语境下,珠海拟出台《珠海经济特区见义勇为人员奖励和保障条例》(简称《条例》),制定一系列政策为见义勇为者实施的行政兜底、优待和重奖措施,甚至拿出100万元的重奖来为英雄们打气、垫底,这不仅仅是对见义勇为者的尊敬和爱护,更是政府"弘扬正气、打击邪恶"职能的实施,也是对见义勇为者的支持、鼓励。该条例的实施将对弘扬良好的社会道德风尚,鼓励人们发扬见义勇为的精神起到促进作用。该条例努力杜绝英雄流血又流泪的事情再次发生。

草案中,政府将对见义勇为者的爱护放到了财政补偿、救济帮助的制度层面上,分别从工伤保险、劳动岗位、养老保险、就业援助、生活救助、烈士家属优抚、住房保障等各方面提供保障和救助,尽一切力量解除道德英雄的后顾之忧,这真正将对见义勇为者的爱护落到了实处。社会发展了,财政收入增加了,用财政来爱护见义勇为者,相信每个纳税人都会认为这笔钱花得应该、花得理直气壮!

有了这个制度性的保障,见义勇为者的后顾之忧少了很多,害怕当英雄,害怕当了英雄不但不被理解,反而身心被伤害而且求助无门的负面心理将得到消解。随之,挺身而出的正气必将得以弘扬,他们为社会正义行动和呐喊的勇气与行动也必将得到增强。而且，榜样的力量是无穷的，对他们的褒奖也必将提高大家向他们学习的积极性，令更多的见义勇为者出现。

俗话说，重奖之下必有勇夫，见义勇为者不仅仅是勇夫，他们还是正义的伸张者，是公序良俗的维护者，更是社会道德的楷模。对他们的重奖也不是鼓励他们逞匹夫之勇，更不是物质刺激，这重奖，是要让他们的精神鼓舞和激励民众向善、向美，号召大家勇于向恶人恶事说不，鼓励全社会弘扬正义，惩恶扬善。

对见义勇为者的重奖就是对良好社会道德的重奖。这是建设和谐社会的需要，是建设文明城市的需要。愿珠海的见义勇为者越来越多，愿《条例》对惩戒恶人、洗涤民风大有裨益。

落地了！生根了！开花了！结果了！

在 2015 年 1 月 9 日全国科技奖励大会上，珠海格力电器凭借"基于掌握核心科技的自主创新工程体系建设"项目荣获 2014 年国家科学技术进步奖"企业技术创新工程类"二等奖；此外，珠海市还有两个企业与高校合作的项目获得科技进步二等奖，分别是珠海发电厂参与的"大型电站锅炉混煤燃烧理论方法及全过程优化技术"项目、珠海方正科技多层电路板有限公司参与的"高密度互联混合集成印刷电力关键技术及产业化"项目。

国家科学技术进步奖是全国科学技术领域的最高奖励，珠海虽然不是第一次获此殊荣，但如此扎堆儿地获得这项全国最高奖，在珠海是第一次，在全国也少有。这种爆发式获奖，不仅说明了珠海市自主创新能力的增强，也说明了厚积薄发的珠海企业来了后劲，更说明近些年珠海确立的"蓝色珠海，科学崛起"的发展战略目标明确，思路正确，措施得当，势头良好——落地了！生根了！开花了！结果了！

20 世纪 80 年代，中国改革开放的总设计师邓小平就提出了"科技是第一生产力"的口号，鼓舞了当年特区建设者。

珠海市现任市委书记李嘉指出，珠海迎来了科学发展的春天，正按照"科学发展走新路，'十二五'崛起看珠海"的目标要求，全力破解中共中央政治局委员、省委书记汪洋提出的"五道题"。近期，珠海一方面通过内部广泛的调研、学习和讨论，更深入更全面地掌握全市经济社会发展基本情况,摸清家底和市情,另一方面通过充分借助"外脑",邀请全球顶尖专家为珠海经济发展、城市宜居、社会和谐等各方面进行把脉支招。通过一系列高层次、高质量、高密度的"头脑风暴",以此来全面解答"五道题"。"'蓝色'代表珠海濒临广阔的南海、拥有优美的环境、富有先行先试的创新特质、拥有五彩斑斓的梦想及令人憧憬的美好前景,珠海将充分发挥'蓝色'优势,实现科学崛起。"

珠海与中大,携手创未来

2014年7月7日,珠海市政府与中山大学签署进一步深化战略合作协议,双方将在《珠海市人民政府与中山大学战略合作协议》的基础上,进一步深化战略合作。中山大学将在珠海校区原有6个学院的基础上,建立3~4个新的学院,其中有文化创意学院、社会发展学院、IT类的学院,此外还有国际合作项目。

这一举措,是与珠海地方政府与高校协同创新的举措,是落实"高等学校创新能力提升计划"核心概念的举措,是促进产学研一体化发展的举措,反映了当代高校科学研究发展的基本趋势,也必将成为珠海进行全面改革创新的催化剂。为珠海加快建设新型城市、大力推进产业结构转型升级、着力打造"三高一特"产业提供更多急需的高等教育人才和智力支持。

自从1999年中山大学在珠海建立校区以来,双方不断共同探求合作方式,合作内容越来越丰富。特别是今年(2014年)初,珠海市委、市政府召开了高校发展工作会议,为推动珠海高等教育转型发展、再上新台阶鼓起了东风。会议所做的关于《中共珠海市委、珠海市人民政府关于促进高等教育发展的若干意见》不仅表明了珠海大力推进珠海高校改革的雄心,也表明了对在珠海高等院校改革创新的期盼。在此东风鼓舞下,中山大学发挥学校科技、人才资源优势,全面对接珠海及区域性现实发展需求,积极拓展深层次、宽领域、多方位的合作空间。而此次珠海市政府与中山大学签订的深化战略合作协议,双方将在办学体制创新以及应用型尤其是高端技能型人才培养基地建设、产学研和技术服务平台建设、文化产业平台建设方面开展更加紧密的合作,进一步提高高校技术创新及服务区域经济社会发展的能力,促进珠海战略性新兴产业的发展。

珠海当前正处于战略性新兴产业的成长期、转变发展方式的加速期、城市功能的提升期和综合实力的跨越期，中山大学的新举措，必将在全面发挥珠海大学园区作用、提升珠海科技创新能力和国际竞争力中起到重要的引领作用，是珠海实现"蓝色珠海，科学崛起"、加快建设创新型城市建设的必由之路。而珠海的发展形势，也将成为高校改革的动力，中山大学与珠海政府部门的合作，必将走出一条"政产学研资"相结合的高校发展新路子，构建政府、学校、社会之间新型关系。

珠海现有各类高校十多所，他们与珠海都有着不解之缘。中山大学与政府深化合作，必将对其他院校带来启示和引领，极大地促进在珠海市的高等院校为地方发展服务的信心和动力。同时，也促使全市高校在改革创新、人才培养、科学研究、社会服务、文化传承创新等方面都紧密地与珠海的发展相结合，提高协同创新的能力。

高校改革创新是珠海改革创新的催化剂

2014年7月，珠海市委、市政府召开的高校发展工作会议，为推动珠海高等教育转型发展、再上新台阶鼓起了东风。会议所做的关于《中共珠海市委、珠海市人民政府关于促进高等教育发展的若干意见》不仅表明了珠海大力推进在珠高校改革的雄心，也表明了对珠海高等院校改革创新的期盼。

党的十八届三中全会全面系统地提出了深化改革开放的战略任务和创新举措，改革创新不仅是高等教育现代化的必由之路，也是珠海加快建设创新型城市建设的必由之路。

高等院校具有四大功能：人才培养、科学研究、社会服务、文化传承创新。而当前，珠海正处于加快建设新型城市、大力推进产业结构转型升级、着力打造"三高一特"产业的关键时期，尤其需要高等教育提供人才和治理支持。提升珠海高校的创新能力，就能提升珠海的底气、提升力度、提升文化底蕴。当前珠海进行的全面改革创新，势将成为高校改革的动力，而高校的改革创新必将成为珠海改革创新的催化剂。

提升高校的创新能力，是创新国家建设战略的主导方向。而高校创新的一个关键问题就是提升自主创新能力。珠海的高校，大多数背后都有一个强大的母体高校，应该充分利用好母体高校的优质资源，进一步加强自身的优势学科，提升优势学科的自主创新能力。

珠海高校还应努力提升协同创新的能力，这对珠海地方发展很重要，对珠海高校自身的发展也很重要。协同创新是"高等学校创新能力提升计划"的核心概念，这一概念反映了当代科学研究发展的基本趋势。协同创新的"协同"可以有多个层面，多种形式，跨学科，跨部门乃至跨国界。这其中，有高校与产业部门的协同，也有高校与政府部门的协同。珠海高校可以走出一条"政产学研资"相结合的高校发展新路子，加快构建政府、学校、社会之间新型关系。

改革创新，体制机制是关键。珠海的部分本科院校应改革教育教学及人才培养方式，努力引进企业、行业的优势资源，通过联合培养、双向选择的方式，提高在校大学生的创新能力、服务意识和实践能力。可以让企业、行业参与制定人才培养标准、设计课程体系、参与日常教学、改进实习实训等，也可以引进境外优质资源，借鉴省内外其他优质教育资源，提高人才培养质量，为社会输送更多可用之才。

旧小区改造应从群众生活细节做起

粤华社区出资给滨海花园住户建起两个美观大方的大衣架，受到居民的好评。据悉，开展创文工作以来，为进一步给社区居民提供更好的生活环境，带动居民参与创文的积极性，粤华社区建立了老旧小区整治台账，积极开展整治工作，虽然都是小整小改，却都是和居民生活息息相关的事情。秉着"发现一个整治一个"的原则，目前整治项目已完成十多项。（2014年12月8日《珠海特区报》）

老旧小区的改造是一个老大难问题，也成为一个老生常谈的问题。特别是当问题纠结在先收费还是先治理这个"鸡生蛋还是蛋生鸡"的问题上时，许多小区就像是破罐破摔，没治了。其实不然，在这里，粤华社区做了个好榜样：不翻旧账、不争论不休，先从解决群众生活难题入手，然后再用示范和规范来管理群众行为。

这就好比看到满地是痰，一些人的直觉反应是行动起来先去查查谁吐的，然后再查查为什么没人打扫，最后才想办法惩罚乱吐痰的人和不打扫的人。而粤华社区没这么做，他们先审视自己的管理工作哪里有漏洞，然后补上自身的漏洞，再去管别人，即他们决定先拿点钱去买来了"痰桶"——方便的痰桶、精致的痰桶、规范吐痰人行为的痰桶——于是，吐痰者不好意思再乱吐了，打扫的也不必费事了，皆大欢喜。

这里面涉及社会管理者的智慧：管理不仅是清理，更多是服务。智慧的管理者，应该是不争辩、不讨价还价，从我做起，从现在做起，以身作则，方便群众；智慧的管理者，应该引导群众，不管群众有什么样的心态，是积极的抑或是消极的，都把它当作一种客观存在，承认它，研究它，引导它，化解它。老旧小区乱，乱在许多设施不健全，乱在人心涣散，乱在有些管理者是管制者而不是服务者。

例如，拉绳晾衣服这件事，如果随着居民性子拉，不仅妨碍大家活动，也影响了小区的美观。如果小区管理者们一味采取"压制""清理"行为的话（这是极其落后的管理理念），那一定是既管理不好，又招致人们的厌恶，最终可能仍然是今天清了明天又乱，陷入一个恶性循环。如今恰恰相反，粤华社区从居民需求出发，由社区出资建起了两个铁晾衣架（这铁架的费用也许比清理乱堆放的费用要少得多），这个小小的举动很得民心。"民心"即"天下"，得"民心"者得"天下"。他们赢得了民心，增加了社会管理的助力和动力，减少了阻力和抗力，为构建和谐社会、建设小康社会身体力行地铺了路。

许多老旧小区的管理都可以从粤华社区的管理理念中找思路、找办法，统一规划建设晾衣区、垃圾池、停车场和楼顶休闲场所，真正为居民办实事，办好事。有了好的"痰盂"，正常人都不会也不好意思乱丢乱放了。这就是内服和外治的区别，这就是治标和治本的区别。

让文明之软件也升级

明珠路、港昌路通车了，珠海大道也修好了，紧接着，珠海人望眼欲穿的广珠城轨全线通车也即将成为现实，广珠铁路、广珠高速西线通车在即，凤凰山隧道、高栏港高速、机场高速等工程都进入收尾阶段，可以说，我们的交通基础设施建设已迎来一个硕果累累的收获季——长期制约珠海发展的交通瓶颈正在迅速被打破，城市文明的硬件大大升级，更多宽敞漂亮的大马路，更加现代化大都市的味道、立体的完善的交通设施、多项漂亮的人性化的设计、装饰一新的临街建筑、鲜花与绿草相映成趣……一个全新的珠海展现在了世人的面前。

新马路多了，城市变大了，更需要文明交通。那么，我们每一个珠海人，都做好在这飞速发展的交通架构中生活的准备了吗？路变得更宽，交通变得更立体，要遵守的规则就应该更多。有了文明和懂规矩的人，立体的交通网络才能因为文明人的使用而达到最好的效果，否则，再高级的城市道路，没有文明、懂规矩、会使用的人，它都将陷入更大的混乱和麻烦。

2012年11月9日《珠海特区报》报道，新通车的明珠路上人流、车流量明显增加。目前明珠路的非机动车道已经开通，人行道仍在铺设地砖，人行过街的地下通道仍未投入使用，这样，行人过街只能走各路口的斑马线。明珠路中间有绿化带和护栏，一些人就从车辆掉头口处进行穿越。由于人行地下通道尚未启用，不少贪图方便的行人不愿意到路口走斑马线，而是选择从车辆掉头口处穿越马路，险象环生。一位附近的居民面对记者镜头明确表示：就是不走斑马线，原因是斑马线离他的住处有200米，走起来很麻烦，而家门口的地下通道又没有启用。

心理学家认为，一个习惯的养成仅需要三天。在这崭新宽阔的大马路上乱窜、乱掉头，也许因为这两天有喜庆的气氛、方便的快感，可是如果乱串成了习惯，再阔的马路，也会变成一锅粥，再好的道路也会交通不畅。你有没有想过，可能，当你冒着危险横穿马路时，那横穿的马路可能就是一条死亡线；当你猛踩油门时，那可能就是迈向地狱之门。

其实，明珠路在设计时，充分考虑了行人过街和车辆掉头的需求，在整条路上有10个车辆掉头口和多条人行过街地下通道，行人过街非常方便。现在道路尚未完全修好，强烈呼吁那些还停留在"原始社会"、村居思维的人，赶快将思维和行为模式进行补课升级，进入现代城市文明，用良好的行为习惯和规范意识，把我们美好的家园硬件用对、用好，让它更好地为我们的生活服务，而不是给我们的生活添乱。

的确，一个城市的发展水平与文明程度，不能单单只看它的硬件设施的档次高低，而更应该考量它的精神文明建设水平高低，居民文化素质与道德素质水平高低。如果没有文明的市民——城市的软件，那么城市硬件越发达，它带来的后果越可怕。

据交通部门统计,目前,我国每年死于交通事故的人数已超过汶川大地震。而这些交通事故中,绝大部分是由于安全意识淡薄造成的。在一起起交通事故的背后,有多少家庭失去亲人,有多少欢乐变成悲剧,有多少幸福化为乌有,事故带给人们的绝非仅仅是痛苦,受害者及其家人所面对的其实就是一场灭顶的灾难。

我们的城市中除乱穿马路、机动车乱掉头之外还有许多不文明的行为,如随地吐痰、乱扔垃圾、行人对红灯熟视无睹、公交候车挤作一团、公交车上不给老弱病残孕让座、机动车抢占公交车道、机动车宁堵一小时不让三秒钟……这些不文明行为的存在在很大程度上影响着城市形象与精神文明建设的可持续发展。

所以,除了城市风光、街头美景,我们在为城市的迅猛发展而骄傲的同时,最该努力的,就是城市的精髓和城市的内核——城市人的"文明"。为了城市道路的畅行,人人需文明。就让文明从现在起步,让文明今后一直与你我同行。

民生不应有小事

市体育中心东、西门之间的临时道路已经破烂不堪,3月初有媒体报道时就说要修复,但现在一个月过去了,"不仅没有修复,而且越来越烂,到底还修不修?"有关部门回应修路效果不理想已"停补"。(2014年5月8日《南方都市报》)

珠海市体育中心是珠海市主城区唯一一个供市民进行文体活动的专业体育场所,每天到这里来锻炼的人流量非常大,老人、孩子跑跑跳跳的,车辆进入体育中心行驶,的确非常不安全。但是梅华路修路,珠海堵车严重,为缓解堵车,有关部门从体育中心中间开出了一条"临时马路",也确实是没有办法的办法。但这实在不是一个好办法,增加了许多安全隐患不说,尾气、噪音都对正在进行体育锻炼、肺活量大增的人们健康有影响。现在这条马路又破烂不堪、碎石乱飞,下雨后又变得泥泞,的确怨不得街坊们有怨言。

街坊们的怨言不是可以置之不理的小事,有关部门也不能怨老百姓没有长远的眼光,说他们看不到未来美好的新珠海也好,说他们只顾自家门前雪也好，其实这些为我们老百姓做事的"公仆"在办公室、会议室里描绘蓝图的时候，就应该考虑到百姓真正的需求：生活！脱离了生活，一切都是纸上谈兵、闭门造车。但老百姓的生活不是有关部门自以为是想出来的，而是实实在在的、小小的愿望；是细碎的、烦琐的、"庸俗"的——吃喝拉撒、衣食住行；他们心中的"美好"没有那么高大上——出入方便、吃穿不愁、老少平安就是他们的"美好"了。这个朴实的愿望没有错，这就是百姓的生活。我们的一切发展，其根本目的不就是为了老百姓的这个"庸俗"的愿景吗？

体育中心的路面本不是按照机动车道修建的，耐压度肯定不够。开辟机动车道路以来，以往走梅华路的车辆超过50%被分流道这里来，不压坏才怪、不乱石嶙峋才怪！

当然，有关部门有困难、有压力，但有没有真正为老百姓着想、站在百姓生活的立场上思考问题呢？只是抱着消极的态度，坐等着梅华路修好后再修补，这是懒政，是没有真正为百姓着想。其实，有关部门只要多动动脑筋，不要惯性思维——把什么砖压坏了，就用同样的材料再补回去。只要积极一点、主动一点，思维放开一点，办法总会比问题多的。如能否"修补"这条已经破烂不堪的临时路的时候不要再用广场砖，有没有一些简易的、耐压的临时修补方法？起码在修路期间保证车辆和周围人群的安全。还有，能不能再多开出几条从梅华路方向到城市各个方向去的道路？把许多以往不准通行的路口都打开，一些不必要的红灯管制也减少，为体育中心的临时车道也分分流。又如，引导锻炼身体的人们在修路期间避开"高危"路段。这些，有关部门都没有做，只是面对市民投诉，无奈地望着天、耸耸肩说：我们也不想，我们也没办法！这不是人民的公仆，这是人民的老爷。

迎接文艺的春天，珠海准备好了吗？

2个月11场国际级演出，珠海将首次迎来音乐文化季，文化季包括中法文化之春项目展演和世界音乐大师巡演，50余位欧洲艺术家献艺。（2014年4月15日《南方都市报》）

在珠海生活20年，第一次有这么多国际音乐艺术大师扎堆来珠演出，着实令人欣喜。珠海人的耳朵有福了。

这是珠海迎来文艺春天的信号吗？日月贝歌剧院经过那么多年的"磨"终于快要竣工了，这音乐饕餮盛宴的前奏似乎是为这盛大的珠海歌剧院准备的。今后的歌剧院会都朝着国际范儿走下去吗？

珠海歌剧院建得不容易，将来的管理和持续运营更是个大事，要把这个珠海人盼望已久的大型文化设施经营好，珠海人准备好了吗？有关部门准备好了吗？

近些年，珠海努力在硬件设施上为文化艺术的发展造势。但是迎接珠海文化发展的春天，不仅仅需要硬件上的突飞猛进，软件上的准备更是不可或缺的。

多年来，珠海城市建设和经济规模取得很大发展，但是文化艺术领域的发展还很不够，成规模、成品牌的文艺项目几乎空白。今后，有了设施的硬件，有了政策的软件，最需要的就是人才的培养和储备了。珠海的大专院校每年都有不少艺术类学生毕业，但大多没有留下来；许多当年特区建设时来到珠海的艺术家后来也都走了。培养人才，留住人才，是珠海文化艺术领域亟须解决的难题。解决了这个根本，珠海才能迎接真正的文艺的春天。

要解决人才问题，重要的是以文化强市重点项目、重点工程为抓手，推动文化强市建设项目化、基地化、品牌化、国际化、实体化。一个地区的文艺发展，绝不是哪个人的问题，而是文艺项目的问题。看准项目、抓好项目，以项目带人才，以人才促项目，这样才能产生良性循环，才能让珠海的文艺进入一个崭新的发展时期，才能真正摆脱以往那种只靠精英点缀，没有基层人才的脱离生活、脱离实际的艺术模式。而今后珠海的文艺项目，就是要充分考虑文化特征、时代特点和珠海特色，秉持"创作是根本、传承是关键"的理念走下去。

国际艺术大师的青睐营造出的浓厚的文化氛围，是本地文艺土壤中不可缺少的肥料。而本土原创、文化传承才是真正的文艺沃土。"春种一粒粟，秋收万颗子"，在迎接文艺春天的当下，珠海人必须加紧准备好了！

直到长成参天大树

"我踏着海浪而来，为了寻找我的方向。浪花溅湿了我的衣裳，抚平我心中忧伤。看那无垠的大海，闪烁着无限希望……"来自北京大学、中国人民大学、厦门大学，到珠海创办"社区支持农业"模式项目的大学生邹子龙、陈羿好、钟倩琳一定知道这首歌，来到珠海的千千万万的大学生都知道这首歌。当年特区初建，来自祖国四面八方的优秀大学毕业生们，就曾唱着这首歌来到珠海，如今，又有大学生们唱着它来到了这里。

大学生们为何来到珠海？许多人回答因为这里有美丽的大海。的确，美丽的珠海，浪漫的情怀，给了年轻人很多想象，所以他们来了。但有些人没有待下去，是因为他们没有找到机会，没有发现希望。

机会和希望从哪里来？一方面需要政府的政策给予扶持，各相关单位要为大学生创业沟通协调，帮助解决存在的困难和问题，扶持他们做大做强，实现抱负和理想。另一方面也需要大学生们自己去发现、去寻找。

歌声是激情的，现实是冷静的。经济专业研究生毕业的邹子龙和钟倩琳，以及艺术设计专业毕业的陈羿好，在大家都挤公务员、抢铁饭碗的当下，毅然选择了自主创业，而且是风险高、压力大的农业。他们这种初生牛犊不怕虎的精神得到了大家的赞赏。

年轻人应当像邹子龙、陈羿好、钟倩琳那样，他们不去随大流，不去人云亦云，闯出了一条自己的路子。即使有困难，即使有艰险，但因为年轻，就不怕失败，因为年轻，就有重来的可能。只要大胆地去干、去闯，就一定能"杀出一条血路"来，找到实现自己梦想的方法。

当年特区初建之时，全国乃至国际的高端人才集聚珠海，迟斌元、游景玉、殷步九、史玉柱、求伯君、陈利浩、余卫东、程萍……这一个个如雷贯耳的名字曾在珠海找到了巨大的舞台，舞出了自己璀璨的人生。这机会、舞台是政府大力扶持的结果，更与他们敢想敢干、敢为天下先的精神分不开。

今天，珠海特区的建设需要"科学崛起"，急需各类人才，如果没有人才，一切都是空谈。为了吸引优秀的年轻人来珠海工作，政府也在苦苦思索。近年来，珠海市建立了中山大学科技园大学生创业园、珠海大学生创业园等，近日金湾还出台了为"海归"提供30万元安家费的政策。这些政策和方法，也许解决了大学毕业生们眼前的问题，但工资待遇仅仅是留住人才的一个方面，更重要的是要让他们有一个将自己的才华与珠海的实际紧密结合起来的机会，要有一个事业上升和发展的通道。

邹子龙、陈羿好、钟倩琳们要把他们的农园发展与市委、市政府部署的幸福村居创建工作结合起来，实现规范化管理、标准化生产；要把他们的事业与珠海农村综合改革工作结合起来，他们的创业农业园就一定会有前途。

珠海是一片热土，珠海在召唤大学生们。在希望的田野上，初升的太阳照在邹子龙、陈羿好、钟倩琳年轻的脸上，也照着身边茁壮成长的小苗。就让年轻的心和幼小的苗一起沐浴阳光雨露吧，青春奋斗的时光，珠海的营养，小苗和年轻人一起，会在这里长成参天大树！

咬定环保不放松

2014年2月21日，《珠海特区报》报道的两条环境新闻让人欢喜让人忧。喜的是珠海市将在情侣北路（南段）片区建设两座污水提升泵站，以解决周边片区日益严重的污水收集问题，有效保护周边水体环境。据了解，这两个泵站建成后，每天可收集污水3万吨。该工程的建设有利于完善情侣北路（南段）片区污水收集系统，保护片区及周边地区的水环境。情侣路，这个全体珠海人客厅阳台之碧海蓝天的美景有了技术设备这一坚强后盾，这不仅是珠海人面子上的光芒，也是珠海人里子里的温暖。

但是，同时一个让人忧心的事情是，网民在微博中多次投诉平沙镇珠海松田电工有限公司排放的废气味道难闻，市环保局、高栏港区环保局的工作人员前往该公司进行调查，并开展监督性监测，废气的确存在不达标排放现象。幸亏目前松田公司已草签协议，拟投入200万至300万元引进废气处理设备。该套设备将把废气集中到管道中不断降温，将废气通过化学药水清洗，变成废水排放到污水处理厂。

环保，在珠海是天字当头的大事。正是因为咬定环保不放松，珠海才走到了今天，也可以说是熬到了今天。熬到今天是不容易的，我们"既要金山银山，更要绿水青山"，这个已成为珠海人共识和常识性的理念复杂且艰辛，说出口容易，做了，还要坚持做下去真不易。一代又一代人付出努力和代价实践出了结果，能有青山绿水与珠海相伴相随的今天，我们得之不易，我们不能自满。当前，雾霾已经在觊觎我们，我们绝不能躺在功劳簿子上睡大觉，我们对任何厂家、任何人制造的废水废气都必须坚决说NO，绝不客气！

"蓝色珠海，科学崛起"需要着力推进绿色发展、循环发展、低碳发展，需要从源头上扭转生态环境恶化趋势，为人民创造良好生产生活环境。

在环境保护上，珠海曾走在全国的前列，这是值得骄傲的。但我们没有放松，2014年3月1日起，珠海市将施行《珠海经济特区生态文明建设促进条例》，划定生态保护红线，建立排污权交易制度，建立生态环境损害责任终身追究制。《珠海市经济特区生态文明建设促进条例》作为生态文明的地方性法规，不仅要在全国环保领域"第一个吃螃蟹"，更重要的是对珠海当前的生态环境保护发挥更积极的现实意义，让我们看到环保型民生的新希望。

我们的珠海梦是建立在生态环保、科学发展基础上的。离开生态环保谈科学发展，珠海梦就会成为无水之鱼、无根之树。我们希望更多的新技术、新设备在环保上使用，真正让环保改变生活，让环保和民生相辅相成。

我家小盆景，全城大花园

香洲区的创建"美丽阳台"活动已经进行了一段时间了，活动将在2014年9月下旬评比出100个"美丽阳台"，对其进行奖励，并向全体市民展示。在此，为这个美丽行动点赞，并希望全市每个家庭都行动起来，把自家的阳台打扮起来，用你的智慧和巧手，装扮出窗外的一个小花园，并让这个小花园成为珠海整座城市的一个个独具个性、充满魅力和色彩的盆景，一个个盆景组合起来，汇成珠海这座大花园，让我们生活在宜居、怡情的大花园里——到那时，我们的珠海就真的是花园，像儿歌里唱的一样"花园里花朵真鲜艳，和暖的阳光照耀着我们，每个人脸上都笑开颜……"；香洲区的这项活动，是城市美化绿化的创新，转变了以往城市绿化思路，将以往大面积绿化美化的思维转变到了微观绿化美化上来。观念一变天地宽，在我们绿化美化已渐趋饱和的情况下，又开辟了一条新路子，而且是广泛发动群众、全民动员参与的路子，可谓事半功倍，定会成效显著。将这个思路开拓出去，我们还可以美化屋顶，美化建筑物外墙，美化门窗，美化各个角落。这应成为珠海的修养、珠海的气质。或许有一天，人们建房时可以这么说：建一个珠海风格的！

之前我们讲花园城市，似乎都是园林工人、有关部门的事情，只要他们把公共绿地和街道树木打理得漂漂亮亮就行了；而花的艺术，也只是过年过节的时候园林工人们在街角路口或者大单位的门口摆放一些花圃，营造节日气氛，我们就觉得我们的城市像花园了。其实不然，我们都知道世界著名的地中海风情，除装修时的蓝白色和拱门、自然材质之外，它最不可或缺的一项就是美丽的植物装饰，花草布置的窗户、阳台构成的小街小巷是必不可少的。

这次香洲区的"美丽阳台"评比活动，把以往似乎只是私人领域、政府很少理会的家庭阳台纳入绿化美化的行列，第一次从细节入手，从美化每一个阳台入手，让市民明白了：打造珠海这座大花园城市，我们大家都有份，自己家的阳台就是大花园中的一个小盆景。每个阳台都美了，这座城市该有多漂亮！

其实珠海的自然条件是特别适合打造美丽阳台的。阳光充沛，气候潮湿，适合许多开花植物的生长。但并不是随便摆些花草就可以变成美丽阳台了。打造一个美丽阳台需要人们热情积极的行动，更需要心思，需要技巧，还需要资金。既然政府发动市民打扮自家的阳台，就希望有关部门在构思、技术和资金几个方面给予市民帮助，不只是少数得奖者，而是尽可能让每个家庭都学会打扮阳台。在用评奖激发人们的积极性的同时，街道和社区应当在每个居民小区举办园艺讲座，并在讲座时赠送给居民种子或幼苗，告诉居民阳台适合种植哪种花草、如何种植和管理，如何造型、如何摆放和配置。要让美丽阳台漂亮、因地制宜地生长，还要有文化、有品位、有特色。

希望城管部门和社区街道牵头组织邀请园艺协会、园林专家及花卉栽培技术人员，在各社区举办家庭园艺知识普及和现场咨询、盆景制作培训活动，向市民传授园艺技术，保障居民以较高水准装饰设计自家阳台。这是政府绿化美化城市的作为，也是政府绿化城市的智慧。

新政策为人才遮风挡雨

近日，我市相继出台了两项政策，允许我市从事国家尚未列入职业分类大典的职业（工种）的技能人才通过企业自主评价取得职业资格证书，在有效期内按同等级国家职业资格证书享受就业、培训鉴定补贴，以及入户城镇、评比表彰等方面待遇。此举开辟了新兴产业技能人才新的评价途径。（2013年8月23日《珠海特区报》）

可以毫不犹豫地说，所有事业，都是人才的事业，所有的成功，都是用人的成功。珠海市针对国家职业大典鉴定空白的人才出台的新政策，可以说是做到了点子上，这种对症下药的政策，既利于重点企业引进和留住真正需要的人才，解决制约珠海重点产业的转型升级发展的人才难题，又改变了以往部分企业技能人才无法通过正常途径获取国家职业资格证书的状况，提高了广大技能人才的积极性。这项新政为珠海市的人才战略开了一个好头，希望由此可以有更多的、实实在在的人才政策出台，留住技工、留住学生、留住医生……留住一切我们社会和民生发展需要的人才。

的确，"唯才是举"大家都会说，可是要真正做到位会面临很多现实问题的阻碍，一些大而化之的政策具体到人就变成了无法操作的东西，极大挫伤了人才的积极性。还有一些传统观念的束缚，对于新技术、新工种的认识也存在不足。如前阵子媒体上热谈的催乳师职业，这其实是一项专业性、技术性很强的工作，随着母乳喂养有利于母子健康的理念的形成和奶粉问题的严重，人民生活迫切需要这项专业技术工作。但以往，虽有从事这项工作的人，但没有职业标准，也没有技术标准，鱼龙混杂，不利于这种技术服务百姓，也不利于人才的发展。现在，有了这项新政，那些新的工种和新的技术岗位，企业和行业协会都可向市人力资源鉴定考试院备案，确认后即可开展自主评价，并取得职业资格证书，而且将企业人才自主评价纳入国家职业资格证书体系……

这是一次观念的转变，也是一次大胆的创新，必将为珠海市吸引并留住一批新型人才。这是一项好的人才政策，希望好政策能真正落到实处。因此，政府有关部门还应该注重企业自评规则的制定和监管，在细则和管理上下功夫，保证自评考核的公平、公正、公开，绝不能让它成为一个新的腐败私器。我们要让这项好政策，真正成为吸引人才，并为人才遮风挡雨的梧桐树。

小区强制建养老设施：叫好，更要叫"座"！

未来珠海新建的住宅小区，必须同步建设养老服务设施才能通过验收。《珠海市人民政府关于加快发展养老服务业的实施方案》（征求意见稿）已出炉，其中首次对社区居家养老服务设施提出配套标准和规划指引。今后新建住宅小区须建设配套养老服务设施，与住宅同步规划、同步建设、同步验收、同步交付区民政部门统一管理使用；凡老城区和已建成居住（小）区无养老服务设施或现有设施没有达到规划和建设指标要求的，各区政府要组织住规建、国有资产、财政等部门和镇（街道）限期通过购置、置换、租赁等方式开辟社区养老服务设施并移交区民政部门统一管理使用，不得挪作他用。但相关人士表示，没有具体操作细则。（2015年3月25日《南方都市报》ZB01版）

作为一个目前家里已有老人，未来自己也要在珠海养老的珠海中年人，笔者首先为这个方案的提出叫声好，它让我们看到了国家提倡的居家养老在珠海成为可能，而且这种可能通过立法强化，解决了居家养老的第一步：硬件设施问题。

最直接的受益者当然就是爱好广场舞的大妈们了。如果今后社区都有了老年人专门的舞蹈室、体操室，她们就不会满大街去扰民了。当然，养老问题绝不仅仅是让老年人老有所乐，更重要的是老有所养和老有所医，说白了就是，大多数生活能自理的老年人需要解决的是吃饭问题、看病问题和娱乐问题（排名分先后）。

因此，没有细则不行，有关部门也不能让这个方案仅仅成为一个指引，必须成为真正可以操作落实的方案。据资料统计，珠海已经进入老龄社会，养老问题已经迫在眉睫。因此，请尽快配套实施细则，并有保证落实的配套方案。否则，上述方案没有意义。毕竟，这么好的方案不是用来看的，而是用来实施的，必须做实。譬如强制小区配套养老设施必须具体化：多少户的小区该有多大的老人食堂、多大的娱乐室、多大的医疗室，都必须有明确的、科学的指标，而且必须有保证实施的细则，还应有不予实施的处罚。

进一步说，如果仅仅保证"有了"也还不够，只是"有了"不发挥作用等于没有。因此盘活这些设施，希望在最初政策设立之时就制定可行的配套政策，保证小区养老设施有地方，有人做，有人管。这似乎就不仅仅是民政部门一家的事情了，因此希望由民政部门牵头，协同有关单位，把社区养老问题解决好。

如社区食堂问题，如果单纯由市场主导，估计价格便宜不了，愿意去那儿吃的老人不多，实在动不了不能自己做饭了才会需要那里送餐。而老人食堂如果仅仅靠经营少数行动不便老人的"生意"，那肯定要亏本，也不会有人愿意做。因此，老人食堂不应是"生意"而应是社会事业，政府需要投入，更需要监管。

还有社区医疗室，仅靠现在已经自顾不暇的养老中心来承担延伸管理是不行的，社区老人专用医疗室必须作为政府的一项重点事业来与社区医院对接、与市各大医院对接，这也是迫切需要有关部门考虑的问题。

职业教育的机遇来了

  2014年6月22日，珠海高新区就业直通车专场招聘会在唐家文化广场举行，辖区内67家企业共提供1612个岗位。记者在招聘现场发现，随着高新区企业在转型升级大环境背景下的发展，一些原有的劳动密集型企业的用工量逐步减少，取而代之的是技术含量更高的自动化机械设备操控技术性人才。例如，机械工程师、机修技术员、五金模具师傅、PE工程师等掌握熟练技术的高级技工非常抢手。

  技术工人短缺已经不是一年两年的事情了，蓝领工资超白领的新闻也一热再热。的确，当今社会各行各业都需要技术工人，但我们对职业教育的重视程度显然不够，加之社会对职业教育的看法还有偏差甚至歧视，因而形成了一个客观存在的需求大、工资高→投入少、社会地位低的悖论。而日前传出的湖北职业技术学院在借鉴国外和中国香港地区学位制度的基础上，试点建立"工士学位"的消息打破了这一悖论，有利于提高高等职业院校毕业生的社会认可度，营造全社会尊重技能人才的氛围，并为培养社会急需人才的职业教育起到了推动和正名的作用。

  目前，珠海市共有高等职业教育院校3所，在校生26276人，其中公办院校2所，在校生24860人，民办院校1所，在校生1416人；中等职业技术学校11所，在校生共27246人。可以说每年培养出的人才是不少的，但与珠海市目前主导发展交通基础产业、先进制造业、高新技术产业、现代服务业、现代农业，以及高端新型电子信息、生物医药、新能源及新能源汽车、新材料、航空、海洋装备、节能环保及清洁能源产业等战略性新兴产业的产业结构及布局相对照，珠海市职业教育的专业设置、人才培养模式等与社会经济发展的对接还不够紧密。因此珠海市人才市场上仍然存在一方面毕业生找不到工作、一方面单位招不到人的状况。

  分析一下为何社会上歧视职业教育，重要的原因之一是职业教育没有学位，导致技术技能型人才上升通道狭窄，致使职业学校沦为学生考不上高中和本科的"退路"，影响了生源质量和人才培养。现在设立了工士学位，恰好在职业技能培训之外，有利于职业教育的全面发展，同时也随之增加了一定的筛选机制与淘汰效应，这将在无形中激发职业教育内部的升级动力。

现实的需求，理念上的更新，再加上珠海"蓝色珠海，科学崛起"战略的实施，可以说职业教育春天来了。珠海市职业教育应该奋起，工士学位可以探索，产学研相结合更应实践，使职业教育更好地为珠海发展服务。

幸福村居：大家好才是真的好！

2014年6月，珠海市的幸福村居创建工作继上月竞选出7个新的"示范村居"之后，又评审出斗门区斗门镇南门村等6个"精品村居"和香洲区前山街道界涌社区等10个饮用水源和基本农田保护区内的"生态村居"。新晋级的6个"精品村居"及10个"生态村居"，将分别获得市财政3000万元专项建设资金支持，资金通过"以奖代补"方式发放。

我们为这种不断晋级、阶梯式发展的方法叫好，这是珠海市幸福村居建设理念的一大进步。它集中优势"兵力"，打造精品，既可以将有限的资金用在刀刃上，又可以鼓励把优秀成果和经验作为典范和榜样，推而广之。

2011年，珠海率先全省启动幸福村居创建，以建设"生态文明新特区、科学发展示范市"为统揽，坚持因地制宜、规划先行、统筹协调，全面改善村居生产、生活、生态环境，促进城乡一体化发展。经过近三年的努力，幸福村居工作一步步向前推进，涵盖特色产业发展、环境宜居提升、民生改善、特色文化带动、社会治理、固本强基六大工程的实施，有效促进基层政治、经济、文化、社会、生态文明建设协调发展，乡村整体面貌焕然一新。

说实话，在资金有限的情况下，率先建设"示范村居"，避免了建设资金的"撒胡椒面"现象，可以集中优势、发展特色，是一种很好的方法。现在又有了"精品村居"，路子更宽了，方法更多了。

但鼓掌的同时，也不免令人产生一种担忧：标准模板的"示范村居"也好，优中选优的"精品村居"更甚，它们会否带来一种"马太效应"——那就是好的更好，糟的更糟。有经济价值的村子上去了，有社会特点、政绩和古迹的村子也上去了，它们获得了奖励资金后，会发展得更快更好。那么那些地处边远且没有什么特色的贫穷村庄呢？它们永远不能获得奖励吗？因此，必须找到新的特色亮点、新的经济增长点和新的评选方法，使它们也能获得奖励资金，与其他村庄同时向前迈进。

也许有关部门已经意识到了这一点，如过去仅评选"示范村居"，受生态保护政策限制而相对经济落后的村子根本难以与经济发达的村居竞争，村民创建幸福村居积极性不高。"生态村居"的评审，解决了这个难题，激发了村民创建幸福热情。但是仅有"生态村居"还是远远不够的，我们有关部门应该动脑筋、想办法，找出更多的方法，建立更多渠道的立体式奖励办法，使幸福村居创建格局更加多样化、广泛化，让所有的村庄都能积极参与到幸福村居的创建中来，并从中获得实惠。真正让创建幸福村居使广大群众过上更加幸福的生活。

笔者建议有关部门参照大学中对学生的奖励办法来奖励幸福村居建设，可以设立针对学习成绩好坏的多种类型奖学金，同时也可以设立多种类型的帮助贫困学生的助学金，如此一来，好的可以更好，差的也可以有力量追赶，不至于被丢在起跑线上。

建设幸福村居是关系到群众生活的大事，是带领全体农民共享改革成果，过上好日子、新生活的大事，是我市农村进一步深化改革的大事，有关部门必须让全体农村和农民都参与进来，一个也不能少！

文字有规范，文化才有传承

2015年4月8日《珠海特区报》报道，为推动国家通用语言文字的规范化、标准化及其健康发展，使国家通用语言文字在社会生活中更好地发挥作用，4月8日开始，由市教育局组织牵头，联合市工商局、市城市管理执法局等部门，对珠海市的主干道以及商业区、学区街道的店铺、巴士站牌、街道指示牌等进行突击检查。这也是珠海市在创建全国文明城市后首次对语言文字规范化方面进行更加细致的整改和完善。

灿烂的五千年中华文明中，汉字是一颗耀眼的明珠，闪烁在人类智慧之巅。作为使用这种伟大的语言文字的中国人，我们每个人都有理由自豪和骄傲。然而在今日的现实中，我们不能漠视大量中文被糟蹋、被歪曲的现象。看看街头，猎猎彩旗飘着广告：声西击东！明明是我们先人智慧结晶的成语

"声东击西",却由于商业的目的被某些人硬生生改成了错误的表述。

类似的文字还有不少,如衣衣(依依)不舍——服装广告;有口皆杯(碑)——酒类广告;一步到胃(位)——胃药广告;乐在骑(其)中——赛马/摩托车广告;随心所浴(欲)——热水器广告;咳(刻)不容缓——止咳药广告……还有无意中写错且出错率极高人们见惯不怪的,如修车店门口:补胎"冲"(充)气;零售店铺门口:"另"(零)售;家具店门口:家"俱"(具);洗车店门口:洗车打"腊"(蜡);水果店门口:"波"(菠)萝;饭店菜单:鸡"旦"(蛋);停车场招牌:"仃"(停)车收费;等等。这些故意写错的成语和无意中写错的字歪曲了中文的词意,对正人们的耳目尤其是在学习的孩子们造成极恶劣的影响,这些整天耳闻目睹的错误,深深印在孩子们的脑海里,对孩子们的学习不利,更对中华文化的发展不利。这些错误的、滥用的、不规范的语言文字,为何不能用?因为文字即文化,是千年人类智慧的结晶,弄错了,就损坏了文化符号,破坏了文化传承。为了不让几千年的文明毁在我们手里,规范中文,刻不容缓。这绝不是危言耸听,我们每个中国人都该警醒!

语言规范是指使用某种语言的人所应共同遵守的语音、词汇、语法、书写等方面的标准和典范。古今中外对语言的规范化工作都相当重视。印度梵文早在公元4世纪就开始了规范运动。我国公元前221年秦始皇统一中国后,统一规定以小篆为正字,后历代国家繁荣富强之时都有修典修书之举,目的就是规范语言文字。在欧洲,为了"保卫"和"纯洁"语言文字,甚至发生了许多"运动"。如净化意大利语,纯洁法语运动,"永远不可改变的规范准则"的希腊和拉丁语法则,"德语的正确性"研究,制定英语的"正确性的标准",等等,都是自古至今各民族专注的问题。这表明,世界各国人民历来都将语言文字的规范当作头等大事来抓,人们普遍认为,没有规范的语言文字,文化的传承定会岌岌乎殆哉!

当前,语言文字还关系到国家的统一、民族的团结、社会的进步。实现国家通用语言文字的标准化、规范化,是促进民族间交流、普及文化教育、发展科学技术、适应现代经济和社会发展的需要,是提高工作效率的一项基础工程,对于当前的社会主义物质文明建设和精神文明建设具有重要意义。

其实,对于当今的语言文字,我国是有《中华人民共和国国家通用语言文字法》的,但知道这部法律的人还不多。普及语言文字法,依法规范语言文字,特别是依法规范各个广告招牌,是各有关部门的责任,也是每个中国人的责任。

要像狮山街道办那样解民忧

狮山路91号小区楼下农业发展银行旁边有一个通道，过去一直是91号的消防通道和小区车辆出入口，近来这里被银行改为单位停车场，导致狮山路91号小区没有了消防通道。狮山街道办知道这种情况后，主动多次进行现场勘查和调研，经过和市政、路灯、交警等多个职能部门沟通协商后，最后在小区另一侧新开了一条消防通道，既解决了小区消防通道的问题，也增加了停车场，得到了小区居民和银行的一致好评。（2013年7月31日《珠海特区报》）

也许狮山街道办开一条消防通道的事不是什么大事，但就是这么一件小事，一些部门不愿或不屑去做，因此这件事使该街道办全心全意为群众谋利益，想群众所想，急群众所急的工作作风凸显出来，"群众利益无小事"的精神在他们这里得到了充分的体现。如果我们每个街道、社区、政府有关部门都能像狮山街道办这样把群众的需求放在首位的话，还会出现三好名苑小区那位史上最牛霸占车位的许先生吗？

许先生家住三好名苑，因为没地方停车，只好自己动手在走道上画了个车位，车位上写明车牌号，墙上写有标语，车位还装了摄像头。这样武装到牙齿严阵以待的许先生虽属无奈，但实在有点霸道。之前如果街道、社区能出面想办法协调解决的话，相信许先生也不会采取极端做法。事实上，三好名苑是有地下停车场的，而且大多空置，原因是地下停车位价格太贵，大多业主买不起（2013年7月30日《珠海特区报》）。

一边是没地方停车，另一边是有大把车位空置着没人去停，这事情不但听起来荒谬，而且浪费资源。如果政府有关部门能出面与开发商、物业进行协调，制定出合理的、居民负担得起的价格，并实行多种收费方法的话，相信三好名苑停车难的问题是可以解决的。

目前，珠海机动车每天仍在以百多辆的速度增长，车辆越来越多，停车难已经成了百姓日常生活的大问题，像狮山路、三好名苑这样的事情非常具有普遍性和代表性。对此，如果街道和社区等有关单位都能像狮山街道办这样本着积极的态度去主动帮助、努力解决的话，这个问题会在很大程度上得到缓解。如果政府有关部门懒政和不作为，或者装作看不见，认为事不关己高高挂起，那么群众的忧愁无法排解，他们便运用个人有限的力量，想出一些莫名其妙的土办法来，就会成为社会的不和谐音符。

依法治市的一大步

2014年9月15日，珠海市中级人民法院对被告人徐某涉嫌故意杀人、强奸犯罪一案再审宣判。因原告所指控的犯罪事实不清、证据不足，宣告徐某无罪，当场释放。法院表示，将根据徐某的申请尽快落实国家赔偿工作。

这个案件的翻案，彰显了法治精神，树立了严格依法治市的理念，明确了政府部门的法治思维，拉开了全市各条战线全面以法治方式、法治精神、法治理念深化改革、推动发展、化解矛盾、维护社会稳定工作的序幕。

这起发生在16年前的"强奸杀人"案件，同佘祥林、赵作海等案件不同，该案件并没有"真凶出现"，而是因为证据的证明程度尚未达到刑事案件的证明要求。就是在今天改判后，我们也不能说徐某就真的没杀人，但也不能说他杀了人，因为现有证据既不能完全证明他就是作案者，但也不能完全排除他的作案嫌疑，根据"疑罪从无"的刑法原则，在入狱16年后，法院对徐某做出了无罪的改判。这样的改变体现了宁愿"错放"不能"错判"的新的司法理念。

"疑罪从无"是司法机关认定刑事案件、待证事实应当遵循的重要证据法则，是现代法治国家处理刑事疑案的普遍做法，但是在我国，这仍是一种崭新的司法理念。对徐某的改判，就是这种新的司法观念发挥了重要作用，这是珠海市法制建设的一大进步，是珠海市树立司法公信力、切实尊重和保障人权的重要体现。

我国是一个有着几千年封建历史的国家，"人治"思想根深蒂固，封建专制意识浓厚，官本位思想、官贵民轻思想、特权思想盛行，这些都是法治的大敌。党的十八大报告确立了人本法律观，这有别于奴隶社会的"神本法律观"、封建社会的"君本法律观"和资本主义的"物本法律观"，是构筑中国特色社会主义法治体系重要组成部分。各级政府和有关部门都应将以人为本作为法治建设的指导思想，各级领导干部更要用法治思维来替代过去的领导思维、管理思维和行政思维，必须用严格的司法理念依法行政。各部门在行使管理职能时,都必须要使全体市民处于平等的位置上,依靠法律对其加以保障,并对破坏秩序者加以制裁。

珠海市各有关部门应当从徐某案中学会法治思维和人本思想,在今后的工作中用法治来保障社会管理体制创新,把我们的各项管理工作纳入法制化轨道,保证各项工作在法律法规下有序地进行,从而提高工作效率,保障社会稳定,为经济发展创造一个良好的政治环境,为全体市民创建一个公平正义、和谐美好的生活环境。

医保改革中利民的破冰之举

昨日,我市公布了《关于医疗保险待遇及管理若干问题的通知》,在外来工失业后参保、新生儿报销医疗费时限以及大学生参保等方面,均首次有了重大调整。新调整的政策将于明年1月1日起实施。(2014年12月26日《珠海特区报》)

珠海市推出的此项改革制度,是落实国家福利制度、完善国家社会保险制度的一项重要举措,不仅可以提高人民的幸福指数,也有利于珠海社会、经济的建设和发展。虽然此次改革的项目还不多,但新生儿医疗费用报销时限延长至1年、大学生可全年参保、门诊病种待遇时限从宽计算、确诊重大疾病即刻享受补充医疗保险自费待遇这几项医疗保险制度改革措施的目的均是朝着使全体市民敢看病、看得起病的目标而努力的,体现了以人为本,实现社会公平的基本内容,也体现了参保人员对政府工作的要求,为珠海市深化医疗改革、建立和完善社会保障体系迈出了积极有力的一步。

该"通知"最引人注目的就是流动就业人员可参加居民医保了:从2015年1月1日起,珠海市异地务工人员将实现就业有医保,失业可续保。此举将为在珠工作的30多万名异地务工人员解除失业期间医保的后顾之忧。

以往在珠工作的市外户籍务工人员辞职或被用人单位辞退后,在本市的基本医疗保险关系随之中断,要么陷入医保的"空档",面临没有医疗保障的尴尬,要么只能转回家乡,参加当地的城镇居民医保或新型农村合作医疗。此次该项新政策出台,使异地务工人员在珠海就业及失业期间的医疗保险关系得以延续。虽然目前这项政策只有3个月的续保期,但比起以往一旦失业立刻转保和断保来说，这是一个破冰之举，它解决了在珠海讨生活的市外户籍流动就业人员在失业期间医保断档的尴尬难题，给流动人员一个较为宽松自由的喘息和重新找工作的时间，不仅减少许多他们往来家乡和珠海之间的奔波，也减少了他们因为断保带来的损失，更增加了他们参保的信心。

党的十八届三中全会提出，要建立更加公平可持续的社会保障制度，要深化医药卫生体制改革，要统筹推进医疗保障、医疗服务、公共卫生、药品供应、监管体制综合改革。

医保问题是一个国家社会二次分配的重要内容，是关系到每一个老百姓根本利益的大事，敢想、敢干、敢于立在改革开放之潮头的珠海人，这次医保改革走在了全国前列，值得叫好。但是这次改革的步子可以更大些，措施可以更多些，惠及人群可以更广些，让群众的满意再多些，因为人民有着更多、更迫切的期待！

严罚可以出文明

近日，交警部门将局部放大抓拍技术，用于对开车打手机、抽烟、不系安全带等行为的远程执法，此举将大大提高违章抓拍的成功率。（2014年12月16日《珠海特区报》）

其实稍有点物理学和生理学知识的人都知道，开车时候的一些坏毛病是足以致命的（不仅是自己的命），但为何总有人不提高警惕？主要原因有三点：一是积习难改；二是侥幸心理；三是做这些"坏事"没成本。

那么要改变这些坏毛病就必须从这三个根本原因入手。教育和个人素质的提高是可以消除恶习和侥幸心理的，但这是一个漫长的、间接的过程。最直接的改变恶习的方式就是让有恶习的人受到惩罚，而且罚到他怕，罚到他有巴甫诺夫所研究的动物式的条件反射——不要说做，只要一想到恶习就会心疼肉疼。在如此"高压"下，文明行为是可以速成的。君不见，早两年，国内司机有谁会系安全带呢？这些年，开车系安全带已经成了大多数司机的习惯——这个文明驾驶的习惯可以说就是罚出来的。

当然，惩罚不是交通管理的唯一手段，也不是交通管理的目的，建立良好的交通秩序和文明行为才是严格执法的终极目标。珠海交警利用现代技术实行的强制手段，就是要唤醒每个人的规则意识、守法意识，从而确立道路交通文明——这是现代中国社会最基础的道德建设之一，它将传递社会正能量。

重罚严惩可以说是社会文明提升的基础之一。因为趋利避害是人的本能，在严厉的处罚面前，人人都会掂量掂量违规的成本。这种外部的强制是强化人的守法观念、使人从不敢违规到不会违规的必要手段。说实话，有时候，文明真可以说是"罚"出来的。不少人从一些发达国家旅游回来都说，人家的公共秩序如何如何的好，但谈及人家的违规处罚又频频咋舌。譬如在新加坡随地吐口痰就会被罚几百新元，墙上乱涂鸦可能被施以严酷的鞭刑；在美国随意、胡乱养狗，主人会被罚得倾家荡产……可是咱们呢？许多事没有规矩，因此就难成方圆；许多恶习没有惩罚或者只是道德谴责，或者是罚得很轻，被罚者根本不当一回事儿！这就是做坏事、恶事、不文明的事没代价。当然，没有谁是圣人，没有谁生来文明高雅，文明靠教化、靠养成。心理学研究证明，人学坏比学好容易得多，这也是人的本性，诚如俗语"学好如爬上，学坏如溜坡"。即使人之初性本善，也会性相近习相远，公民良好道德素养和守序意识的提高，必须通过教育甚至是严刑重罚来实现。

习惯的改变就是一种生活方式的改变，而法律恰恰是提倡一种新的生活方式的工具。道路交通文明的确立是现代中国社会最基础的道德建设之一，它将传递给社会巨大的正能量，这其中，交通新规所起到的作用就在于提供强制力保障，唤醒每个人的规则意识、守法意识。

航展该是厚积薄发的时候了！

第十届中国航展于 2014 年 11 月 11 日至 16 日在珠海市举行。经历了 18 年的艰辛路程，珠海的航展走到了今天，已成功跻身世界"五大航展"之列，它已经成为见证中国航空航天发展的重要平台和世界了解中国国力军力的重要窗口，同时也成了珠海人的骄傲，成为珠海最闪亮的城市名片。

18 年来，我们一直朝着国际化、专业化、使各界都满意的航空航天盛会去努力，每次珠海都是倾全市之力打造具有中国特色、国际水平、世界影响的会展品牌。

18年的积淀，如今应该到了厚积薄发的时候了，我们不仅要找准自己的定位、办出自己的特色，还要向这个品牌要社会效益、要经济效益。

世界上几大航展都是各有特色的。巴黎航展是世界上规模最大、历史最悠久的航空航天盛会，是最负盛名的航展鼻祖。知名度仅次于巴黎航展的世界第二大航展——英国范堡罗航展以系列航空"庆典"活动为主，引领全世界很多年。世界第三大航展——新加坡航展也有33年的历史，是亚洲国际航空航天展览会、亚洲防务技术展、亚洲机场设备和技术展三位一体的博览会。俄罗斯的航展规模虽然不大，但其军事特色，吸引着众人的目光。美国代顿航展位于飞机的发明者莱特兄弟的故乡，那里有许多航空科研机构、基地和博物馆，以航空贸易展和科研取胜。澳大利亚国际航展与珠海的航展年纪相仿，但它已经做出了特色，那就是航展中军用飞机、军用航空技术及机场技术占主导地位。进入20世纪90年代后，亚洲许多地方都在积极举办航展，如阿联酋、印度尼西亚、日本、马来西亚、印度。印度航展比我们珠海的航展要热闹；北京航展虽没我们热闹，但它以中外航空贸易交流为主打，也做出了特色；韩国首尔航展是给韩国企业出风头的……我们的航展要朝着哪个定位发展呢？是全方位的集专业、贸易和军事、表演于一体，还是深挖某一个领域？这些都亟待我们有一个清醒的规划和认识。如果我们做生意，今后要在成交量上下功夫，使参展商家不是来走秀，而是真正能坐下来、谈生意。如果我们想把航展办成一个嘉年华会，那就多一些表演和"真家伙"展示，让观众过瘾，让老百姓开眼。同时我们还应该创新航展手段，利用各种媒介终端向世界人民播放航展、宣传航展，真正实现数字化航展。

而如何利用航展吸引和打造航空产业，我们已经迈出了可喜的步伐，2008年珠海航空产业园成立，中国航空工业集团通用飞机有限公司作为产业园区的龙头企业落户珠海航空产业园，2011年，中航通飞公司先后并购全球第二大通用飞机制造企业美国西锐飞机公司，收购深圳鲲鹏航校，注册成立"珠海中航飞行学校有限公司"；珠海西锐通用航空有限公司获得中国民用航空中南地区管理局批准后，随即紧锣密鼓地展开航空器代管业务、私用飞行驾驶执照培训、个人娱乐飞行等通用航空业务。2012年，巴菲特旗下的公务机业务运营商NetJets（利捷）称，将在珠海成立合资公司，专注于公务机业务……但我们珠海距离真正的航空城还差得很远。幸好我们已经有了叫响世界的品牌，用好它，就看我们下一步怎么走了。

扶持 + 监管 = 民营医院的腿

《珠海特区报》在 2014 年 8 月 1 日用较大篇幅报道了珠海市民营医院的状况。目前珠海市有 642 个医疗机构，民营占 300 多个，但从病人的门诊量和住院量来看，民营医院诊疗量只有 26%，床位数占 23%。当前珠海民营医院鱼龙混杂，存在一切向钱看的问题。

当然，对珠海市民营医院不能一竿子打死，珠海市有一些民营医院的确还是很不错的。例如，2003 年成立的珠海仁和骨伤医院，从医疗水平、医疗设备、患者口碑等各方面来说都是医院中的佼佼者。但是它也同样面临着所有民营医院最大的困局：人才问题——后继无人。留不住人才，再好的医院也将会失去根基。

要解决人才问题，必须有政府的扶持。如果有关部门能够制定出与公立医院一视同仁的人才政策，使民营医院的医生们在职称评定、职务晋升、科研项目申请等方面都无后顾之忧，人才才会按照需求正常流动，也就不会出现一方面医科大学的毕业生削尖脑袋往大医院挤，一方面民营医院没有医生的矛盾现象了。

民营医院问题多多还有一个重要的原因是资金问题，不解决这个问题，一些民营医院就必然会在患者身上打主意——过度医疗、医疗欺诈就会时有发生。

其实社会上不是没有钱，也不是没有人愿意投资民营医院，但是这些资金投入没有人才资源、技术力量做保障并与之相配套，投资人就不愿意。政府应该引导释放这种资源，使它能够向非公立医院迈进；同时深化金融改革，使民营医院的资金在市场运作的前提下，充分发挥作用。还有，政府应该使医疗保险对非公立医疗机构执行与公立医疗机构相同的支付政策。凡是符合医保定点相关规定的非公立医疗机构，都将其纳入职工基本医疗保险、城镇居民医疗保险、新型农村合作医疗、工伤保险、生育保险等社会保险的定点服务范围，执行与公立医疗机构相同的支付政策，不应区别对待。

但只有扶持是不够的，政府还必须切实加强对民营医院的监管，对于民营医院的诚信危机问题，也只有强有力的监管，才能根治此顽疾。或许可以对民营医院采取分级综合监督管理模式，即政府各有关部门构建一个民营医院联席会议制度，卫生、食药监、工商、质监、环保、物价、税收、医保、财政、公安、宣传、法制等部门都参加，实现信息共享，真正做到对民营医院全面的综合监督。

2013年国务院出台了《关于促进健康服务业发展的若干意见》，意味着医疗服务对民营资本彻底敞开了大门，民营医院迎来了前所未有的发展良机。但要把握住这一黄金机遇，急需要政府的扶持和监管，只有这样，民营医院才能长出两条健康的腿，自己站起来、走下去。当然，民营医院不应该照搬公立医院的套路，应该向着专业化、高端化的方向发展。正如2014年6月中华人民共和国国家卫生和计划生育委员会新闻发言人、宣传司司长毛群安所言，公立医院要把主要精力投入基本卫生服务，把主要精力放到基础的医疗服务中去，转变以盈利为目的的办院理念，回归公立的医疗服务职能。而那些"特需服务""VIP服务"应由私立、民营、外资医疗机构来提供。珠海市的新建蓝海之略医院正是按照这个思路成立的，其专营体检，闯出了一条民营医院的新路子。

好服务必须用好"钢"

香洲区从2014年5月份起，在全区行政服务窗口推行领导值班现场审批制度。目前为止，全区23个单位服务窗口共有130多名领导到场值班，受理业务、处理投诉，密切领导干部与群众的联系，受到群众好评。

首先为这项领导值班现场审批制度的实施点个大大的赞！其次，希望这项制度常态化、固定化。因为这不仅仅是走了群众路线、密切了领导干部与群众的联系，更为关键的是它大大提高了行政服务的效率，降低了社会运营成本，是深化珠海市行政服务改革的重要举措。

为什么群众为领导干部窗口值班叫好？因为没有领导干部窗口值班的时候，群众来办事遇到了问题解决不了。办一件事跑很多趟大家已经习以为常。现在，有了领导在现场审批，等于权力前移，不仅让事情变得好办了，不出"状况"的案子变得"立等可取"，大大缩短了群众的办事时间；而且即使遇到了"麻烦"，窗口值班的领导也会在现场立即解决，而不是像以往那样么让你回家去等，要么争执起来，双方牢骚满腹。现在领导在窗口审批，让事情变得简单透明了，群众的猜度和怨气自然也少了。

以往，群众到政府行政窗口来办事是很困难的，所谓"门难进、脸难看、事难办""流行"了好多年。近些年，珠海市各行政服务窗口转变作风、狠抓服务，变得门好进了，脸也不难看了，但事情仍然不是很容易办。这里面除了简政放权力度不够、环节仍多、手续仍繁之外，还有一个很重要的原因是服务窗口的办事人员个人素质和业务能力不高。这导致遇到一些特殊情况或者突发状况时，他们不敢也不想处理。于是他们不是打发办事群众回去，就是对群众说"等领导审批后再答复"。这样办事不仅效率不高，也令群众很不满意。现在有了领导现场"坐镇"，遇到问题不仅可以当场拍板、当场解决，还可以言传身教带动窗口办事人员以高超的业务能力和强烈的责任心，全心全意地为人民服务。正所谓将领导这块好"钢"用在全力以赴为人民服务的刀刃上。

推而广之，如果全市每个行政服务窗口、每项事业单位窗口、企业的窗口都有领导值班现场审批制度，那么，整个社会运营的成本就会降低，社会戾气也会减少。这有助于和谐有效的社会机制形成，降低内耗和磨损。

希望领导值班现场审批制度能够常态化、制度化、法制化，使全市所有行政服务简化办事程序，公开办事流程，方便群众。让这项得民心的制度成为推动工作、凝聚民心、提高执政公信力的有效抓手。

真正把转作风提效能落在实处

2014年5月25日，来自广州的关先生持用电子往来港澳通行证，在拱北边检民警的指引下，通过自助通关轻松出境，整个过程不到10秒钟。这是广东试点启用电子港澳通行证以来，首位持用电子往来港澳通行证自助通关的旅客。目前珠海边检总站在拱北、九洲、横琴、湾仔四个口岸开通了自助查验通道。（2014年5月27日《珠海特区报》）

无怪乎消息一出，市民蜂拥前往办理电子港澳通行证，办事机构一天就受理了805份申请。的确，这是方便群众的大好事，有了电子通行证和自助查验通道，拱北口岸过关难的老大难问题应该有所缓解了。暑假旅游高峰即将来临，在广场上烈日暴晒下排队几小时等过关的人潮应该能够减少一些了吧。

"转作风，提效能"就是要这样落到实处，真正服务群众，为群众办事、办好事、办贴心的事。

"转作风，提效能"绝不是一句空话，它要从态度、制度、技术上去落实。各部门要一步步地做好、做实，才能服务好大众，才能真正做到转变作风，做到想群众所想、急群众所急，才能摆正心态、端正态度、简化程序、提高效能……

中央提出"转作风，提效能"工作已经有一段时间了，珠海市的一些部门动了脑筋、想了办法，为群众办了实事。例如，有的窗口单位设置了导办人员，制定了热情服务的规定，这是态度上的转变。还有窗口单位提前10分钟上班，延迟半小时下班，甚至开办了夜班窗口，从制度上规范了办事人员的行为方式，为广大群众开了方便之门。但仅有热情和管理制度还是不够的，现代科技手段、新技术、新设备、新产品的运用，更能把热情服务的理念简单、方便地落到实处。珠海市一些部门也想到了这点，在此为公安局出入境管理处点个赞，他们的自助办证和身份资料提交，现在已经完全利用信息终端系统，大大简化了办证手续，减少了市民排队时间，更杜绝了由于手续烦琐、排队麻烦造成的"走后门"等歪风邪气，也预防了这一领域的以权谋私和权力寻租现象的滋生。

但是也有一些部门仅仅把"转作风，提效能"落实到了口号上。开了动员会，也搞了演讲比赛，甚至也制定了新的规章制度。脸是好看了，门也好进了，但事情依然难办，群众依然埋怨。例如，一些办事窗口单位在接待群众办事时，墙上贴了一大堆办理规定，办事人员却金口难开、惜字如金，开一次口，只说缺少一份材料，群众排了半天队到窗口办事时才又被告之还少资料，于是又得回去重新准备资料。再来时，办事人员又说还缺一份资料，于是群众又跑回去……办事人员能否一次说完？能否引导群众排队前先看规程？能否利用互联网和各种终端设备以及各类媒体把办事流程和资料广为公布和宣传？能否利用技术手段实施广泛而方便的预约？利用现代信息技术手段，把人工服务无法做到的体贴入微落到实处，这样的工作也许琐碎，也许没有什么"经济效益"，但这样能使群众更省心、更方便，节省办事成本。职能部门不就是为群众办事的吗？如此"付出"应该是本分。

当前，广大人民群众对社会服务体系的服务品质的要求越来越高，各职能部门应该与时俱进，适应经济社会的高速发展、满足人民群众的要求，努力向服务型政府转变，这样才能树立良好的社会形象，赢得良好的群众口碑。当每一个群众都能不再办事难、办证难时，社会效能才能真正得以提高。如此我们的社会才会向着一个良性、健康的方向发展。

"转作风"，转的就是有关部门的工作作风，部门的作风如同家庭的门风，门风好了兴家，作风好了兴国。这是古训，这也应成为当今政府各职能部门为群众办事的基本理念。

民意+科学=我的城市我做主

2014年月19日《珠海特区报》报道，交通组织怎么调整？一条路要不要单行？这样的问题今后不再由行政主管部门闭门造车来解决了，而将成为全体市民与主管部门之间的对话。日前，经过珠海新闻网的两轮民意调查，交警部门宣布将于近期启用康宁路、教育路片区单行方案，联安路单行方案被搁置。此项决策与最近一次的网友投票结果完全一致。交警部门表示，交通组织、民意先行的做法今后将继续秉承。

"人民城市人民管，管好城市为人民"，交警部门的这一举措是将这一口号真正落到了实处。这种工作手段的创新对建立健全群众参与城市管理的机制，夯实管理城市的群众基础十分必要。

好的城市管理，必须是科学与民意的结合。以往我们讲民意、让群众建言献策，采取了一些办法，如邀请人大代表、政协委员、市民代表、新闻媒体召开座谈会等；也建立了领导接待日制度，以及意见信箱，热线电话以及随机发放征求意见表等，但这些都没有今天的互联网方便快捷、简单易行。这次珠海市对于是否要设单行线，交警部门利用现代互联网技术，充分发动了全体市民参加，最大范围、最快时间地听到了群众意见，并把群众的意见和智慧迅速运用到了城市管理之中。城市管理者们用实际行动尊重市民，把涉及全体市民利益的问题交给市民自主表决，这种观念的转变和在技术层面的实现，真正做到了民意+科学=我的城市我做主。

其实单行线选择可以如此，公交车线路和班次也可如此，涉及全体市民切身利益的许多问题都可以实现这种"票决"。在公开、公平、公正的投票结果面前，这种票决代表着最大多数市民的选择意愿。所以，即使众口难调，即使100%的满意非易事，但为了尽可能让绝大多数市民满意，全程公开透明地让市民共同投票做出选择，无疑是最让人满意的结果。

俗话说："三个臭皮匠，顶个诸葛亮。"的确，高手在民间！有时候专家的理论尽管显得无比正确，但它也是停留在理论上。而老百姓可能说不出很多理论，但因为身处其中，因为休戚相关，所以往往能说到点子上，而且特别具有市井智慧。将市井智慧和专家理论结合起来，就是民意与科学联手，就必定是完美的决策、是漂亮的胜仗。

说到底，人民群众是城市设施的使用者，他们最有发言权。但他们往往是一盘散沙，经过政府部门的组织和收集，最后由专家进行科学论证后拍板——这个创新的议事程序，不仅网罗了民间智慧和民心、民意，也杜绝了那些闭门造车的不切实际的决策和长官意志、头脑发热的拍脑袋决策，真正让人民群众成了城市的主人翁。

人民群众是城市的主人翁，城市管理最终是为大众服务的。因此，城市管理决策必须有群众参与。如果说城市管理是一出剧目，政府的"导演"作用固不可缺，但最终的精彩演出，必须依靠群众这个"主角"的出色表演。因此，今后像单行线决策这样变被动监督为主动监督，确保群众意见能直接、及时反馈，及时解决的做法，值得在所有的城市管理领域推广。

举原创，推传承，培育珠海文艺沃土

"创作是根本、传承是关键"，2014年4月12日，珠海市召开文化强市座谈会，这句话成了中心议题。

这句话，抓住了珠海文艺发展的痛点，很到位，很点穴；这句话，不仅为珠海市制定出台"文化强市建设三年行动计划"、加快发展文化事业、做大做强文化产业指明了方向，也为珠海尽快摆脱"文化沙漠"的"罪"名找到了突破口。

建设特区30多年来，珠海的经济发展、城市建设等方面都取得了长足的进展，但是在文化艺术领域，虽不像网友们盛传的那样属"文化沙漠"，但也实在算不上绿洲。我们的文化生活、文艺作品都像浮云般弱弱地飘过，留下了一些云彩，但没有很深的烙印。

珠海是有一些文化名人，但他们大多属于单打独斗的星星之火，即使有的在国内有点小名气，但相对于全国文化领域和整体文化市场来说，这星星之火很是微弱，能否燎原，还要看有无东风。

这东风指的就是全社会的整体文化氛围，没有氛围的文化是死的文化，除了"掉书袋子""产书呆子"之外，没有生命力，更别谈影响力。这文化氛围包括全民文化意识、传统文化土壤和政策激励机制。

珠海过去的地方传统文化本就不属于中华主流文化，现在也是"山高皇帝远"不接近主流。但香港也不是，韩国更不是！何以港台文化可以强烈冲击神州大地乃至整个亚洲，最根本的原因之一就是原创——根植于本地文化土壤的原创。那句话说得好："只有民族的，才是世界的"，的确，有本土，才能有特色，而且本土本身就是独特的，独特的就是世界的。再加上健全的机制和扶持的政策，就会使原本游离于主流文化边缘的地区，发展出了自己独特的文化，并向外扩张，占领市场。

而"创作是根本、传承是关键"，恰恰指出了珠海的文化发展应该从本土出发，继承传统的精髓，发掘当代本土文化的特质，真正创作出既有珠海特色，又符合主流文化潮流，同时又具备市场元素的文艺作品。

而创作和传承，最需要的是人才。珠海的文艺界，不仅仅需要那些在各个文艺领域带头的、发号施令的乃至在各种场合频频出现的文化名人，最需要的，还是大批基层的文艺工作者——那些有文艺才能的专业或者非专业的新人、年轻人。

"问渠那得清如许？为有源头活水来。"这些广大的基层青年文艺工作者和爱好者，才是珠海文艺创作真正活水和源泉。但如何培养这活水、留住这活水，这才是珠海真正的难题。留住他们，靠市场，更靠政策。

此外，为何一部韩流电视剧可以复活中国数亿观众的心，他们的文艺制度，如编剧主导制、文化输出制是功不可没的。再看看我们的近邻东莞，之所以那里的打工文学作品在全国最繁荣，也是因为那里的政府每年拿出大笔资金奖励打工文学原创者。

所以说，合适的制度和鼓励的政策是文艺繁荣最好的摇篮。有了它们，就有了个摇篮般的洼地，活水都会流到这里来。而我们的源头就会源源不断地产生出优秀的文艺作品来。

珠海的民众文化意识不弱——占人口70%的各地的新移民文化水平都不低，原住民对文化的向往和追求也很强烈；这里的传统文化土壤更有一些很独特的东西，如生态文化、海洋文化、移民文化、留学文化……再有相应的政策激励机制网罗人才、鼓励创作，假以时日，独特的珠海文艺定会独占一席。

今秋，开始收获

　　文化，是个很宽泛的概念，文学艺术、民俗风情、建筑、饮食、穿着等都可以纳入文化的范畴。从这个意义上来说，珠海是个很有文化特色的地方，她既有岭南文化的土壤，又有大批全国各地新移民带来的移民文化，又一直以中国传统的主流文化为轴心。

　　但是珠海曾经和广东一起被冠以"文化沙漠"，并且在影视剧中被妖魔化到了很离谱的程度。很多年了，不爱争论只爱实干的广东人也没有争辩这个说法到底成立不成立，就背着它走到了今天。不过今天还有人要说广东是"文化沙漠"，我想他指的是以北方文化为主的文化，而广东的文化恰恰不是这个"流"。深圳、珠海这些特区城市更有她自己的文化特色，而珠海的文化特色也是别人所没有的。

　　当然，主张"文化沙漠"说的人也许是将文化狭义到了"文艺"。的确，我们的文艺生活无法与北京和上海以及那些省会城市相比，因为那些地方集中了人力、财力，文艺生活中有大批的艺术精英和艺术资金做铺垫，想不丰盛都难呢。

　　但是就在这艰难中，珠海的艺术人在努力，他们在发掘历史、开拓现实的各种文化活动之外，也开始打造珠海人自己的文化生活。引进，模仿，创新，本土化。当然，也许还没有达到北京那么精英的程度，也许还没有上海那么精致的玩味，更也许还没有广州的那份热闹，但是它是我们珠海人自己的文艺生活：有精英——芭蕾舞剧，有传统——经典粤剧，有华美——一流的歌舞，更有大众——老年艺术和少儿艺术专场……这些让珠海人对珠海的艺术生活有了更多的认同——我们的文艺生活，从今秋开始收获。

为群众办事仅有热情是不够的！

　　我们欣喜地看到，在群众路线教育实践活动中，珠海市许多职能部门、窗口单位都在想法子密切联系群众、接触群众、拉近与群众的关系。市国土资源局从今天起每工作日 19：30~20：30 实行市局、分局和国土资源管理所三级领导班子利用休息时间开展接访工作、重点解决群众反映强烈的热点难点问题的制度。对于办事群众来说，这当然是件好事，最起码增加了群众直接向领导反映问题的机会，而且使群众来访不用请假，利用晚饭后的休息时间即可。

夜晚接访窗口的出现，的确让政府部门和群众的距离近了，但更为关键的是，距离近了仅仅是开始，是万里长征迈出的第一步，拉近了距离以后怎么办，怎样将群众的事情尽快、尽最大可能、尽量让群众满意地办好，这才是问题的关键。

纵观珠海市近年来，不少单位都为了方便群众办事做了一些改变，如有的提前上班，在规定上班时间（也就是老百姓来办事的时间）之前就必须做好一切预备和准备工作，不允许群众等在窗口了，办事人员才开电脑、拿资料和工具等；有的单位推迟了下班时间，是为了使办事时来得比较迟的群众不会因下班时间到了办不成事白跑一趟；还有一些单位，设置了专门的导办人员，热情接待来办事的群众。今天，国土局又开设了夜班窗口，使群众又多了一项方便办事的渠道。

这些措施都很好，但是这些措施实施的根本意义和目的不仅仅是为了让群众"感到"舒心，最根本的还是解决群众的问题。笔者曾经去某部门的窗口咨询问题，办事人员非常礼貌热情，但是他们对问题解释了半天也解释不清，折腾很久无果之后，办事员仍然热情饱满地对笔者说，我们回去查明以后一定立即给您答复。笔者本能地觉得这个问题并不复杂，于是不得不"走后门"找到一个朋友，他一听问题，立即很明确、很肯定地答复了笔者。这件小事充分说明，窗口工作人员的业务不熟练。

公务人员本来就是人民的公仆，是为群众办事的。群众来到你们的单位肯定是奔着解决问题去的，而不是闲来无事瞎逛到你们单位，你热情地接待一下他就满足了。因此，仅有为群众服务的心还不行，只有热情也远远不够，要同时具有为群众服务的真本领，才能真正为群众服务好，服务到位。

例如，我们现在有了夜班窗口，那夜班时来的群众的问题也许有的是当场就可以解决办理的，那么是否其他的办理窗口也有夜班配套？如果没有配套，夜班只"接诊"，不"看病"，问题仍然要留待群众白天来办理，那群众不是还要多跑一趟？还有，如果夜班解决了的问题必须还要在白班办理，那白班时群众再来办理是否有规范的衔接机制？不要让群众在白班和夜班之间来回跑，本来是方便群众的夜班变成又多了一道程序。此外，如果夜班只办理疑难杂症,那么对于夜班中发现的问题是否有相应的处理和解决机制、是否配备了相应的反馈机制……所有这些,都是便民窗口背后的支撑资源,这些解决不好,为群众排忧解难就停在了表面和形式上,是换汤不换药,是新瓶装老酒,也是变相的忽悠群众。

因此,积极想办法为群众解决问题是好的,但仅有形式是不够的,要有丰富的内容和解决问题的保障,这些形式才能变得锦上添花。

"小票可查肉类来源"应推而广之

2014年5月12日《珠海特区报》报道,金湾区市民可以通过该系统扫描购物小票,查到肉类出自哪里、经过哪些流通环节,一旦出现食品安全问题便可快速逐级排查,真正实现了"来源可追溯,去向可查证,责任可追究"。该区的肉类流通追溯监管系统已正式通过验收,接下来将逐步向全区农贸市场以及学校、大型企业等肉类需求量大的单位和机构推广使用。

为这一系统点赞的同时,笔者强烈呼吁全市应该推广这一做法,同时建立起与之配套的监管措施,使全珠海人民吃上安全肉、放心肉。

食品问题已经是一个老大难问题,劣质、有害食品屡禁不止不仅仅是因为利益的驱使,还有一个重要的原因就是监管不力。而监管不力除了监管法律缺失、有关部门的不作为和少数监管人员的监守自盗甚至与恶劣食品制造者沆瀣一气之外,还有一个重要的原因就是我们没有利用现代科技手段来实施管理。

以往,哪里出现了问题食品,有关部门就跑到市场上把这种牌子的东西统统查一遍。查完了,将问题食品下架,或者给予处罚(罚金比利润少得多,作恶者根本不在乎)。这次金湾区的肉类流通追溯监管系统是个创新,它利用先进的信息技术手段,将事后查处的理念转变为事前查处。观念一变,技术更新,就督促了一种商品在上市的每一个环节都清清楚楚明明白白。这样,不仅靠有关部门监管,每个消费者都可以监管,将食品监管真正放到了人民群众的汪洋大海之中。

需要强调的是,系统是否完善到了方便百姓的程度?是否每个肉贩都愿意安装使用?如果市民发现了无法溯源的产品是否有简单易行的投诉方法和渠道？对于这些，有关部门必须建立起一套行之有效的与追溯系统相配套的监管和处罚机制，对小票上无法查到的商品也严加处罚。

但还有一个问题是，大多数珠海老百姓到农贸市场去买肉不习惯开小票，如果商贩也不给消费者开怎么办？还有，小票也是可以作假的，如某商贩进了一批有案可备的猪肉，也进了一批来路不明的猪肉，混在一起卖怎么办？还有，如果市民自查是否方便？如果能做到没有小票只要有店铺信息就能上网去查那就更好了……

因此，用技术手段改革管理是一大进步，但配套跟上才能行之有效，才能从根本上解决问题。

建设便民的智慧城市

2013年1月5日《珠海特区报》报道，自助药房现身珠海街头：含70种日常用药，仅支持现金付款。目前，三家"自助药房"已分布在新香洲、吉大和前山，内有约70种药品，能基本满足日常和应急用药的需要。

这的确是件便民的大好事！经常有市民深更半夜因突发事件急需某些常用药和小病小灾的缓解药，若是家里没有储备，或是储备过期，或是半夜距医院太远，"自助药房"那真是解了燃眉之急。但是三家远远不够，仅现金付款也还可以拓展，完全可以使用医保卡刷卡、银联付款，同时，为了用药安全，同时在售药机上设置电子屏的药品说明书等。既然是便民，就应该把好事做好、做实、做细，将自助售药机纳入智慧城市建设体系，用科技点亮城市生活，用信息化、数字化把老百姓生活的方方面面——不仅仅是用药统筹起来，把全体市民的生活细节都纳入智慧城市建设的轨道上，这样，科技便民才能成为实实在在的事情。

自从2008年智慧地球理念提出以来，全球引发了智慧城市建设的热潮。在我国，智慧城市更受政府重视，智慧城市的发展战略已经成为许多城市便民、惠民理念的实施平台，珠海也不例外。打造智慧城市已经成为珠海的建市方针之一。

智慧城市涉及我们每位市民生活的方方面面，大到交通、医疗、教育，小到垃圾桶的摆放位置，再回到买药问题上来，不仅仅市民可以通过电子终端自助买药，还应实现电子病历在全市各医院通用，以进一步降低病人的支出，方便百姓看病，以此类推，珠海也可以有许多类似于售药机以及物联网等概念的自助系统，在坚持以人为本，以服务为本，提升城市治理水平、便民惠民，让百姓体会到切实的便利的原则下建立起来，其实，智慧城市并不是空中楼阁，不仅国家的智慧城市政策要落到实处，惠民便民服务也要输送到城市的最基层——社区。智慧城市落地社区，是智慧城市发展的必经之路，而智慧社区，亦成为建设智慧城市的核心部分。

创立样板，破解难题

2014年7月26日，全市首家金融超市在珠海市金湾区三灶镇正式开张，这不仅是金湾区深化金融改革的一大创举，也意味着珠海市的金融改革拉开了序幕，希望这个金融超市不仅能改善金湾区的金融业现状，也可以为全市金融改革摸索新路、积累经验。若能将此在全市推广，定能改变珠海市的金融市场状况，成为珠海市加快发展多层次的资本市场、优化金融生态环境、促进产业结构调整、加强金融服务创新工作的一个标杆。真正实现让金融更好地支持经济发展，服务实体经济，特别是小微企业和农业项目。

金融超市是近年来在我国悄然兴起的一种金融服务方式，它是银行对其所经营的产品和服务进行整合，并通过与同业机构如保险公司、证券公司、房地产公司等的业务合作，向顾客提供的一种涵盖了多种金融产品与增值服务的一体化经营方式。金融领域借鉴超市的概念将金融产品及服务以最佳的组合方式推送给需要者，这是金融行业主动出击为客户服务的表现，值得点赞。

但这里需要探讨的重点是，"超市"的"超（super）"有几个含义，首先是超级的方便，其次是超级的划算，还有就是品种超级丰富。超市的出现，就是利用了货仓的琳琅满目、自选的方便自由和规模效益的降低成本吸引了广大消费者，特别是那些没有体力、财力甚至是面子来逛百货公司的中低层消费者，真正成为为普罗大众服务的"市场"，而不是所谓高大上的"百货公司"，由此彻底击垮了传统百货公司的售卖模式，成为现今全世界消费品的主要售卖模式。

正如"超市"的对象是中低端消费者一样，金融超市的服务对象也应当向小微企业、农业企业倾斜。小微企业和农业企业关系到国民经济、缓解就业困难、民生发展，对活跃和繁荣市场经济、促进社会主义和谐社会的建设起着不可或缺的作用。这些小微企业和农业企业最需要金融支持，但以往却因种种原因难以得到。现在，我们的金融超市如能在小微企业和农业企业融资问题上找到突破口，满足小微企业和农业企业的金融需求，彻底解决困扰它们发展的融资难问题，这就破解了小微企业发展的困局，其实也就破解了中国经济转型的困局，那就为整个社会经济的发展起到了巨大的推动作用，其意义重大而深远。

既然我们的金融超市借鉴超市的概念，就应该在品种丰富、自由便捷和降低成本上狠下功夫，让小微企业和农业企业在这个"超市"里自由地选择适合自己的金融服务和产品，并能够迅速快捷地得以实现。由此，我们的金融超市开张之后，还应加快构建多功能、多层次的现代金融市场体系；完善金融工作机制和政策体系，优化金融发展环境；加强对中小微企业的金融服务，优化间接融资结构；推进金融支持实体经济，着力健全促进产业转型升级的金融服务体系，加大对重点项目建设和现代服务业、先进制造业和战略性新兴产业的资金支持力度；发展普惠金融，鼓励设立社区金融服务点，积极发展社区金融；等等。这样，才能真正满足有需要的企业，特别是那些用以往的金融服务方式无法满足的小微企业和农业企业的金融需求。

为绿色销毁叫好！

2014年6月23日《珠海特区报》报道，珠海市质监局组织销毁一批货值近55万元的假冒伪劣产品。按常规处理方式，这些假冒伪劣产品该被填埋。但由于本批假冒伪劣产品中包括较多墨盒，其中的塑胶部件不能自行分解，垃圾填埋场对填埋处理的环保后果表示担忧。于是市质监局决定对墨盒进行回收处理。该局监督企业将墨盒商标去除后，将墨盒塑胶部分粉碎成颗粒，然后由回收单位运回作为原料再利用。

假冒伪劣产品固然可恨，烧了、碾了也许解气，但它造成的资源浪费和二次污染也是显而易见的。市质监局这次没有把查处来的假冒伪劣产品一烧了之，他们在以往的惯例上稍稍做了一点改变和创新，其实是在观念上前进了一大步。他们用实际行动向全市人民表明：珠海人引以为傲的生态文明必须严加保护，绝不允许受到任何损伤与侵害。也许今后各个部门处理假冒伪劣产品都可以像这次这样不再用以往那种简单粗放的方式，而是应该代之以新的理念、新的方式——绿色销毁，变废为宝，实现垃圾的资源化、减量化和无害化。这种"销毁"方法既消灭了伪劣商品，也保护了环境，不仅不会二次污染，还让这些假冒伪劣产品成为有用的资源，而不是成为破坏生态的垃圾。这样的绿色销毁模式是对环境的敬畏、对资源的敬畏，充分体现了环保和节约的意识。

有专家研究过各种假冒伪劣商品实现绿色环保的技术路线，他们能够使"废物"最大限度地实现变废为宝。比如假烟可分类送到纸浆厂或发电厂利用；烟草可制造木炭、石棉瓦、纸张等。

可以肯定地说，市质监局这样把假冒伪劣产品再加工、再利用要比一把火烧了麻烦很多，但他们选择了麻烦，为的是让子孙后代不麻烦。为他们这次的绿色销毁行动点赞，也希望珠海各有关部门向质监局学习，在社会普遍提倡节能减排的当下、在以环保优势立市的珠海，把今后工作中查处来的假冒伪劣产品销毁都从随意的、污染环境的、野蛮的销毁，转换成理性的、科学的、人性的绿色销毁方式，真正体现"利于环保，节约资源，分类销毁，废物利用"的原则。这不仅是"蓝色珠海，科学崛起"发展战略的要求，也是全球节能减排的需要；这种"销毁"保护的不仅是环境，还有我们日渐枯竭的、不可再生的资源。

当然，治理假冒伪劣产品，肯定要在狠抓制造源头上下功夫，但同时，也应把对"末梢"的处理科学地实施，这应该成为全体珠海人的共识。我们各有关部门应该以此次绿色销毁为契机，建立制度，并形成长效机制，使今后所有在全珠海实施的销毁假冒伪劣商品都能够按制度依法实行，做到使资源得到最大限度的利用，而且不给环境带来任何污染与破坏。

为科学，为民生……

日前，我市多条立体过街过道设施的建设方案已经基本确定，17日市政府组织召开了迎宾南路过街设施等项目的推进会，会议决定在北岭段建地下通道，粤华路口、侨光路口的西侧各建一个南北向人行天桥，市政府要求有关职能部门抓紧时间推进工程尽早开工。17日市政府还决定在珠海大道上的灯笼路口以及红旗镇的金品电器附近、金山花园附近,南水镇的农贸市场建设四座人行天桥;105国道上冲段的三座人行天桥分别设在沥溪、南溪、界冲三个路口。市公路局局长顾胜杰表示,珠海大道上新建的四座人行天桥项目已经进入设计环节,力争在年底开工;105国道上冲段的三座人行天桥春节前动工。(2014年9月18日《珠江晚报》)

珠海终于打破了迷信传说,要建人行天桥了!消息一出,老百姓虽无雀跃欢呼,但奔走相告却是绝对的。为了是否要建人行天桥,珠海纠结了多少年啊!这些年,在上面新闻中提到的那些要修建天桥的人车争道的事故高发路口,一条又一条鲜活的生命已经丧失在车轮下。今天,珠海市政府在广大群众的强烈呼吁下,终于用科学的态度、民生的理念正视了这个困扰了珠海多年的问题,解决了这个本来不应该成为问题的问题。在此,必须用心为本届政府点个赞。

21世纪的太阳早就跃出了地平线,在科技日新月异的今天,在中国人已经登上月球、并明确无误地证明没有嫦娥也没有吴刚和玉兔的今天,在改革开放的前沿阵地,在与国际接轨程度颇高的现代化海滨花园城市珠海,笔者作为老珠海人,都不好意思跟别人说珠海不能建人行天桥的原因——会破坏风水。这个从珠海建特区初期就名不见经传却神秘而来势汹汹的传说困扰了珠海许多年。尽管老百姓过街难、过马路叫苦连天,尽管人大代表、政协委员提交了许多提案,尽管媒体记者已经就人行天桥问题写得洛阳纸贵,但一届又一届的政府都讳莫如深地绕着走。今天,现任政府终于相信科学、打破迷信,做出了科学民主的决策,做出了为百姓谋福祉的决定。这个决定虽然来迟了,但是,它是科学的胜利,是民意的胜利。由此我们可以看出政府执政理念的转变,这是珠海的进步。

纵观古今中外,一些迷信的荒诞无稽的东西生命力之顽强常常令人叹为观止,但人类的前进就是在这样科学与迷信的较量中摸爬滚打地前行的。虽然珠海的这次科学与迷信的较量相比于世界科学发展程度显得落后了一些,但仍然具有划时代的意义。

当前,媒体不断曝出我国各地的"风水事件",裹挟着"官场风水"的风生水起,大有愈演愈烈之势。此类事件一再发生,不能不使人警醒深思。其实,心里没有鬼就不会怕鬼,那些靠风水建设、靠风水决策的有关人员,很难说心中没有夹杂着说不清、道不明的腐败因子。这不仅可笑,而且可耻。作为一方政府,本就应该为国家的发展,为社会的进步,为百姓的安居而潜心工作。信奉风水一方面反映了信仰失落，执政理念扭曲，另一方面更暴露出他们心中没有了对真理和人民的敬畏，暴露了一些执政者精神空虚、腐化堕落之嫌疑。

相信科学，全力为民，摒弃歪理邪说，这样的政府才是人民需要的。

为妇女自强自立撑腰

2013年1月至4月，珠海市又为76人发放了1001.5万元贷款。自巾帼创业小额免息担保贷款启动以来，小额贷款已为农村妇女劳动致富插上了翅膀。在去年（2012年）广东省相关工作的评比中，我市获得小额贷款工作一等奖。

的确，女性要朝着梦想飞翔很不容易，历史和现实的原因，都令她们的翅膀上被捆绑了很多沉重的枷锁。虽然这些枷锁在说了许多年男女平等的社会里表面上看来不那么明显，但暗含的歧视却比比皆是。如社会地位、从政比例、个人财产、就业歧视、性骚扰、下岗优先、同工不同酬、女婴被溺、女孩辍学、家庭暴力、强奸等社会问题上，都充斥着对女性的不公和压迫。更让人疑惑的是，即使今天的女性早已实践了早期妇女解放时的"娜拉出走"，但当女性决定要做独立的娜拉而不再依赖于那个把她当作玩偶的丈夫生存时，却遇到了很大的难题：想要独立创业时，一些银行不愿给妇女贷款，他们觉得女人不可靠，或是赚不了大钱。

真像某些银行认为的那样女性是头发长见识短吗？珠海的妇女们用实际行动给予了斩钉截铁的回答：NO！

笔者认识一位下岗阿姨。离婚后的她，开了一个早点摊。起早贪黑，风吹日晒雨淋，天天月月年年，青丝染上了风霜，玉指变得苍苍……但就是靠着这个小食摊，她不但解决了全家的生活，还一个人供儿子一直读到了研究生。如果说妇女能顶半边天，那么她这样的单亲母亲，就是家里的整个天。

还有，在格力电器股份有限公司、在横琴新区、在金湾联英巾帼创业示范基地、在斗门绿美水果专业合作社，一个个车间、一块块农田、一个个项目中，都是女性创业的标兵、那些珠海女性辛勤工作的身影，闪烁着珠海女性智慧的双眸和晶莹的汗水。而她们中，有许多是珠海市巾帼创业小额免息担保贷款项目的受益者。巾帼创业小额免息担保借款项目的实施，为147户农村妇女发放了贷款，直接带动近千名贫困妇女参与生产增加收入，深受广大农村妇女群众的欢迎，为珠海市农村妇女提高家庭和社会地位奠定了坚实基础，也为社会主义新农村建设做出了积极努力。

珠海市于 2009 年启动巾帼创业小额免息担保贷款项目，2011 年成为广东省扶持妇女创业小额担保财政贴息贷款项目市，并得到省财政的资金支持。至今，共获得省财政贴息资金 240 万元，市财政贴息资金 111 万多元，为 533 人发放贷款 5717.5 万元，贷款回收率达 100%。成果的取得，来源于市农信联社、市财政局的大力支持，以及各级妇女联合会组织积极主动推动。

到目前为止，这个项目的大部分受益者还是农村妇女，希望随着珠海市经济的发展和农村城市化的步伐，这个项目也能惠及更广大的珠海城市妇女，让所有有着小小梦想的女人，不依靠男人也能开办自己的饮食店、服装店、花店、宠物店、美容店……让她们用自己的双手，找到自尊，找回自信。

作家冰心说："世界上若没有女人，这世界至少要失去十分之五的'真'，十分之六的'善'，十分之七的'美'。"作家的数字肯定不是科学测算，但至少印证了一点：这个世界的真善美不能没有女人。而女性要先做一个直立起来的人，然后才能做真善美的女人，才能为这个世界带来真善美，而巾帼创业小额免息担保贷款项目是为她们直起腰板的重要支撑。

创意园区的创意在哪里？

位于市中心核心位置吉大地区的佳能旧厂房要改造了，珠海拒绝了该块土地可卖 50 亿元的诱惑，决定将它打造成一个文化创意园。(2014 年 7 月 31 日 ZB02 版《南方都市报》)

作为老珠海、老吉大，笔者在读到这条新闻时实在难掩小激动：珠海建特区 30 多年，吉大作为全市的最中心地带几乎没多大变化，文化设施几乎为零。如今市政府要把佳能公司搬迁腾出的旧厂房改造为文化创意园，笔者愿点一万个赞——早就该这么做了！

但是激动之余，笔者想泼几盆冷水——不是不让建，而是希望这个文化园区能建得更好，走得更远；希望我们用理性而不是用热情来打造这个园区，更希望以此为契机，把珠海全城打造成为一个文化创意产业之城。

其实，就地理环境和经济文化社会的发展状况来看，珠海是特别适合发展文化创意产业的，这个理念民间和政府早已达成共识，这些年，大家也一直在为此努力。此次政府愿意牺牲掉50亿元的卖地收入来打造文化创意园，更表明了政府的决心。

创意产业的核心就是创意和人才，珠海是一个年轻的城市，又有那么多大专院校，有大批来自全国乃至世界各地的年轻人愿意生活在这个包容性、兼收并蓄性强的城市里。年轻人就是创意之源，把他们的创意变成创意产业是件多赢的大好事，但是怎么让人才和创意扎根珠海，这还需要在环境因素、文化因素、制度因素和企业动作上大做文章。

珠海的地域和地理以及城市风貌对于发展文化产业的环境来说是很不错的，但是文化因素有所欠缺。但这个文化因素其实是可以弥补的：珠海并不是要具备首都北京那样的文化因素（这也是不可能的），才可以打造出"798"，但珠海与港澳一衣带水、一脉相承的文化，以及国际化程度高、五湖四海移民聚集的因素完全可以打造成珠海特有的文化元素，但以往我们在这个方面、特别是利用港澳文化这一块做得不多、也不够。

文化创意产业还需要制度因素，这对留住创意、留住有创意的人才至关重要。为什么珠海那么多大专院校每年毕业那么多学生只有不到三分之一的人留下来？不是他们不想留，而是珠海没有那么多位置让他们留下来。当然，珠海的企业没有广州和深圳多，职位必然没那么多，但这不正是创意和创业的机会吗？这里需要的就是"企业动作"，如果我们的政策能够切实鼓励和支持年轻人创业，让他们能比较容易地自己制造职位，他们会留下来的。但现在政府的大政方针虽有，配套政策却不够，年轻人创业需要地方，还需要资金，更需要氛围。

当前我们对年轻人的创业地方有优惠，但资金的支持和制度保障还不够，这也使得金融制度改革迫在眉睫……同时，政府还应有规划、有计划地发展文化创意产业的上下游企业，形成产业链，才能集团式发展、壮大。否则，单打独斗的创意除了自娱自乐外，不但创造不出更多的价值，而且自己也走不了很远。在珠海市发展多年、老板和员工都非常努力却总是半死不活的"悟空"就是最好的例证。又如，之前的南山工业区搬迁后留下的旧厂房，当初也是想做成文化创意园的，可是10多年过去了，那里除了几个不红不紫的画家各自圈砌了几个私人画室之外，一直没有做成一个像样的项目。为什么？不能说那些人没有才华和创意，只因为他们与市场脱节、与产业脱节，再加上政府不管，他们只好自生自灭，不了了之了。

珠海现在已有一些文化创意园区，但笔者认为它们是以商业和工业为主体的地方,佳能的这个文化创意园区不能朝那个方向走,一定要真正以文化创意产业为主,为城市打造一个供灵魂飞舞的地方。

为新一代青工创造新的服务

1月16日,位于珠海香洲将军山社区活动中心的将军山"亲青家园"建成启用,今后将为将军山社区和迎宾社区8000多名异地务工青年提供文娱康乐、维权、心理咨询等各方面的服务。这一服务平台,通过政府购买服务方式,依托专业社会组织珠海京师社会工作中心运营。(2014年1月18日《珠海特区报》)

对于外来人口占70%的珠海市来说,从珠海特区建设的第一天开始,外来务工人员群体就已经成为这个城市不可或缺的重要组成部分。而今天,经过30多年的发展,特区建设又迎来了一批批新时代的打工青年。这些新时代的青年打工者们有文化,有梦想,有个性,绝不满足于仅仅有工资寄回老家,他们要在这个城市实现青春的梦想。那么,为外来务工人员服务,为新时代的青年打工者服务,让他们更好地生活、工作、实践梦想,是城市管理者和全社会义不容辞的责任。而且,对于新一代打工青年来说,他们与父辈打工者存在很多差异,如何创新理念,更好地为他们服务,也成为摆在我们面前的重要课题。香洲区团区委和拱北街道合力建设的"亲青家园",为社区8000多名异地务工青年服务,不仅是创新社会管理服务的切实措施,而且通过政府购买服务,可以让异地务工青年享受到更多的公共服务。这不仅要点赞,更应该推广,希望今后有更多的关怀青年打工者的机构诞生,并通过一系列的新的政策和制度设计,为新型外来工融入珠海市创造一个良好的社会环境。

珠海是个移民城市,外来务工人员是市民的重要组成部分。珠海要建设幸福城市,要提高的不仅是本地户籍人口的幸福指数,外来务工人员也必须幸福和有归属感。"来了就是珠海人",是珠海人就要公平享受公共服务。近年来,珠海市各级政府和社会组织把关注外来工群体的利益放在了重要的位置,从理念和制度等方面努力为外来工群体提供与市民平等的待遇。如珠海的外来工子女也可享受市民医保待遇;珠海的外来工可以享受保障性住房;

珠海政府免费为农民工提供政策咨询、职业指导、职业介绍等服务……就业援助制度在不断完善，就业新途径越来越多。今后，我们还应积极研究和探索新一代青年工人的心理和精神需要，为他们提供更多合身、合心的帮助，让他们真正融入珠海的城市生活，在珠海找到归属感和幸福感。

让传统成为时尚

  史上规模最大、人数最多的斗门民间艺术大巡游将于2015年3月7日周六上演，除斗门区的井岸镇、斗门镇、乾务镇、莲洲镇等传统队伍的演出外，还有金湾区三灶鹤舞、香洲区前山凤鸡舞和高新区淇澳端午祈福的捧场。除了珠海本市多个区的参演外，本届巡游队伍中还将出现中山醉龙、澳门土风舞、哈尔滨东北秧歌等外地元素的参演队伍参加演出……

  可以看出，这将是一次传统文化与新兴文化大融合的巡游，特别符合珠海这个新移民城市的特点。这种巡游不仅增添了浓厚的节日气氛，更能成为一种新的文化传承。这对于挖掘珠海历史，建设珠海今天的文化，打造珠海未来的文化都大有裨益。

  一个没有历史和传统的地方是没文化的，而一个没文化的地方就是没有软实力的，没有软实力，就没有竞争力和向心力。人们的幸福感、归属感都与这种软实力有关。在我们建设国际宜居城市的步伐里，绝不能少了文化建设这步棋，而文化建设更不能没有传统文化的传承和记忆。

  但是，传统文化不只在青灯黄卷里，也不只在戏剧影视里，它可以是一种时时出现的生活场景，更可以是终身的生活教育。要让我们的年轻人喜欢传统文化，就必须将传统文化的发掘和继承与时尚结合起来，使之与当代人对话，满足当代人需要。这就需要政府有所作为，像斗门区做的那样，构建更多的民族传统文化认同和交流平台，让传统文化活起来、时尚起来，真正成为当代文化的组成部分。这样，我们的传统文化才能被更多的人了解、接受和传承，才能成为融化在我们血液中的东西，成为年轻人也热爱和愿意承袭的东西。

  如今，外来文化的冲击的确让很多人对圣诞节，情人节等节日习俗了如指掌，却对中国传统节日习俗一片茫然。譬如近来许多朋友表示不知道元宵节是赏灯的而不是赏月，元宵时他们在大呼小叫地呼朋引伴去赏月……当然，我们不反对大家学习外来的文化、欣赏外来的文化，但如今我们的许多现代生活方式，的确正在一点一点地放逐自己的文化、埋葬自己的文化。

我们不能忘记五千年的历史积累下来的文化，我们的文化是我们的命根子。但中国传统文化源远流长，如果要被今天的观众接受，我们的确需要对中国的传统文化进行一场时尚革命，重新温习中国五千年的灿烂文化，用现代人的眼光去借鉴中华文化中的精华，让传统文化转化为被当代人接受的现代文化。

因此，只在传统节日里弘扬传统文化是远远不够的，我们还应能建立一个健康活跃的传统文化生产和流通机制，让建设宜居珠海的目标与文化珠海建设结合起来，创造具有世界胸怀的珠海特色的文化，并创造性地参与全球文化的交融，真正打造一个具有中国特色的国际性宜居的新珠海。

彻底破除以药养医，将医改进行到底

我国现行的医疗体制屡被诟病，医患关系紧张已经成为当前我国社会矛盾之一。在全国医改呼声日益高涨的大背景下，作为全国第二批城市公立医院改革国家联系试点城市，2015年2月，珠海市出台了公立医院改革取消药品和医用耗材加成等配套政策征求意见，将珠海市医改的步伐推到了进行时态。

这次的珠海医改思路，就是彻底破除以药养医，而且比国内其他许多城市做得更为彻底——不仅取消药品的加成，连医用耗材的加成也一并取消。这足以表明珠海市将医疗改革进行到底的态度、决心和勇气。

俗话说，打蛇打七寸，抓住要害才能取胜。珠海市这次医改试点，抓住群众最为关心最亟须解决的以药养医问题，就是抓住了要害，抓住了核心，抓住了本质。

我国现行医疗制度中，最要害的问题之一就是以药养医。以药养医起源于20世纪50年代，当时由于政府财力不足，放权给医院将药品加价后卖给消费者。改革开放后，医院要负担自身的发展资金和医生的工资，为了创收，这一制度逐渐发生了本质的变化：医院从药品生产企业或医药公司购进药品，以高出几倍、十几倍的价格卖给患者获取暴利。现行的以药养医制度是以药品的高利润拉动医院的经济效益，维持医院的运转。以药养医不仅使患者负担加重背离了公益位置，而且阻碍了医疗事业的发展。不仅如此，以药养医还导致了我国成为世界抗生素滥用大国,导致医生背离治病救人的本质而成为药品销售者,将医疗行为变成了买卖行为,彻底背离了医疗的公益本质和救死扶伤的道德本性。一切以追逐利润为导向,加剧了医患矛盾,阻碍了医疗事业发展,也造成了群众看病贵看病难的问题长期难以解决。今后,珠海市公立医院内所有的药品、耗材,均按照实际进价实行零差率销售,不再加价产生利润,这是探索"医药分家"、化解药价贵的一种积极尝试。

这次,珠海市实施药品和医用耗材零差率政策,就是为了切断"以药养医"的渠道,一方面是降低群众看病费用,另一方面是切断医生与药品、医用耗材之间的利益链,使医生回归治病救人的本职,保证医务人员执业安全;此外,医生"多开药、开贵药"的冲动被抑制后,患者就不会动不动被开一堆药带回家,这样临床用药的合理性和科学性会提升。

当然,破除以药养医只是医改的第一步,珠海市应以药品、耗材零差率销售改革为抓手,进一步推进公立医院综合改革,全面深化公立医院管理体制、补偿机制、价格机制、药品采购、人事编制、收入分配、医保制度、监管机制等综合改革,建立起维护公益性、调动积极性、保障可持续性的运行新机制,促进公立医院健康发展,同时加大政府投入,为群众提供安全、有效、方便、价廉的基本医疗卫生服务,让每一位老百姓都看得起病。

宜居不仅要优美的环境,也要抗灾的筋骨

2014年5月9日,中国社会科学院发布的一份研究报告显示,在中国城市的宜居程度排名中,珠海是中国最宜居城市,根据房价收入比、环境生态等指标的综合分析,这份报告将2013年中国宜居城市前十强排列为:珠海、香港、海口、三亚、厦门、深圳、舟山、无锡、杭州和上海,珠海位居榜首。

珠海荣登宜居城市榜首,说明了珠海的发展路子不仅正确,而且还在持续着后劲。厚积薄发的珠海,在严格的环保政策下走到了今天;今天的珠海,已然成为在环境上的中国最佳城市。珠海科学发展道路上的特质和其得天独厚的城市优势进一步凸显出来。

这个最佳是值得珠海人骄傲的,我们生活和工作在这里,为拥有蓝天白

云青山碧水而感到惬意，但我们距离诗意地栖居还有距离。前两天的暴雨，给我们城市的排水系统施加了很大的压力，让我们看到了不足和进取的空间。虽然此次暴雨比起去年（2013年）"5·22特大暴雨"，水淹状况好了不少——没有伤亡、没有地下车库泡汤，但是道路仍是一片泽国、交通严重堵塞的状况依然存在。我们应该清醒地认识到，防灾、减灾、抗灾也是宜居城市的重要指标，一个真正适宜人类居住的地方，不仅要在风和日丽时舒服惬意，更要能在自然灾害发生时保护人们不受伤害。

这次暴雨警醒珠海人：建设珠海市强大的排涝系统时不我待。希望有关部门以只争朝夕的精神，为全市人民营造一个下雨时只应浪漫、不应伤害、不应添堵的家园。在建设排涝系统的理念上，有关部门应当有改革的理念和行动。建议以环保的理念做排涝工作，深刻认识到排涝工作不仅是地下管网的建设，也是整体环境的保护和治理。治涝的根儿在环保上，只有加强环保，才能彻底防涝、治涝。

分析珠海水淹，有几方面因素值得注意。其一是排水设施还不够强大，我们的排涝管道大多是按10年一遇设计的，来了场50年一遇的大雨就不行了。如果我们都按50年一遇修建，再来个百年一遇的大雨又不行了。因此，硬件到底怎样设计和建设，有关部门亟待科学规划，长远考虑。但在加强硬件的时候我们也要注意到，我们的城市极为缺乏湿地涵养区域，雨水下来，全部流往管网，泄洪压力极大。

在以往香洲、斗门、金湾一带还没有成为城市街道的时候，这里属于珠三角水乡，水网纵横、河涌交错，雨水下来有许多进入自然湿地或者河涌，排泄力极强。但是现代城市建起来以后，自然的河涌水网和湿地都被钢筋、水泥、柏油覆盖了，雨水没了出路，管道不够，湿地涵养缺乏，怎能不在道路和居民区里乱窜！

为此，加强管网建设的同时，有关部门不仅应该在城市规划设计时加大管网排洪能力，还应考虑雨水收集设施的建设，这不仅是为了防止水涝，它对虽地处海边、实际上淡水缺乏的珠海来说，可谓一举两得。目前雨水收集系统在珠海市尚属空白，填补这一空白可以实现节能减排，绿色环保，减少雨水的排放量，同时使干旱、紧急情况（如火灾）能有水可取，也可以用到生活中的杂用水，节约自来水，减少水处理的成本。

同时我们还应在居民区、道路、商业区、学校、厂矿周围，建设各种类型的湿地公园，这样不仅可以美化整个城市环境，吸收噪音，减少灰尘，还可以吸收更多的雨水，减少管网压力，一举数得。当然有人会说土地资源紧张,房地产项目越建越密集,哪里还有湿地。但如果规划布局科学合理,是可以让珠海多一些湿地公园的,就看有关部门脑子里有没有这根弦了。希望他们能认识到,湿地不仅可以排涝,更是环保的需要,是宜居的需要,是为人民创造美好生活的需要!

做出地道的乡村特色

日前,珠海斗门莲洲镇获得"2013年广东省休闲农业与乡村旅游示范镇"称号,莲洲镇大宗堂十里莲江农业观光园获得"2013年广东省休闲农业与乡村旅游示范点"称号。

榜上有名,全省示范,这说明近年来斗门区着力推进旅游业与休闲农业和村镇建设融合,积极打造一批特色旅游示范镇和乡村旅游示范点的工作取得了成效。珠海整个旅游行业为此一震,珠海全体市民也为此兴奋。但高兴之余,我们最需要思考的是怎么样借此东风,将珠海市乡村旅游这把火烧起来,做足地道的乡村风味,让珠海的乡村游成为以旅游立市的珠海旅游产业中新的特色项目和新的经济增长点。

还记得2014年阳春三月踏青时节,珠海莲洲乡野间那一片热烈的金黄,张扬的碧绿,乡路旁60亩的油菜花像一片海……短短3天时间,至少10万游客来到这里赏花。村民们都说实在是"万万没想到",老人们都说从没见过那么多人,村里及周边的饭馆和小卖部都赚了个盆满钵满,而其他没有油菜花的村子都是羡慕嫉妒且化恨为动力,纷纷表示明年(2015年)也要大面积种油菜花。笔者对此不禁担心起来:明年春暖花开蝴蝶飞的时候,会不会油菜花开了农民却哭了呢?如果各村都行动起来盲目种植油菜花,很可能是这个结果。因为这里的农民种油菜花的目的不是卖油菜或收油菜籽榨油,油菜历来就不是岭南地域和珠三角一带的传统蔬菜,菜籽油也不是这里人们惯用的油品。在斗门种油菜花,纯粹只是为了观赏的。那么有没有人来,谁会来,这就成了市场来决定的东西。而市场规律是冷酷无情的,供求关系决定一切。

最懂旅游市场的当然是旅游企业,因此和旅游企业联合打造乡村旅游应该可以在一定程度上避免盲目。但企业是追逐利润的,资本的逐利也可能伤害农民的利益。这时候,农村最需要的就是政府这只"看得见的手"来用政策、制度和措施引导和帮助农民。

因此，为了避免乡村旅游的盲目发展，政府应该有所作为。首先，将莲洲镇的休闲农业与乡村旅游以及幸福村居建设紧密结合起来，在有规划、有计划地打造具有岭南水乡特色的村容村貌的同时，也切实引导和鼓励农民开展真正具有乡村风味的、可持续发展的特色项目；同时帮助农民规划这些项目，并用政策引导他们不一哄而上，而是分门别类，有层次、有重点、有搭配地开展旅游项目。

其次，还要引导农村在旅游开发时防止大兴土木、占用耕地，制造一些伪乡村的城镇或是伪城镇的农村，既失去了原汁原味的乡土气息，破坏了农家风貌，又制造了一堆不伦不类的伪景点，最终丧失农味，也就失去了游客，失去了价值。

当然政府的参与更在于不使各村镇单打独斗，而是将整个斗门乡村的旅游借此东风拉高一个档次，形成各村镇产业互联、互补，特色参差、有致的集群式发展，实现把斗门建设成为"广东省旅游强区和粤港澳地区著名的富有岭南水乡特色的休闲度假旅游目的地"的终极目标。

承古拓新，彰显珠海精神

日前，市委、市政府专题调研珠海名人故居保护工作，强调要注重名人故居保护开发，彰显珠海开放、包容、创新的人文精神，激励今人从中汲取丰富精神养分，努力加快建设生态文明新特区、科学发展示范市。（2014年12月8日《珠海特区报》）

建筑是石头的史书，建筑是凝固的音乐，建筑是有生命的，建筑会唱歌……尤其是那些历史名人的故居，它们不仅仅具有建筑审美、自然风貌、历史传承上的价值，更具有人文精神上的深刻内涵。

一方水土一方人，唐国安、陈芳、苏曼殊、杨匏安、容闳等历史名人以及他们的故居，是珠海历史文化精髓的提炼，也是珠海人文特质的延续和传承。他们代表了珠海人在各个历史阶段的积极探索和精神追求；他们的象征意义，与今天的珠海人与珠海的城市一起，构成了新时代珠海精神的组合。

珠海精神是什么，归纳起来就是开放、包容和创新。珠海的历史名人身上所展现出的价值观和人生观,是珠海人创业精神和活力的集中体现。其实,珠海"开放、包容、创新"精神是有历史渊源和传承的。长期以来形成的海洋文化、移民文化、特区文化、创新文化在这里胶合融汇;加之珠海位居中西文化交流走廊的地理位置,使得它放眼世界,海纳百川,兼收并蓄;而珠海的历史名人就是这种精神的突出代表。这些历史名人身上海纳百川、敢为人先的精神,已经成为珠海人血液里的东西,成为珠海经济特区的文化现象。从某种意义上说,有了珠海历史名人和故居,珠海就有了灵气,就有了人杰地灵的资本,就有了自己独特的精神文化,就有了开放、包容、创新的历史文化底蕴。

保护名人故居,就是保护珠海的文化、彰显珠海的精神特质;保护名人故居,是对名人的尊重,更是对今人的激励。但保护名人故居不是一句口号,它需要规划,更需要行动。

今天的珠海人,要用深化改革、进一步开放和敢为天下先的精神,用世界眼光、战略思维建设生态宜居城市,提升城市国际竞争力,提升城市创新能力。这也许可以从历史名人的思想光辉和人生履历中学点什么。那种和而不同、精诚合作、造福一方、实践个人理想的拼搏精神,会永远激励珠海人去创造美好的生活。

承古拓新是精神的历史传承和时代彰显。我们既要继承和发扬优秀的历史文化传统,又要勇于开拓创新,与时俱进,创造珠海美好的未来。

消费维权,工夫更应在"3·15"外

又到了国际消费者权益日,这是一个令人痛心的"节日",消费者在这一天似乎可以扬眉吐气,但实际上,每年的这一天,都成了全民"诉苦"和"吐槽"的纪念日。似乎因为有了"3·15",消费者有了维权的地方,因为有了"3·15",消费者有了维权的知识,因为有了"3·15",消费者有了出气的一天……但是难道消费者消费维权一年只有这一天么?有关部门难道不应该天天月月年年,让制度维权成为常态,让消费者时刻都是"3·15"么?

今年(2014年)"3·15",市工商局、市消费者委员会联合举行"3·15国际消费者权益日"新闻发布会,公布了去年(2013年)珠海消费维权11例典型案例,内容覆盖网购、健康消费、购房纠纷、医疗纠纷以及汽车合同纠纷等，珠海市工商系统去年（2013年）共接办涉及消费者权益争议投诉8345宗，同比增加66%，金额2296万元。为消费者挽回经济损失680万元。涉及经营者违法行为的举报1389宗，同比减少32.3%。成绩斐然，然而令消费者心酸。有关部门成绩越大，越说明消费环境的恶劣，因此，消费者真心希望维权能成为常态，有关部门能天天打假，处处维权，能真正震慑假冒伪劣商品制造者和销售者，让每年的"3·15"不再成为一个"节日"。

年年"3·15"，年年打假，为何假冒伪劣却越打越多？一年一次的"3·15"国际消费者权益日，实在是远远满足不了消费者消费维权的需要。热闹一天、冷清一年不该是消费维权的真实写照。有关部门最需要去做的，是要使消费维权常态化，建立维权常态机制。我们要使消费维权咨询及新版《消费者权益保护法》宣传活动更多地"下基层"，更广泛地普及给每一个消费者，走向农村、社区，让消费者能够更方便和及时地学习知识、接受咨询。同时，要让消费维权简便易行，还应该利用数字城市建设，将数字化监管和投诉普及到千家万户。

对于消费者的维权教育也应该制度化、常态化。所谓"道高一尺魔高一丈"，当前，黑心商家侵害消费者权益的技术和能力也在与时俱进，这就要求消费维权的专家们守护在消费者身边，实时提醒和呵护消费者。专家、学者和业内人士更应利用各种渠道，传授辨别真假商品的知识与窍门，以提高消费者的消费素养和消费维权水平，帮助消费者擦亮眼睛，保护自己。

各级消费者协会和政府相关部门更应该建立严格的监管制度，加大执法力度，多替消费者把关，将假冒伪劣商品通过制度建设挡在假冒伪劣之外，让消费者放心消费。

当然，营造消费维权社会，谁都无法独善其身。因此，也呼吁每个消费者在自己的消费权益受到侵害的时候，都要勇敢地站出来维权，善于和不良商家不良厂家较真。有维权意识的人多了，整个社会的维权氛围就会浓厚，假冒伪劣商品就会成过街老鼠。

代表委员应为生民立命

参加市八届人大五次会议的290名市人大代表分赴各代表驻地报到，他们纷纷表示，在未来几天中将忠实履行代表职责，积极反映百姓心声，为珠海更好的发展建言献策。记者了解到，截至2015年2月2日下午，代表们已提交50余份建议，内容涵盖法治建设、教育发展、环境保护、旅游开发、道路交通等方面。

50余份建议反映基层心声，不少，但也不多，其实人民更希望代表委员们深入到基层去，到社区去，到农村去，去了解群众的声音，特别是了解那些充满了诉求，却不知怎样表达或者没有能力表达的最基层的群众。因为在广大的基层地区，普通民众的酸甜苦辣、悲欢离合、纷繁复杂的利益诉求很多，不知道怎么说，也不知道对谁说，他们都在等待着代表委员们替他们发声，替他们做主张。

普通民众的酸甜苦辣和悲欢离合才是更真实的生活，关注这些生活和诉求，更有助于推动社会进步。例如，与千家万户出行相关的广珠城际何时能连接全国高速铁路网问题，在全市社区卫生服务中心建立"健康小屋"，违章处理存在流程多、耗时长等问题……这些问题很好地反映了珠海老百姓的需求，但很不够。代表委员们还应该更深入基层、发现基层、对话基层、传播基层，真正发挥代表委员们的责任和担当，即古人所谓的"为天地立心，为生民立命，为往圣继绝学，为万世开太平"。

"为生民立命"当前最重要的，就是要注意打捞"沉没的声音"。诚如此前《人民日报》评论所说的，我们迎来了表达的"黄金时代"，但仍有许多声音未被倾听。一方面，有些声音被淹没在强大的声场之中，难以浮出水面；另一方面，也有些声音是"说也白说"，意愿虽表达，问题未解决。这些，都可谓无效表达，有人称之为"沉没的声音"。这种"沉没的声音"在基层尤甚。但从另外一方面来看，"沉没的声音"的广泛存在是代表委员们的工作没有做到位。

现在有些代表委员们了解民意和基层喜欢在网络上搜索，这样不是不可以，但代表委员们更应该真正"走"到群众生活中去，俯下身来去关注那些最应关注的"表达上的弱势群体，也是现实中的弱势群体"。他们既缺乏影响公共舆论的资源，又鲜有参与政府决策的渠道，甚至无法得到与自身密切相关的信息，因此，尽管可能人数不少，他们的声音却很难在社会中听到。

我们的代表和委员，就是要"维护弱势人群的表达权，使他们的利益能够通过制度化规范化渠道正常表达，这是共建共享的应有之义，是构建和谐社会的关键所在"。

改革就是为了群众更方便

2014年4月3日《珠海特区报》报道，珠海市举行异地务工人员积分制入户新《办法》从七个方面对积分制入户政策进行了完善。

首先为这个即将出台的新办法点个赞。因为它改变了旧《办法》中的一些弊端，将办法实施的视角从"方便机关办事"转向了"方便群众办事"，这是一个根本性转变，值得每一个职能部门、窗口行业向其学习。

珠海市是一个异地务工人群庞大的城市，多年来，他们为特区的建设和发展做出了不可忽视的贡献。积分入户制度对他们的劳动和贡献是一种积极的肯定。但是以往的制度的确有不少弊端，譬如以往实行集中申请，每年3～5月只能申请一次，导致"扎堆"现象，经办机构工作量"井喷"，不利于异地务工人员自主安排时间办理有关手续。而且最终入户人员名单是由入户指标和积分排名来确定，但入户者的个体差异导致每年入户人员的最低分值均有所不同，缺乏统一性，也导致不公平；同时，入户分值要根据排名情况和入户指标最终确定，导致许多人递交了申请，但最终未能入户，"白忙乎了一场"。还有身体状况、计划生育、守法情况三项指标必须要让在珠海务工多年，已经很少回家乡的人离开工作岗位回家乡跑证明，的确费时又费力，而且还一大堆麻烦，导致许多人开不出证明，于是就放弃了或者离开了，不利于珠海留住人才。

政府部门是为群众办事的，其中心思想只有一个，那就是一切为了群众生活更好、更方便、更简单、更易行。

职能部门、窗口行业不是折腾群众的，因此，一切规则的制定都要清晰、简单、便捷。这一点珠海市一些机构已经率先做出了表率。例如，现在去出入境管理处办事简直方便极了，以往那种人头攒动、黄牛横行的状况再也没有了，办证办事都变得非常简单快捷。笔者曾亲身体验过，办澳门自由行续签时根本不用再像以往那样排队、来回跑、带一大堆资料，也不用一会儿照相、一会儿复印、一会儿交钱。现在用一部机器，一位辅助指示人员，机器里所有的资料一按键会自动生成，不到一分钟全部完成。这不仅仅是效率问题，更是群众路线的深刻体现。看来，要有一颗为群众着想的心、为群众办事的理念，靠新技术、新方法，实现便捷服务并不难，难的是我们到底想不想方便群众。

有的单位在为民办事时想的不是群众，满脑子想的都是怎样为自己规避责任和麻烦，他的一句话、一项要求，就让群众跑断了腿，跑寒了心。他们的一项制度就可能让群众在大半个中国跑上几年。这不是人民的公仆，这是人民的老爷。改革，就是要革掉这些老爷作风，革掉他们为难群众、刁难群众的做法，革出真正想群众所想、急群众所急的真心和诚意。

如现在社保局等窗口单位提前 10 分钟到岗，推迟半小时下班，就是为群众着想。能否还增加节假日值班呢？因为来办事的群众也有许多是只在节假日休息、平时都上班的！窗口在节假日可以缩小，但最好不要全关闭，留下一个值班人员，也就为群众留下了一个方便之门。

土地卫片奖，是全体珠海人的奖

日前，从市国土部门传来喜讯：我市土地卫片执法检查工作取得了连续三年获奖、年年有新进步的好成绩，并从前年、去年的地级以上市考核三等奖跃升为今年的地级以上市考核一等奖，而且其中三项考核指标荣膺全省前列。(2013 年 12 月 22 日《珠海特区报》)

这项成绩令珠海市国土部门欢欣，更令全市人民鼓舞。今年（2013 年）的土地卫片奖也让全市人民受益，国家奖励了珠海新增建设用地指标 500 亩，为珠海市的经济发展注入新的土地生力军。

利用卫星遥感监测等技术手段制作的叠加监测信息及有关要素后形成的专题影像图片，简称卫片。土地卫片执法检查就是国家土地管理部门根据地面的实时卫星照片来监督、检查其辖区内的土地利用行为，包括检查其是否符合规划，是否有占用基本农田等情况发生，以及时发现违法行为，并加以处罚，达到合理保护土地的目的。在经济迅猛发展、土地吃紧的当下，国家土地卫片执法检查极其严格，违反规定者将依据"15 号令"实施严厉问责、并实行一票否决。在此严格审查下获奖并不容易，而珠海竟是三连奖，这"军功章"的获得，是全体珠海人民共同努力的结果。而违法用地、违章建筑"零增长"，是这"军功章"上最耀眼的两点。

去年（2012 年）珠海市启动了历史上规模最大、规格最高、标准最严的

"两违"整治工作，市委、市政府对国土执法监察工作的支持和投入力度很大，集全市之力整治"两违"，态度坚决、措施得力、成效显著，全市整治违法用地办法多、效果好，产生了广泛的影响，在珠海市形成了"违法用地，人人喊打"的局面。正是全市上下严格守法用地的这种大环境，使珠海市国土部门严把用地关，不敢越雷池半步，因而让珠海守住了前年（2011年）和去年（2012年）的荣誉，并争取了今年（2013年）更大的荣誉。

同时，全市各区、各部门执法协作，形成合力，狠抓落实，构建了"党委领导、政府负责、部门协同、公众参与、上下联动"的执法工作格局，为土地卫片执法检查工作打下了坚实的基础。

此外，近年来通过整治"两违"和对依法用地的宣传，全市人民的依法用地观念大大加强，从普通农户、业主到国企、私企，从农民种地到重大项目用地，桩桩件件责任清晰、用地合法，违法项目为零。目前，全市人民已经有了深刻的依法用地意识，都努力把依法用地变为行动自觉。

这项好成绩的取得，也离不开"转作风、提效能"活动。正是珠海市土地管理部门针对当前重点项目工程和农村宅基地两大违法用地重点，疏堵并举，解决了一批历史遗留问题，使涉地矛盾纠纷问题得到了有效化解，促使全市群众明确了合法用地意识，强化了合法用地思想。它同时也反过来促进了全市国土系统机关作风持续好转、行政效能不断提高、社会形象不断改善，国土资源管理工作保障能力和服务水平不断提升，形成了一个合法用地、严格管理的良性循环。

细胞美才能肌体美

2014年5月26日，市创文办、文明办组织召开珠海"好家风好家训"座谈会，机关单位、高校专家学者、社科界、企业界、文艺界、媒体等各行各业代表以及优秀家庭、社区代表共30余人就如何传承好家风好家训展开交流。探讨"言传身教"在弘扬社会主义核心价值观和加强未成年人思想道德建设工作等方面的重要意义。大部分与会代表都认为，家风是一种潜在无形的力量，无言的教育，潜移默化地影响着孩子的心灵。那么，好的家风家训该怎样与时俱进，怎样传承呢？正如吉林大学珠海学院教授戴学英所说："我们这个社会不缺乏优秀的家风家训，问题是如何在当今社会下将其落到实处。"

还记得小时候听到的这个故事：爸爸和儿子一起，把年迈一身是病的爷爷用一个大筐装着，抬到山里边扔掉了。爸爸想把那个已经破烂的筐也扔掉，儿子却说留着吧，留着以后装你用。

这就是父母的为人师表，这就是父母的言传身教。正如北京师范大学珠海分校教育学院副教授张豹所言，每一个家庭的文明、和谐，可以引导每一个儿童变得文明、和谐。如此整个社会才会变得文明、和谐；每一个家长的诚信、友善，可以引导每一个儿童变得诚信、友善，如此整个社会才会变得诚信、友善。

家庭是以婚姻为基础，以血缘关系为纽带，得到社会道德和法律认可的社会生活的最基础的组织形式，可以说家庭就是社会的细胞。那么要想社会和谐，首先必须家庭和谐。若家庭这个细胞出现了问题，社会这个肌体不生病才怪！因此，和谐社会需要和谐家庭。

托尔斯泰说，"幸福的家庭都是相似的，不幸的家庭却各有各的不幸"，营造和谐家庭，必须有好的家风；好家风就是好的家庭管理制度，是人人遵守的家庭准则。这个准则的核心是夫妻恩爱。因此和谐家庭需要美满婚姻，而婚姻的美满幸福贵在保持，保持婚姻美满幸福的重要原则之一就是家庭成员互敬互爱。

当然好的家风还必须在家庭中倡导美德。如尊老爱幼、男女平等、夫妻和睦、勤俭持家、邻里团结、文明礼貌、助人为乐、爱护公物、保护环境、遵纪守法、爱岗敬业、诚实守信、办事公道、服务群众、奉献社会等。

此外，每个家庭成员在经济上、生活上互相关心，情感上加强交流，社会事务上相互支持，共同构建和谐的夫妻关系、亲子关系及兄弟姐妹、婆媳、姑嫂等其他家庭关系，也为和谐家庭的建立奠定平等进步的基调。

家庭是社会的细胞，更是社会稳定的基石，是人生旅途中温馨的驿站，是事业工作的"助推器"。古人云："家和万事兴，家齐国安宁。"建设和谐家庭，就是要用家庭成员之间的和谐促进社会人际关系的和谐，用邻里之间的和谐促进社区和谐，用家庭与环境的和谐促进社会与自然的和谐。和谐社会需要和谐家庭。

让每个村居成为幸福的桃花源

"姐儿头上戴着杜鹃花，迎着风儿随浪逐彩霞，船儿摇着春水不说话，水乡温柔处处是我家……"

珠海市的农村，大多地处岭南水乡、沙田之间。这里水网交织，河道纵横，民风淳朴，生态原始，纯真自然，其自然风光有如世外桃源。但由于长期地处偏僻，经济发展相对滞后，农民生活的幸福感也相对较弱。

珠海于 2012 年 9 月 27 日召开了创建幸福村居动员大会，对创建幸福村居工作做出全面动员和重要部署，由此拉开了幸福村居建设的序幕。此项工作旨在改善农村生产生活条件、扭转农村落后面貌、改善农民群众现实生活。这对于原始美丽的沙田水乡来说，无疑是一个福音。但是好事如何办好呢？

河网、小船、翠竹、蕉林、荔枝、龙眼……水中嬉戏的村童，质朴讷言的艄公，水乡的风土人情，随着摇橹的吱呀走过了漫长的岁月……于是这里有了疍家特有的水乡婚嫁和原汁原味的沙田咸水歌。这一切，就像一幅古老的民俗风情画，千百年来在珠海市农村传承着、发展着。如今我们建设幸福村居，就是要把这世外桃源般的古老风情画描绘得更美好、更完善、更和谐，而不是把这独特的古老风情破坏了。这就要求我们在实施幸福村居工作时，一定要坚持走可持续发展道路，合理开发和利用资源，加强生态建设、文化建设和环境保护，倡导生态文明，促进人与自然的和谐发展。

我们一定要规划为先，根据总规划的要求来落实具体规划。在做主体功能区规划及土地利用规划时，我们要认真听取专家的意见，更要听取农村基层百姓的呼声，力求规划符合科学发展观要求，符合珠海市农村的实际，符合社情民意，更具有可操作性和实践性。

而具体到各个村庄的规划，一定要体现滨水特色、体现田园特色、体现岭南特色。要将沿河涌自然分布的各个村庄的水乡浓郁风情、两岸植物丰盛的自然风光与农村民情达到和谐统一。一句话，我们要建一个现代桃花源。

桃花源，是我们祖先的美好生活理想，它宜居、宜业、生态、和谐……当今，我们要建设一个现代桃花源，首先要坚持以产业为基础，把精品农业、特色农业、高端农业与旅游、文化结合起来，解决农民群众最关心、最直接和最迫切的民生问题，为建设一个宜居、宜业、生态、和谐、文明、平安的新农村打下良好的基础。我们可以充分利用各村的资源优势、地域优势、产业优势，形成各自的主导产业，用"一村一品"来推动农村的发展，把每一个自然村落建设成一个个小小的桃花源，然后构成高效的现代农业产业体系，整体呈现集中连片、整体推进、区域联结、板块联动的发展格局。

我们建设幸福村居，要把农村文化建设作为灵魂，这其中包括当代农民文化生活的建设和传统文化以及非物质文化遗产的保护两个方面。我们要在农村文化室、农家书屋等农村文化设施建设的同时，把岭南水乡传统文化和沙田地区非物质文化遗产保护工作与特色旅游业结合起来，利用和保护地方特色的传统节日、传统手工艺和传统风俗这些精神文化特质，让人们在领略岭南水乡独特魅力的同时，发扬传统文化，并且为当地农民创收，发展现代生活。

幸福村居，现代桃花源，它还强调一个美好舒适的居住环境。因此，我们要进一步提升农村人民的居住环境，加快推进整治农村环境脏乱差，逐步建立城乡一体的垃圾处理机制，要让水、电、气、路等基础设施与城市的一样，让广大农村和农民真正享受到城市化的服务。但要切记，城市化服务，绝不是要毁掉农村自然风光和人文风貌，也不是把古老的特色民居拆了建成城市居民的高楼大厦，那样不但破坏了原始自然的生态，也会毁了岭南水乡的文化宗脉。

还有古老的风俗。水乡人家世代依水而居，至今仍保留着特有的生活习俗，珠海市农村是珠三角地区独具特色的自然生态与人文生态结合的产物。我们建设幸福村居，是要把这种生态与人文的结合发扬光大，而不是破坏它、消灭它。所以，我们在改善居住条件和村容村貌时，必须要把传统文化内涵和环境保护、特色民居保护、古树和大树的保护放在重要的位置。在文化、生态保护、森林保护和古村落保护的前提下做好村庄的环境绿化、河涌清洁、路面整洁。特别要把垃圾处理、污水处理、厕所建设、河道清淤等工作，为村民，也为游客提供一个舒适、整洁、健康的生活环境。

我们要深刻认识到，珠海市农村河网交织，物产丰饶，最大限度地保存了亚热带的自然生态环境。这美丽的自然风光是大自然的馈赠，也是千百年来生活在这块土地上的人民与自然和谐相处的结果，这种自然风光是我们建设和完善公共服务设施的蓝本，绝不能舍弃和破坏。我们一定要结合自然条件、水系环境，来对河流、池塘、堤岸进行美化；来营造和建设特色景观与公共活动场所；同时在加强和保护岭南文化元素的改造中，突出村庄特色、自然特色，把珠海市的农村，真正建设成一个宜居、宜业、生态、和谐、文明、平安的现代桃花源。

将禁毒进行到底

国际禁毒日 2014 年的主题是：珍惜美好青春，远离合成毒品、拒绝毒品，健康人生。珠海市许多单位都开展了各种戒毒活动，如为学校师生进行讲解毒品危害、组织禁毒签名活动，社区居委会在各自社区内开辟禁毒宣传栏、悬挂横幅、发放宣传材料、张贴禁毒海报和播放禁毒宣传电影等。也有单位根据毒品形式的新特点，采取新举措，如市第一戒毒所今年（2014 年）尝试引入以《弟子规》为核心的传统文化教育体系，使这本古书成为解决戒毒学员精神问题的新"药方"。同时珠海市有关部门也酝酿出台对戒毒者无缝对接的就业机制，鼓励企业走进监所，先行对学员进行技能培训，学员戒毒期满后直接就业……这些都值得肯定，但我们要时刻警醒：戒毒是全民的事，也绝不只在戒毒日才进行，必须全社会动员起来、时时刻刻把禁毒工作彻底、全面地进行到底。

珠海因为地缘地域关系，即地处口岸、紧靠澳门，的确给不法分子增加了可乘之机，他们利用人员往来的频杂和交通的便利，干着罪恶的勾当，而且使珠海的毒品现象有与国际"接轨"的趋势。近年来国际上兴起的新型毒品在珠海也时有发现。

毒品对人的危害是不言而喻的，但总有一些人会被它拉下水。多年的禁毒工作经验表明，禁毒确实应该从娃娃抓起，因为它时时刻刻都在觊觎着我们的孩子。而从娃娃抓起，就必须从家庭预防和学校预防抓起。

家庭预防是抵御毒品最普遍、最有效的第一道防线。只要家庭成员具有整体意识，对亲人怀有浓浓的亲情，就能及时发现和洞察其成员的吸毒苗头，并给予坚决制止。因此我们要把反毒、防毒的教育作为家庭教育的重要内容。要增强家庭反毒、防毒的社会责任感。

学校也应在教学课程中把"禁毒教育"作为学生德育教育的重要内容常抓不懈，将对孩子们的挫折教育、生命教育与禁毒教育结合起来，将禁毒教育的责任落实到每一位任课教师和班主任。必须培养孩子们良好的心理素质使他们远离毒品，永远不尝第一口。同时，学校还应该严格控制社会闲散人员入校，更要严防有吸毒劣迹的人入校。

还有重要的一块就是对失去土地的农民的再教育，各有关部门不能仅仅关心他们的生活和就业，因为现代农民，需要的不仅是温饱，还有更多的精神追求。有关部门应设立农民教育机构，防止拿了征地款后无所事事的农民踏入毒品的行业。

同时对快递行业加强监管，严厉打击近年来出现的利用快递传播毒品的现象。对高危人群更要发动社区、基层的力量，将疑似吸毒、贩毒者消灭在萌芽中。

民主化、科学化的必由之路

《珠海市重大行政决策听证办法》（以下简称《办法》）经市政府批准正式出台，《办法》自2014年2月20日起正式实施。

为这个"办法"叫好！它标志着珠海政府政务向着民主、法治和科学迈进，对于今后政府工作中决策的民主化、科学化将起到重要的促进作用。《办法》是珠海建设法治政府的必然要求，在实现政府行为的公开、公正、透明，以及确保公民的合法权益不受侵犯方面，将起到非常重要的现实作用。《办法》的实施，也能够增强广大群众的参政议政意识，使广大市民积极行使人民当家做主的权利。

重大决策听证制度是国家机关在做出重大决策时，听取利害关系人和有关专家的意见，对决策事项进行论证、辨明，以实现政府良好治理的一种必要的规范性程序设计，是国际范围内较为成熟且不断发展的课题。2008年国务院就发布了《国务院关于加强市县政府依法行政的决定》，就加强市县两级政府依法行政的相关问题予以明确规定。该决定要求，完善重大行政决策听取意见制度；推行重大行政决策听证制度；建立重大行政决策的合法性审查制度；坚持重大行政决策集体决定制度；建立重大行政决策实施情况后评价制度；建立行政决策责任追究制度。近年来，各地政府开始实施重大行政决策听证制度，珠海市也在此办法出台前就对该制度进行了不少尝试和实践。由于行政决策领域引入听证制度尚处于起步阶段，还需要各有关部门在许多方面做出努力，从而使听证制度不断得到完善。

《办法》出台，从制度上明确了重大行政决策听证是公众参与政府决策的一个组成部分，是解决社会利益冲突、实现社会和谐的一个机制；明确了听证制度的核心是合法与公正，必须体现行政决策的民主、公开，因此必须让受决策影响的各方利害主体都能参与。

需要明晰的是，政府重大行为决策要反映人民的需求和利益，才能得到人民的拥护。重大决策听证制度不同于通常意义上的"听取意见""兼听则明"等工作方式，也不能够等同于我党工作的群众路线，它应是有众多法律原则支持的一种法律程序。而在行政决策过程中设置听证程序，让参加听证会的各方代表充分发表自己的看法，不仅可以达到集思广益的目的，还从形式上将决策的主观性、盲目性和不合法、不科学的方面减少到最低。

再接再厉打造美丽中国样板

珠海通过国家生态市现场考核验收啦！

生态文明是以人与自然、人与人之间和谐相处为核心，是有序的生态运行机制和良好的生态环境所取得的物质、精神、制度等方面的综合成果，是一种新的更高的文明形态。

珠海人普大喜奔。我们自豪，但不骄傲，这是建立特区以来，一代又一代珠海人努力的结果；这是多年来我们咬定青山、痴心不悔，坚持走出一条不一样的发展之路的结果。我们不是第一个生态文明示范市，但我们率先成为全国第一批示范市。

我们的道路将会是一个样板，一个美丽中国的榜样。

生态城市是有硬指标的，要求能完成上级政府下达的节能减排任务，三年内无较大环境事件，群众反映的各类环境问题得到有效解决，外来入侵物种对生态环境未造成明显影响。生态环境质量评价指数在全省名列前茅。

这些，我们都做到了！

还记得两年前在珠海市创建全国生态文明示范市动员大会上，珠海人下定决心，把创建全国生态文明示范市当作实现珠海加快建设珠江口西岸核心城市和生态文明新特区、科学发展示范市的战略需要。这两年我们发挥多年来珠海在环境保护和生态建设方面形成的独特优势，不断巩固国家环保模范城市复核工作中打下的良好基础，以更大的决心、更高的标准、更严的要求、更大的力度、更快的进度，在加快创建生态市的同时全力创建全国生态文明示范市。

我们把生态文明建设与物质文明、精神文明、政治文明建设放到同样的高度，把创建生态文明示范市当作重要的战略要求。我们大力发展生态产业，推动生态产业在产业结构中居主导定位，倒逼产业转型升级。我们努力建设资源节约型、环境友好型、人口均衡型社会，力求实现在环境宜居上能够与欧美先进国家媲美。我们积极培育生态文化，以生态文化的繁荣创新为先导，努力在文化建设上建立起与科学发展要求相适应的主流价值观。我们要把创建全国生态文明示范市跟创建全国文明城市两者有机结合，坚持"两个拳头打出去"，形成相互促进、相得益彰的工作局面。

我们的努力有了成效，我们的时间花在哪里，所有人都看得到！

荣誉摆在面前，压力也在眼前，我们要化压力为动力，遵照考核组的要求，巩固、深化和提升生态创建成果，按照"生态文明新特区，科学发展示范市"的总定位，以建设国际宜居城市为目标，通过着力构建发达的生态经济体系、着力打造优美的宜居宜业的生态人居体系、着力创建与国际接轨的生态文明示范区三大举措，打造具有国际视野的特区新发展和美丽中国的样板。

第四辑 隔山喊牛篇

文人的样子

2012年11月19日，有网友在微博爆料称，"文化超女"于丹在北京大学（以下简称北大）举办的一场昆曲演出结束后，准备上台分享心得时，遭观众呛声后下台。观看过演出的观众向记者证实，确有于丹被轰下台一事。网友HelenClaire是一名北大学生，她说自己是当晚的观众之一，没有听到很大声的"滚"，"主要是各种'下去吧'和一句'你没资格代表我们'"。之后一则"于丹北大讲昆曲被观众轰下台"的新闻引起了网友的关注和热议，一时间正面与反面的声音四起……

于丹被轰事件，引来喧嚣一片，本来实在不想凑这个热闹的，但觉得大家多在纠结孰是孰非上，笔者实在忍不住想说两句：如果把于丹和北大的学生们都放在知识分子的天平上称一下，这是非曲直简直就是秃头上的虱子明摆着了。

知识分子本就应该有独立的批判、质疑精神，知识分子的精髓在于精神的独立、抵制集体性思考、拒绝强制性知识。知识分子应该是社会的良知和镜子，正如伏尔泰所言"爱智慧"和"社会良心"是知识分子的经典本质。从这个角度来看，北大学生们的质疑是很合理的：一场商业演出，红得发紫的教授还要上去说两句，不管她说什么，北大学生都是可以质疑和反对的，更何况，这著名教授是为了商业利益呢？即使真如教授所言没有拿商家一分钱，可是商家收了学生和观众的钱，教授的做法就是"用功利来规定正义"，而且还言之凿凿。她甚至还想用功利来决定美，这实在是前所未有的胆大包天和利欲熏天的行为。

中国的知识分子，从来不乏独立的人格。魏晋南北朝时期士族文人表现出来的浓重的疏离意识，就可以视为怀着一份责任，不断对社会进行清醒地反思与批判。魏晋时期，文人士子执着的是对世俗社会的超脱，对现实政治的批判，对人生意义的追求，对学术文艺的钻研，既有"为学术而学术"的味道，又有"为人生而学术"的色彩，鲜活地显示出知识分子的独立人格。

《知识分子的背叛》一书作者朱利安·班达说：（知识分子）应当跨越自己的利益，甚至是自己的职业利益，乃至生存的根本，赢得自己的使命和美的实现。可是我们的知识分子于丹太"入世"了，她已经混淆了作秀演戏与知识真理，她太热闹，太世俗了，以至于热闹得忘了知识分子对于责任的承担，忘了知识分子要有一种超越的精神，忘了真正的知识分子绝不能为了一个功利的目标而丧失自己的真正价值。

而北大学生们的"不礼貌"是喧嚣中的冷眼，别人热，他们冷，别人疯，他们静，他们勇于坚持自己认为正确的理念，无论是对于学术的权威，还是权力的威胁；更无论是对于商业、声誉还是什么别的诱惑。他们的挑战是知识分子责任的体现，这种责任是社会责任，更是历史的责任。他们关注现实中出现的问题，他们不迷信任何东西，他们勇于承担自己身上天赋的责任，他们有着独立知识分子超越的精神。

学者周国平言：怕就怕，正义与野蛮握手言欢，权力与知识狼狈为奸，那就是一个民族的灾难。所以，即使在从来不乏独立担当的知识分子面前也从来不乏趋炎附势之流、见利忘义之辈，但有北大这群轰所谓的精英下台的学生存在，我们的社会就有希望。

水质监测岂能"主要靠鱼"？

这次广西贺江水污染事件从出现死鱼到检测出水质污染物超标，居然用了5天时间。公众质疑：下游水质主要靠上游预警，而上游预警难道主要靠鱼？水质监测专家曹永旭回应说，水质监测受距离、人力、仪器、经费等各种客观条件所限，有些较远地区水质是每月一测，一些偏远又难走的地方可能一年也就1~2次。所以监测许多时候真就是靠鱼。(2013年7月9日《广州日报》)

地震预测靠狗，水质监测靠鱼，在科学技术已经发达到让我们登上了月球的今天，这是对专业技术人员的侮辱，也是对公众智商的侮辱。作为一个以科学监测为根本的水质监测单位居然主要通过鱼来预警，难道我们的检测技术和设备都比不上一条鱼？还是我们的工作人员连鱼都不如？那还要这些监测单位干什么？每家都养条鱼的成本可比建设水质监测机构低多了。

其实，通过观察鱼的特殊回避特性来看水质是否出现污染，的确是一种监测水质的生物手段，但它只是辅助手段，只是为仪器和实验室分析提供佐证的。在科技发达的现代社会,在 2012 年国务院已颁发了《关于实行最严格水资源管理制度的意见》的背景下,每年国家投入大笔财政建设各级水质监测系统,我们的监测手段竟然仍原始到主要靠鱼!这个令人哭笑不得的荒谬事实,道出了我国水污染事件频发的原因:监测指标和手段严重滞后。

好吧,即使靠鱼,实验用的鱼只要有"回避性"就预警了水质有问题,可现在我们渔民的鱼和野生的鱼早就已经大量死亡了,"红豆水","绿茶水","牛奶河"早就绝了鱼迹了,我们的有关部门难道还"预"不出来这个"警"吗?这次,也是鱼死亡 5 天后才检测出是水污染。人不如鱼,鱼用生命的代价向人类报警也没有用。

当年的太湖的蓝藻事件,四川沱江污染事件,松花江污染事件和去年的广西龙江镉污染事件令我们的伤疤还在痛,历史很快就重演了。一次次伤痛的事故不追责,靠鱼也没用,有"最严格"的制度也没有什么用。

这么严重的污染事件,广东省环保厅环境监察局局长周全还在狡辩:"铊并非常规水质监测的污染物,常设河口断面的监测仪器都没有分析。"还说"我们的水质含铊标准是世界上最严的"——剧毒元素,最严标准,完全没有监测,如此混乱的工作逻辑和流程是怎么制定的?

其实现在欧洲还真有专门监测水质的"机器鱼",使用"机器鱼"每年可节省环保费用 20 亿美元。建议喜欢鱼的监测部门把"不管用"的机器更换成"机器鱼"吧,只是不要把这鱼又当成了摆设或是贪污的新借口。但是人不作为,什么鱼都没用!

是公仆?还是流氓主子?

绿春县一市民拨打电话到县卫生局咨询,没想到值班的工作人员不仅不听电话,竟然还用手机短信回复市民:"是不是你妈去世了。"绿春县卫生局当事值班人员李某承认短信是他发的,并表示后悔发出这样的短信。绿春县纪委已经介入调查。(2013 年 11 月 7 日中国青年网)

这哪是人民公仆?这简直是人民的爷,而且是位流氓大爷!群众不过就是咨询你个问题,而且是你值班,你却把这当成了打搅,极为不耐烦且恶意地诅咒人家妈妈。天下岂有这样的公仆?即使是主子,也是个没素质、没教养的流氓主子。

这件事虽事发个别，但是不能说没有代表性。之前我们有公仆们不断爆出雷语，譬如市长对来访群众叫嚣"能告倒我的人没出生"，还有女副市长对孩子被强奸的人说："如果（我）自家孩子被性侵不会向政府要钱"，甚至还有公安领导说："警察不打人，养警察干吗？"这些人民的公仆，认识不到自己是为人民服务的，总把自己摆到主子的位置上，对来办事的老百姓不是爱理不理，就是百般刁难，以至于"门难进，脸难看，事难办"成了普遍存在并长期被诟病的问题。

为什么会这样？就是因为这些公仆没有树立为人民服务的思想。他们没有意识到，是人民纳税的钱让他们拿着高工资、享受着好待遇。人民供养他们，是为了让他好好为人民办事的，但他们认为自己的"优差"是用来欺负老百姓的。这是典型的本末倒置，对这样的公务员，岂能一句道歉了之？

这次，如果不是当事人把这位人民公仆的短信在网上晒出来，这位"爷"可是一点悔意也没有的。他还狡辩说因为咨询人用的是外地手机，他以为是骗子。事实上对方已经说明是咨询问题了，而且比较急，他挂了，人家又打，很正常啊！听完人家的问题再做判断也不迟，可是这位"爷"一句话不说，挂了就回短信问人家是不是妈妈去世了，这是嫌群众讨厌，这是对群众要流氓嘴脸。这不仅没有服务意识，而且没有素质，缺乏教养，这样的"烂人"，怎么可以做人民的公仆？当下，一些公务员个人素质和修养太差，再加上思想意识有问题，雷人恶语不断爆出也就不奇怪了。只是，他们怎么进的公务员队伍，甚至还当上了领导，这更值得令人深思。

驱逐"鞋垫奶奶"赶走了人文精神

75岁老人张素婷，在河北师大老校区做了20多年缝缝补补的活儿，师大搬到新校区后又来到新校区摆摊卖鞋垫。由于媒体的报道，这位"鞋垫奶奶"最近成了该校的名人，但随后"鞋垫奶奶"遭到了学校驱赶。学校保卫处称摊贩不准进校园。对此，河师大学子呼吁大学校园多点人情味。（2013年11月14日《燕赵都市报》）

近日我带着孩子回到阔别多年的大学校园，那位仍在饭堂门口卖酸奶的阿姨竟然认出了我，说你就是那个整天不吃饭、拿饭票换酸奶喝的小姑娘啊。看着酸奶阿姨，她可是老得我都认不出来了。我眼眶湿了，酸奶阿姨是我青春岁月的见证啊。

是啊，哪个学生没有这样的回忆呢？饭堂门口，大树荫下，自行车棚，校园围墙边……那些为我们服务的社会底层的劳动者们，曾陪伴我们的青春岁月，曾送走了我们一茬又一茬的学生。他们不仅是校园一景，也是校园文化，更是校园人文精神的一部分。要将他们赶走除尽，不仅是昧了良心，也糟蹋了大学校园最重要的品质——温暖的人文精神。

大学到底要教给学生什么？仅仅是书本知识吗？不，还有重要的人文精神，这就是爱、包容与分享。学校驱赶鞋垫奶奶到底为何？为了一个干净的校园？老奶奶如何不干净了？她没有制造任何麻烦和污染，她用勤劳的双手和满是皱纹的笑脸，低廉的收费，方便的服务，陪伴了孩子们四年。孩子们都爱这位奶奶，可是学校却容不下她，几个精壮的校管追赶着老奶奶四处逃。幸亏几个女学生把奶奶藏了起来，老奶奶才没被抓。这情景发生在今天的现代文明传播地——大学校园里，而且是"学高为师，身正为范"的师范大学。这样的学校，是何以为"范"的？

当然，校管"按规则办事"似乎是没有错，这样的事也不仅是大学才有，譬如银行规定必须本人亲自挂失，以至于逼得家人把奄奄一息的老人抬到办事窗口来办理；病危无法行走的小伙子要捐献遗体，红十字会人员说没有上门服务这一项，就别捐了；拉肚子阿姨求公交车司机停一下，让她下去方便，司机死活不肯，阿姨拉在了车上……我们处处见到"规则"的刁难，看似很"守法"，实则是人性的冷漠和对他人的极不尊重，更是心胸狭窄和不以人为本的教条主义。偌大的一个校园，容不下鞋垫奶奶不到一平方米的位置，这样的校园怎能培养出引领时代风气、推动社会进步的天之骄子！是扼杀最宝贵的人文精神的做法。

就按照日历休假不行吗？

有的是"上3天休3天上6天休1天"，有的是"上2天休7天上5天休1天"，根据《国务院办公厅关于2013年部分节假日安排的通知》，今年中秋节休 3 天，国庆节休 7 天，前后有 3 个周末双休日被调整成只休一天，"混乱工作模式"将持续大半个月，惹来不少网友吐槽"太凌乱"。（2013 年 9 月 16 日《广州日报》）

有的单位这么调休，有的单位又不这么调休，特别是一些企业，大多不按这个休假，那家里有孩子上学上幼儿园的可真就乱成一锅粥了。而且最严格执行这个调休标准的是公务员们，如此，一些来办事老百姓被这么调来调去地弄糊涂了，真是耽误工夫。

其实何必呢，每次小长假都调来调去，想把它变成大长假，劳民伤财不说，且人为制造混乱。而且，为了凑长假，导致下一个工作周期特别长，容易造成工作疲劳和厌倦，工作效率不高。还有，这样混乱地休息和工作，破坏了人体的生物钟，导致了内分泌紊乱，也会影响人的身体健康。本来放假是好事，结果却弄得怨声载道，得不偿失。

中国太大了，人太多了，以前实行过的夏时制就是一个教训，本意是防暑和节省能源，结果却造成了全国的混乱，实行了几年又废止了。其实休假也是一样，何不学一下香港、澳门，虽然它们地方很小，但也绝不人为制造休假混乱。港、澳每年定下来的公共假期，排定了就没有任何人能够临时改变，哪怕春节和周末只隔一天，也按照排好的假期来休，绝不临时调整。若个人有调休的需要，那属于小范围局域调整，与整个社会无关。而且，所有的公众假期每年都会在新出的日历牌上标得一清二楚，不管谁，只要找个日历看一下就明白各个单位是否办公了。全社会无论企事业单位、学校还是政府机构都严格按照这个日历牌来休假，秩序井然，从不混乱。建议全国假日办，以后也别调来调去了，按照日历，该怎么休就怎么休，不好吗？

"羞辱式付薪"羞了谁？

奔波一年多，在法院帮助下，侯先生终于讨回自己的薪水。可让他哭笑不得的是，对方支付的竟然是 18 万枚白花花的一角硬币，重达半吨。如何兑换？一时犯了难。日前在记者牵线下，他将半吨硬币运至某银行蔡甸支行。银行方表示，将抽调约 10 名工作人员开展清点工作，争取在 2 天内将其兑换

到位。欠薪的老板坦承，这么做，就是为了为难一下对方。（2014 年 1 月 7 日《楚天都市报》）

年关将近，欠薪季到来。每年春节前夕，最让农民工闹心的事就是讨薪。多少农民工在外辛劳一年，都希望能拿到工资回家过个好年。还好，侯先生还算幸运，要回了大部分钱，可是他受到了为难和羞辱，而羞辱他的欠薪的老板不以为耻，反而还理直气壮。

这老板凭什么如此理直气壮？凭什么欠了别人的钱不感到羞愧，却还要羞辱一番"债主"——工人？主要原因就一条：没有人给工人撑腰。

虽然欠薪的人并没有喊打喊杀，但他这种拿着工人的血汗取乐的行为羞辱了社会的诚信，羞辱了良心和道德，也羞辱了法律。对此，社会道德不仅要强烈指责和唾弃这种行为，法律也必须严惩。有关部门应该处罚并将欠薪老板记入诚信体系，让他记住：别以为当上了土豪就可以为所欲为了，在人格面前，人人都是平等的，而且他欠钱本身就是错，侮辱人更是错上加错，为此他就要付出代价。

为什么总有人拖欠工人的工资？就是因为这种违法成本太低，老板今天在这里欠了工资拍拍屁股走路了，明天又到别处重新建厂招工做买卖，再欠了钱再跑路，循环往复无所顾忌，几乎零成本，而且还白白赚了工人的血汗钱。因此，拖欠工人工资的事件层出不穷，政府喊破了嗓子，工人急红了眼睛，那些黑心的老板们还是拖欠照旧，而且毫不羞愧。

在此，强烈呼吁完善法律体系遏制源头的拖欠问题，通过信用体系的网络，把拖欠工人工资的企业和老板纳入违规、不讲诚信的企业和个人向社会公布、并记录在案且与公安部门的户籍资料以及金融系统联网，运用法律制裁拖欠工资的行为人。对于拖欠严重的企业，要严抓狠抓，并严惩不贷！还应充分发挥工会的作用，建立工人自己的维权工会。真正有人给工人们撑腰了，看哪个土豪还敢这样侮辱人！

为子读书造假被抓谁之过！

为了儿子能在身边上公办学校，一位在北京打工的山东母亲，按照政府规定在山东、北京两地办理"五证"。由于提供的暂住证不合要求，而且山东老家出具的无监护人证明是手写的被指不合格，孩子的借读证明办了3个多月都没办下来。为补齐符合"要求"的证件，孩子母亲想到了办假证、买假章。8月9日交易当天，她被北京市昌平区回龙观龙园派出所当场抓获。(2013年8月15日《京华时报》)

  应了那句老话：可怜天下父母心！可是这个可怜母亲的悲剧本来是可以避免的。抛开"五证"的规定合理不合理不说，就是严格按照"五证"去执行，这位母亲的孩子也是符合在北京借读的条件的，只要办证人员稍微替来办证之人着想一点、负责一下、诚恳一些，也用不着笑脸相迎、笑脸相送、热情如火，这位母亲也不会锒铛入狱。

  哪个母亲不希望自己的孩子读个好学校呢？作为中下层打工者，这位母亲甚至没资格挑学校好不好，孩子能够跟在她身边，在北京读书，能上公立学校，她就谢天谢地了。她本是个遵纪守法的老实人，政府规定在北京打工人员的子女要在北京读公立学校必须办齐"五证"，她和丈夫从今年（2013年）5月份就开始老老实实地一个章一个章地去盖、一个证一个证地去办。结果，还是有两个不合格，一个是暂住证，他们虽然在北京7年了，但最初没有暂住证，为了孩子上学才去办的暂住证没达到年限要求；另一个是千辛万苦从老家开来的、证明孩子在山东老家无人监护的文件，虽然公章赫赫在上，但因为是手写的，被工作人员说不合格。眼看开学在即，情急之下，这位母亲想到了买假章、办假证。

  其实，工作人员在她办证之初就完全可以将这些情况预先告知的，但工作人员只是指着门边贴的告示，让她自己看。文化程度不高的母亲产生了误解，也在所难免。当然，工作人员并没有错，他们照章办事而已。可是他们的冷漠和事不关己的态度，以及并不详细、明确的工作规则和行为方式，活活把这个母亲逼上了犯罪的道路。

  笔者曾经在香港和澳门的政府机关办事，他们的工作人员也并不微笑服务，他们也贴了告示，也有咨询处，但窗口接待人员仍会重复所有要求和细节，他们的叮嘱、询问和告之非常详尽，而且预知了各种可能发生的错误，每一条都会逐一询问你明不明白，最后，即使你文件不合要求，他们也会即时受理你的事项，并限时让你弥补遗漏，这样就不会耽误你的办证时效。他们也会当时就告诉你如果弥补不了会是怎样的结果。而我们的办事人员，大而化之甚至是不耐烦地把这位一心为孩子上学的母亲打发了，他们也许不知道，就是这么一个不清不楚不耐烦，就让这位母亲走向了犯罪。

其实这位母亲不知道，她就是把证都办齐了，也早已经错过了今年的报名就读时间，北京的小学生信息采集工作5月底就结束了。这个老实、可怜，没人、没钱、没权，甚至连信息都没有的母亲，如今只能面对牢狱了。而茫然无知的儿子还不明白母亲为了他能读书付出了怎样的代价，当有人问他妈妈去哪儿了，他傻乎乎地大喊一声：被抓了！多么让人心痛的一声喊！能使我们的人民公仆们振聋发聩吗？

诬告"雷锋"可追责填补法律空白

为遏制在紧急情况下救助他人反遭诬陷的不良风气，《深圳特区救助人权益保护规定》（下简称《规定》）经市人大表决通过并将于今年8月1日正式实施。近年来，南京"彭宇案"等一些有争议的判罚案例加剧了好心人自危的现象，该规定旨在解除救人者因为好心施救而可能产生的民事责任问题，消解公众对实施救助行为的后顾之忧。（2013年7月3日《长沙晚报》）

为这项法规的出台叫好！在谈"扶"色变的当下，该法规的出台不仅填补了国内公民救助行为立法的空白，更为"雷锋"们壮了胆，也为众多随时可能摔倒的老头儿老太太们带来了福音。如若全国推广，当可消解公众对实施救助行为的疑虑。这对呼唤社会良心、建立和谐互助的良好社会关系大有裨益。

2006年南京"彭宇案"的恶劣影响很大，在这种法律判决的"引诱"下，被救助者敲诈救助人的事件频发，让好心人心寒。余音不绝的是，之后发生了多起诸如"小悦悦"被碾后18名路人视而不见、老人倒地无人扶、醉汉"扑街"无人敢救的事件，人情冷漠，道德滑坡，令人扼腕。

现在，斩断这种恶性循环终于有了法律的利斧，该法向全社会宣告，法律是保护"雷锋"的，法律会让"雷锋"解除因好心施救而可能产生的民事责任，法律更会追究那些知恩不报反咬一口的恶人！

该规定最大的亮点是确立了"好人免责"的原则：救助人提供救助行为，除存在重大过失，对救助行为的后果不承担法律责任。不论是"被救助人主张其人身损害是由救助人造成的"，还是"被救助人主张救助人在救助过程中未尽合理限度注意义务加重其人身损害的"，都要提供证据予以证明。

没有证据证明或者证据不足以证明其主张的,将依法由被救助人承担不利后果。

该规定更阻止"被救人"上演农夫与蛇的故事,若被救助人反咬"雷锋",被救助人将被追究刑事责任。此外,该规定还从奖励证人、为救人者提供法律援助、救人被诬告后发生的费用等方面力挺"雷锋",从方方面面为好人织起了一张保护网。但愿这张网能呵护住好人,打捞起社会的良心。

高院的"六一"礼物还不够,教育部门应立即补缺

今天是"六一"儿童节,最高人民法院给了全国的孩子们两份沉甸甸的六一礼物——发布侵犯未成年人权益犯罪典型案例,指导审判实践;同时举办了"面向未成年人主题公众开放日活动",中华人民共和国最高人民法院院长周强在回答同学提问时指出,要更好地保护未成年人的权益。(2013年5月29日、30日人民网)

这两份礼物是针对我国最近20天内连发至少8起校园性侵幼女案发出的,虽是事后诸葛,但总算让国人饱受刺痛的心灵获得一点点慰藉。

然而更值得我们深思的是,在所有此类案件中,我们的孩子们几乎没有一个懂得如何说不、如何报警、如何保护自己的,这是我们生命教育的缺失、人格教育的缺课。教育部应该立即补上这份迟到的"礼物",让孩子们学会保护自己的身体,建立起生命的尊严。

美国著名教育家杜威说:教育即生活,生活即生命,生命即成长。几句话深刻地道出了教育的目的是要教出一个有着生命尊严和生活能力的人,而不是像我们目前的教育那样,主要目的是灌输知识,却忽略了学生们每一个生命个体的成长,教出了许多不懂尊重和保护自己及他人生命的知识容器。

在人格教育上,我们家长和老师都喜欢那些服从和听话的孩子,这使不乖的孩子饱受打击,以至于孩子们错误地认为,老师让干啥就干啥才是好孩子。所以大多数被性侵的孩子都一再地被老师侵犯;甚至被禽兽教师性侵多年都不懂拒绝和反抗,也不知或不敢跟别人说。

在生命教育上,我们多是把学生当作了一种监管对象来教训而不是尊重

他们个体生命来教导。对于生命的意义的讲解,也多为空洞、抽象的品德条例的灌输,最多也就是一些道德楷模的故事,而不是关于生命尊严的教育;更少有教会孩子们如何爱惜、保护自己的生命和身体,如何拒绝侵犯和伤害。许多孩子不知道老师对他们性侵是在犯罪,也不懂得该如何报警。

在对待自己身体的态度方面,我们更缺乏以科学、实用、具体、细致、有效的方法教孩子。特别是对于性观念、性态度和性行为,有些教师和家长也缺乏这方面的知识,甚至有的家长和老师还认为这些事情不用教,孩子大了就自然懂了。我们更忽略了的一点是,现在小学的孩子身体已经开始发育,已经有了性意识和性心理活动,而我们不到位的"生理课"是从中学才开始的,太迟了!笔者同事的女儿9岁来月经,但她嫌教孩子换卫生巾太麻烦,说了也不懂,竟然每天上学前帮孩子戴上纸尿布。大人怕麻烦、怕羞、怕丑,造就了废物的孩子。

总之,我们的教育中,关于如何让孩子们树立人格尊严、培养质疑精神、建立快乐人生,尊重生命和身体的传授是大大地缺位了。教育的这种缺课,导致孩子们的无知和懦弱,更姑息了那些罪恶的教师,因此,补课必须刻不容缓!

公交"哺乳间"是文明的一大步

婴儿"吃饭"不定时,妈妈公交车上哺乳易出现尴尬场面,为解决这个问题,河南郑州公交三公司专门在公交车上设置了"哺乳间"。这个"哺乳间"占用一个老弱病残孕乘客专座,周围挂着香槟色的帘子,帘子可以随意拉合,旁边的窗户上贴着"哺乳间"三个大字。(2013年8月14日《河南商报》)

作为女性,特别是当了妈妈的女性,笔者看到这个新闻,实在感动不已。没给孩子喂过母乳的人可能无法感受到,哺乳期女性抱着孩子出入在公众场所会遭遇到多少麻烦和尴尬。每当孩子还没到家就闹着要吃奶时,年轻的、初为人母的妈妈会纠结成什么样!现在,终于有人愿意为哺乳女性设置一张帘子来遮羞了。这看似简单的一个举措,实际上是社会文明的一大进步,是人性向文而化的体现,也是尊重女性,爱护妇女儿童的具体表现。

　　民间总有人笑话当众哺乳的妇女，觉得女人生了孩子就不知耻了。前段时间有新闻报道一位哺乳期女性司机把车停在高速路上，在车上为孩子哺乳，大家把这当作笑话转发，甚至有人还指责她。其实，她们不是没脸没皮，她们只是没有办法，在羞耻与孩子的肚子饿之间进行了权衡之后，她们选择了丢弃尊严、顾及孩子，这正是母亲的伟大之处，也是女性自我牺牲的体现。但她们这样，并不代表她们不在乎，而是她们勇于牺牲自我。对女性的这种自我牺牲，能听到的赞扬不多，长期以来也没有人想到为女性拉上一块遮羞布。

　　现在，人们终于想到了为哺乳女性拉上一块人性尊严的帘子，这是人性文明的体现，也是社会进步的体现。真心希望全社会都来关心哺乳女性，毕竟每个人都是从她们的怀抱中成长起来的，爱她们就是爱我们自己。希望今后不仅在公共汽车上，而且在所有公共场所，如公园、商场、医院、餐饮场所、机场、高速公路休息点等，都应该为哺乳期妇女划出一个小小领地，让她们也能在育儿的同时，仍享有人的基本权利。

让儿童文学也为我们缺失的性教育补课

　　一部儿童文学小说日前在网上引发热议。"在他细瘦的、皮肤发白的两腿间，蜷缩着一团颤巍巍的东西，像一只出壳不久，躯体还是半透明的小鸟……"这是儿童文学作家黄蓓佳的小说《我飞了》的片段，有人因为这段描写，批驳它为"儿童毒物"，有人则认为："都是器官，它们和鼻子的地位是一样的。"（2013年6月16日人民网）

　　黄蓓佳这段文笔优美的人体描述，很干净、很自然，而且用了距离间隔的手法，把对人体性器官的描述放到了一个准确而又朦胧的位置上，这其实很符合儿童看问题的视角。这段文字被人骂，反映出我们的性教育实在太缺乏了，缺乏到大人们都是看着毛片接受性教育的，于是也把这部优美的儿童文学作品当作了毛片一样的东西。

　　这次网友骂黄蓓佳，其实与某些老师家长干预孩子早恋一样，他们把少男少女之间还像一个初生的小白鸽般朦胧的情感想象成了一些他们以为的东西，于是把它当作了洪水猛兽，如临大敌，并按照大人自己的心理逻辑和行为方式，把小白鸽一枪打死了。这不仅伤了男孩女孩的心，而且让孩子们错误地认为：性是坏的，肮脏的。

大家都知道才子苏轼与高僧佛印的那段故事吧？苏轼问佛印："你看我像什么？"佛印说："我看你像尊佛。"苏轼听后大笑对佛印说："我看你却活像一摊粪。"苏轼回家就向自己的才女妹妹炫耀这件事。苏小妹冷笑说："佛印说你像佛，是他心中有佛。你说他像牛粪，那你的心中又有什么？"

的确，心中有什么看到的就是什么！正是因为我们的教育中缺乏正确、明朗的性教育，让成年人打心底里认为性是龌龊的，所以他们看到所有与性有关的东西都认为是龌龊的。这说明我们性教育的缺失，不仅让孩子们在受到性侵犯时不懂得保护自己，也让我们的大人不懂得如何正确看待性、如何正确地教孩子认识性。

在此为黄蓓佳点赞，更希望能有更多的黄蓓佳们出现，让儿童文学也从此加入到中国的性教育启蒙当中去吧。

异地高考：变相的"华人与狗不准入内"

高中生张图从小在北京长大，成绩优秀但却没有在京参加高考的资格，因为他的户口在老家安徽。父亲为此想尽办法，折腾了一大圈后无奈下将其送进国际班，准备出国留学。幸亏，张图十多年前已经与他爸离婚去了美国的妈妈已是美国公民，得知儿子的情况后，为张图申请了美国国籍。这样根据政策，作为外国侨民的张图就可直接在京参加高考并享受加10分优惠。（2013年5月23日新华网）

黑色幽默！可是，笔者相信每一个中国人都笑不出来。这与近代西方列强在中国的土地上圈一个所谓的租界，然后立个制度叫"华人与狗不准入内"有何不同？只是兜了一大圈拉了遮盖布没有那么赤裸裸罢了。

张图是倒霉的，在北京长大，学习一直那么好，却不能在北京高考，必须要回到连房子也没有、他父亲和他都早已陌生了的外地老家去；可他又是幸运的，他找到了虽然没有养育他，但是亲骨肉的美国妈妈，变成了美国国籍，于是问题都解决了。

可是，在中国，随着在异地工作的父母离开故土，在父母工作地读书的孩子成千上万，有几个能有美国妈？这还不是最吊诡的！在张图变成美国国籍之后，他不但能踏上高考直通车，还能加分。哪个国家有这种制度呢？自己祖国的花朵没资格在自己国家的肥沃土地上汲取营养，外国的土豆却可以挑选我们任何肥沃的土地，还可以获得额外的养料。如此厚此薄彼，如此长别人威风，灭自家志气，让我们祖国的花朵们情何以堪，让我这些栽种花朵的大人们有何颜面面对孩子们。

我们的高考户籍制度屡被诟病，教育部也承认其不合理，且也承诺要打破户籍壁垒，建立公平的高考制度。但在各种利益群体的阻碍下，迟迟未能兑现，以至于大家普遍认为在全国实现异地高考希望渺茫。当前虽然有一部分省份推出了所谓的异地高考制度，但其限制条件很多，根本离真正的异地高考还差很远，离真正的教育公平差得更远。

试想想，如果我们在给孩子们讲中国历史时，他们问为什么在中国的土地上，外国人可以不让中国人踏入，我们回答说是因为那个时候中国人穷，受外国人欺负；可是如果孩子们追问，现在国家富裕了，为什么有外国妈妈的孩子可以在北京高考，而在北京卖大饼的妈妈的孩子就不行，我们这些大人有脸回答吗？

道歉女生赢得高考场外一分

今天高考开战，分数最快也要半个月以后才出来，但江苏省宿迁市一位今年的高考生，在高考前已经率先在人生的考场上赢得了精彩的一分。原来，前天她的妈妈开电动车带着她闯了红灯，妈妈还辱骂交警，还用妨碍女儿高考的话威胁交警。后来她们接受处罚50元后离开。一会儿，跟随妈妈的女孩返回处理现场，递给交警一张纸条就走了。纸条上写道："交警叔叔：我为刚才我母亲的行为向你们道歉，希望你们能够原谅……你们干这行也不容易……愿你们以后能少遇到我妈这样的人……"（2014年6月6日《扬子晚报》）

是的，我们的社会，不只有干了坏事不认错还狂喊"我爸是李刚""我爸是李双江"的人，还有这样普通的"90后"孩子。他们有耻辱心、有道德感，也有遵纪守法意识，他们比他们的父辈们更具备做一个合格公民应有的素质，他们才是"90后"新一代的代表，他们才是主流。

笔者曾多次看到孩子劝导父母要遵纪守法讲文明的情景。一次在香港海港城，一位内地游客边走边随手丢用过的纸巾，引来路人侧目。她身旁的小男孩立即把这些纸巾都捡了起来，还跟这位妇女用方言说："妈，你别再丢纸巾了好不好。"还有一次在澳门八佰伴商场，一位操北方晋的大嗓门中年妇女大模大样地跨过长长的排队买单的人龙径直走到收银台前去交钱，她的女儿追上她，抢过她手中装得满满的购物篮，跑到了队伍的最末尾排队，然后用家乡话喊："妈，到这里来排队！"还有劝父母不要随地吐痰的、阻止父母高声喧哗的、不让父母在地铁上吃东西的……大人们，你们惭愧的同时也应该骄傲吧？你们有比你们做人更合格的孩子。

这些孩子，他们不只是平常我们眼里那些只会上辅导班、会考试、会玩电子游戏的不懂事的小孩子，也不是那些拼爹、啃爹、坑爹的个别小玩闹们，他们的文明意识和公德意识已经养成，他们已经成为我国新一代高素质的公民，他们才是未来中国的脊梁。

知错认错、懂得道歉的高考女孩，愿你高考顺利，愿你人生美好。

"女神"城管转换城市管观念

"安岳最漂亮的城管，绝对是女神。"11月9日，资阳网友"奇迹哥"发帖称，他是安岳的一个小摊贩，最近他所在的片区来了一位长相甜美的女城管，她执法中始终保持微笑，小贩说"她一笑，我们就乖乖听话了"。(2013年11月11日《华西都市报》)

一个美丽的微笑的女城管就让小贩们很驯服，看来小贩们真的不难管，只要你尊重他，他也会服你，你要是把他不当人地赶来赶去，甚至是拳打脚踢，那就真的就是你怎么对人家，人家就怎么对你！

为什么一个微笑的美女城管队员就让死对头般的城管和小贩的矛盾化解了呢？真的是观念一变天地宽，微笑执法，礼貌执法，打破了"执法者神圣凛然不可侵犯"的思维模式，使小贩们有了安全感，没有排斥和抵触的自我保护心作怪，此时再动之以情，晓之以理，人心都是肉长的，在不防卫、不抵触的心情下，拉家常式地把城市管理的方针政策说透了，小贩们听得进去，也不好意思再犯规了。

那以往的敌对情绪又是怎样形成的呢？在一些城管执法者的理念中有一种固化思维"我是管你的"，因此被管者就得像罪犯一样老老实实，不许乱说乱动，敢有异议，那就是犯"上"了，就得打压、管制。这样的管理，想不敌对都难！以至于小贩一见城管，不管你说什么，都先在心理和生理上竖起了防线，预支了"抵抗"，讲道理自然听不进去，若再有警告、没收、推搡乃至肢体冲突的行为，必然是以牙还牙了。于是城管执法被妖魔化，城管和小贩的关系坚冰化。

安岳出现的"女神"城管，对于城管转变思想作风是件好事，希望全国的城管们都能以微笑的和风细雨式管理为契机，彻底把管制思维转变到服务理念上来，从根本上理顺城市管理与民众生存之间的关系，提升管理人员素质，改进工作作风，提高管理水平。让每一个城管不仅仅有发自内心的微笑，还有深化于城市管理的各个层面的人性化措施，将文明执法真正变成执法者的内在自觉和长效、常态。

照妖镜和大射灯照射出了什么？

最近，江苏省宜兴市一小区居民在外墙安装"照妖镜"和画符纸，经多方交涉后一直不肯拆。于是，对面楼的一户居民在外墙安装7盏大射灯，对着照妖镜猛射。而且是一亮一整夜，希望对方忍受不了强光的照射，能主动把"照妖镜"给拆了。然而，周边所有居民都受到强光影响，无法入眠，争吵不断。(2014年5月13日《现代快报》)

照妖镜对抗大射灯，照射出了许多妖魔鬼怪、魑魅魍魉，这妖魔是科学精神的缺失，这鬼怪是道德修养的沦丧，这魑魅是社会管理的疲软，这魍魉是现代文明的沉疴。

"照妖镜"和画纸符，是民间传说的辟邪之物，实乃封建迷信的文化糟粕，在现代科学日新月异，人类已经登上了月球的今日，实乃荒诞可笑。但是就是有人迷信这个，就是有人一边用电脑和互联网与全世界每个角落的人聊天，一边在科学知识和科学精神上近乎白痴，这是我们知识教育的缺漏，也是社会文明教化的缺失。

而邻里关系、道德修养也在照妖镜和射灯下显得如此苍白丑陋，物质及其丰富的现代人，比古人的道德水平差了很多很多。记得六尺巷的故事吗？清朝康熙年间有个大学士名叫张英。一天张英收到家信，说家人为了争三尺宽的宅基地，与邻居发生纠纷，要他利用职权疏通关系，打赢这场官司。张英阅信后坦然一笑，挥笔写了一封信，并附诗一首：千里修书只为墙，让他三尺又何妨？万里长城今犹在，不见当年秦始皇。家人接信后，让出三尺宅基地。邻居见了，也主动相让。结果成了六尺巷。这个化干戈为玉帛的邻里故事流传至今。

的确，让三尺又不会死，有什么关系呢？俗话说，远亲不如近邻，邻居虽没有百年修得同船渡千年修得共枕眠那种深刻的缘分，但能守护相望也是一种美好的渊源，互相尊敬、互相帮助才能安居啊。

从这一事件还可以看出，我们的社会治安管理工作存在很大漏洞。那些宣扬封建迷信的东西本不应该堂而皇之地大行其道，非属个人意愿不可，也应以不妨碍他人为准则。城市的外貌风格，要与建筑道理、桥梁内部结构一样，不仅要科学严谨，更要讲文明，树新风，对宣扬封建迷信的文化糟粕的东西要坚决制止，违者坚决依法处罚。

此外，照妖镜和大射灯折射的是现代城市的文明病。邻居间老死不相往来，谁也不认识谁，大家互相之间没有交流，没有感情，邻家有困难没人帮忙，都各自躲在钢筋水泥里，但一旦受到了邻居的冒犯，却都不依不饶地跳出来攻击对方，而且无所不用其极。

我们必须把这些妖魔鬼怪、魑魅魍魉关在制度、文明和教化的笼子里，不能让他们横行肆虐。否则谈什么现代文明、社会和谐！

光棍节血拼：停一停，想一想

"去年光棍节，我媳妇网购花了两万三，买了三箱面膜，到现在还剩着呢。""80后"的小张和妻子都是白领，生活条件挺不错的，但是妻子什么都买让他有点受不了。今年为防止媳妇"双十一"再买没用的东西，他提前把媳妇的银行卡和信用卡都"没收"了。（2013年11月10日《城市晚报》）

这两天最流行的段子就是，11月11日早上起来第一件事就是把老婆的支付宝或银行卡连输3次错误密码，然后再去上班，对此男人们奔走相告。看来受"双十一"网购打折之害的人还真不只有这对小夫妻。

　　去年"双十一"，仅淘宝、天猫这一天的销售额就达191亿元，对于经商者来说，这的确是商业的奇迹。但是这奇迹中有不少购买都是不必要的，而且还有些是被彻底忽悠的。这对整个社会消费来说，不是扩大了内需，而是增加了浪费。

　　如果不是光棍节，如果不是因为打对折，这对小夫妻怎么会一下子买好几万元的面膜？要是在平常的日子里，买上二三十包已经足够多了，那最多也就几百块。这下倒好，一年了还没用完，过期了都扔掉，到底是便宜了还是贵了？

　　其实，"光棍节"这个土生土长的中国节日，是我国的大学生们为了庆祝自己仍然是单身而发明的，本意很有点酸葡萄式的自我安慰心理。原本在庆祝时，大学生们也没有什么特定的方式，只是一帮人凑在电脑前网购，在与店主讨价还价之中，以自己是光棍为由，说服店主应该给予一个不能成双成对的补偿，应该打对折。结果，这一理由被机灵的电商抓到了噱头，于是大肆鼓吹安慰光棍——打对折。这下子可好，11月11日从光棍们的自我安慰一下子变成了全国电商的集体狂欢。管你光不光，这一天，全部五折。

　　这五折中，有的是真出血，但电商也豁出去了，反正就一天，就当广告费了。但也有的暗提明降，你五折买到的，可能比平时九折的还贵。

　　于是广大网购爱好者，特别是女性，尤其还是有节俭美德的，平时放在购物车中一堆东西不舍得买，一旦看到一个打折50%的机会，而且因为集中在一天造成网络拥堵，很难抢到，便真以为天上掉馅饼了，于是狂"抢"了一大堆不一定便宜的且没用的商品。抢到的还沾沾自喜，要过很久平静了才反应过来。

　　老百姓有句俗语叫作"买家没有卖家精"，所以，消费者再精明，电商也不会做亏本的买卖。那么这场大血拼中，谁赚了，谁亏了，还用说吗？

　　本来，安慰光棍们也不一定非得用购物，其他多种形式都可以。但是现在，这个节似乎与光棍们的关系不大了，物欲把这个节日夸张并固定下来，电商们高兴，老百姓也不反对，但是希望网购者一定在血拼时，停一停，想一想，你真的需要买吗？

鱼防水？防死的是自己！

在广西柳江县住房和城乡建设局局领导办公楼层，8个房间牌子上一律只标"办公室"，6个局领导的办公室隐藏其中。来办事的群众说，这简直就是"迷魂阵"，办事不知该到哪儿找人。记者问局长去向，一男子告诉他们"不在"，再问负责人在哪间办公室，这名男子答"不知道"。事后才发现，这名男子就是副局长。（2013年4月15日《新京报》）

防谁呢？当然是防老百姓！这不，柳江县住房和城乡建设局（下简称住建局）纪检组组长伍敏红说了，因为住建局要面对很多"违章建房的上访户"，而这些群众来时常开口就说要找领导，于是在"领导办公室"挂上了"行政办公室"的牌子。

毛泽东同志早就说过：我们是鱼，人民群众是水。鱼离不开水，离开了就会死，这是明摆着的道理。可是看看我们干部的这副样子：见到群众和见到鬼似的，怕得要命。新闻中的图片上，干部们不仅不敢挂门牌，还把自己用粗大的不锈钢焊成一个笼子包裹起来，是自建牢房还是御敌工事？老百姓明显不是敌人，那你就是画地为牢吧？其实，怕什么呢？俗话说，没做亏心事，不怕鬼叫门。何况群众又不是鬼，他们来找你，无非是想解决问题。你若堂堂正正，无懈可击，向群众做耐心的解释和说服工作就行了，躲什么呢？

有时候群众之所以要找领导，是因为下面的人或许是能力有限，或者是政策水平不高，或许是说话不管用，实在没把事情办好，老百姓急了，没辙了，这才要找领导。否则，老百姓家里有孩子要养，有猪要喂，有生计要张罗，哪有空跟你玩捉迷藏呢？还不是因为他们还信任你，认为你水平高，可以帮他们解决问题才来找你的。你这样一下子把老百姓堵在门外，表面上看是堵住了百姓，其实是堵死了自己，你自己把和人民群众交流、沟通的渠道封死了，你如何还能让老百姓理解和支持你的工作？你如何还能继续"工作"下去呢？

不过是个县"衙门"，为防群众无所不用其极，瞧瞧：没有预约不能进门，全身扫描过安检机，封闭电梯相关楼层按键、办公区域设大铁门……够了，这鱼已经怕水怕到了这种状态……这样正常吗？该好好反思一下：这机关，到底得了什么病？

瓜田李下，就是不能提鞋整衣

上周，湖南省纪委公布了《规范党和国家工作人员操办婚丧喜庆事宜的暂行规定》，公开征求意见。有人说，做寿、生子是人生大事，这都不准办酒，是利用公权干涉私权。省纪委调研法规室负责人表示：不准送礼、不准收礼的规定给绝大多数人减轻负担，规定出台后省纪委将确保规定监督检查的力度。你是党和国家工作人员，就应当遵守党纪政纪国法，你接受不了，可以退党，可以辞去公职。(2013年7月30日《三湘都市报》)

终于在贪污腐败的最大滋生地之———婚丧嫁娶上动了刀子，有些党和国家工作人员可能还不习惯，老百姓可是许多在拍手叫好。这个规定如能真正落实，那真是铲除了贪污腐败的一块肥沃土壤。

正是因为中国是人情社会，婚丧嫁娶都与礼"上"往来挂了钩，因此长期以来这个领域都是贪污腐败的最大滋生地。旧社会的恶霸、老财、流氓、地痞搜刮民脂民膏时也都喜欢用这个借口。所以，只要是中国人都明白，参加婚丧嫁娶的酒宴，是绝对不能空着手去的。表面上看是官员们冠冕堂皇地"请"客，实际上是大家心照不宣，各怀心思。求人办事的，终于找到了机会；权钱交易的，也有了贿赂的借口，就是什么事儿也不办的老百姓，迫于官员们的权威，也不得不送上"人情"。于是乎，有了贫困县书记嫁女大宴宾客，随礼人数众多，礼金台前挤满了人，有的赴宴人员干脆占据了一张餐桌，将成沓钞票装入红包，写上名字，放入礼箱。

现在湖南的新规终于向人情社会中最大的人情——婚丧嫁娶宴宾客说不了，这是反腐败工作扎扎实实向前迈了一步。这一步并非不近人情，而是很符合国情，也符合当下的"人"情。

党和国家的工作人员也请好好想想，手中都或多或少地掌握着某些权力和资源，搞婚丧嫁娶宴请宾客那一套，即使主观上不想搞什么歪门邪道，也很难辨别宾客中哪些是觊觎你的权力和资源的别有用心的人。这个规定，不让你在人家的瓜田李下做出令人怀疑的整衣提鞋动作，实际是帮你挡了暗箭，是对你最大的爱护，是最大的人情。你的婚丧嫁娶，其实是你自己的家事，和家人一起分享快乐和忧伤已足矣，那份温馨不比花天酒地的好？当然,如果你真的眷恋胡吃海喝,喜欢与许多不相干的人分享你家的婚丧嫁娶,那么不要做人民的公仆。那时,如果真的还有很多人愿意来你家凑热闹,那说明他们真是喜欢你,而不是为了钱权!

开宝马下乡教书:富人和乡村的相互救赎

重庆一位30岁的女教师开着宝马下乡教书,每周日颠簸2.5小时山路进山村教书,每周五再以同样方式返城,每月拿2000元工资,连油钱都不够。对此,她表示:"这是我想做的事情,想要的生活,这是一份属于自己的工作。"(2013年9月10日《重庆晚报》)

一听说开宝马,许多人便觉得非富即贵,不是一般人。的确,这位宝马女教师还真不是一般人,她完全不为金钱而工作,她把到山村小学教书当作人生理想,她达到了工作与人生的最高境界——这种精神值得赞扬,也值得钦佩。

长期以来,我们习惯了乡村教师必定是苦哈哈的形象,并且所有人都对苦哈哈的教师掬一把同情泪。但为什么就不可以有富裕的乡村教师呢?当然,乡村教师的工资水平很低,不可能买得起宝马,但家庭富裕,能买得起宝马的人为什么就不能成为一个优秀的乡村教师呢?的确有为富不仁者,但这位教师不是,她是有理想有良知的富人,她能吃苦、不怕累,有资格做教师,凭什么要对她开着宝马当山村教师说风凉话呢?

这些年,我国的确有一批人先富起来了,可是这些富人还没有学会该如何在富裕的状态下生活,他们没有理想,失去了生活的方向,只会花天酒地,胡作非为,满世界丢人……他们在财富观、价值观上表现得极为混乱,远没有建立起与其财富相对应的文化和精神。他们当今在公众的眼里似乎只代表着名车、名媛、名牌以及霸道的作风、慈善的缺位。

目前,国内有30多万千万甚至亿万富翁,他们中绝对有人想"内外兼修",想在财富、责任两端同居社会高峰,这位乡村女教师就是典范,我们为她鼓掌的同时希望更多的富人有良知、有文化,有人生的追求和梦想。否则,只有富人,没有富人文化,没有富人道德,那这些手中掌握很多金钱的人在这个世界上该是多么可怕!

从这个意义上说，我们希望更多的富人加入到乡村教育的行列里来，这能给乡村教育带来希望，也能给富人生活带来希望。

公安局长的脑袋怎么了？

2013年5月22日，湖南祁东县一个办丧事的车队用白纸遮挡车牌，遭网友质疑。网友举报豪华奔丧车队遮挡号牌，"报警五分钟后……迅速有人下车撕下遮挡车牌的白纸"，网友质疑有人"走漏风声"。公安局长微博回复"生个脑袋是用来思考的"。对网上的一些批评，他还表示，一些网友带着仇官仇富仇政府的心态，"我也没办法"。

对于百姓提意见，即使提错了，代表国家形象的公职人员也不能骂老百姓没脑袋。更何况，老百姓的报案没有错，被举报车辆的确是违规了。

根据今年（2013年）1月1日实施的修订后《机动车驾驶证申领和使用规定》，"上道路行驶的机动车未悬挂机动车号牌的，或者故意遮挡、污损、不按规定安装机动车号牌的"，一次记12分。当市民看到有车违反了此项规定，立刻报了警，希望警察去管管。这是多正常的事啊，可是怎么到了这个公安局长这里就变得不正常了呢？

是局长自己的脑袋有问题吧。按照此局长的思维逻辑，"有脑袋"的老百姓看到违规车辆应该假装没看见，或是一看到是豪车违规想举报，但是用"脑袋"一"思考"：人家肯定有钱有势，告也白告，就不给公安局添麻烦了，于是作罢？这样就符合公安局长的要求么？

估计公安局长一接到这个案子，自己的脑袋肯定是转速飞快，立刻在短时间内思考了很多：比如这是谁的豪车队，处罚了会不会得罪什么人，这些人是否有背景有门路有关系，这关系是否会影响自己的官帽……思考了这么多，可谓非常有脑袋。相比之下，看到违法什么也不想只知道报警的老百姓还真是"没脑袋"啊！

被骂"没脑袋"的老百姓的头脑其实很正常，不正常的倒是警察接到报警后，本应该立刻出警，但是，这个，真没有。有的是：违规车辆在报警5分钟后立即"改邪归正"了。

平常情况下，如果普通老百姓违规了，恐怕没有警察会不出警、只是打个电话或发个短信微信告诉你说"你犯规了，马上改正"（其实这种教育挺不错的）。而这个豪车队违规却受到了这种"不平等"待遇，于是老百姓才愤愤不平。可是这种愤怒，又被该局长称为"仇官仇富仇政府"。公安局长用脑袋真正为老百姓好好想一想就会明白，老百姓其实不是仇官也不是仇富仇政府，他们仇的就是不公平！而你作为一个百姓的官，不是"没办法"，你的唯一办法就是：秉公执法。

好不容易打开的厕所门怎么又关上了？

深圳公厕管理办法征集意见近两年不见进展，近日记者街访后就该问题向有关主管部门发去采访函，三天后，深圳市政府常务会议原则通过了《深圳市公共厕所管理办法》。意外的是，经过修改的办法删去了征求意见稿中有关开放沿街单位内部厕所的内容。（2013年7月2日《南方都市报》）

全国各大中城市公厕少、市民逛街时如厕难的问题屡被百姓诟病。2011年10月，深圳市向社会公布了《深圳市公共厕所管理办法》意见征集稿，在全国率先提出了开放沿街单位厕所的理念，一时间在全国掀起轩然大波。经过一番努力，这件为老百姓方便着想的民生大好事终于在全国许多城市得到了响应和落实。两年来，兰州、武汉、广州等城市相继出台规定，要求沿街单位内部厕所对外开放。可是两年后的今天，深圳的"征求意见"终于通过了，但"沿街单位开放厕所"却泡了汤。何故？综其所言各种理由，俩字：麻烦！

首先是法律上的麻烦，有的沿街单位有公共服务性质，有的沿街单位纯属私营单位，都叫他们开放厕所，有侵权之嫌。于是多一事不如少一事的懒政思想冒头，一刀切地把"沿街开放厕所"给删了。这样，对主管单位来讲是方便了，因为该管理办法规避了法律风险，避免了瓜葛，减少了矛盾。可老百姓还是方便难啊，难怪深圳有妙龄女郎憋不住了在电梯里方便的事发生。

其次是管理上的麻烦，删除"沿街单位开放厕所"，省去了对这些单位内部厕所的监督和管理，减少了工作量，也减轻了责任。可是面临逛街途中如厕难的市民，沿街单位内部厕所又可以义正词严地向他们说NO了，市民的如厕权再次被打折缩水了。

如厕之事虽然难登大雅之堂，但实实在在是民生的大事，城市管理者如果真为百姓着想，动动脑子，把工作做细做实的话，"麻烦"并非真的很麻烦。例如广州，政府并未逼着沿街单位开放厕所，但做出了明文规定，对于开放厕所的单位，在考评中会加分，效果一样很好。通过考评，广州政府部门及企事业单位内部厕所对外开放从无到有、使用了统一明显的标识对外公布的增至100余座，获得群众好评。曾拒绝3岁女童如厕的广州天河司法局的有关负责人就表示，以奖代逼、综合考评是很好的措施。

公民的DNA神圣不可侵犯！

最近，山东滨州学生宿舍失窃，滨州城区公安分局的警察对5000多名本科男生一一采血验DNA。事件一直进行得很神秘，对于学生表现出的疑虑，现场的警察只有一句回答："安静，不要说话。"有学生觉得受侮辱，专家称办案手法太粗。（2013年10月13日《渤海早报》）

今天，当我们的地址、电话、工作单位、婚恋状况等被莫名其妙地采集并被公布于众的时候，我们愤怒地指责那些行为侵犯了公民信息和隐私。但今日，面对那些轻易就查我们的DNA的人，被查者仅仅是受辱？而查者仅仅是太粗？不，哪只这么简单！我们的公民隐私意识太弱了，特别是对DNA，大多数人还没有认识到它也是公民神圣不可侵犯的隐私！也会有些机构或个人利用我们的DNA做出许多犯罪或者不道德的事情。

从古代的滴血认亲，到现代的DNA检测和比对，科学技术的发展，的确给刑事侦查工作带来了许多新思路、新方法。但是DNA技术是有瑕疵的，DNA相似的人比例，指认精确度永远无法达到100%，必须一定要其他证据链条相互印证，因此它作为司法手段也一直是有争议的。在此情形下，一件盗窃案未经排查就大规模地验DNA，公安部门的行为很不严谨，公民利益也遭受了侵犯。

如今，DNA检测盛行，检测也很方便，许多人用以检测配偶是否忠诚，孩子是否亲生，更有公安机关以此指正罪犯。但其实，在美国，在科研和刑侦等工作中采集DNA样本时，必须让被采集者知情同意，哪怕有一例没做到知情同意，整个研究都会被否定。

我们现行的 DNA 检测非常容易，既无严格的立法管理，也无严格的制度，而群众个人更缺乏自我保护意识和 DNA 隐私概念。5000 人被采血，按查验 DNA 最低成本 100 元来算，至少得花费 50 万元。难道滨城区公安分局与 DNA 检测机构有什么瓜葛，为了获取检测费？还是为了向某些生物工程研究组织出卖我们的 DNA？他们要我们的 DNA 干什么？这是最令人怀疑的。美国遗传学研究人员曾在我国安徽农村发现难得的 DNA 样本，并愿意支付巨额费用进行样本采集工作。同时，窃取 DNA 样本的案例也在世界各地时有发生，也有国外不法机构借合作科研之名义在我国开设机构盗取我国民众 DNA 样本拿到国外进行研究，既有商业用途，也有国防战略，我国在这一领域的管理太弱势了、太滞后了。

山东滨州的 DNA 事件给我们提了个醒，保护我们的 DNA，到了刻不容缓的时候。

一个学生能做到的，监管部门做不到？

最近，安徽大学 2009 级生物科学专业大四毕业生薛纯通过对售卖肉品进行 DNA 检测的方式，对合肥 66 个摊点的肉串进行了肉类成分检测，结果，在采集的 66 个样品中羊肉只占大约 20%。（2013 年 6 月 30 日《东方早报》）

假羊肉横行已经不是新鲜话题，"老鼠羊肉""假羊肉火锅"等令人发指的行径曾引起过国人的愤慨。本以为"出事"后监管部门起码会亡羊补牢一番，让百姓吃上一段时间的"放心肉"，哪知道，这里又迅速曝出了真羊肉只占两成的新闻。而这样的数据竟然来自一位学生，有关部门不觉得害臊吗？

在一起又一起的食品安全事件中，我们看到的是有关部门监管的严重缺位。农业部门、工商部门、质监部门、食品部门……一个大学生轻而易举就能做的事情，这么多的国家职能部门却不去做，是真的像有的部门所言"检测复杂""费用庞大"？还是这些部门其实早就检测出来了假羊肉，只是故意睁一只眼闭一只眼？

我们的食品监管制度不是除了事前检测还有倒查制度、追究制度、溯源制度吗？挨个查，挨个追，挨个溯源，怎么可能查不到假冒伪劣产品！监管部门不去检测市场上出售的食品，将他们的工作职责丢在脑后，这就是典型的不作为，这种拿钱不干活的渎职行为也要追查到底。

也许监管部门是早就检测出了假羊肉佯装不知，那他们是吃了人家嘴短，还是拿了人家手软？恐怕有关人员已经吃了"真肉"，便不顾全体百姓口中有什么"老鼠羊肉"，还装模作样地大喊大叫"超越国际标准"了吧。他们这是在用国家赋予他们的权力维护谁的利益呢？这样的公职人员不严惩不足以平民愤。

监管部门这样不作为，才让一个大学生自己去检测食品，难道以后让国人吃个什么都要自己去检测一下 DNA 吗？这真是举国之悲哀！

要抓住"阴阳成绩单"
狐狸尾巴穷追猛打

日前，一位考生从河南农信社官方网站下载了用 EXCEL 表格制作的 2013 年员工招聘考试面试名单，上面只有进入面试的考生的成绩。后经研究他发现这份 EXCEL 表格中还有一份隐藏的成绩单，显示了所有参考考生姓名及成绩。其中有 24 人在完整版成绩单上的成绩只有三四十分，而他们都进入了面试，而且成绩变成了 80 多分。考生举报后，开封农信社官网删除了隐藏版。记者采访后，该网又发布一新名单，被举报的 24 人不见踪影。农信社称：系技术故障。(2013 年 11 月 24 日《新京报》)

一次招聘考试，先后出现了三份不同的面试名单，的确是"故障"！机器的铁面无私，让徇私枉法的人很是狼狈：明明是隐藏起了的狐狸尾巴，怎么就让明眼的猎人给发现了呢！无怪乎开封农信社负责人忙不迭地把责任推给招考委托第三方上海一家数据汇总公司。这事故说蹊跷也不蹊跷，明眼人一看便知，这哪是机器"犯错"，明明就是人在搞鬼。只希望有关部门必须揪住这个隐藏不住的狐狸尾巴，把鬼揪出来，痛打，而且以儆效尤。

如今大学毕业生就业难，事业单位编制如公务员职位一样，收入高、地位稳、福利好、活轻松，被视为"铁饭碗"。于是这些单位的有些不良官员就把本单位当成了以权谋私的领地，"萝卜招聘""因人定岗"现象屡禁不止，严重损害了社会公平与正义，备受公众诟病。这次河南农信社招聘的所谓故障，恰恰暴露了事业单位招聘上的漏洞，此漏洞不堵，社会正义不张。

看看这三份蹊跷的名单吧，出错的地方惊人的一致——都是围绕那 24 位改过成绩的考生的。第一份官网名单上，这 24 人是进入了面试的，而隐藏起来的完整名单上，这 24 人的成绩是经过改动大幅加分了的。这恐怕真是录入人员粗心造成的，他们忘了提交前将"隐藏文件"删除，也忽视了"隐藏文件"是任何一个上网的人都可以打开的。第二份名单是举报后官网发布的面试名单，与第一份一样，只是隐藏的那份完整成绩单被删除了，这次改动恐怕是为了毁灭"罪证"。而第三份即记者采访后该官网重新公布的面试名单上，这次被举报的 24 人全部消失了。这恐怕是纸包不住火了，只好按原始成绩公布了。

其实，干了坏事，无论怎样抹都是要留下痕迹的，这次"阴阳成绩"单背后的蹊跷绝不是一句"系统故障"可以了事的。对此，有关部门必须严追、严查，将那些利用手中的权力损害社会公平与正义的人揪出来，并让他们为此等作徇私枉法的行为付出沉重的代价，这样才能杜绝此类"故障"再次发生。

"学生集体被灼伤"疾呼
关注暑期补习安全

暑假来临，许多学生上了补习学校，有的在补差，有的在上提高班，还有学生已经开始提前学习下学期的课程。在河北石家庄，几十个孩子在补课时补出了意外。上课时老师误把教室紫外线消毒灯当成照明灯，46 名学生发生急性角膜炎、结膜炎，裸露皮肤大面积蜕皮，个别学生视力下降，甚至发烧、掉发……而长时间照射紫外线灯会给身体健康埋下隐患，严重的，可能导致皮肤癌、白内障等。(2013 年 7 月 22 日人民网)

有需求，就有市场，家长们把孩子送到补习班，一是想要孩子提高学习成绩，另一方面也是有人能帮着看管孩子。于是，暑期补习班这个孩子们不喜欢，教育部门不允许，社会多诟病的机构如今仍然遍地开花，生意红火，大批孩子们就在这里度过他们的整个暑假生活。

可是目前许多补习班没有资质，设备简陋，师资良莠不齐，存在诸多安全隐患，大批学生聚集于此，实在令人担忧。此次学生集体受伤事件，为补习班的安全猛敲了一记警钟，补习班再这样继续下去，我们的孩子就会命悬一线。

这绝不是危言耸听！此次河北的补习班学生集体被紫外线灼伤事件其实已经不是第一次。2008年，江西南昌13名小学生上补习班，就被紫外线灯灼伤眼睛；2009年，湖北宜都市一个小学生暑期补习班，授课老师误将紫外线消毒灯和其他普通照明灯同时开启，导致一个班12名小学生出现头疼、眼睛剧痛、脸部浮肿、皮肤灼痛、彻夜不眠等不良反应。他们都是没有自己的教室，临时租了幼儿园的教室上课，而教室里安装有紫外线消毒灯。前车的教训并没有引以为鉴，悲剧重新上演，本次案例的补习教室也是租来的，但从哪里租来的没讲。事实上紫外灯多用于医疗机构，也有许多幼儿园、酒店、餐馆等用它消毒。笔者所在城市曾出现过医务人员误开紫外线灯，导致一屋孩子集体致盲事件。因此，国家对紫外线灯的使用有严格规定，必须由专人负责以保障安全有效使用。而补课的老师们根本不知道这些灯是干什么的，以为是照明灯，于是就发生了意外。可见这些学校的管理是多么混乱，制度有多少漏洞，老师的素质是多么不高。

虽然国家规定，社会办学需要具备注册资金、拥有四间标准教室和附属设施等条件，才能向教育部门申请资质。同时，国家对儿童活动场所也有规定：儿童活动场所不应超过三层；儿童活动场所不应设置在高层建筑内，必须设在高层建筑内时，应设置在建筑物的首层或二、三层，并设置单独出入口。但许多补习班置制度于不顾，租个教室就开班，有的甚至在居民楼里开办，他们租用的民房，面积小，学生多，没有专用教室、厨房、餐厅、消毒柜，餐具、食品不能达标，更别提消防灭火设施。万一发生危险，逃生都成问题。这样的补习班，孩子受伤，甚至死亡也不足为奇。这不，今年（2013年）3月18日，浙江温州一补习班就发生火灾，致1名学生死亡，6名学生受伤。

难道非得用血的代价和生命的教训才能让我们清醒吗？为了我们的孩子，对于暑假补习班这个问题丛生的机构，有关部门不能再睁一只眼闭一只眼了！

"最爱看电影的国资委"有问题吗?

广州金逸影视传媒股份有限公司首次公开发行股票招股说明书显示武汉国资委位列公司 2011 年的第五大客户。武汉国资委一年买了 96.5 万元的电影票,被戏称为"最爱看电影的国资委"。武汉市国资委宣传工作处负责人回应称,我们机关只有百把号人,不可能看这么多影片,不知道究竟是哪儿出了错。他说国资委下属企业有 20 多万人,虽然偶尔也会组织下属企业职工看爱国电影,但也不可能看 96.5 万元这么多。(2014 年 11 月 27 日《中国广播网》)

这可是极其严肃的招股说明书!从常理推断,公布的这个数据应该不会造假,因为造假要承担的法律责任极其重大,且直接关系到企业上市的成功与否,牵涉的责任人相当多,处罚相当严,刻意造假实在划不来。也许,数字写错了?小数点没点对?当然不是没有可能!

但我们还是要算笔账。影视公司在招股说明书中说武汉国资委是 2011 年的第五大客户,一年买了 96.5 万元的电影票。按照票价简单计算,96.5 万元电影票意味着看 32000 场电影,平均每个干部一年看 300 场电影,差不多每名干部每天都去看电影,这很不现实。退一步说,就算干部及其家属都去看电影,平均下来也是每三天看一场电影,这仍然不太可能。当然也许电影院有 VIP 包房,看一场电影包含很多别的服务,一次万把块钱,那就有可能了。但这种电影是公务员应该看的吗?

也有可能是,武汉国资委购买了 96.5 万元爱国电影的电影票,摊派到下属的企业,由企业组织安排职工观看,而不是国资委的干部自己看了 96.5 万元。这就叫职工福利。可是这笔福利是应该由国资委出的吗?

然而,不管国资委购买的 96.5 万元的电影票安排了什么人去看电影,公众的质疑其实是纳税人的钱到底怎么花的?财政资金到底怎么支出的?国资委的干部职工福利到底什么标准?

退一步讲,即使没有人贪污,是发了职工福利,但是这种规模的看电影应当属于违规福利。政府部门购买电影票安排干部职工看电影行为本身就不合适,别说是买 96.5 万元电影票,买几百块钱电影票都属于一种违规发福利行为。还有，国资委购买96.5万元电影票是以什么名义报销的，在预决算中列入了哪一项？

当然，也许国资委是被"摊派"的，那么谁派的？怎么派的？这背后是否存在着什么交易呢？

所以，要杜绝"最爱看电影的国资委"，除了规范公务员福利制度，最关键的是就是要约束权力，约束摊派的权力、约束乱花纳税人钱的权力，强化政府机关的预决算准确、合理、公开透明。

有制度、有约束，并将一切摊在阳光下，如此，如果国资委的干部真爱看电影的话，自己掏钱每天看，那就谁也管不着了！

中华民族到了该禁烟厂的时候！

近日，深圳拟立法重罚禁烟场所吸烟者引全民关注，媒体称政府卖烟控烟扮演双重角色，导致政策和市场往往"左右手互搏"。(2013年5月16日《北京晨报》)

我国禁烟喊了很多年了，地方条例和国家法规也颁布了不少，可是一直都是收效甚微，其根本原因就在于所有的政策都是治标不治本，政策都是冲着烟民来的。政府制裁抽烟者，自己却卖烟，还允许烟厂产烟，这不是"只许州官放火不许百姓点灯"吗？

笔者当然不是支持吸烟，但更希望政府不仅要禁烟，也要禁烟厂，消灭了源头，才是禁烟之本。

李克强总理不是说"要让人民过上好日子，政府必须过紧日子"吗？禁烟绝对是让人民过上好日子的行之有效的重要方法之一。但禁烟的根本不是"面"上而应是"根"上的禁止，那就是关掉一批烟厂，或者利用经济杠杆让烟厂倒闭。

如果说改革开放以前国家穷，财政收入中很大一部分靠烟草税来支撑的话，那么现在国家富强了，是到了该和烟草说再见的时候了，也到了打破禁烟悖论的时候了。为了人民的幸福，牺牲一些税收有何不可？！

其实，孰亏孰赢？政府有关部门不应满脑子糨糊，该好好算算一笔账。我国每年有120万人因吸烟导致的疾病死亡，全国每年因吸烟致病的直接损失约 1600 亿元、间接损失达 1200 亿元，这里有多少烟民及其周围人的"贡献"啊。烟民和身边人花费了钱财没了健康，可是每年政府从烟草生产和销售上收取的税收也就是约 2500 亿元，老百姓仅治疗吸烟引发的疾病的费用就抵消了所有烟草税，还多出了 300 亿，国家收的烟税还不够补给烟民和家人看病的医疗投资，从中得利的只有烟厂和烟草公司。还有，全面禁烟，也并不会让政府过紧日子。每年政府的三公消费就有 9000 亿元，把这个大漏洞堵住，已经超出所有烟厂创税的近 3 倍了。

所以说，如果把贪官拿住，把腐败管住，不仅处罚烟民，还取缔烟厂，和禁毒一样，从烟草生产到销售、消费的每一个环节都禁烟，从制度上打破烟草的利益链条，如此才能减少吸烟为人民带来的病痛，减少吸烟造成的巨额社会负资产。这才是真正地为百姓造福，为人民谋健康；这才是生动践行"以民之所望为施政所向"的具体举措。

请环保局局长游泳远远不够

2013 年 2 月 18 日中国新闻网的一则消息引起广大网友关注：浙江企业家金增敏 2 月 16 日在微博上称，浙江省温州市瑞安仙降街道橡胶鞋厂基地的工业污染非常严重，污水直接排入河流，旁边居民癌症患者人数高得离谱，他愿意拿出 20 万请温州瑞安市环保局长在这河里游泳 20 分钟。金增敏对记者说，他是在这条河边长大的，小时候经常在河里与伙伴游泳，那时候村民还在河里洗衣洗菜，"这条河留有我很多的童年记忆。"

金增敏的童年记忆恐怕和我们许多人的青山绿水的记忆一样都成了"天宝往事"了吧？他是企业家，生气了，拍出 20 万元出来请环保局长跳下河去。但我们布衣之怒呢？难道真的只能"以头抢地耳"？

污染成这样，岂能只让环保局局长游泳一下？要罢了他的官，要问他的责。

当然，金老板钱是拍了，可局长很大气地摆摆手说那是笑谈。局长还向记者振振有词地摆了一大堆"功绩"。局长说——市委市政府对此很重视；河面上漂浮的大部分是生活垃圾。他也承认，这条河靠近厂区，而厂区里工人产生的很多生活污水的乱排放也是对该河造成污染的一个原因。他还说他们接下来要加大垃圾收集力度，说是温州市瑞安的垃圾回收厂已经建成，预计今年可以投入使用。而污水处理厂已经在建了，希望在三年内建立完善的生活污水收集系统。

为什么没有媒体曝光时这条被污染的河就没人理会，而一旦曝了光它就成了治理的标杆了？冰冻三尺非一日之寒，河水脏成这样，日日月月年年生活在沿岸的老百姓没有怨言没有呼声吗？为什么非要等媒体动了有关部门才动一下？又为什么把一条美丽的河弄成污水沟没人有责任，而清理它似乎又成了一些人的"丰功伟绩"？

当然，笔者并不是非得让局长下水游泳不可，但起码，他应该在此河里舀一点点水，化验一下，证明这水的检验指标和标准游泳池的指标一样，然后他才可以大言不惭地表功吧？

我们的环境问题，如今已经绝不能再纸上谈兵了，雾霾、酸雨、水污染……这些环境灾难已经活生生地逼在了我们眼前，摆在了我们生活中，给我们人民的生命安全带来了严重的威胁。当然，局长说得对，环保是大家的事，不能只靠环保局。但纳税人花那么多钱养着你环保局是干什么的呢？环境糟糕成了这个样子你环保局长可以脱得了干系吗？

不能再官僚了局长大人，也不能再不作为了，更不能再为了某些集团的小利益而伤害公众的大利益了。当前，环保工作切实到位已到了刻不容缓的地步，试问局长大人，你可以不下河游泳（你可能有高级会馆的 VIP 泳池），你可以不喝污染了的水（你可能做饭洗衣都用矿泉水），你也可以不吃污染了的食物（你可以什么都买进口的）……可是，你总要呼吸的吧？你再有 VIP，也要和老百姓呼吸一样的空气！所以，快尽点责任吧，别让大家都没了活路。

每年 20 万孩子到美国留学　中国教育该汗颜

越来越多的中国高中生选择了参加"洋高考"，出国读大学，留学生年龄越来越小。教育部公布的数据显示，2013 年出国留学的高中毕业生近 20 万人，而这一人数正以每年 20%～30% 的速度在增长。每年中国留学生直接提供了超过 44 亿美元的收入，"留学经济"正在成为美国经济复苏过程中的新亮点，一个中国留学生的花销，可以轻松地养活一个美国家庭。（2013 年 6 月 24 日《中国经济周刊》）

绝不能以"中国人比美国人有钱"这种浅薄的"得意"来解读此新闻，

我们倒是应该好好反思一下我们的教育：应试教育指挥棒下的中学生负担太重，压得孩子们身体变形、心理变态；大学教出的学生不好用、不能用，毕业等于失业。如此教育逼得孩子们远走他乡，我们的教育该汗颜。如果不是我们的教育不尽如人意，又有几个人真正愿意去走上那孤独寂寞、背井离乡的留学生涯呢！

一些选择让孩子不参加中国高考而参加"洋高考"的家长是这样想的，中国的教育从小学到中学，沉重的书包压垮了孩子稚嫩的双肩。不如让孩子小学中学都轻松一点，不为高考"卖命"，早早定下不参加中国高考的目标，等孩子稍大些家长们就用自己沉重的钱包，给孩子换回一个轻松的书包——到美国读书。

美国的书包那么轻，可为什么美国人的创新能力却走在世界前列？美国的孩子没有中国孩子会做题，可是美国孩子的想象力却比中国孩子好得多。我们沉重的书本、繁杂的作业、艰难的考试，以及为了各种选拔而出现的琳琅满目的校外辅导班，已经压垮了我们孩子的好奇心和童真，已经让我们的孩子失去了人类最可贵的探索精神。

另一部分家长也没有这么高瞻远瞩，只是看到近年来我们的孩子即使于千军万马之中挤过了中国高考的独木桥，毕业了也找不到工作，不如到美国去读大学，起码洋文凭就业竞争力强些，而且也可能在世界的范围内找工作。

我们的大学一而再再而三地扩招，可是专业设置和教学配备跟不上，培养出的学生不能与社会需求接壤，以至于出现了许多人找不到工作，同时许多工作没人做的怪现象。孩子们几年大学下来，书似乎都白读了。就是我们的读书尖子到了美国后，也大部分只能进研究所和教书，真正驰骋社会的人很少。

与其让中国孩子花大把父母辛苦挣来的钱去养活美国家庭，不如把我们自己的中小学教育、大学教育好好改革一下，给孩子们轻松的书包，让孩子们学以致用，让中国教育真正帮助国人快乐人生、实现梦想。

取消高中文理分科有利于人才培养

2014年9月4日，备受期待的《国务院关于深化考试招生制度改革的实施意见》全文发布。考试招生制度改革方案公布。国务院印发《国务院关于深化考试招生制度改革的实施意见》。《意见》明确，启动高考综合改革试点，考生总成绩由统一高考的语文、数学、外语3个科目成绩和高中学业水平考试3个科目成绩组成。保持统一高考的语文、数学、外语科目不变、分值不变，不分文理科，外语科目提供两次考试机会。（2014年9月4日中国政府网）

高中文理分科是否应该取消，今天，再次引起了网友们的热议。笔者认为，文理分科取消得好，必须点赞。长期以来，文理分科使学生得不到全面发展，因此从学生人生发展的综合角度来看，文理兼备对于将来的生活和工作都很有好处，对于人生的乐趣更有好处。不分文理也更加符合教育规律，有利于人才的全面发展。

中学教育是基础教育，必须要促进人的全面发展。现行高中教学过早出现文理分科，导致文科学生缺乏起码的科学常识，理科学生缺乏基本的人文素养。选择了放弃文科的理科生，过早地放弃了文史、地理等知识的学习，进入大学后，其论文、实验报告中病句、错别字百出还不算最糟糕的，有时候根本表述不清楚一个实验过程，或一项研究成果。其研究中涉及历史背景和地理知识的内容更是错到离谱。而一些文科生，物理化学知识极差，甚至到闹笑话的程度。涉及跨学科的领域时学生们更是茫然。著名科学家钱学森曾发问，为什么现在的大学培养不出大师，其根本原因就是大学生缺乏创新能力。而创新能力，恰恰许多都是在跨学科领域、边缘学科领域产生的，而跨学科和边缘学科最需要的就是人文、科学、艺术等各方面的知识都通晓的人才，生硬地将文科和理科割裂，不利于各学科知识的相互碰撞，更阻碍了因碰撞而产生火花——新学科的诞生。

而如今的时代飞速发展，跨学科、跨领域的行业不断出现，学科界限日益模糊，学科之间交叉、渗透、综合的趋势也越来越明显。在此背景下，只有文科知识或者只有理科知识的偏科学生是吃不开的，因此，学校培养全能的高素质人才更为重要。所以，取消文理分科更有利于学生的全面发展，有利于学校培养创新型人才，有利于人才的自我提升。

此外，孩子的成长过程中变数是极大的，如果在未成年的时候就划分出文科理科，不利于专业选择，也不利于今后的人生发展。要知道，兴趣才是最好的老师，通才只是少数，对于大多数普通人来讲，选错专业是件很痛苦的事情。孩子在中学时还没有"开窍"，不明白自己到底适合什么专业，只是凭一时的喜好或者家长的要求或者是几次考试成绩的好坏就选择了专业方向，但成年后或者进了大学后才明白自己真正喜好的是什么，如果中学就逼他们选择,很有可能毁了他们的一生。因此,取消中学文理分科,强调学生各学科之间均衡发展,增强了学生从小学、初中、高中之间各种学科知识的衔接和连贯,这不仅是对应试教育的矫正,更是教育发展的必然趋势,也有利于高校更好地选拔人才。

以房养老 看上去很美

中国政府网全文公布近日由国务院印发的《关于加快发展养老服务业的若干意见》,明确提出,"开展老年人住房反向抵押养老保险试点"。(2013年9月14日《新京报》)

目前,我国60岁以上老年人有1.78亿,养老金缺口的存在,养儿防老的现实不可能性,使我国的养老问题的确迫在眉睫。在此背景下,用"老年人住房反向抵押养老保险"解决养老资金问题,似乎是一个不错的办法,但是因为许多政策、法律不配套,老人和金融单位对此都充满了担忧。

即使撇开我们还有许多中低收入的老年人群体买不起房,以房养老对他们而言无异于伤口上撒盐,就是那些买了房子的老人,也面临着许多难题。

第一,是这房子必须是还完了房贷的,才有资格抵押。但是许多老人的房子是20年、30年甚至更久的按揭,到退休也不一定还完了。即使是还完贷款的,也存在老人们对金融、保险行业的不信任。他们会担心,如果房子押出去了,又正好生了大病,不能及时、全额拿到抵押款,可能救命的钱都没了。

第二,目前许多60岁以上的老人买了房子是举毕生之力、全家之力买的、儿子娶媳妇用的,之后就一家三代住在一起,老年人若把房子抵押给银行,那他们的儿子、孙子住到哪里去?

第三,还有产权问题,法定70年使用权,但目前有许多商品房的权限是50年、40年甚至30年,老年人老了,房子期限也到了,退休后若无能力续限,这房子就不能抵押。如若不幸遇到强拆,那老年人的房子和银行又该如何交接?

即使以上的问题都解决了,老年人抵押出房子以后换来的是现金?还是服务?若只有现金,买不到服务也是白搭。若只有服务没有现金,那金融行业是否要有配套的养老服务机构,而且这些机构能否保质保量地完成老年人居家或是公寓养老的需求?若不能,全部送到养老院,别说很多老人不愿意,就是愿意,恐怕我国目前的养老院也无法承受这庞大的老年人数量。

所有这些问题,目前全部属于盲目未知的状态。在此情况下,与其把倾尽毕生积蓄购买的住房交给前途未卜的抵押养老服务,还不如把房子给自己的"不肖子孙"保险些。

此外,银行等金融机构在没有保障的前提下也不愿意大规模收购老年人的房子,因为如果要金融机构返还老人现金的话,必须要保证老人抵押出去的房子都是好卖的、升值的,否则金融机构手里积压着大批房屋而没有现金也是很可怕的,他们不仅无法给予老人养老资金的保障,而且自身的运作恐怕也要成问题。如果不必银行出现金,只需提供服务,那么目前我国还没有金融机构与养老服务的法定关系,或者说是合作。

因此,以房养老,政府和社会要提供保障机制和服务,给以房养老一个可以操作的路径和实现方法,还必须有许多相应配套的政策法律、制度和做法。"以房养老"路漫漫其修远兮,现在,只是看上去很美,实际无法操作。

从巨婴到大黄鸭到山寨鸭:愿中国制造走出模仿走向创新

近日,名噪世界的荷兰"大黄鸭"在香港维多利亚港风靡一时后,有望下半年游进西湖。消息一出,舆论哗然,有人赞同,有人反对。有的杭州市民甚至写信给有关部门,表示坚决反对"大黄鸭"到西湖,认为大黄鸭与西湖柳绿碧水青山的中国古典美不符。其实一段时间以来,大黄鸭山寨版几乎全国开花,现在中国各地有武汉版的"迷你胖黄鸭",天津大黄鸭,重庆大黄鸭,还有杭州黄鸭、佛山黄鸭、芜湖黄鸭、无锡黄鸭……最怪的要数东莞那只,显然是小黄鸭与唐老鸭杂交的产物。(2013年6月2日《长江日报》、2013年7月10日《新民晚报》)

一个简简单单的橡皮鸭子,从全世界孩子的洗澡盆游向了全世界,抓住了全世界人民的眼球,这个创意实在是很成功。现在它要到中国来,国人正好可以趁机看看这个著名的鸭子是怎么回事,也认真研究一下它的成功之路。这是我们学习国外先进理念的好机会，一味反对的话，就拒绝了一次让中国制造走出模仿、走向创新的大好机会。

坚决反对的人主要认为大黄鸭和西湖的格调不搭，笔者认为这是故步自封的思想。如果以开放的思维来看待这件事情，它只是西湖风景中一个临时的"文化演出"，只要它不破坏西湖的环境和秩序，不阻碍欣赏西湖美景的视线，景区里多一些文化活动是好事情，何况还是这么著名的"文化"。至于配不配，完全看你从哪个角度去看。

往小里说，现在许多女性喜欢旗袍裙加西装外套的打扮，这种中西古今的混搭很漂亮也很干练啊，有何不可？往大里说，当年华裔建筑师贝聿铭在罗浮宫门口建了个玻璃金字塔也曾引来法国舆论一片哗然。可是很快法国人发现，这个极具创意和特色的现代玻璃金字塔站在古老的罗浮宫前，不仅不突兀，反而为沉闷的老建筑带来了新鲜的艺术感。现在，法国人已经想当然地觉得，这个玻璃金字塔与罗浮宫很"搭"。更何况，这个大黄鸭又不是永久性的，就当是给国人一次模仿和学习的机会好了，如果连来都不让来那岂不可惜。当然关键是我们不能仅仅停留在简单的模仿上，要从模仿开始，走出模仿，走向创新。

其实从一段时间以来大黄鸭山寨版全国遍地开花的情形我们都已经可以看出苗头，大黄鸭在国内也是很有人气和市场的。它的商业运作模式是很成功的——现代文化产业和知识产权运作成功的文化创意，几乎都是文化和商业完美结合的。在这方面，国人是大大欠缺的，大黄鸭活生生地现身说法，让我们得到一个学习的好机会。不要害怕老外赚了我们的钱，只要我们能把这个钱当成学费，那就值！一味地关起门不叫别人进来，那才叫蠢！

荷兰大黄鸭肯定有版权的，已有的山寨鸭肯定没被授权，但奇就奇在，这些模仿版都给人们带来很大的快乐。特别是"六·一"儿童节期间，这只世界人民家喻户晓的鸭子，即使是山寨，也让各地小朋友和带着小朋友玩的大朋友、老朋友们乐此不疲——因此也有了眼球效应和经济效益。但它们都是简单甚至拙劣的复制，吸引力是有限的。

其实，在2010年上海世博会上出现的西班牙巨婴与大黄鸭的构造和原理相同，都是巨型充气橡皮玩具模型。当时西班牙巨婴就吸引了成千上万的人前往一睹为快。荷兰这只大黄鸭其实比巨婴诞生得早，2007年荷兰艺术家霍夫曼就带大黄鸭走过了澳大利亚、美国、新西兰、德国等多个国家，而且在每个国家都能引起轰动。那么可以说巨婴其实有模仿大黄鸭的嫌疑，但即使是模仿，也并不是我们那些遍地山寨鸭般的拙劣复制，而是很有"创新"理念的——外形变了,还会咿呀发声,还会做各种表情。其实转回来说,大黄鸭不也是模仿吗?全世界一代又一代人小时候洗澡时玩的那个小橡皮鸭子又是谁发明的呢?如今我们虽然不得而知。但就是这个19世纪末期橡胶工业出现之时就出现的小鸭子,如今却成了荷兰大艺术家的"创新",我们为什么就不能有这样的"模仿"呢?

模仿是创新的开始,就跟当年日本车模仿欧洲车一样,但他们没有停止在"山寨"上,他们从简单的模仿开始,渐渐创出了自己的特色,终于有了自己的"原创",并进军了世界市场。

荷兰大黄鸭是创新,荷兰巨婴也是创新,我们的生活中其实还有许许多多类似的东西,稍做改变,就变成了新的独一无二的东西。希望国人能受到大黄鸭启发,能不停留在简单模仿上,走出拙劣的山寨复制,让"中国制造"成为"创新"领域的新军。

叫停"婴儿岛"是开历史倒车

48天接收262名弃儿,福利院负荷"达到极限"。广州市民政局16日下午召开发布会通报,广州"婴儿安全岛"即日起暂停试点,重新启用时间另行公告。广州也成为全国首个叫停试点的城市。(2014年3月17日《南方都市报》)

叫停原因竟然不是争议最大的"有纵容弃婴罪之嫌",而是福利院人满为患,没能力收留弃婴了,其根本是缺人、缺钱。

其实,婴儿岛不是经济问题,更不是纵容犯罪,这是社会文明和进步的体现,是我们好不容易开展起来的一项救助生命、关注民生的工作。婴儿岛的设立,为弃婴建起了一个最快速的生命通道,是我国儿童福利工作的一个改革,是我们社会管理的一个积极有益的尝试。今年(2014年)两会期间,中华人民共和国民政部部长李立国也表示:"按照国际儿童公约和我国未成年人保护法,设置育婴安全岛体现了儿童利益最高原则,这个试点实验首先是有利于保障育婴的疾病救治、生命安全和监护的。"

这样积极而有意义的"新生儿"仅仅48天就"夭折",令人遗憾也令人难过,这是历史的倒退,是文明的倒退。我们可以想一想,没有了"婴儿岛",那些婴儿还是存在的,那他们去哪儿呢?

其实婴儿去哪儿了并不是谜。抛弃婴儿的人除了一些父母不愿意养育一些有病或残疾的婴儿外,大部分育婴者是没有能力的未婚妈妈,而其中又以边远农村进城的打工妹为大多数。日前新华社记者的调查报告表明,打工妹未婚妈妈群是我国亟待引起高度关注的一个新兴弱势群体,她们以及她们孩子的身心健康令人担忧。这个群体性知识缺乏、几近法盲、精神空虚、文化生活空白,她们轻易而糊涂地怀孕、堕胎、生孩子、卖孩子甚至杀死自己的孩子。改变她们的生活和精神现状是全社会的责任。而这种改变相对于她们眼前棘手的困难却是一杯不能解近渴的远水,她们的当务之急是,懵懵懂懂生下来的孩子怎么办?她们是没能力养也不想养的。婴儿岛至少给了她们一条出路,让她们在叫天不应、叫地不灵的情况下,把孩子放到那里,给孩子一线生机,给自己一条退路。没有了婴儿岛,也许只能把她们逼到卖孩子、扔孩子甚至杀孩子的路上去了。

因此,弃婴岛不但不能叫停,还应该多设几个,特别是在打工妹聚集的社区和厂区。这是一个勇敢的尝试,这个试点必须坚持下去,只有坚持下去,才能符合儿童利益最大化原则,才能真正保护弃婴的生命,才能体现社会的文明和进步。

当然,坚持把"弃婴岛"做下去,不仅仅要福利院去努力,我们还应建立健全儿童福利保障体系和各类社会配套制度。同时必须加大政府投入,并将婴儿岛救助工作与政府慈善机构和民间慈善组织联动起来,以确保弃婴岛救助工作的资金、人员、物资都落实到位。

这样的警察带来春风

警务摩托两边护送,3岁顽童踩着玩具单车淡定回家。平常只能在喜剧电影中看到的这一"搞笑"镜头在广东河源真实上演。(2013年4月14日《新快报》)

超萌,超逗,最关键是有爱。

这两个当班警察温柔、体贴,这个小小的"人民",在他们眼里也是大大的、有尊严的"人"。

当警察接到报警赶到地点后，看到一辆辆汽车正从小朋友身边擦肩而过，险象环生。可小孩不让抱，抱起就大哭大闹，他就愿意自己骑着玩具自行车在路上行走。两名巡警于是便充当起了"左右护卫"，紧跟小孩身边，保证其安全。他们没有为了"赶时间"或者"执行重要任务"而将孩子强行抱起，他们更没有把孩子强行"带"进警车或派出所等待家长报警。他们要保护小朋友的安全，更不能惹孩子发怒，这可给警察出了个难题。解决这个难题，警察们不是生硬执法、强暴执法，而是温柔地开着摩托护送着走失的小男孩回家。这让我们体会到了警察心中的爱，他们的这个做法才是人民警察爱人民的真正体现。

我们司空见惯的是警察为官员们鸣锣开道、护卫航行。那阵仗、那气势，老百姓都躲得远远的。也有警察为大明星们护卫开道的，是为了让星星们尽情地炫耀、显摆……而今天，警察们在为这个3岁的走失的小公民开道，更让人心里暖暖的。这变化让人欣喜，令人感动，像一股春风吹暖了百姓的心。

无底线招商伤天害理

8月2日7时37分，昆山中荣金属制品公司发生重大爆炸事故，调查组确定，粉尘浓度超标，遇到火源发生爆炸。在昆山，粉尘检查形同虚设，为什么会这样？看看昆山的招商宣传语和"经验"就知道："昆山人民欢迎您来投资、你们来剥削的越多我们就越开心"；"能打开招商局面的是能人，影响投资环境的是罪人"；昆山法治环境的目标是"老板怎么安心怎么办"；服务环境的目标是"老板怎么开心怎么办"；人文环境的目标是"老板怎么舒心怎么办"……（2014年8月6日中国广播网、2014年8月5日财经网）

到底什么是"罪"？到底什么叫开心？这些无底线的标语极尽颠倒黑白之能事，令人唏嘘。我们不能骂资本家不顾工人死活唯利是图，因为资本的本能就是逐利，资本逐利当然是越接近最大化越好。但是在规范化的市场经济中，资本并不能随心所欲去逐利，如果资本的逐利行为违法、违规，甚或凌驾于人的血肉之躯之上、凌驾于人的生命之上、凌驾于青山绿水的自然环境之上，那这种资本的逐利行为是不能被允许的。这就需要政府的介入，需要制度的把关。但如果政府对资本的谄媚已经没了底线，何谈把关和制约？整个社会、人民群众的生命、绿水青山的环境都被推到了危险的边缘。

发展经济，吸引投资当然是好的，但抛弃一切追求投资就是本末倒置。难道我们的官员不明白发展是为了人民生活更美好、为了环境更和谐，而不是为了人们攥着大把的钞票去看病去救命，或是用钞票去修补曾经美丽的家园现在的满目疮痍？

其实不是他们不明白，而是他们揣着明白装糊涂。他们招商引资也不是为了百姓生活，而是为了给自己积累政绩，留下"美名"拥有"银子"；他们把招商引资当成了为政的第一要务、第一政绩，为了追求数量，不论何种客商都要招来，不论何种项目都要引来，哪管它污染与否，哪管它配不配套，"哪管我身后洪水滔天"，来投资者都是"恩人""亲人"。这种过度招商、盲目招商、自杀式招商，是对人民的不负责，是对环境的不负责，历史会告诉后人，这样招商的人都必将成为历史的罪人。

"剥削得越多我们就越开心"？剥削的是谁呢？当然是工人。这样的环境剥削的也不仅仅是剩余劳动力及其创造的剩余价值，更有他们的血汗甚至是生命！工人们对于这种剥削会开心吗？当然不！开心的是那些官员，因为投资越多，他的官帽子可能会越大。他们本应保护工人的利益和权益，现在却和资本成了一伙。

有了如此毫无底线的招商引资思维，怎会不放纵外来企业以牺牲环境和牺牲工人的健康和生命为代价，来换取不道德利润？怎能不从头到尾都滴着血和肮脏的东西？有了如此毫无底线的招商引资思维，不发生重大爆炸事故才怪！

最难就业年难在没有"好"爸爸？

又到毕业季，今年夏天的这个季节必定难过，全国700万大学毕业生迎来史上最难就业年，一半以上的学生找不到工作，毕业就等于失业。但有一点可以肯定，找不到工作的大学生们"肯定"是"爸爸不行"！这不，山东水利职业技术学院水利工程系的学生赵滋航同学一点也不急，他今年刚刚大专毕业，还没领到毕业证，同学们都去找工作了，他却在家玩。他根本用不着去找工作，因为他早已经是河南叶县水利局下属的河道管理所的员工了,而且虽然从没上过班,已有6年工龄,领了6年工资。一切皆因为他爸爸是该所所长赵书齐。(2013年5月29日《北京晨报》)

赵滋航是怎么进到编制里来的?叶县水利局称2008年水利系统改革后,河道管理所已经不让再进人了,2008年以前进入该单位的人员都是要经过考试,通过后才会有编制。6年前赵滋航入编时才15岁,还在读初中,他参加考试了吗?合格了吗?或者说他那时还未成年,怎么能有资格参加考试?但赵滋航就是成了管理所的员工,而且拿了6年工资没人管。该管理所是由财政拨款,为何财政部门在如此之长的时间里都对此事"毫不知情","不闻不问",财政和上级主管部门集体盲视加失声,为什么!

显然,赵书齐不过是一个河管所所长,行政级别也就是股级,小小一个芝麻官何以有这么大的能耐?他们所里还有10个像他儿子这样未成年就入编拿工资却从未上班的人,这些孩子当然不是赵书齐的亲生孩子。可这些孩子都是谁的呢?是掌握了其他权力的爸爸们交换到这里的吧?"交换权力",目的就是交换权力背后的利益,于是官官相护,于是没什么大本事的小所长权力无限延伸,利益盘根错节。这也是他儿子吃了6年空饷无人问津的根本原因。

这让大多数爸爸没有任何权力的平民子弟情何以堪,用一句俗不可耐的话说,他们早已经"输在了起跑线上"——投胎时就输了。所以,十二年寒窗苦读后拼命挤过独木桥没有用,再让家里节衣缩食供读4年大学后毕业等于失业更闹心,比高考更难挤的公务员考试又掉下去一大批……所有的上升通道堵塞了,可是你如果有个"好"爸爸,你未成年就有铁饭碗了。难怪今年(2013年)报考大学时有那么多农村学生弃考!

"男买卫生巾女擦鞋":侮辱式教育该下课!

前些天,宁波工程学院营销专业的大三学生接到了老师布置的"奇怪"课外作业:女生在马路上为陌生男性擦一次皮鞋,男生为不相干女生买一包卫生巾。多数学生感叹,作业完成实在不容易,他们多被人被当成骗子和做广告的。老师说常布置这样的作业,是用来提高学生胆量和交流能力。

(2013 年 6 月 2 日《现代金报》)

估计该老师把书念歪了,把"营销"学成了"传销",虽然"传销"也是"营销"的一种,但这种邪教式营销不但非法,而且其理念已被世人唾弃。笔者曾作记者卧底传销,他们的训练方式就是,先用互相侮辱和自我侮辱的方式,把你的自尊心和道德底线完全击碎,让你觉得自己一文不值,之后别人多大的侮辱你都不在乎,然后你就可以用各种比对方的侮辱更狠的方式来报仇式挣钱,以达到"成功"。现在,宁波这个大学老师正在用此方式训练学生,难道是希望培养出一批为挣钱不择手段、不要底线的下一代吗?如此作业,真应该"下课"了。

"女生当街为陌生男性擦鞋"和"男生为不相干的女性买女人私处用品"这两个行为,与给爸妈洗脚和为女朋友买卫生巾是两个完全不同的概念,后者是爱的前提下的自我付出,而前者是明显的羞辱。

该老师的思路应该是这样的:作业完成了,就无异于受了一次"胯下之辱",学生就学会了承受侮辱,今后就不会再怕别的侮辱,那就可以卧薪尝胆,就可幻想着有朝一日报仇雪耻,于是就有了很大的胆量和动力。继而,他们毕业后就可以大言不惭地推销连自己都不相信的产品,就可以说着推销谎言而一点都不自责、不结巴、不脸红。

且不说"胯下之辱"和"卧薪尝胆"的教育方式有待商榷(它其实与我们的教育以培养有健全人格和良好道德素养的公民的理念是不符的),就是这种用屈辱获取利益的推销方式也与现代营销理念完全不符(现代行销理念是在满足消费者需要、符合社会长远利益的同时,求得企业的长期利润,而不是旧式的营销观念下目光短浅、计较每一项或短期交易的盈亏和利润的大小)。

自尊是人格的基本要素之一。自尊心就是尊重自己,维护自己的人格,不容许别人侮辱和歧视的心理状态。苏联著名教育实践家和教育理论家苏霍姆林斯基也说,自尊心、自我尊重感、上进心,是自我教育的非常重要而强有力的促进因素。而大学教育更要培养和激发学生的这种自尊心,进而修炼完善的人格,而不是利用羞辱来建立变态人格。当然如果是学雷锋做好事上街擦皮鞋和在同学急需卫生巾时伸出援手,这是荣誉教育、更和善的教育,完全是另一个概念。

宁波老师留这种作业与前段时间重庆发生的让女员工排队在大街上学狗爬的理念如出一辙,都是以打击人的自尊心为根本,使人失去自尊和自我后,变为驯服的工具。笔者认为羞辱式教育非但不能起到"挑战压力"、加强沟通的作用,反而会使本来自尊还不很强大的孩子们发生人格扭曲,甚至留下永远的心灵上的阴影。

其实胆量和沟通训练有许多种,上街参与社会实践也有许多种方式,募捐、演讲、拥抱、微笑、志愿者、体育活动乃至舞会、派对……都是锻炼胆量和人际沟通的阳光而自然的方式,干吗要用"擦陌生异性的鞋"和"为陌生女人买卫生巾"那么变态的方式来获得呢?况且,胆量和自信以及与人沟通的能力也绝不是用羞辱可以培养出来的;我们的社会不能、也不可有以牺牲自尊来换取价值和别人认同的公民,这些人是一个可怕的存在。

"为高考吃避孕药"疾呼改变一考定终身制度

高考来了,女生为了防止"大姨妈"来搅局,竟然去买避孕药来吃。除了乱服药之外,还有考生不吃挂面怕"挂"科,只穿耐克因为全是"对勾"……只为能顺利度过高考,好笑囧事一箩筐。(2013年6月5日《广州日报》)

一点也不好笑!是谁教给女孩子们这个损招的?避孕药本来就有副作用,十八九岁的女孩子身体还没有发育完全,而且她们都是偷偷摸摸很难为情地在药店买,根本没有医生指导。乱吃避孕药很危险,造成的危害是不可逆的。等她们今后长大了,到了嫁人生育的年龄却患上了不孕症,那就来不及了!

是什么把孩子逼到了不怕伤害身体乱吃药、只是为了一场考试的?是高考!虽然高考制度对当今中国来说还算是最公平的人才选拔制度,但它的弊病也显而易见。特别是这场考试全国每年只有一次,一考定终身,显然不合理。

每年全国有上千万的人同时考试,上千万的家庭为这场考试揪心,还有上百万人为这场考试工作。大家全都全副武装、全力以赴地投入到了这场"战斗"中,不参加考试的社会各界也如临大"敌"地给予了高度的关注。如此阵仗,怎能不逼得孩子们压力山大在、胡思乱想、胡乱吃药。因为一生就这一次，他们不想输，也输不起，于是把身体健康都押上、玩命了。

高考改革的确是项复杂的社会工程，改起来不容易，但能不能先从容易的做起，如考试时间，一年多考几次，像美国高考SAT那样一年有七次，学生们自认为准备好了就去报名、去考试，这次没考好下次考好就行，这次月经造成了身体不适没关系，还有下次；也不怕偏科，多考几次可以纠偏；更不用复读，再浪费一年青春。

统一时间、一次考试，表面上看似公平，其实对每个考生并不公平，因为每个人都是一个小宇宙，每个小宇宙的周期都不一样，每个人的生理时间和状态都不尽相同。如果每年多考几次，学生有了更多选择机会，起码能在很大程度上减轻考生和家长的压力，而且高考的公平性会大为提高，高考几天"全民紧张"的气氛也能缓解。

其实，大统一只是方便了管理者，打破大统一的"一考定终身"的弊端，方便学生，尊重个体、我们的教育才会更加公平，更加人性化。

"餐馆饮品不如马桶水"谁之过？

近日，央视记者在北京崇文门的肯德基、真功夫和麦当劳三家大型快餐店中，取回可食用冰块进行抽样检测。检测结果发现，肯德基崇文门店、真功夫崇文门店的冰块菌落数量高于国家标准，且高于马桶水菌落数倍。(2013年7月21日《京华时报》)

看到这则新闻，不仅仅是恶心，简直令人愤怒！想想我们每到节假日，那么多的父母带着孩子兴高采烈地奔向这些洋快餐厅，贵点、不健康也就算了，只要孩子高兴，大人都愿意。可是他们却把比马桶水还脏的饮料卖给我们，让我们喜洋洋地喂给我们的孩子，这已经不仅仅是对我们身体的戕害了，这简直就是公然地侮辱。

这些著名的洋快餐赚足了国人的钱，却用这么恶心的饮品糊弄我们，是可忍孰不可忍！餐饮店到底是不知道他们的冰块菌群超标如此严重，还是明知如此故意而为？不知道是说不过去的，街边摊贩可能没有检测设备和检测能力，可是肯德基、麦当劳这样的国际跨国集团没有能力检测？说没有想到去检测也不可能，他们是全球一体的规范化经营，据说薯条切的尺寸、油炸时间都有严格的标准，可是冰块制作没有标准？达不达标他们不知道？

　　退一步讲，就算是餐饮店自己不知道他们的冰块比马桶水还脏，可是他们的冰块超越了规定标准8倍也绝不会是一天两天了，我们的监管部门都到哪里去了？工商、质监、食品、卫生等部门难道没有日常的对饮食店的管理制度和检测工作吗？检测冰块也不是多么复杂高深的难题，只按照日常监管工作去做，定期拿冰块去化验一下，国家有明确的《冷冻饮品卫生标准》，对照一下不是立刻就明白了吗？我们一个记者轻而易举就能做到的事情，那么多的国家职能部门做不到？

　　一桩桩一件件的食品问题层出不穷，出一单抓一下，然后又出一单……这样的循环往复不断，根源就是有法不依，制度形同虚设，加上不作为的监管和无良的商家，它们存在一天，中国人的食品就会不断出问题，挨个来，哪种哪类都跑不了，整个"坏"掉了。

"癞蛤蟆"难倒七成人，敲响汉字书写警钟

　　拾掇、桀纣、黏稠……如果让你手写这些词语，你能写对几个？日前在中国汉字听写大会中，体验团的成人们"提笔忘字"："熨帖"只有一成人写对，"癞蛤蟆"七成人写错。网友：突然觉得我的语文是数学老师在体育课上教的！（2013年8月6日《长江日报》）

　　说实话，咱的语文还真都是语文老师教的，可是教的时候是拿笔写的，用的时候是用键盘敲的，敲键盘时又很少用五笔大多用的是拼音还是"智能""联想"，机器的智慧代替了我们的脑袋，长此以往，你要是会写字倒是奇怪了。笔画复杂的不说，就是让我一笔一画写出自己的名字，也是越看越不像。快捷、高效的电子文档时代背后，提笔忘字、写错别字、以拼音代替文字已成为大多数人离开电脑之后的困扰。光明网曾经以"在网络时代如何看待汉字的书写"为主题做过问卷调查，44.25%的人觉得自己的字不好看，41.52%的人经常提笔忘字，14.23%的人经常写错别字，85.29%的人认同全民汉字手写水平在下降。

　　大部分中国人都不大会写汉字了，这不恐怖吗？汉字如果今后只存在

于计算机二进制中和书法家的毛笔里,那我们的中华文化可以说岌岌乎殆哉!

因为书写是文化和历史的传承,汉字是中华文化的根本,中国人不会写汉字,就等于中国人没了中国文化,就丢了民族的根。《淮南子·本经》中记载:"昔者仓颉作书,而天雨粟,鬼夜哭。"张彦远释说为:"造化不能藏其秘,故天雨粟;灵怪不能遁其形,故鬼夜哭。"仓颉所造汉字,以其独特形态解释和传播天地万事,可谓是中华文化的起源。

书写是心理和情感的归宿,不会写汉字,中国人就没有了魂。笔者曾做过这样一个试验,用笔和电脑分别写了两篇同样题材和体裁的文章拿给 10 个人看,10 个人都说是不同人写的,并且有 8 个人认为电脑写的那篇是男性作品,手写那篇是女性作品。这个实验虽未经科学验证,但这个结果很多人是认同的,那就是用键盘书写人会变得比较理性,而用笔书写,情感因素较多。正如俗话所言"字是出面宝""见字如见人"。这条规则曾经放之四海而皆准,但是现在被千篇一律的打字代替了,生动的情感被冰冷规律的文档取代了。

不会写汉字,中国式审美和中国艺术就彻底地釜底抽薪了。北京大学中文系张颐武教授感慨:"书法已经由一种普及性的文化变为一种独特的'小众'艺术,写字的传统境界受到了冲击。"

我国自西周时起,教育的"礼、乐、射、御、书、数"中的"书"包括了文字识读和书法。2009 年 9 月 30 日,中国书法被列入联合国教科文组织"人类非物质文化遗产代表作名录"。被中华民族写了几千年的汉字,不能在我们手里消亡了,现在,是时候为提倡汉字书写做点什么了!

每个公务人员都应该成为"张主任"

近日,有学生将一组宁波大学科技学院食堂意见簿的"纸上谈话"发到网上,受到网友热捧。对于同学们"千奇百怪"的留言,署名为"张主任"的人均一一答复,尽力满足。神秘的"张主任"也一夜爆红,成了学生心目中的"食堂哆啦 A 梦"。(2013 年 11 月 25 日《新华每日电讯》)

"张主任"在网上"走红",是因为他不仅有爱,而且特别认真,留言簿上的事无论巨细,他都一一答复而且抓紧落实,实在落实不了的还留下电话与同学们沟通。这与我们的某些政府部门和事业单位的公务人员面对来办事的老百姓们动不动给脸色,而且爱答不理甚至百般刁难的作风形成了鲜明的对比,难怪全国的大学生们纷纷希望自己的学校能引进"张主任"成为"标配"呢!

我们许多政府机关窗口单位都有意见簿,可大家都知道那几乎是个摆设,没有几个人真正像张主任那样把它当回事。其实张主任也不是做出了什么丰功伟绩,他只不过是比别人多了一点责任感,少了一点不耐烦,多了一份真诚,少了一份怨气。他真正做到了守土有责,守岗尽责,而且把意见当成了改进工作的动力。

说实话,同学们的要求比那些登门办事的老百姓乱七八糟多了,真可谓是五花八门,例如,"为什么荷包蛋不能买一只?""可以买一只,请与服务员说一下。张主任""我要吃蛋羹!""好!明天会有的。张主任"有同学想吃一种虾,自己也说不清,于是涂鸦了一只,张主任没弄明白,留言希望同学当面沟通……3年的食堂主任岗位,"张主任"(真名张继惠)用厚厚的意见簿为学生解决了各种"舌尖上的问题",正是这种耐心、诚恳和每天的坚持,最关键还是有改进的措施和结果,感动了同学们,被同学们追捧。

每个为民办事的公务人员和窗口单位工作人员,如果都有张主任这样的耐心和责任心,老百姓也不会对机关和事业单位的办事人员群体有那么多的怨气了。这要求其实并不高,但是能做到的并不多。

当然,每个公务人员都有自己的烦恼和个人的困难,但是只要你坐到这个岗位上,你就应该尽职尽责。老百姓来办事绝不是来给你添麻烦来了,你为他们办事是天经地义的,尽一份心,尽一份责,他们就会很满足、很开心了。对照一下张主任,那些脸难看、事难办、懒得和老百姓多说一句话、一句话也分成许多次说、让老百姓办事跑断腿的公务人员应该惭愧和自省吧?

"图报复停信号灯"露出的积极信号

5月17日中午高峰时段,广西柳州市红光大桥南路的交通信号灯熄灭了。四面涌来的车流混乱地堵在路口,该路段的交通全部瘫痪。经查,原来是 5 月 17 日 11 时，柳州交警大队在附近查处了一辆违法的大货车，大货车的所属单位是柳州市城市照明管理处。于是，红绿灯被该照明管理处断电了。(2013 年 5 月 19 日《中国青年报》)

"你扣我的证，我就停你的红绿灯！"柳州市城市照明管理处的工作人员玩了这么一出损人不利己的"游戏"，这其实是权力互换规则下思维的必然结果。事件导致交通瘫痪令人气愤，但引起事件的原因，却让我们看到了一个积极的信号：有权力部门向权力互换这个腐败潜规则说 NO 了！

权力互换是腐败的一种形式，虽然看似没有金钱往来、美色诱惑，但一样害国害民。那些掌握着国计民生的机关、事业单位或者国企，利用自己的权力和掌握的资源，为自己的小团体谋私利。在这种心照不宣的规则下，A 老虎给 B 老虎特权，B 老虎也用特权予以回报，于是乎 ABCD 都各出法宝，等价交换，形成了一个权力互换的链条。看上去你好我好大家好，其实他们是把国家赋予他们为全体百姓谋福利的权力当成了小集团之间利益交换的筹码，损害了国家和大多数老百姓的利益，谋取的是小团伙的私利。这些小集团可以不遵守国家法律，更将人民利益置于脑后，一旦小团体利益受损，他们哪管你百姓洪水滔天，教训一下不"遵守"交换规则的部门才是当务之急。

这不，面对交警处罚，柳州城市照明管理处不是闻过则改，而是置城市交通瘫痪于不顾，拉闸停电。照明管理处平时享受权力互换的利益习惯了，突然遇到了一个铁面的交警打破了利益互换的规则，不仅面子丢了，心里也很窝火，恼羞成怒下，便想给交警点颜色看看，想让交警回到权力互换的规则中来。

交警的拒绝打破了潜规则，照明管理处不高兴，老百姓可是高兴得很！因为这样，整个权力互换的链条就开始松动，接下去就有破裂的希望。真心希望从此以后，这个权力互换的恶性接龙玩不下去，从此掌握各种权力和资源的部门无法顺利实施交换，那么就再没有"网开一面"，没有特权团伙，只有国法，只有违法必罚！

只是希望，有关部门要对这次恶意制造出损害全体百姓利益的公共事件的照明管理处严惩不贷，如此才能为打破腐败的权力互换规则的部门加油、鼓劲。

"乌龙限行"呼唤预警系统联动机制

12月22日晚，天津市环保部门发布预警提示，22～25日天津将出现重污染天气，并发布了Ⅲ级（黄色）重污染天气预警，同时附有长微博明确提出从23日零时起按照日期末尾数确定限行尾号。随后，这个半夜出现的微博纷纷被各大政务微博予以转发，但仅仅几小时后，天津交管部门却宣布通知晚了暂不执行。（2013年12月23日新华网）

环保部门深更半夜发布"限行令"，天亮后交警说不执行，不限了！这种管理部门之间的掐架，让老百姓无所适从，也让政府的公信力大打折扣，更暴露了我们的城市预警系统的混乱、责权不明和机构不健全。所幸这次乌龙预警并未酿成大祸，但足以警示我们：建立一个完善的预警系统到了刻不容缓的时候。

环保部门与交管部门都是公共管理的权威机构，该相信谁，这个不该由公众来判断，而应该统一制定权威的发布机关，将各职能部门的相关功能都纳入此发布体系内，产生联动，并订立追责问责机制，这样才能确保有效应对各种天灾。

这点我们可以向香港学习。香港有完善的突发事件预警信息发布系统，所有与天气有关的信息预警都由香港天文台第一时间发布，天文台的警告以公众生命为第一考虑，是整个社会应对恶劣天气的"发令枪"。天文台在警告系统发布规定中列出具体实用的防御指引，提供给社会机构和公众作为参考，以便采取相应的行动。对于政府部门、单位、公共服务机构、媒体等专门服务对象，天文台通过电邮、传真，以及为政府部门专门制定的网页和手机短信等手段发布预警。对于公众，天文台通过电视台、电台等媒体、网站、交互式语音识别系统、电话咨询、第三方应用程序等手段播报、发布和推送预警。同时，香港保安局必须统筹协调，各相关部门必须联动，各新闻媒体无条件配合互动，公众自觉响应。

其实，《天津市重污染天气应急预案》是有的，相关规定也很明确，环保局承担应急指挥部办公室的职责，负责天津市空气环境质量监测、重污染天气预警。但是，没有建立联动机制，难以让其他职能部门配合，公众也不知道该听谁的。这样的预案还不如没有,朝令夕改的忽悠就像喊"狼来了"一样,喊多了,不执行,以后就没人相信预警了,这个危害才是灭顶的。

因此,必须明确专门发布自然灾害预警的部门,而且建立统一的联动体制,不能让关系国计民生大事的预警系统再像小孩过家家一样想发就发,想不发就不发。如果漏发或执行不力,责任出在哪个环节也都一目了然,追责问责明晰易辨。

只有所有部门和所有市民都意识到环境与自身的利益关联,方能少些"霾怨",多些迈步,而诸如此类"权力斗气"的镜头才不会出现。

一家人大街上被雨淹死猛打市政的脸

7月8日,河北邢台下起了暴雨。一辆轿车在通过沙河南环一处地下桥通道时被淹没,待消防官兵将其救上来时,车上的三人已经罹难。死者为一家三口,爸爸妈妈和孩子。(2013年7月10日《燕赵都市报》)

城市大街的地下通道没有排水设施吗?一下雨就没顶、就死人?我们的市政是干什么吃的!是我们的市政没有排水系统,还是排水设施全部失灵?

一座座桥,一条条路,飞速的地铁高铁,鳞次栉比的大楼,锃光瓦亮的广场,灯火辉煌的歌剧院……现代化城市不断迅速崛起。可是,这样的城市,没有让生活更美好,一下大暴雨,到处都是一片汪洋,汪洋积水不断吞噬着生命。

去年(2012年)7月,北京大暴雨77人遇难,今年(2013年)3月长沙大雨卷走了一位女大学生,5月珠海暴雨冲走一名小女孩,现在又是河北的一家三口在大街上被淹死……够了,心已痛得麻木。如果每一次暴雨我们都要付出生命的代价,那我们的城市该是多么恐怖!

法国大作家雨果说,下水道是城市的良心。这些年,我们跑得太快,把良心弄丢了。我们有太多的面子工程、形象工程、亮化工程和美化工程,许多地方,城市基础都没有搞好,就到处建"好看"的辉煌的各种设施。就是在一些"重视"基础设施建设的地方,领导们谈起基础设施来也都是"几通""几平",指的大多是通水、通电、道路、通信、征地等,很少讲"排水"和"防洪",因为排水看不见,泾埋地下,无法亮,更无法美,眼球和政绩都得不到满足。

有些人说大雨淹死人的事故频发，是因为我们的排水设施建设资金和技术都不足。其实，基础设施中排水和防洪的技术和设备都应是大大优先于道路、桥梁等其他项目的，这个从大禹治水的蛮荒时代人们就懂的道理，难道我们的官员们不懂？只要从那些华而不实、老百姓八辈子都用不着的建设项目上省下一点点资金，就可以扎扎实实地解决好排水、防洪这样"古老"的问题、让老百姓远离暴雨带来的灭顶之灾了。至于技术问题，战国时候秦国的都江堰到现在还在使用，2200多年前技术就已经过关，我们现在已经可以太空授课，我们的市政人员敢说技术水平不够？

我们的城市发展理念和政绩考核，到底是要大量建设所谓的"现代化"项目，满足某些人的虚荣心？还是踏踏实实地建好城市排水这样"看不见"的、最最基础的设施，以满足老百姓生存的需要？这其实是一个不需要抉择的问题。只要我们的政绩考核不是以领导满意为标准，而是以百姓满意为标准，答案就在眼前。

医院"雅座"为医患矛盾雪上加霜

这几天，安徽医科大学第一附属医院在家属等候区设茶座的消息，引发网友热议。有网友发帖称，位于合肥的安徽医科大学第一附属医院手术室门前，家属等候区被分成了两块，一边是摆着普通座椅的普通区，另一边是15元一位的收费雅座。（2014年5月12日《东南商报》）

这种现象发生在病患不多且专门为需要"高端服务"的病患的私立医院尚可理解，可是在公立医院中、在长期以来百姓看病难、看病贵且候诊区人满为患的情况下，再辟出一块"雅座"来收费，这不仅是明摆着与广大患者抢资源，更是在制造矛盾，使当下已经变得非常紧张的医患关系雪上加霜。这种做法不合适，不仅不会受大多数患者欢迎，很可能引发新的医患矛盾，应该被尽快取缔才行。

试想想，当有病患从老远的地方赶来，甚至排了几天的队，带着身体的痛苦，在普通区已经没有座位的情况下，看到这里有大把的椅子空着，于是本能地想坐下来、喘口气，但是立刻有人上来收钱，不交钱不让坐。

那么，这病人心里肯定非常恼火，对这家医院肯定是有了先入为主的成见：一切向钱看。有了这种观念，就诊时再有点不尽人意的地方，那火气该有多大！这不是将本已经不太好的医患关系又往火坑里推了一把吗？

在当今百姓看病贵、看病难的大背景下，各大医院人满为患，收费高昂，这家公立医院的候诊区座位肯定也成了稀缺资源。市场学原理表明，对稀缺资源的需求，必须付出更多的成本，医院的经济学学得不错，看到了座位稀缺这一商机，于是把它变成了生财工具。但是根本问题在于：医疗是涉及老百姓生命的大事，是有公益性质的社会服务机构，医院不能完全交由市场控制。交由市场的医院必然会成为商场，病患就是他们赚钱的工具，医院必定想方设法在病患身上掏钱。要签拒收红包协议吗？那各种变相的红包就接踵而来——现在找个座位都要收钱了！如此一来，医患矛盾只能越来越深。

看一下这个雅座的经营状态就明白了：普通区人满为患，座无虚席，而另外一边的收费雅座区却空无一人。设立"雅座区"就是医疗资源的一种浪费。既然有这个空间，为什么不可以把雅座区的空间留给普通区，让普通区的病患和家属不用那么拥挤、那么难受呢。

局长坐"蒸笼车"，百姓不应有"幸"

今夏高温天，市民乘坐没有空调的公交车可谓是备受煎熬。8月13日下午，江苏苏州市交通局局长就亲身体验了一把"蒸笼车"——没有空调的108路。体验之后，满身大汗的局长立即承诺，一年后将非空调车全部换掉，取而代之的是舒适凉爽的空调公交车，比原计划提前一年。（2014年8月15日《扬子晚报》）

局长体验了百姓之苦并立即做出承诺，这事让老百姓欢欣鼓舞、感恩戴德：有了这样的"青天"局长，真是民生之"幸"啊！

可是细想想，这欢欣，可喜，又可悲！喜的是，一个老大难问题终于有望尽快解决；悲的是，如果没有局长的亲身体验，这个问题的解决至少还要多等一年！

为什么老百姓生活中的一些问题，总是要等到"青天大老爷"出现才得到解决。各有关部门的各级领导和干部们平时都干什么去了？日常工作中处理问题、解决问题的机制都卡壳了吗？为什么民意的通道总是必须期待个别领导的"开恩"才能得以畅达和落实？如果没有一个"垂青"的领导，不管多么迫切的民生问题，都活该被搁置？或者反过来说，只要领导一句话，排在后面的事都可以"打尖"提前吗？

夏季高温炎热，无空调公共汽车像蒸笼，这个难受的事情不是一天两天才有的，老百姓早就意见连篇，甚至把问题吵到了电视问政会上。该局长也是在问政会时被市民力邀来体验了一把乘公交。这个公交蒸笼使局长立刻受不了了，立刻拍胸脯解决。可是，在这个高达40多度的蒸笼里，同样的血肉之躯，局长只是待了一小会儿，司机和乘客们却是每天必须要在里面的。如果平时我们的干部和领导都在基层、在百姓中，聆听百姓声音，他们应该早就发现问题、解决问题了，不必非等领导刻意体验不可，老百姓也不必整天盼着"青天大老爷"临幸了。

领导的宠幸，百姓的青天心理，是典型的人治而不是法治。一个法治社会，领导只是把关人，所有事务，都应该按照规章制度有条不紊地进行，任何人不得阻拦也不得通融。如果有一天，老百姓的任何一件事，不管其大小，不管其合理与否，有关部门都能看到听到，并且有受理有回应，同时都有科学严谨的处理方式和时间表，无视或者逾时不办者必须严肃处理，绝不姑息。这样的体制，这样的领导和干部，才真该是让我们"有幸"的。

"尿歪罚款"是哗众取宠

在公厕尿歪罚款100元，这一被网友评价为"蛋疼"的规定，深圳9月1日起真的要施行了。不过对于公众质疑"尿歪"如何取证、如何执法时，深圳城管部门表示，这一处罚主要是约束教育，并不会真的装摄像头取证。（2014年8月28日《南方都市报》）

不知又是哪位一拍脑袋想出这么个法规来，是池子外的小便成灾了吗？真是吃饱了撑的！有多少关系国计民生的事情需要立法，有多少百姓的疾苦需要关注，他们却在这里浪费着纳税人的钱，正儿八经地对小便有没有准确地尿到便池里进行立法。真是无聊至极。

说实话，正常的成年人，谁愿意乱拉乱尿啊。大部分尿在池子外边的人都非主观故意，要么是不习惯使用尿池，这些大多是从偏远地区刚进城的人，对此，多宣传教育很快就能学会的。其实很多情况下，是便池的尺寸和位置安装设计得不合理，比如脚踏位和便池的距离，没有考虑到个体的差异，没有设置合理的射程范围，导致人把尿撒到了外面。这应该惩罚设计人员而不是使用人吧？还有就是身体有病或者是有缺陷的人，我们应该给予专门的"方便"设计，怎么还能惩罚呢？与其立法，不如在设计上多下点功夫。

更何况，这个法怎么执行呢？正如深圳市人大代表杨剑昌所说："政府总不能在公共厕所装个摄像头吧。"也不可能让公厕管理员来"现场监控"——你懂的！更不能看结果——谁知道池子外边的尿是前任撒的还是后任撒的，逮住谁算谁的吗？凭什么啊？横竖是没有证据，怎么能罚款100元？虽然深圳城管部门表示，"这一处罚主要是约束教育"。可一纸空文，有什么约束性？反而使法律变得很不严肃，更没了约束。如果仅仅是为了教育，那么，告知"尿歪"不文明，乱尿是丑陋行为就够了。

这一规定一曝光就遭遇了一片质疑之声。有关部门也明知没有任何的可操作性还要实施，是骑虎难下吗？其实大可不必。错了就是错了，马上改正就好。死咬着不放，只能在错误的路上越走越远。

"9万买编制划得来"是对编制制度的控诉

最难就业年，大专毕业生找工作成了大难题，为求一好职位，通过各种途径找关系甚至不惜花重金的事例并不少见。西安市民文女士告诉记者，父母四处托关系，先后多次送钱送物，陆续花了9万余元。她终于在西安一家事业单位工作，清闲又稳定，常让她那些在私企工作或自主创业的同学羡慕不已，单位逢年过节优厚的福利也让她很有优越感。（2013年7月18日《华商报》）

本来，编制是中央或当地组织与人事部门为了财政划拨和统一管理而设定的一种组织形式，它只是一种管理方式而已。目前，在国家倡导政府职能向着弱管理、强服务转化的理念下，在事业单位的社会服务职能向市场转化的语境下，编制的组织功能和财政功能已经在退化，这种极具中国特色的历史遗留问题应该退出历史舞台了。它的存在，只能人为地制造不公平，让国人在趋之若鹜的同时，它也变得越来越荒唐，成为让老百姓又恨又爱的"变态制度"。

编制制度本身并不具有什么含金量，但在编制制度的背后，隐含了众多的好处和利益。有了编制的不仅工资收入比没有编制的高，而且旱涝保收，还可以上户口，在医疗、社保、子女教育、公积金、退休金等各个方面也都要高人一筹。特别是"退休工资双轨制"，在编人员的退休工资是不在编人员的两倍还要多。凭什么呢？不是凭做事的能力，也不是凭丰富的学识，凭的就是"编制"。难怪城管、环卫工等看似"低端"的职位，受到包括硕士、博士在内的高校毕业生热捧，因为"姐掏的不是粪，是编制"。

为了取得编制，人们无所不用其极。研究生王洋在参加哈尔滨市招聘事业编制环卫工人时说"就算是死，我也要死在编制里！"；河南叶县水利局河道管理所所长利用职务之便，儿子还在上初中，就为他在单位里霸占了"编制"吃国家空饷；湖南邵阳自来水厂的石燕飞，为了女儿在事业单位的编制，不惜用点燃汽油的方式与三个高管同归于尽……

我们不能责怪年轻人择业的偏执，因为编制能带来太多的好处和利益，只要千方百计、八仙过海各显神通地进了机关事业单位编制，就能一锤定终身，吃香的喝辣的；就不用努力学习，不要学历，不要知识，不要技术，不要能力！正因为如此，编制也必然成了掌握编制的人权力寻租的方式，成为一些领导谋取私利的工具。而取消编制，更成了人民对公平正义的一个向往。

立法能挽救丢掉了的书吗？

记者4日从国家新闻出版广电总局获悉，全民阅读立法已列入2013年国家立法工作计划，总局将争取在年底形成较成熟方案提交国务院法制办。目前，全民阅读立法起草工作小组已草拟了《全民阅读促进条例》初稿。（2013年8月4日新华网）

看来，当前中国人不喜读书的现象不仅惊动了外国人，令印度工程师孟莎美一篇名为《不阅读的中国人》的文章在微博上走红，更让我们的立法者按捺不住，要对读书进行立法。可是，这个立法真能救得了被我们丢掉的书吗？

看看我们的书是怎样被丢掉的吧。在20世纪80年代，我父亲工作的工厂里的学徒工都会来我家和我爸讨论文学和哲学，我的文学启蒙就是从旁听他们的讨论开始的。那时候的中国人还很穷，但那时候的中国人很爱读书，因为他们相信读书有价值，读书会让他们的生活变得有意义。而且那时全社会都认为，读书是时髦而高尚的，即使是工人农民，他们中还有一部分人想通过读书上大学，而那时的大学是他们上升的通道而不是失业的门槛。那时候，他们也有时间读书，那时没有那么多娱乐也没有色情场所，也没有各种贷款的压力。

日前，中国新闻出版研究院发布了第十次全国国民阅读调查结果。数据显示，2012年，18至70周岁国民人均纸质图书和电子书合计阅读量为6.74本，尽管这个数字比2011年的5.77本上升了0.97本，但与周边国家相比，仍有很大差距。从这个数字可以看出我们的书在一批批"丢掉"，但当前我们的丢书不是秦始皇那样的"坑"掉，也不是"文革"那样禁掉，而是读书的社会土壤瓦解了。

现在，读书的主观能动性和客观条件都不存在了。全社会的人心浮躁和功利主义让我们缺乏优秀的、令人尊敬的创作者与书写者；庸庸碌碌、熙熙攘攘的人群缺少追求文学和诗意的灵魂；以读书为荣、不读书为耻的、读书可以有出息、不读书是"下品"的社会规则已经被击得粉碎，以至于我们竟然把"读书有用还是无用"这样本来根本不成问题的问题进行了一次又一次全民大讨论。今天，终于，我们全社会，无论是自上而下还是自下而上，人们都已经不再把阅读视为时尚与价值取向了，不再认为读书是美好的事情了，……这些全民阅读的条件荡然无存了。因此，读书立法是不能再造出这些条件的，那么这个法律就无法强行绑住任何一个书桌。这样的立法，尽管初衷是好的，但可以预见，没有效果，也无法执行。

"以噪制噪"凸显政府缺位

为了对抗广场舞，许多用户什么招数都用出来了。日前，温州市区新国光商住广场的住户们在多次交涉无果后，花26万元买来"高音炮"，和广场

舞音乐同时播放，广场舞大妈们实在受不了这种噪音，陆续打道回府。（2014年3月31日《都市快报》）

这场战斗谁赢了？住户们吗？不！他们的"高音炮"是"打"跑了大妈们，可是这里面没准儿也有他们自己的家人，即使现在没有，将来也会有！自己花重金把自己的家人轰走。赢得了一时的清净，却输了感情、输了道义。而且这种"以噪制噪"思维逻辑很可怕，它不是对于出现的问题谋求解决之道，而是粗暴地用以眼还眼、以牙还牙的方式来解决社会矛盾，非理性、非法性，无异于"以暴制暴"。而且，发射"高音炮"时，没有去广场跳舞的居民们都把耳朵塞起来，他们自己也同样受噪音的折磨，他们比广场舞大妈们有过之而无不及。

这种事情却被做得不亦乐乎，哪里不对劲了？政府！恰恰是政府的缺位导致了居民互掐、满盘皆输的惨状。

居民们要安静，大妈们要锻炼和娱乐，这都是他们应得的自由和权力，都是合理的，但如今到了水火不容的地步，正说明我们的管理工作没有做到位。

大妈们应该有合理的活动场所，每个小区应该有会所和活动室。最近北京推行的15分钟生活圈很值得推广。就是任何一个住宅小区，必须在离该小区步行距离15分钟的地方集中统一为该小区居民建立各种生活服务设施，包括餐饮、理发、健身等场所。这些都是公共服务设施，政府应该加强这部分公共投入，为每一个生活小区建立公共生活配套的硬件设施，包括健身活动场馆。

政府的监管也是缺位的。这个监管不仅是规范广场活动的人的行为，而且，也要规范小区开发商的行为，有关部门在验收房屋时，必须对配套的生活设施建设进行严格的要求，其中当然应该包括健身设施。

同时，广场活动不能取缔，它本来就是供人们使用的。可由街道办和居委会出面进行管理，制定规则。这点可向珠海的小区运动场管理学习。珠海很多居民小区都建有运动场，由政府投资建设，供市民无偿使用。但初期市民总因为不同团体的人争抢场地而发生矛盾，后来政府相应管理部门与居民一起制定了使用规则，即一拨人上场后一定时限必须交给下一拨人使用，不得拖延，并派专人监管。这现在已经成了大家的规矩，没有人再抢场地了。

此外，按照《中华人民共和国环境噪声污染防治法》第六章第四十五条的规定："禁止任何单位、个人在城市市区噪声敏感建设物集中区域内使用高音广播喇叭。在城市市区街道、广场、公园等公共场所组织娱乐、集会等活动，使用音响器材可能产生干扰周围生活环境的过大音量的，必须遵守当地公安机关的规定。"广场舞音乐显然也在该条款规定的约束范围之内，那用"高音炮"的居民也在此管辖范围。大妈们和居民们不管谁制造噪音，都要惩罚！这个事情有关部门必须严格执行，才能不再有"以噪制噪"出现。

取消剧本审查后应走向分级制

中国政府网2013年7月17日发布《国务院办公厅关于印发国家新闻出版广电总局主要职责内设机构和人员编制规定的通知》，新闻出版广电总局三定方案公布，取消20项审批职责，其中包括取消了一般题材电影剧本审查，实行梗概公示；还取消了管理广播剧职责。

终于明文公布了取消电影剧本审查制（即电影立项审查），虽然还未取消拍完之后的内容审查，但这个苗头预示了中国未来电影创作的自由度更大，如能以此思路深化改革，最终完全取消电影审查制，建立电影分级制度，中国电影将真正走向百花齐放。

当然，取消审查并不一定能拍出好片，但取消审查，是拍出好片的先决条件之一。道理很简单，如果莫言写小说前要到有关部门立项、批准，写完后都要请有关专家与工、青、妇、法、教等部门提意见、修改，他还能得诺贝尔文学奖吗？

目前，中国电影市场的蛋糕越做越大，电影审查制约了其发展。去年（2012年）审查通过的影片791部，实际能进入影院的不到200部。有许多立项与审查工作是无意义的行政资源浪费。更重要的是，对于很多在类型片上进行不断尝试的导演来说，没有分级制度的电影审查简直是一种折磨。娄烨的影片被禁、杜琪峰的影片被删、贾樟柯的影片被要求大改……经常有一些影片无法以导演的本意呈现在观众面前。同时，审查制度也剥夺了成年人的观影权利，如《白鹿原》大幅度删减情节，《那些年，我们一起追的女孩》在台湾是辅导级，在新加坡是限制级，可是当它进入大陆影院后就进行了大幅度删减以至于有"断片"的感觉。

其实，中国电影通过了审查的也有很多不适合未成年人观看，例如《让子弹飞》《泰囧》《春娇与志明》等，因为没有等级限制，许多家长都不知道能不能让孩子看，带到影院看了一半，才发觉很是尴尬。但同时电影不能因为未成年人不能看就不让创作者拍，这样会限制创作自由，势必影响中国电影发展。由此，强烈呼吁电影分级制。分级制能够树立一个规范标准，限制未成年人观影，反过来让成年人有更大的空间去观影，同时也给电影创作者更大的空间去创作。

当然，并不是取消了官员的审查，从此暴力色情烂片可以横行。观众的眼睛是雪亮的，对于烂片，观众会用脚说话的。

千人试吃转基因大米不能释疑

北京市科技记者协会日前联合华中农业大学在京开展转基因大米自愿品尝活动，专家在会上为转基因技术正名，称转基因作物安全可靠已是定论。据此次活动的组织者介绍，自今年5月以来，他们已在全国多个城市举行22次转基因大米试吃活动，参与志愿者近千人。（2013年7月14日《京华时报》）

转基因食品究竟有没有害处？说实话我们老百姓是不知道的。但我们从国内外许多专家的实验报告中看到，转基因食品是有害的，因此我们害怕，不敢吃。现在，弄了个千人试吃，这又能试出什么来呢？即使有问题，谁也不会因为吃了一碗转基因大米饭立刻倒地不省人事。转基因食品的危害是慢性地破坏人类健康，如果今天参加试吃的人几年后得了癌症，或者他（她）生出了什么有问题的孩子，怎么能证明不是因为今天吃了这个转基因大米？

那他们在试什么？口感？味道？还是他们本身就是"小白鼠"？很多疑问和担心挥之不去，但是我们的专家就是不肯说一句"转基因食品没问题"，也不肯拿出实验数据和报告来证明转基因食品没问题，却弄了这么个表演作秀的千人大品尝，还玩起了文字游戏，说是"不能说绝无问题，但到目前为止没发现有问题。所以就是没有问题"。这是什么混账逻辑！

老百姓害怕转基因不是因为它好吃不好吃，而是担心它危害健康。上个月（2013年6月）有关部门突然宣布进口转基因大豆时，有官员就鼓吹："老百姓的反对纯属无知。"我们的确是无知，所以才渴望"知"啊，为什么专家和官员们不能认真地让我们"知"，只是一味地作秀、玩游戏、环顾左右而言他呢？

我们清楚记得中央农村工作领导小组副组长陈锡文这样解释我们进口的转基因大豆，他说我们国家进口转基因大豆是为了榨油。转基因分布在细胞核的 DNA 链条上，因此它只存在于蛋白质中。我们所食用的是植物油或者大豆油是纯脂肪，里面不含蛋白质物质，也就不含有转基因物质。当时听了他的解释，我们还真是觉得有道理，心稍微放了一下，可是现在又揪起来了。因为现在又让我们吃转基因大米了，难道我们能只吃大米中的脂肪不吃蛋白质吗？这可该怎么吃呢？专家们可以示范一下吗？

的确，我国每年粮食有 200 亿斤的缺口，这个缺口已经需要动用库存来弥补，因此，进口转基因粮食似乎不可避免。可是，在大量进口之前，我们不能进行充分的研究和实验吗？我们的专家不能在有了大量实验数据后再来进行科普吗？只是一味地说"没有证据说明有问题"就盲目大量进口转基因粮食，许多年以后，当国人都因为这些粮食而出现健康问题的时候，后悔也来不及了。真希望科学家们去妇产科医院看一看，现在全国有多少不孕不育症患者！孩子都生不出来了，人种都要灭亡了，还装模作样地说什么"科学"！

"亲妈诈死"式教育是畸形教育

申女士和丈夫都有着一份不错的工作，家境殷实。她怕女儿在这样的环境中被宠坏了，十几年前对上小学四年级的女儿骗说"你不是亲生的，你妈早死了""你以后别想靠我"。此后女儿变得十分独立，学习成绩突飞猛进，骄娇之气消失殆尽，考上了好大学。现在她才告诉女儿实情，女儿竟然不信。(2013 年 9 月 11 日《沈阳晚报》)

申女士也真可谓用心良苦，要用这种方法教育孩子，这妈该是何等铁石心肠！现在说她的教育成功了，其标志就是考上了好大学，且事业有成。但是，你们有问过孩子快乐吗？幸福吗？

一个从小没妈、寄人篱下的女孩子，她曾经经历过怎样的心灵痛苦，妈妈知道吗？当女儿想像别人家女孩一样跟妈妈撒娇的时候，她会想到，这不是我的妈妈，我要忍着，即使忍出了眼泪。当她月经初潮，想告诉妈妈她的喜悦和惊恐时，她害怕这位不是妈妈的人会笑话她。当她恋爱了,想跟妈妈谈谈男朋友的时候,她不敢,因为这位严厉的申女士不是妈妈也许会说出很多难听的话来——这就是妈妈认为的"非常独立"的女儿,多么可怕!生长中没有妈妈的痛苦和遗憾,将成为永远的阴影,伴随女儿一生。可这一切都是亲生妈妈蓄意一手造成的。成长没有"重来",遗憾不能弥补。事实上,当现在妈妈告诉女儿她是亲生的,女儿不是也不相信吗?这种打脸申女士认为还打得不够响亮吗?

而且申女士真胆大,她的举动其实是一场赌博,拿孩子的一生作为赌注。因为很有可能出现另一种状况,就是孩子听说妈妈死了,从此自暴自弃、破罐破摔,那这孩子就完了。

好在,孩子选择了自立、自强。可是考上了好大学就算是成功了吗?那复旦大学投毒案算什么?马加爵又算什么?精神问题,虽然看不见摸不着,但是它影响人的一生,甚至可能造成精神疾病,毁了她的人生。申女士,危险是潜在的,也许你还没看到。

这位申女士与小霸王李天一的母亲梦鸽对待孩子的态度完全是两个极端,但其实本质上她们是殊途同归。她们的功利心都太强了,她们都急切地盼望孩子的"成功",一个极端溺爱,一个极端严酷。溺爱的肥料上得太多,小苗会烂根儿烧死;严苛的土壤缺少养料,小苗也不会健康成长。两个酷爱孩子的妈妈,都用极端变态的教育方法,让小苗不能正常、健康地成长。爱孩子的妈妈们,吸取教训啊,别让这样的爱毁了孩子。

儿童的隐私也要保护

日前,南京一小男孩打电话到南京秦淮公安分局中华门派出所报警,称他是某小学的学生,他的妈妈乱翻他的东西,要警察叔叔到场帮忙。孩子妈妈王女士对此表示很惊讶,她说翻孩子书包只是看看书包里有没有藏玩具和课外书,防止孩子玩物丧志影响学习,可没想到孩子竟会拨打110报警。警察对妈妈进行了说服教育。(2014年5月28日《扬子晚报》)

先为小男孩和警察叔叔点个赞。这个小男孩这么小就有法律意识,并能通过法律渠道来保护自己的利益,这说明我们的普法教育从娃娃抓起收到了成效。也为警察叔叔点个赞,他没有因为是小孩子报警就加以怠慢或者无视，而是认真地出警，并很注意工作方式地等候在楼下，等妈妈回到家后再与妈妈沟通。这说明警察也把保护儿童权益当作了重要的事情来对待。

倒是这位妈妈，不知道她会以什么样的方式对待这次报警。如果她能够自我反省，站到孩子的角度和立场上进行思考，也许会从此改变和孩子相处、沟通的方式，并把这次报警当作改变教子方式的契机，从此尊重孩子，理解孩子，母子成为好朋友。

但是笔者很担心，被警察问话过后的妈妈会不会恼羞成怒，回家后迁怒于孩子，那么这次报警中表现优秀的小男孩和警察就彻底失败了。本来是教育的转机，但如果遇到个糊涂妈可能真就成了危机。如果孩子从此对妈妈关上了心扉，再打开就不容易了。妈妈，千万别错失了这次教育的良机啊。

当然，家长也许会觉得委屈：我是全心全意地为孩子好啊，怎么不但得不到孩子的理解，反而被孩子报警，搞得这么大、这么丢人呢。的确，"为你好"，这是一句我们在生活中常常听到的话。但是老师家长说"为你好"，孩子是否真的就能快活成长？亲戚好友说"为你好"，我们是否真的就备感温暖？

当你说"为你好"的时候，可曾想过当事人的意愿和想法吗？当你说"为你好"的时候，可曾真的了解别人真正需要什么吗？"为你好"的声音虽然是出于真心爱心，但往往是说者一厢情愿，却很少考虑听者的感受，于是"为你好"就成了"好心办坏事"，效果适得其反。多少不合法、不科学、不讲理的事情就在"为你好"的掩护下发生了。造成的伤害也许是一生的、无法逆转的。

不久前中国儿童中心发布的《城市小学生家庭教育状况调查报告》指出，超过半数家长与孩子谈话或陪伴孩子多为"学习""写作业"，而对儿童权利的认识却比较片面。家长儿童权利观念的薄弱，导致家庭教育中时常出现侵犯儿童权利的行为，诸如侵犯隐私、打骂、溺爱等都是对儿童权利的侵犯。

在我国，家庭教育长期处于监管盲区，而家长也认为在教育子女的问题上，外人没有理由说三道四。还有很多家长持"家丑不可外扬"的心态。今天，这些观念该改改了，否则，现代的孩子，会和观念老掉牙的爸爸妈妈越走越远，心灵的距离、情感的距离会越拉越大。这不仅不利于亲情，也不利于教育，更不利于孩子的健康成长。

儿童也有隐私，儿童的隐私也值得尊重，儿童的心理更值得研究和保护。做个合格的家长，先从尊重孩子做起吧。

儿童如厕不是小事

近日，有东莞网友在当地某论坛发帖讲述自己带3岁女儿逛商场，为了让女儿形成正确的性别意识，他将女儿带入女厕如厕，但一名女士突然对着这名爸爸破口大骂："臭流氓""神经病"……（2013年8月26日《广州日报》）

如何让幼儿如公厕？这个问题看似是个小问题，但有过亲身经历的人都知道，这个问题还真不小，它给许多大人和孩子都带来不少麻烦和尴尬。就如新闻中的爸爸，他为了培养女儿正确的性别意识，就勇闯女厕，结果自己却弄乱了性别，被人家骂"臭流氓"。还有一点爸爸没有意识到，他的言传身教其实也搞乱了女儿的性别意识。

许多四五岁的孩子自己还上不好厕所，必须要大人陪同，万一遇到爸爸带女儿、妈妈带儿子的状况，还真是令人着急。大多数人都选择了随大人性别如厕，但带孩子如异性厕所的确是不合适的，因为两岁半到三岁的孩子已经有了性别意识，培养孩子正确的性别意识应该从这个时候开始了。新闻中的爸爸有这个意识是很正确的，可是他的做法很不妥。

现实中我们经常看到的是大人带着异性小孩子随大人性别如厕，有时候小孩子因为好奇使劲盯着异性看，弄得很尴尬不说，在幼小孩子心中埋下了性别混乱的影子才是大事。孩子是无辜的，他们这个年龄对自己的和别人的生殖器都特别感兴趣，想看看自己的和别人的有什么不一样。也有异性父母让孩子按自己性别如厕的，但因无法指导，同样存在问题。如笔者昨天就在商场公厕遇到一个父亲在门口帮女儿脱了裤子，然后遥控女儿说：进去随便蹲下尿就行了。这小姑娘果然就在过道上撒了一大泡尿，搞得别人都得踩着尿上厕所。但是这似乎也不该怪大人，孩子不懂，大人又不能随孩子进厕所，也不能把孩子带进自己性别的厕所，到底该如何，真纠结！

这其实并不是个悖论，也不是很难解决的大麻烦。建议公共厕所像建母婴室那样建个幼儿专用厕所。幼儿专用厕所只能带着幼儿的家长和孩子一起入内，也分男女，设备尺寸要小，这样的公厕并不会增加很多成本，却能给人民群众带来极大的方便，也利于下一代的健康成长。这是民生大事，应该有人来说，并且做细做实。

富豪和处女高调叫卖是社会的堕落

　　武汉一名"85后"女孩参加富豪相亲会,说自己现在还是处女。当有富豪问该女孩怎样才能证明自己是处女时,她从包里掏出医院开具的处女膜完好的证明。该女孩被一名"70后"房产商相中。心理咨询师称,富豪相亲实质是"男财女貌"的交易和对决。(2013年6月30日《楚天都市报》)

　　富豪相亲大会如果与娱乐圈的选美、选秀一样仅仅是一场娱乐游戏也就罢了,可从新闻中看,这大会还真不是游戏,是实打实的相亲,是在找对象结婚,已经举行了3届。男富豪报名费99999元,报名的男富豪有3500多人,参与海选的女孩也有5万人。这种相亲会,把女人的美貌和男人的财富摆出来叫卖,甚至处女膜也有了明码实价,这种对人格和人性的公然侮辱和践踏居然还有那么多的拥趸,实在是社会的集体堕落。这种相亲会就是明目张胆的人肉买卖,与风月场所的皮肉买卖没什么不同,只是打着"干净"的幌子,将皮肉买卖实施得更彻底、买卖期限更长而已。

　　处女更"值钱"的观念,来源于处女情结,这是人类处于蒙昧时期产生的一种愚昧文化。处女情结在心理学中也是一种病态,是由于人们不科学的、违背人类性心理、性生理的正常规律而表现出来的对处女膜是否完整的过度关注,从而形成了各种不正常的精神状态。富豪追求所谓的处女,正是这种变态心理的表现。这种早已经被文明社会唾弃的东西,在富豪相亲会上以金钱和爱情的名义借尸还魂,而且风生水起,实在令人不齿。

　　"处女更值钱"的相亲大会,这种所谓的高档次的"人肉市场"根本就是男在炫富、女在拜金。什么都有了价码,可是爱情呢?在他们交换各种条件时,想过对未来婚姻和家庭幸福与否最为重要的爱情了吗?这种赤裸裸地建立在交易基础上的所谓婚恋,是对爱情的亵渎,也注定是短暂的游戏,因为他们违背了婚姻该有的正常伦理和道德,还谈什么美好和幸福。

　　那些愚蠢的炫富男们,你们不知道有处女膜修复这种医学手术吗?自作聪明的拜金女们,你们不知道处女膜卖给富豪后立刻就破了,富豪们可以拿更多的钱去买更多没破的处女膜吗?如果非要把这种买卖上升到婚姻层面,还拿爱情说事儿的话,那将来等待你们的必定是恶心和伤心。

给无病孩子服"病毒灵"绝非偶然！

西安曝出幼儿园给幼儿服用"病毒灵"事件后，引起社会广泛关注，在吉林省吉林市高新区芳林幼儿园也被曝出类似情况，公安机关已依法对嫌疑人采取强制措施。（2014年3月15日新华网）

先是西安、这又是吉林，相隔千里，为何如此"英雄所见略同"？令人不得不怀疑吃"聪明丸"也许是幼儿园心照不宣的"潜规则"。呜呼，我们的孩子，在从小就担心输在起跑线上的精神高压下成长，现在又从小在"病毒灵"的淫威下糟蹋身体。祖国的花朵为何如此饱经摧残和折磨！

现在西安、吉林给孩子吃药被发现了，但可以肯定，全国绝不只这两家幼儿园这么干。这事看似偶然，实属必然，一切都是向钱看惹的祸！

这两家幼儿园都还是当地有名的幼儿园，难道他们的园长和老师都不懂得"是药三分毒"的道理？退一万步说他们不懂医学，那问问他们会不会给自己的健康孩子长期服药。所以，怎么解释都只有一句是真的：为了入园率。

幼儿园都是每月预先交费的，如果孩子在接下的一个月到园次数少，幼儿园是要退一部分费用给家长的。为了不让到手的钱飞了，园长就要想方设法不让孩子们不来。事实上，如果孩子不发生急性病症，家长多半都会送孩子入园的。所以，幼儿园就来了个预防为主——先给孩子吃药——吃了"病毒灵"，孩子感冒发烧等一般不会发生了。反正孩子吃了"病毒灵"一时半会儿也死不了，估计三年五年也不会出大问题，至于以后有什么大病重病，以后孩子毕业了，得什么病就都不关幼儿园的事了。如此缺德的逻辑，幼儿园还真动了脑筋。这一切，其实就是社会上急功近利、一切向钱看的必然。

一切向钱看，让大人们昏了头，家长们也好不到哪儿去；一切向钱看，病猪、死猪都上了我们的餐桌；一切向钱看，一切都已经明码实价……靠山吃山，靠水吃水，幼儿园向钱看，就只能"吃"孩子了。

而最令人气愤的是我们的监管部门几乎毫不知情，其实恐怕知情也装作不知吧。只管收费发牌，其他一概不管。这样的监管形同虚设，有比没有更糟糕。吃了药的孩子们，谁能保护你们，祈祷吧！

"江豚不好吃干吗要保护"嘲笑了谁?

中国科学院水生生物研究所研究员王丁目睹自己的研究对象一个个走向灭绝,常会有无助的感觉。他说:"我见过一个地方官员,他问我江豚好不好吃,我不知该怎么样回答,就直截了当地说,不好吃。结果他来了一句,让我更崩溃,他就说不好吃干吗要保护……"(2013年7月7日央视《新闻调查》)

从这个官员的无知嘴脸,我们可以窥一斑见全豹地明白,我们的环保工作是多么不到位,无论是环保知识、理念还是政策制定和管理行动,在如此愚蠢的认知状态下,能将环保工作做好倒是奇怪了。"不好吃就不用保护",这真是对我们各级政府和管理部门环保工作的一个极大讽刺。

这个无知的官员其实并不是个案,早前已有"红豆局长""游泳书记",他们的雷人雷语和雷作为早已让人叹为观止,今天又冒出个"不好吃干吗要保护"的官员,倒也是怪事太多,见怪不怪了。

分析一下说这种"蠢话"的官员的思维:其一,他吃过江豚,且真心认为这玩意没什么好吃的,于是他认为江豚是个"没用"的东西,死了就死了,犯不着花费财力物力人力去保护它;其二,这个官员真的没吃过江豚,他很好奇。在他的世界观里,任何动物的生存就是为了给人类吃掉,他不知道,地球上每一种生物的灭绝会对整个地球的生物链产生怎样不可逆转的破坏。无论哪一点,都暴露出了我们的一些官员知识水平和环保理念的严重缺乏。

正是在这种思想不重视、行政不作为的状态下,我们多年来忽视环境保护、盲目地追求经济发展,积累下来了无数的隐患,导致当前环保事件频发——土壤污染让我们的大米有毒、蔬菜有毒,地下水、江水污染让我们的饮用水也有毒……在人被一点点地慢性毒死之前,许多比人类软弱的物种已经先于人类灭绝了!

我们的官员缺乏环保意识不能说他们没文化,大字一个不识的老渔民也知道要保护江豚,他们在长期生产和生活实践中明白,有江豚出没的地方风调雨顺,自然环境优越。渔民们把江豚叫"妈祖鱼",认为是渔家的吉祥物。

而我们的官员只知道经济效益，他们的逻辑是江豚不好吃就没人买，没人买就没钱挣，带不来钱的东西灭绝了没关系。

如果我们对各级官员的考核不只讲经济效益，如果我们把绿色GDP也纳入政绩理念，各级官员的各种考核都与环保挂钩，出了环保事故，所有相关人员责任必究，那肯定不会再有睁着眼睛说瞎话硬说被污染的水是在煮红豆的官员，也不会再有官员敢任人把老百姓游泳的河弄成臭水沟不管，更不会有人认为江豚不好吃就不用保护了。

教育缺课导致无法承受生命之重

复旦投毒杀害同窗案余波未平，近日又连发同学相残致死、病危的悲剧。广西13岁少女因嫉妒同学漂亮将其肢解杀害。(2013年5月8日《中国日报》)

湖南初三男生觊觎同学"12万元中奖诈骗短信"将其杀死。(2013年5月8日中国网)

因模仿动画片《喜羊羊与灰太狼》里烤肉的情节，江苏七岁的李浩冉和四岁的李浩兄弟俩被同村小伙伴绑起来放火烧，导致严重烧伤，生命垂危。(2013年5月9日《半岛都市报》)

笔者是母亲，也做过教师，为死伤的孩子悲伤，也为杀人的孩子难过，更为我们生命教育的严重缺课追悔。

美国著名教育家杜威说：教育即生活，生活即生命，生命即成长。几句话深刻地道出了教育的目的和手段以及它们之间的关系。综观我们的教育，目的和手段都严重脱离生活，更脱离生命和成长。

我们从幼儿园、小学、中学直到大学，都把学生当成了接受知识的容器，教学的主要目的是灌输知识，严重忽略了学生生命个体的成长。就是仅有的课时不多的思想品德课，也成了空洞的品德条例的灌输或是把学生当作一种监管对象来训斥，不仅使教育过程缺乏生命活力和乐趣，更少了对生命的敬畏、热爱和感激。

其实，孩子的道德和行为来源于他们对生活的体验、认识和感悟，民间俗语说"三岁看大，八岁看老"说的就是这个道理。也许教师的知识灌输孩子都没有掌握，可是在学校、家庭、社会等所有环节的言传身教中，施教者的行为中没有体现出对生命的尊重和敬畏，这个现象，孩子却感悟到了、体会到了。因而当孩子们面对生命矛盾的时候，他们或许是想都没想，就采取了残忍的手段毁灭别人或是自己生命。如果我们平时的教育真正培养了学生们珍爱生命、尊重生命的能力和价值观，在面对生命的抉择时，他们的敬畏感会阻止残忍，热爱感会放弃恶念。

但是没有，我们的生命教育严重缺课了。近两年，有些教育者认识到了生命教育的缺失，也将生命教育偏颇地理解成了安全知识与求生技能的教学。当然，在这两方面我们确实做得也还远远不够，但对生命的尊重与热爱的理念其实才是生命教育的核心。

教育从最根本的意义上说，是为人的生命发展服务的，再多的知识没有生命做载体都没有意义。所以，作为一个曾经当过老师的母亲，笔者在此强烈呼吁，我们的教育必须赶紧补上这一课。从幼儿园开始，就要教会我们的孩子认识生命从出生到死亡的过程，进行完整性、人文性的生命意识的培养，让孩子们理解生命的意义，进而尊重生命、珍视生命。

看"太空授课"，老师们该反省啦！

6月20日10时许，我国首次太空授课举行，航天员完成了太空质量测量、太空单摆运动等实验，向青少年讲解背后的物理原理，并与地面课堂学生进行互动。全国8万多所中学、6000余万名师生同步收听收看太空授课。（2013年6月20日新华社电）

这是我国科学史上划时代的一课，这也应该是我们教育史上引领教学改革的一课！

这是一堂普通的物理课，说它普通，是因为都是中学物理的基础知识；可这又是极为神奇的一堂课，因为它在太空举行——在高科技的引领下，我们的宇航员脱离了地球引力为同学们讲解地球上的物理现象，奇妙极了，好玩极了，学生们兴趣盎然，求知欲高涨……下课了，孩子们都还依依不舍。

看了这堂课，我们的老师也都该浮想联翩了吧？是否在你的课堂上，睡觉的已经是好学生，还有玩手机的，看小说的，打小抄的，开小会的，你一宣布下课,他们都箭似地飞出教室,像屁股着火了一样。

为什么孩子不爱上课?因为课堂教学太无趣了,看了太空授课,老师们该反省一下:我们的教学该好好地改变一下了,我们应该把太空授课当作指引,还要开辟更多的课堂——工厂授课、田间授课、科研授课、医院授课、大街上授课。

我们平常的教学,就是老师一个人在上面讲啊讲,学生在下面睡啊睡。可是看看宇航员是怎么讲水膜和水球,以及失重环境下物体运动特性、液体表面张力特性等物理现象的——

王亚平说,我要挤出一个水滴。同学们,你们看到这个可爱的、漂亮的小水滴,有没有想到"晶莹剔透"这个词呢?我真想多做几个,把它们串成一串水晶项链,送给你们。为了避免它到处乱飞,我要用独特的方法来收集它。正好可以润润嗓子——王亚平张嘴把飘浮在空中的水滴吃了进去,这个奇妙的画面引起地面课堂上学生们的一阵惊呼。学生们的兴趣就这样被激发起来了。再看看王亚平的"大力神功"——王亚平用一根手指轻轻一推,聂海胜飞了出去。聂海胜说,好,没问题,那我就给大家表演一个"悬空打坐"吧——失重现象以这么美丽激动有趣的场景让孩子们牢牢记在了心间。

以往要通过难以"悟"出的抽象思维来理解的物理学理论,此时此刻以魅力无穷又美丽生动的形象思维引领着孩子们的大脑,在这个课堂上,孩子们都已经在太空和宇宙间翱翔了。看他们兴奋的小脸和亮晶晶充满求知欲的眼睛,笔者敢打保票,这时你要问孩子们长大要做什么,他们一定不会像有人调查的那样:89%回答"老板"和"歌星"!

有美的妈妈才会有美的孩子

23日上午,山东济南趵突泉边,17个月大的孩子把酸奶盒扔到泉池中,年轻的孩子妈妈急忙去捞,用了树枝、小网兜、铁钩都捞不起,几经折腾,费尽周折,最后借来一把雨伞终于把酸奶盒捞起了。妈妈说,孩子做了破坏环境的事,每个妈妈都会去补救的,这是我应该做的事情。有网友将济南年轻妈妈的环保举动发到网上,引起网友强烈反响,网友认为,"绿色妈妈"的行为充满正能量,这个妈妈真美好。(2013年9月25日《齐鲁晚报》A09版)

的确是有美的妈妈才会有美的孩子，笔者不是在讲血统论，而是在讲教育，这个年轻妈妈的美好行为，一定会给她的孩子带来好的影响，这就是言传身教。

　　我们经常听到有人抱怨：孩子很多坏毛病，怎么骂他（她）都不改。其实大人没有想过，也许这些坏毛病都是跟家长学的，家长一边骂孩子不做作业，光打游戏，一边自己在一旁搓麻将搓得天昏地暗，孩子怎会听这样的家长的话?!

　　真的，其实什么高明的教育方法都不如行动的示范生动、管用。这个小小的孩子，见到妈妈为他乱抛垃圾的事情如此费劲补救，肯定以后再也不会乱抛垃圾了，估计他长大了还会劝阻别人乱丢垃圾，因为妈妈是这样做的。

　　这个妈妈的美好，还体现在"不以善小而不为"上。她的孩子才一岁多，随手扔了酸奶盒，可以说的确是无意识。大多数人最多替孩子解释一下，说声"抱歉"，甚至有人可能连一点歉意都没有。正如公园中不少妈妈抱着孩子时，看到美丽的花朵，顺手就掐下来给孩子玩一样，她们都觉得这没什么。可是这位妈妈不这么想，她明白，小小一个酸奶盒，可能让孩子养成无法纠正的坏习惯。而且坏习惯会影响一生，甚至演变成恶习。

　　这位行为美好的年轻妈妈的一句话特别令人感慨，她说，孩子做了错事，每个妈妈都会去补救的。记得小霸王李天一的妈妈梦鸽也说过类似的话，可是，两个妈妈的补救方式是多么的不同！一个用自己的行动让孩子知错，一个用自己的行动让孩子知道犯错没什么！可见，必须得有品德美好的妈妈，才能有品德美好的孩子啊。

救救打工妹未婚妈妈群！

　　浙江嘉兴市南湖区人民法院近日审理了一起故意杀人案：凶手年仅19岁，她将自己刚出生的孩子亲手扔进河中溺死。在围绕此案展开的采访当中，打工妹当中"未婚妈妈"群体随之浮出水面。（2014年3月16日新华网）

　　打工妹中未婚妈妈多，这已经不是个别地方的个别现象。在打工人群聚集的广东、浙江、福建等地，这已经成了不是秘密的秘密。医院的"人流"患者中，她们占了很大比例。

当前，仅从未婚生育的道德上来说教这个事已经远远解决不了问题，因为可怕的是，她们中许多人对"孩子"这块从她们身上掉下来的肉是麻木的、无知的，甚至是无所谓的。一些年纪轻轻的打工妹，懵懵懂懂地怀孕、生孩子，可并不想养，于是送人、卖掉，甚至有的像弄死一只小猫小狗那样弄死自己不想要的孩子。

对此，笔者强烈呼吁：救救婴儿，更救救打工妹未婚妈妈群。我们在为她们可怜的孩子掬一把同情泪的同时，更应心疼这些打工妹自身，因为她们茫然无知地伤了自己的身体、更伤了自己的心灵，有的甚至沦为罪犯后仍是满心满脸的无辜。她们自己也还是孩子！许多打工妹未婚妈妈都不到20岁，小学或初中毕业就远离家乡农村，跑到城里打工了。她们多数从事的是社会底层工作。劳累的工作、青春期的身体和背井离乡的孤寂让她们很容易就与某个或多个男性发生性关系。有的甚至一年怀孕几次，堕了怀、怀了堕，恶性循环，却跟玩似的不当回事。

令人心酸啊！我们的政府、相关职能部门、企业、各类社会组织都不能再无视这个现象了。我们不能让成群的打工妹为经济社会发展贡献青春的同时，还无知地糟蹋自己和自己的孩子。

打工妹未婚妈妈们需要的不仅仅是关心！当务之急是，我们的政府相关部门、社会团体等都要有针对性地、符合实际地对打工妹群体进行教育和帮扶。仅仅象征性地上几堂生理卫生课是远远不够的，要政府出钱，与她们所在企业密切合作，在情感教育和文化生活上对她们进行帮扶，解决她们社交圈子很小、下班后精神生活空虚的问题。同时，政府相关部门还应在厂区和社区、街道设常驻机构，免费为她们提供医疗卫生和心理卫生的咨询、教育和治疗服务。除组织她们定期上课、开展生动有趣、真正吸引年轻人的免费活动外，为她们排忧解难、提供免费避孕用品也应是常态工作。同时，还要对她们加强法律知识的教育，让她们学会保护自己，保护孩子。

此外，备受争议的婴儿岛不是该不该设立，而是应该在打工妹聚集区多设几个。因为它是在知识教育和卫生服务都失败的情况下最后一层守护。而且婴儿岛周围不能装摄像头，要让这些孤独无助、叫天不应叫地不灵的年轻的未婚妈妈们，能够敢于把不幸出生的孩子放到这里，而不是弄死。让小生命得到最后的拯救。

官员迷信暴露人才上升通道的扭曲

部分官员迷信，似乎已经成为公开的"秘密"。不少贪官更是成为这种文化的追捧者，折射出其信仰缺失和精神空虚的丑态。官员迷信的一个著名案例是山东省泰安市原市委书记胡建学。有"大师"预测其可当副总理，但命里缺桥，因此他下令将已按计划施工的国道改道，使其穿越一座水库，并顺理成章地在水库上修起一座大桥，帮助其"飞黄腾达"。（2013年8月31日《成都晚报》）

一些官员迷信，整天装神弄鬼，除了其主观上信仰缺失和精神空虚外，这些迷信官员被提拔和任命大部分是非常态的，这让他们自己心中充满了不自信，因此求助于"神"，以指点他们心中的迷津。

这些官员，有的官是买来的，有的官是溜须拍马来的，有的官是靠裙带关系得来的。这些官员的品德存在缺陷、能力和素质明显不足，但因为有人有关系，所以他们能被火箭提拔，或是抢占要职。他们这些人在个人能力和素质上是明显"先天不足"的，但他们当了官以后不通过努力学习和工作来"后天"弥补这些不足，而是求助于神灵保佑他的官职，以为这样就可以真的"有如神助"。

这些人实际上也知道自己的斤两，他们也明白周围有一批比他们能干、比他们有素质的人当不了官，于是他们管着这些比自己优秀得多的人时也心里发虚、发毛，对自己能不能坐稳这个位置也非常不自信。那么最大的安慰就是希望神灵能帮助自己。

还有，即使这些官员通过扭曲变态的上升渠道得到了不正常升迁，也必须继续沿着这条腐败的路做下去，以偿还帮着他上升的人情"债"。这也让他们心里非常没底，睡不香，吃不下，担心有一天东窗事发，于是也求助于神灵的庇护，希望老天不惩罚到他们。所以，反腐专家指出，很多查处的贪腐案例表明，除了有情色问题外，贪官背后往往有"大师"。

于是有了原铁道部长刘志军为求"平安"，长期在家烧香拜佛；河北省国家税务局原党组书记李真在仕途升迁过程中多次找"大师"算命，河北省原省委常委、常务副省长丛福奎为求仕途升迁周游名刹、在住宅内设佛堂；

广东省清远市公安局原局长周伟煌收受贿赂,为了"避邪",他特意请风水先生……

其实,心里有鬼才装神弄鬼。比较起这些飞黄腾达的官员,那些在公司里的小职员和干了20年才能混到科长的小公务员们是最不信神信鬼的,因为他们走运是干工作,不走运也是干同样的工作,所以神帮不帮忙他们无所谓,所以他们不信。

因此,要扫除官员们的迷信,必须首先修正官员们的上升通道,建立正常完备的、真正选拔优秀人才的考核升迁制度,让每一个官员都是凭着自己的学识和工作成绩坐到领导岗位上来,那样提拔起来的官员才会心怀坦荡,不信神鬼,自信、阳光地为人民服务。

"骂干部讲堂"?少作秀多务实吧!

浙江安吉天子湖镇今年5月始开设了一个"百姓讲堂",每月请一位老百姓到镇政府来骂干部。镇党委表示,这是他们"转变干部工作作风"的新招,目的是找出干部的问题。镇政府每次给"开骂人"500元误工费,并请村民小组长监督,保证不给开讲人"穿小鞋"。(2013年7月7日《钱江晚报》)

与武汉的电视问政异曲同工,看来政府把政坛当作娱乐节目"制作"之风有蔓延的苗头。这股风新鲜、好玩、刺激、有观众,但靠它来"执政为民",还真不靠谱!

娱乐至死,是现代社会的通病,什么东西都可以娱乐化,政府的政务也娱乐化了。如果仅仅是一场秀也就算了,就当是丰富人民群众业余生活了;如果是给老百姓一个心理治疗场所也罢了,因为老百姓有意见没处提生了一肚子气的确需要化解。但政府还煞有介事地把这种表演当作执政的手段去做,只能说是劳民伤财,哗众取宠!

看看电视和讲堂上,那些提问者、骂人者都慷慨激昂,官员们则大多以冠冕堂皇的官话、套话、废话来对付,或者承诺要整治要解决,却又不拿出具体措施来,只是搞表面功夫,这如何让民众满意?

笔者很好奇那些骂人者是怎么产生的。天子湖镇党委说,他们要求各村上报那些平常对镇里有意见、自己有个性有思想且能说会道的人,再根据

"百姓讲堂"一月一主题的要求,从这些人选中有针对性地进行挑选。

本来,群众有意见有问题,就要求我们的干部到基层去发现去解决,现在倒好,只等"选拔"各村的问题来汇报"演出"了,这种官僚作风更浓的演戏执政,怎么那么像电影小说中的斗地主场面呢?把老百姓利益都当作戏码在台上表演,虽然可能博得观众的喝彩,但未免也太儿戏了。

还有,那些能说会道、能当众表演骂人的人的问题在讲堂上一讲就引起了领导的重视,可是那些老实木讷、性格内向的人的问题又该找谁去呀?

更匪夷所思的是,政府以每天500元的"误工费"请老百姓去"骂"。这500元是开骂者"智慧"的报酬,还是表演的"出场费"?如此一来,更像是一场演出了。只是,这纳税人的钱花得也太随便了。

有很多反映民意的渠道因为官员和干部们的不作为被堵塞了,信访、来电、投诉、征集意见、网络等都成了聋子的耳朵,现在又弄出一个骂人讲堂来,很令人担忧。其实,只要我们的政府把精力、时间和金钱拿出来去保证群众反映的每一个问题有跟进、有反馈,这就足够了。不用玩花样的!

6 幼女被猥亵拷问教师制度

5月8日,海南万宁6名小学女生被万宁市第二小学校长及一名政府职员带走开房,警方称,6名女生没有被性侵,检方已介入。家长称,6名小孩下体都不同程度受伤害,有女生称早上醒来时下体有污物。据监控录像显示,事发时女生状态不稳疑被下迷药。(2013年5月14日《京华时报》)

作为家有女孩的母亲,看罢新闻,笔者恨不得冲上去把那两个禽兽撕成碎片。但冷静下来思考,4月底海南幼儿园老师掌掴学生流鼻血事件余波未息,5月10日备受社会关注的甘肃陇西教师刘红军强奸猥亵8名女学生案刚判死缓……中华人民共和国教育部、中华人民共和国公安部、中华人民共和国司法部曾发出过联合通报,要求加强教师管理,重典治乱。可是教师猥亵强奸伤害学生的事件仍在频频发生,而且性质非常恶劣,这说明,此类事件已不仅仅是这些流氓教师的个人素质问题,也不仅仅是严打问题,显然是我们的教师管理制度出了毛病。

教师是人类灵魂的工程师,这是何等责任重大的工作。尽管北京等少数地方已经在着手试点教师准入制和淘汰制，但我们教师整体的准入门槛却很低，有教师证的能上岗，甚至没教师证的也能上岗。而且教师证的取得也仅仅是几场考试，没有道德、信誉、责任等社会评价体系，对曾出现过问题的教师无法把关；对没有历史问题，进入教师队伍后却不思进取、不负责任、素质滑坡、道德败坏却还没有触犯法律的教师也没有约束和剔除机制；学校对教师的日常考核也大多是对其教学的考核，对师德评价没有完善的体系，以至于积恶成疾，养虎为患，使教师队伍败类频出。这不仅败坏了教师队伍，更是深深伤害了未成年的孩子。即使那些罪恶丑陋的教师被判了刑，但他们糟蹋过的孩子，阴影将追随其一生。

当然，屡被诟病的现行的中小学教师的编制管理，也是造成部分学校师资缺乏、进而教师队伍良莠混杂的原因之一。对此，统筹和推进城乡教师队伍的合理配置、均衡发展乃是当务之急。

更需要特别指出的是，如果说教师队伍问题现在已屡被诟病的话，我们的校长队伍的管理制度却是个被人遗忘的角落，校长在教师队伍中具有特殊重要的地位不言而喻，可以说有什么样的校长就有什么样的学校、什么样的老师。而此次恶劣猥亵案的主谋就是校长，其隐蔽性、恶劣性、危害性更大。那么校长的准入机制又在哪里？淘汰机制又如何？在此强烈呼吁引起有关部门的注意。

毕业戒指：仪式的力量

2014年7月28日《央广新闻》报道，毕业啦，有人收学费催缴单，有人收挂科单，也有人毕业被送戒指。日前，中国科技大学为毕业生打造了5980枚毕业戒指，引发全国网友热议。毕业戒指正面刻有科大校名英文缩写"USTC"，背面刻有"2014"和学生编号，还有一张收藏证书！你收到母校啥毕业礼物了？如果是戒指，你会跟母校说："yes, I do"吗？

送毕业戒指这个行为，是著名的美国西点军校在1835年率先推出的，这些具有纪念意义的军校毕业戒指，用以怀念来自世界各地的学员们在军校共同度过的那些难忘的青春岁月，并相约以此作为日后相见的信物。中国科技大学把一个舶来品引入中国，有人说是在作秀，但笔者认为，它不管是模仿了谁，都具有重大的仪式意义。仔细想想，很多年以后，当我们青春不再，当我们远离母校，当我们尘满面、鬓满霜……这个戒指就成了一面旗帜，一个灵魂，永远引领着我们向前。这旗帜上有我们飞扬的青春，灵魂中有我们不朽的热血。而毕业戒指因其具有收藏、怀旧的特殊意义，同时也是除了大学毕业证之外唯一让人倍感温馨和心动的大学同学的见证，也是今后同学相认的符号——多年以后，手戴戒指，相聚母校，会心一笑。当然戒指本身也有牵挂和永恒的含义，这些所有的意义，就是仪式的力量、仪式的意义。

毕业戒指，不是在作秀，今后，它会在风雨飘摇的时代，令人们有所依傍，会帮助人们处理生活中的窘境，会唤醒人们心中的美好情感，更是人们心灵的港湾和力量的源泉……相比之下，如果毕业时只是到教务处领一个毕业证，那才叫遗憾呢！

人活着就是需要一种精神，一种梦想，否则就如周星驰的台词，与咸鱼没有什么区别。而精神和梦想，只有在仪式中能被强化、被固化，这就是我们为什么需要仪式，为什么需要戒指，这是心灵的意义、力量与支撑。

德国心理学家、教育家洛蕾利斯·辛说，仪式使我们在从已知迈向未知的过渡阶段梳理情绪，指引我们的位置和方向。仪式能使我们心灵安稳，处事泰然，更好地面对生活提出的要求。因此，这枚毕业戒指的力量是不可估量的。它会像每天清晨闭目静思的那几分钟，想象自己站在山头，俯瞰今天的所有工作，一切都清晰可鉴，顿时充满斗志和力量；也仿佛每天与亲密的伴侣一起刷牙的那个时刻，一个眼神，几句言语，就能增进彼此间的熟悉感和亲近感，化解之前的矛盾。更仿佛每天下班后的半小时运动时间，这个过程中，抛洒的不仅是汗水，还有工作压力和烦恼……仪式，关乎美好，感恩，意义，珍惜。它会伴随我们的一生。

难怪中国科技大学的毕业戒指那么受毕业生欢迎呢，一些往届毕业的校友都提出能否补发。今后这个随身信物，会成为学生们一生最美好的馈赠，成为他（她）独有的回忆储存器。这个储存器是他们得以摆脱平日的烦琐，迎接生活中不断涌现的微小高潮和值得记忆的时刻。

别让法律绑你回家看爸妈

2013年7月1日起，新修订的《中华人民共和国老年人权益保障法》开始实施，该法规定，家庭成员应当关心老年人的精神需求，不得忽视、冷落老年人。与老年人分开居住的家庭成员,应当经常看望或者问候老年人。也就是说,不"常回家看看"将违法。(2013年6月30日《华商报》)

以往法律和人情上的"赡养父母"大都是指金钱与物质的给予,这次新修订的"老年人权益保障法"将老年人的精神需求写在了法律里,对那些不满足老年人对亲情、爱情等精神需求的子女,将视为违法。

在为法律的进步叫好的同时,我们的心里也不禁感到有些悲哀,本应是人伦常理的反哺行为,现在却要用人类最低的道德底线——法律来约束,这怎不让我们做子女的汗颜?希望新的《中华人民共和国老年人权益保障法》能让大家猛醒,常回家看看吧,别等着有一天"子欲养而亲不待",更不要让法律绑着你回家看爸妈。

当然,空巢老人增多的问题不能简单地归结为子女不孝顺、没良心。当前我国独守空巢的老人越来越多,这与传统孝道观念的退化有关,也与传统的大家庭结构的改变有关,加之独生子女政策的普遍实施、人口流动频繁等因素造成了我们许多人无法"回家"看看。那些由于子女工作、学习、结婚等原因离家后而独守"空巢"的中老年夫妇们,许多产生了心理失调等疾病,成为"空巢症"患者。2012年首届全国智能化养老战略研讨会介绍,到2050年,我国临终无子女的老年人将达到7900万左右,独居和空巢老人将占54%以上。空巢老人已经成为一个不容忽视的社会问题,各级政府、全社会都应关注这个问题。

但自己的父母同自己的孩子一样,首先给予他们爱和情感的应是我们自己,客观原因的存在,并不是我们不去关心自己父母、不回家探望父母的借口。

也许有人说,我就是没有时间回家看父母,那你还把我绑了不成?对此,民政部有关负责人表示,由于老年法属于社会类立法,具体细节不可能规定得很清楚。但以后子女不"经常"回家看望老人,老人就可以诉诸法律。以前法院一般不受理这种诉讼,但现在法院必须立案审理。这样有法可依后,既有司法上的判决,也有行政上的督促,还有调解组织的调解,对赡养人不履行赡养义务的和监护人不履行监护义务的,要督促他们履行自己的义务。

但是,我们做儿女的,真的不要让法律逼着我们回家去看望爸妈啊!

炒作状元的利益链条

高考结束后,高考状元成了企业、政府、学校等各方追逐的对象,重奖事例屡见不鲜,一些高考状元成了"暴发户"。近日,中国青年报社会调查中心通过民意中国网和手机腾讯网,对 39218 人进行的一项调查显示,68.3% 的受访者反对重奖高考状元,61.6% 的受访者认为地方政府奖励高考状元是把"状元"当成地方政绩。(2014 年 8 月 5 日《中国青年报》)

为什么高考状元的炒作在国家三令五申地禁止下仍然屡禁不止?因为状元在今天已经不仅仅是一个美名,也不仅仅是中状元者自身家庭的荣耀,它已经形成了一个利益链条,链条上连着许多热衷炒作状元的人,其炒作背后带来的多种利益不可估量。

正是因为有了这种利益,让那些利欲熏心的人把状元当作一种手段,利用这种手段,利益链上的每个人都可以得到自己的好处,何乐而不为呢?

不少状元获得了百万元奖金,这钱哪里来的?这很耐人寻味。学校奖励状元的这笔钱如果是从学校财政里出那就违法了,而且大多学校也不会这么做。当然不排除有一些热心人士热爱教育,奖励状元。但大多数情况下,学校有很多合作单位和合作项目,这笔奖金从这些合作单位或者项目中拿出,然后让状元为这些单位或者项目代言,这就成了顺理成章的事。状元们所获得的奖励实际就是他们的广告代言费。但这种代言费比那些直白的广告代言要更好听、更冠冕堂皇,听起来好像不那么商业、不那么赤裸裸,好像还很支持教育的样子。因此要状元们代言,当然就必须得把状元们炒得热热的,炒成了明星,他们才有代言的价值。

重奖状元比状元们直接举着产品在媒体上推销要"好看"得多,因为直白的产品推销很露骨,大家一看就知道是炒作,而那些隐形的推销效果却好得多。还有非产品类的推销,如状元学校的招生、状元学校与企业合作办学的招生、状元学校的吸金能力及吸金路子,当然还有各路人马的升迁路子和功劳簿子。

由此我们不难明白,为何有的政府也愿意奖励高考状元了。一些地方政府拿着纳税人的钱,奖励状元,鼓励学校培养状元,刺激学生争当状元,其目的就是为了宣传有关部门、有关人员、有关领导的政绩。出一个状元，就在这些官员的功劳簿子上加了一个砝码。因此他们乐此不疲地重奖状元，实际是在建立自己的势力，也就是用纳税人的钱往自己的脸上贴金。这是我们财政监管的失职，更是教育事业的耻辱。

当心郭美美的丑恶成为活教材

笔者很悲哀地发现，日前，大家最热谈的话题不是正在发生的云南地震同胞的苦难，竟都是那个早已经臭名昭著的郭美美。郭美美的出名经历、发财手段成了大家热衷议论和传播的东西。这里面，除了窥探隐私的好奇，还有对郭美美发财致富的经历的慨叹甚至是艳羡！于是笔者不禁担忧，新闻报道中那些全面的、露骨的甚至有些津津乐道的披露，绝不仅仅是个人们茶余饭后的谈资问题，它很有可能引发社会负面问题，特别是对青少年价值观、世界观、人生观的影响，这是令人担忧的。

"在里面的这段时间，回想自己这几年所做的事情，我非常后悔。出去以后，我不会再去赌博、炫富或者去做一些违法或违背道德的事情，会踏踏实实做人。"在北京市某看守所内，犯罪嫌疑人郭美美（女，23岁，湖南省益阳市人）如是说道，并流下了悔恨的泪水。（2014年8月4日央视）不管郭美美这是在表演还是真情流露，也不管这篇报道如何在为红十字会撇清，有一点毫无疑问，那就是郭美美又狠狠地火了一把！不管她是主动还是借势，她的这次被捕和媒体对她的所谓大起底，会使她名气更大，由此带来的效应就是，那些变态的淫棍或者堂皇的猎艳者会更加疯狂地不惜代价地要和她做性交易，郭美美未来的财路就可能由此更广，挣钱更多，不管是因臭名还是因恶名。

郭美美从事性交易，价码每次从数十万元到五十余万元不等；郭美美设赌局"抽水"，从中获取暴利；郭美美从19岁就被其干爹包养，她在北京有别墅，还有一套每平方米达6万余元的住宅。其"干爹"王军称，一次会给郭美美3万至5万元，郭美美要求他买一辆跑车，说是生日礼物，不买就跟他断，后来他给了她240万，让她自己买车……巨额包养费和巨额性交易收入，天价房产和奢侈包装，让年轻人从郭美美身上看到了不劳而获的方法、看到了"发财"的捷径、看到了"被包养"的物质满足。这让那些没日没夜努力读书、严寒酷暑都去打工、大学毕业了却找不到工作……靠自己勤劳的双手努力奋斗的年轻人情何以堪！好逸恶劳也许是人的天性，人们都有希望安逸生活的想法。那些正好不想努力的年轻人，有可能从郭美美身上学到发财致富的"本领"。

郭美美对社会风气的影响是极为恶劣的。她的行为似乎昭示：炒作就可以"出名"有了名，"臭名昭著"也没关系，恶名也可以，再加上没有底线、不择手段，就可以"发大财"。这种道德沦丧、一切向钱看的示范效应或者说是潜在暗示是极其恶劣的，对当今的年轻人的负面性绝不会小，尤其是那些正处于青春发育期、性格和人格尚未完善的青少年群体。青少年们很有可能从媒体大肆报道的各个细节里断章取义、各取所需、掐头去尾地评价和看待郭美美，如果我们的教育和引导无力，社会道德笑贫不笑娼，大人们混淆了是非、美丑、善恶，孩子们又如何能不有样学样！

"恶心打扫"倒逼酒店操作标准出台

用毛巾或浴巾先擦马桶内侧残留的尿渍及粪便残迹，再擦厕所地面的污垢，最后再擦洗口杯、茶杯，送洗涤公司清洗后又回到卫生间供客人擦脸、裹身……记者应聘北京美豪富邦酒店客房部服务员，揭开包裹在这家酒店浴巾里那些"不能说的秘密"。（2013年8月18日《新京报》）

服务员这些卑鄙无耻的打扫"卫生"的手法当然应该谴责，但是我国酒店行业没有统一的卫生清洁标准和布草标准的这一现实，是让"恶心打扫"成为酒店"潜规则"的最大保护伞。

肯定不止这一家酒店这样做，员工似乎也都习以为常，领导也是睁一眼闭一眼。他们的理由很简单：节能减耗，用最少的人力、物力（抹布）、时间，清理尽可能多的房间。这不是强词夺理、粉饰太平，他们是由衷地这么想、也是这么做的。

酒店的想法站在资本的角度是很合理的。抹布分类专用、专洗都是需要成本的，包括金钱成本、人力成本和时间成本。而资本逐利的本能，在没有制度监管的情况下，必然会撒了欢地去寻找最短平快的路径，以达到资本最大化。

几岁的孩子也知道不能用擦完屁股的纸张擦嘴，酒店的员工精神正常的话当然都知道不能用擦完马桶的毛巾擦茶杯然后再擦身，但是这样做省时省力，也就是说节省了成本。在利益面前，常识和道德都退让了。他们也不是不心虚的，否则不会"千万不能让客人看见"。但是没有规则，没有人受到干坏事的惩罚和谴责，于是他们心存侥幸，越干越大胆，越干越无耻，以至于这种恶心打扫实际已经蔓延成了一些酒店的潜规则。

其实还有一个更重要的问题报道没有提及，那就是现在许多酒店的所有"布"类用品，包括毛巾、餐巾、台布、寝具、工作服等都是外包给专业洗涤公司清洗的。笔者发现不少洗涤公司在收集、运输这些用过的脏布时并不进行分类，全都卷在一起打包运走，这种操作下，即使酒店分了类，洗涤不分类，那一样会造成污染，这又该谁负责？

因此，在严肃处理、制止恶心打扫行为的同时，出台酒店清洁和布草的操作规范标准刻不容缓，而且对相关的产业链条的上下游也应有相应的规范，有关部门不能再不作为、任这种危害人民健康的恶心打扫"自律"下去了！

跋
超越寻常的美女情怀

——为《珠江新语》而跋

潘 海

印象中,美女与理性,这两个关键词似乎不搭界。美女仿佛都是感性的,或者说,美女通常只会用形象、用情感、用发嗲、撒娇,而不是用逻辑、用哲理、用深刻的思考来写文章。所以,依了这样一种被心理学称之为"刻板认知"的经验,我对该书作者由美女而女记者、由女记者而女评论员,以至再到她出任珠海特区报理论部的第一位女主任,实在是大感意外,甚至几乎为此要大跌眼镜!

想起1995年的年底,我刚从内地调来珠海,和朱燕同在一栋楼里上下班。不过,那时我并没有见过她。有一天,珠海某局答谢媒体,我被同事拉去蹭局。人差不多都到时,菜开始上桌,但局长身旁的主宾席却还空着。听到有人解释:"再等一等,朱燕马上就到!"话音刚落,就见一位长发飘逸、步履轻盈、身穿一件火红色毛衣的美女,匆匆进来,径直走到主宾席坐下——哦,原来她就是朱燕!我暗想,经济特区就是特区,经济特区的党报真是藏龙卧虎,居然还有此等"尤物",实在不可小觑。

后来,珠海特区报和珠海广播电台合办了一档时政谈话节目,叫作《每周焦点话题》。周六中午在电台直播,周一早晨在本报刊发出街。当时,报社这边由我负责张罗,每周要与各个采访部门及电台方面协商,确定话题,然后确定邀请哪一位记者来做嘉宾主持人。1999年的秋天,快到澳门回归的时候,我们策划了一期有关"珠澳合作"的话题。说起"珠澳合作",现在但凡是个珠海人,都能咧咧出一套ABC,可在当时,澳门还是葡人执政,所谓"珠澳合作"根本没有概念。怎么合作、合作什么,都远不像今天这样明晰。所以,把这个话题讲好,难度着实不小。

那一次,我记得是报社派朱燕去电台担任嘉宾主持人的。从节目中听,她引导其他几位嘉宾,对话相当到位。第二天是周日,按惯例,报社的嘉宾主持人要把节目录音变成文字。我虽然此前经常读到朱燕的消息与通讯，但却不知她能否以"时政述评"的形式，把当时尚属"舆论盲区"的"珠澳合作"话题写好。所以，周日下午我特意到报社来了。结果，发现朱燕一个人待在农财部的办公室里，一副埋头苦干的身影。我推开虚掩的房门问她："怎么样？"她从电脑显示屏后扬起一头柔黑的秀发，朝我嫣然一笑："没问题！"

周一，报纸发行了。朱燕领衔展望澳门回归之后"珠澳合作"前景的《每周焦点话题》时事述评，赫然刊登在一版的倒头题位置。事后听到反映，这篇文章的社会效果相当不错，甚至连澳门的华人商界都深表赞识。而我，也由此对这位一眼看去漂漂亮亮、说起话来大大咧咧的美女记者，有了更深一层的认识——珠海特区报，果然藏龙卧虎，个个不可小觑！

大概是2012年吧，朱燕到报社理论部做了评论员。开始我还有点儿惊讶，觉得这份工作，无论如何都该找个哲学、经济学或者法学、行政学的硕士博士来做。因为，评论是报纸的旗帜，而评论员无疑就是报社的旗手。让一位情怀浪漫的美女来组织那些枯燥的数据，来表达许多深奥的理念，总觉得不太符合她的性别角色。（当然我也是后来才知道，虽然她研究生专业与她现在的工作相关——传播学，但她的本科竟然真是中山大学经济系经济学专业。）

其实很快，我的顾虑就没有了。尽管珠海特区报的评论员文章不加署撰稿者的个人姓名，但是，你只要一读到那些既充满社会责任感，又闪烁着激情文采，甚至富于某种女性诗意的字句，譬如："这东风，是政府有关部门大展宏图的东风，是有关单位深化改革的东风，借着这东风，珠海人能再激动一回吗？"又如："因为你是珠海人，你不会在公共场所大喊大叫；因为你是珠海人，你不会垃圾乱抛；因为你是珠海人，你不会插队、不会闯红灯、不会随地吐痰……"再如："变成一棵树，生命延伸了，迎风飞舞，就像在空中轻轻地舒展手臂。"等等，你就会知道，这一定出自朱燕的手笔。

当然，评论员毕竟是评论员，评论员不会永远以微笑来感动平民，也不会总以颂圣来取悦权贵，评论员在更多的时候必须一针见血、义正词严。譬如："那些各自为政的利益集团，为了一己私利，不惜牺牲广大群众的整体利益。"又如："这种所谓的高档次的'人肉市场'，根本就是男在炫富、女在拜金。什么都有了价码，可是爱情呢？"再如："'为生民立命'，当前最重要的，就是要注意打捞'沉没的声音'。"等等，可谓振聋发聩，让人觉得这简直就是一位有着方刚血气的威猛汉子的笔触！

耕耘就会有收获，何况是心有灵犀、辛苦勤奋、恪尽职守的耕耘呢！如今，这本集聚了"进谏纳言"、深藏着"赤子之心"、融会了"施政辨析"、闪烁着"隔山喊牛"不凡智慧的评论集出版了，它们是朱燕在2013年到2015年间写的部分时评作品。尽管在互联网时代，我们随时都可以从网上读到署名朱燕的文章，但互联网毕竟不能被你捧在手中，更无法让人精准查找。由报纸而书，或许再加上如今最为时髦的"Online to Offline"，这才能使我们每一个人的思想与文字、感情与意志，真正进入"社会文化缔构"。所以，从编辑学的这个基本定义出发，我向朱燕表示热切的祝贺！

　　是为此跋。

（作者为珠海资深知名记者）

图书在版编目(CIP)数据

珠江新语：第三只眼睛看珠海 / 朱燕著. -- 北京：社会科学文献出版社，2017.6

ISBN 978-7-5097-9599-6

Ⅰ.①珠… Ⅱ.①朱… Ⅲ.①评论性新闻-作品集-中国-当代 Ⅳ.①I253

中国版本图书馆 CIP 数据核字（2016）第 196614 号

珠江新语
——第三只眼睛看珠海

著　者 / 朱　燕

出 版 人 / 谢寿光
项目统筹 / 王玉敏
责任编辑 / 王玉敏　张文静　金姝彤

出　　版 / 社会科学文献出版社·国际出版分社（010）59367197
　　　　　地址：北京市北三环中路甲29号院华龙大厦　邮编：100029
　　　　　网址：www.ssap.com.cn
发　　行 / 市场营销中心（010）59367081　59367018
印　　装 / 北京季蜂印刷有限公司

规　　格 / 开　本：787mm×1092mm　1/16
　　　　　印　张：21.75　字　数：382千字
版　　次 / 2017年6月第1版　2017年6月第1次印刷
书　　号 / ISBN 978-7-5097-9599-6
定　　价 / 79.00元

本书如有印装质量问题，请与读者服务中心（010-59367028）联系

▲ 版权所有 翻印必究